O Livro de Magia

ALICE HOFFMAN

Autora dos *best-sellers* *As Regras do Amor e da Magia* e *Da Magia à Sedução*

O Livro de Magia

Tradução
Denise de Carvalho Rocha

Título do original: *The Book of Magic*.
Copyright © 2021 Alice Hoffman.
Copyright da edição brasileira © 2022 Editora Pensamento-Cultrix Ltda.
1ª edição 2022.

Todos os direitos reservados. Nenhuma parte desta obra pode ser reproduzida ou usada de qualquer forma ou por qualquer meio, eletrônico ou mecânico, inclusive fotocópias, gravações ou sistema de armazenamento em banco de dados, sem permissão por escrito, exceto nos casos de trechos curtos citados em resenhas críticas ou artigos de revistas.

A Editora Jangada não se responsabiliza por eventuais mudanças ocorridas nos endereços convencionais ou eletrônicos citados neste livro.

Esta é uma obra de ficção. Todos os personagens, organizações e acontecimentos retratados neste romance são produtos da imaginação do autor e usados de modo fictício.

Não pode ser exportado para Portugal.

Editor: Adilson Silva Ramachandra
Gerente editorial: Roseli de S. Ferraz
Produção editorial: Indiara Faria Kayo
Editoração eletrônica: Join Bureau
Revisão: Erika Alonso

Dados Internacionais de Catalogação na Publicação (CIP)
(Câmara Brasileira do Livro, SP, Brasil)

Hoffman, Alice
  O livro de magia / Alice Hoffman; tradução Denise de Carvalho Rocha. – 1. ed. – São Paulo: Jangada, 2022.

  Título original: The book of magic
  ISBN 978-65-5622-029-1

  1. Ficção norte-americana I. Título.

22-100699   CDD-813

Índices para catálogo sistemático:
1. Ficção: Literatura norte-americana 813
Cibele Maria Dias – Bibliotecária – CRB-8/9427

Jangada é um selo editorial da Pensamento-Cultrix Ltda.

Direitos de tradução para o Brasil adquiridos com exclusividade pela
EDITORA PENSAMENTO-CULTRIX LTDA., que se reserva a
propriedade literária desta tradução.
Rua Dr. Mário Vicente, 368 — 04270-000 — São Paulo, SP — Fone: (11) 2066-9000
http://www.editorajangada.com.br
E-mail: atendimento@editorajangada.com.br
Foi feito o depósito legal.

*Para todos os bibliotecários
que mudaram a minha vida.*

PARTE UM

O Livro das Sombras

I.

Algumas histórias começam do início e outras começam do final, mas todas as melhores histórias se iniciam numa biblioteca. Foi ali que Jet Owens viu seu destino num espelho, atrás do balcão de atendimento. Mesmo com 80 e poucos anos, ela ainda era linda. Todos os dias, lavava o rosto com o sabonete preto que a família preparava em março, durante a lua nova, embrulhando cada barra numa folha de celofane. Jet não tinha nenhum tipo de dor ou queixa, e não tinha ficado doente nem um dia sequer na vida, mas o destino é implacável e, muitas vezes, ele pode ser totalmente imprevisível. Justo naquele dia, quando os narcisos começavam a florescer, Jet viu que ela só teria mais sete dias de vida.

O besouro da morte tinha começado a chamar de dentro das paredes da Biblioteca Owens, um estalido que passava despercebido até ficar tão alto que era tudo o que a pessoa conseguia ouvir. Quando sua hora chegasse, o besouro preto sairia do seu esconderijo e a seguiria por toda parte, não importava aonde ela fosse. A presença do inseto significava que o passado tinha acabado, e o futuro não existia mais. Aquele era o momento que revelava como ela tinha caminhado neste mundo, com bondade ou temor, com o coração aberto ou fechado. Tinham sido necessários aqueles 80 anos para Jet perceber que cada instante vivido era uma dádiva. Agora tudo o que ela via parecia iluminado. O sol se infiltrando pelas janelas da biblioteca em faixas ferozes de luz cor-de-laranja. Uma mariposa batendo no vidro. O movimento impetuoso dos galhos de um dos últimos olmos da cidade, que fazia sombra no gramado da biblioteca. Algumas pessoas tentavam se desvencilhar de tudo ou corriam para procurar abrigo quando chegava a sua hora, amaldiçoavam o destino ou se escondiam debaixo da cama, mas Jet sabia exatamente o que queria fazer nos últimos dias que ainda lhe restavam. Ela não teve que pensar duas vezes.

Muito tempo antes, a biblioteca costumava ser uma prisão, onde Maria Owens, a primeira mulher da família Owens a colocar os pés em Massachusetts, em 1680, tinha ficado confinada até os juízes decidirem que ela seria enforcada. Aquela era uma época em que a bruxaria era proibida, e as mulheres eram punidas com rigor, consideradas criaturas perigosas se falassem demais, soubessem ler livros ou fizessem o que estava ao seu alcance para se proteger do mal. As pessoas diziam que Maria era capaz de se transformar em corvo, que sabia como encantar os homens sem nem sequer falar com eles e podia convencer outras mulheres a fazer o que bem entendessem, deixando de ocupar de bom grado seu devido lugar na sociedade e na própria família. O tribunal decidiu acabar com Maria e quase conseguiu, mas eles não conseguiram afogá-la, como faziam com as mulheres condenadas por bruxaria, pois ela não costumava desistir com facilidade. Maria culpava o amor pelas suas desventuras, já que tinha escolhido o homem errado, o que lhe ocasionara consequências nefastas. Um pouco antes de a corda que a levaria deste mundo se romper, e ela milagrosamente se salvar, Maria amaldiçoou o amor.

Cuidado com o amor, ela havia escrito na primeira página do seu diário, agora em exibição na biblioteca, numa moldura que as mulheres da cidade costumavam levar as filhas adolescentes para ver, antes de começarem a namorar. *Cuidado com o amor que é pouco sincero e desleal, o amor que mente e engana, o amor que pode partir corações e condenar à tristeza, o amor em que não se pode confiar.* Se Maria Owens não tivesse se precipitado, ela talvez tivesse percebido que, quando amaldiçoa o outro, você está amaldiçoando a si mesmo. A maldição é como um nó; quanto mais se luta para soltá-lo, mais apertado ele fica, seja feito de corda ou de rancor e desespero. Maria lançou um feitiço para proteger as futuras gerações da sua família, achando que estava fazendo um bem às filhas e netas. Para se resguardarem, elas deveriam evitar o amor. Aquelas que não obedecessem à regra descobririam que os noivados seriam trágicos, e os casamentos terminariam em funerais. Ao longo dos anos, muitos membros da família Owens tinham descoberto maneiras de driblar a maldição, mas essa era sempre uma manobra complexa e arriscada. Ainda assim, a pessoa podia conseguir enganar o destino se fosse ousada, se alterasse seu nome, se nunca admitisse seu amor, se abrisse mão de uma união formal, se desaparecesse de vista ou, para aqueles mais rebeldes e inconsequentes, se simplesmente mergulhasse de cabeça e torcesse para que tudo desse certo, mesmo sabendo que mais cedo ou mais tarde todos teriam que enfrentar seu próprio destino.

As páginas do diário de Maria tinham sido emolduradas e estavam penduradas nas paredes da biblioteca por mais tempo do que qualquer pessoa podia se lembrar. Certamente elas já estavam lá quando Jet e a irmã, Franny, eram adolescentes e frequentavam a biblioteca nos dias de verão abafados e calorentos, esperando o dia em que, de fato, começariam a viver, descobrindo a verdade sobre si mesmas com base nos registros da cidade e com sua amada tia Isabelle. A família Owens tinha um histórico de bruxaria, herdada de geração em geração, e praticava a Arte Sem Nome. Elas eram bruxas de linhagem, geneticamente predispostas à magia, com uma linhagem de ancestrais que possuíam os mesmos dons sagrados. Para aqueles que tentavam escapar dessa herança, logo ficava claro que não era possível fugir de quem eram. Uma pessoa pode fazer o máximo para parecer comum e levar uma vida convencional, mas o passado não pode ser refutado, mesmo quando é escondido dos filhos, considerados vulneráveis demais para saber a verdade. Você não escolhe a magia, é ela quem escolhe você, floresce dentro de você, está no seu sangue e nos seus ossos. E uma maldição, depois de lançada, não pode ser negada. Contudo, é você quem faz o seu destino. Você pode tirar o melhor proveito dele ou deixar que ele leve a melhor sobre você. Naquela noite, quando Jet Owens viu a verdade na biblioteca, decidiu que faria o que estivesse ao seu alcance para mudar o destino da família.

Anoitecia quando Jet e sua sobrinha Sally voltavam a pé da biblioteca, como faziam quase todo dia. Sally tinha se mudado com o marido e as filhas para a antiga casa da família, quando a velhice das tias começou a ficar evidente, e ela ficou feliz em poder voltar a morar no lugar em que mal via a hora de fugir quando era adolescente. Sally tinha duas filhas maravilhosas, Kylie e Antonia, mas ambas estavam estudando em outra cidade agora, e sua irmã, Gillian, morava em Cambridge, bem perto das meninas, onde trabalhava num laboratório do MIT, o Instituto de Tecnologia de Massachusetts. Sally, agora viúva, era portanto a única que ainda morava com as tias no casarão de telhado inclinado e venezianas pretas da Rua Magnólia, onde uma austera cerca de ferro circundava um extenso terreno que os fãs de jardinagem da cidade invejavam, pois era ali que os primeiros narcisos da estação rasgavam a terra, e as ervas aromáticas cresciam entre os blocos de gelo já no começo de março, um mês antes de germinarem em qualquer outro lugar. As amoreiras, que cresciam junto ao portão, estavam ficando verdejantes outra vez, e os lilases, com suas flores violeta, roxo e branco, estavam começando a se encher com suas folhas planas, em forma de coração.

Infelizmente, Sally Owens não tinha sorte no amor, e todos já sabiam disso. Ela tinha sido vítima da maldição da família, não uma única vez, mas duas. Sally era muito jovem quando se casou pela primeira vez, um ato proibido que só poderia acabar mal. Seu marido

Michael, colega de escola e pai das suas duas filhas, era um rapaz da região, o primeiro a convidá-la para sair. Ele tinha sido amaldiçoado com uma morte prematura, vítima da má sorte, que o levou a ser atropelado por um carro cheio de adolescentes bêbados. Após a morte dele, Sally não falou por um ano inteiro, mas tentou novamente a sorte com seu segundo marido, Gary Hallet, um homem com quem ela podia contar até ele falecer, alguns anos depois do casamento. Gary sofria de uma doença cardíaca congênita, que, por fim, o levou, mas Sally estava convencida de que a morte dele tinha sido causada pela maldição da família, pois Gary era um homem forte e saudável. Ele tinha vindo do Arizona para trabalhar com a polícia local e preferia um cavalo a uma radiopatrulha. Ele e Jack, seu cavalo baio, manso e grandalhão, eram conhecidos e estimados por toda a cidade. Gary sempre preferia dar às pessoas uma segunda chance em vez de prendê-las, e as crianças da cidade imploraram para visitar o velho Jack no estábulo da polícia, na Endicott Street, levando com elas cenouras e torrões de açúcar.

Como era possível um homem como Gary Hallet dar um beijo de boa-noite na esposa, fechar os olhos e nunca mais acordar? Seu cavalo tinha morrido de tristeza duas noites depois, deitado no chão de terra do estábulo. Sally tinha ficado aturdida e devastada, e algumas pessoas disseram que era como se ela tivesse perdido um pedaço do coração. Ela parecia transformada, de fato. Quando dizia olá para os vizinhos, o que era raro, deixava bem claro que preferia que a deixassem em paz. Sally voltou à escola, para tirar seu diploma de Biblioteconomia na Universidade Simmons, e agora, com 44 anos, era a diretora da Biblioteca Owens. A única outra funcionária era Sarah Hardwick, que trabalhava na biblioteca havia mais de sessenta anos e ainda fazia questão de sair todos os dias às cinco horas em ponto, um horário que lhe permitia dar uma passada no Black Rabbit Inn para tomar seu drinque na mesma hora de sempre. Ela quase nunca aparecia na biblioteca antes das dez da manhã, especialmente se tivesse tomado mais de uma bebida. Sally não levava a mal a necessidade da srta. Hardwick de chegar tarde e ir embora cedo naquela idade, e não se importava com as horas que passava trabalhando sozinha na biblioteca, tarde da noite. Ela fazia o máximo para ser útil quando registrava a retirada dos livros ou ajudava os alunos da escola secundária, mas todos sabiam que Sally Owens vivia amargurada e ainda mais retraída do que era na juventude.

A maldição arruinara a vida de Sally e ela tinha decidido que não iria revelar o destino das Owens para as filhas. Elas já sabiam alguma coisa a respeito, pois havia uma aura de magia sobre a casa da Rua Magnólia; o famoso jardim, as plantas perigosas trancadas na estufa, o pardal que entrava na casa em pleno verão. Ainda assim, a palavra "bruxaria" nunca era pronunciada em voz alta. Sally sabia que sua bisavó Susannah Owens também tinha ocultado dos filhos a verdade sobre sua herança familiar, estabelecendo uma série de regras para garantir que evitariam a magia. Sally sentia uma certa afinidade com Susannah e, quando encontrou as regras da bisavó anotadas num antigo diário, passou a adotá-las. Nada de nadar, de ler livros de magia, de acender velas, de sentar no telhado e contemplar as estrelas, de usar roupa preta, de andar ao luar. Na opinião de Sally, era preferível que vivessem a vida sem magia, e ela tinha feito o possível para garantir que as filhas não vivessem com a nuvem da maldição pairando sobre a cabeça, espreitando a cada beijo. Quando chegasse a hora, se e quando uma das meninas estivesse prestes a se apaixonar, Sally iria intervir e colocar um fim naquilo, como gostaria de ter feito com a irmã, Gillian, quando ela se apaixonou pelo homem cujo nome nunca era pronunciado em voz alta, por receio de que ele voltasse do mundo dos mortos. Felizmente, nem Antonia nem Kylie pareciam ter qualquer inclinação romântica. Com sorte, a maldição nunca seria um problema para elas e estariam seguras, apesar de tudo. Kylie passava o tempo todo com seu melhor amigo, Gideon Barnes, e Antonia era obviamente uma viciada em trabalho, apesar de estar grávida no momento. O pai da criança não era conhecido pela família e, quando perguntavam quem ele era, Antonia apenas dava de ombros e dizia que aquela era uma longa história, o que não era bem verdade. Ela tinha namorado Scott Morrison no colegial, mas sempre preferira as mulheres e já tinha aparecido com várias namoradas, muitas das quais tinham ido embora com o coração partido, sem que Antonia tivesse essa intenção. Antonia era uma jovem de 23 anos, serena e confiante, uma ruiva que não tinha o mesmo temperamento feroz de Franny. Ela era o tipo de pessoa que você gostaria de ter por perto numa emergência e ninguém se surpreenderia se anunciasse que a Medicina de Urgência era a especialidade que ela desejava seguir. Sempre que ouvia uma sirene na rua, Antonia saía em disparada, pronta para oferecer ajuda, pois ela era, e sempre fora, uma agente de cura por natureza; quanto mais urgente o problema, mais focada ela ficava em curar.

Antonia não entendia por que as pessoas achavam que ela se interessava pouco pelas questões do coração, quando simplesmente estava mais preocupada com os estudos. Na verdade, ela nem tinha certeza se acreditava no amor, mas definitivamente acreditava na ideia de ter filhos, assim como Scott, que estava dois anos à frente dela na faculdade de Medicina e mantinha um relacionamento de longa data com outro médico, Joel McKenna. Eles concordavam que todos os três seriam pais excelentes, especialmente se criassem a criança juntos.

Quanto à Sally, desde a morte do marido, Gary, ela só usava preto e tinha um armário repleto de vestidos escuros e discretos, de algodão para a primavera e o verão, e de lã para as estações mais frias. Com seus sedosos cabelos negros sempre presos num coque e seu casaco preto esvoaçando atrás dela, Sally parecia um fantasma à noite, quando voltava para casa da Biblioteca Owens na companhia da tia, enquanto montes de folhas novas caíam das árvores à sua passagem. Sally mantinha as venezianas fechadas nos dias ensolarados e preferia grandes óculos escuros que lhe conferiam uma expressão impenetrável. Quando se demorava na varanda à noite, sem vontade de subir para seu quarto solitário, ficava numa velha cadeira de balanço, enquanto a escuridão noturna se derramava à sua volta, sem perceber que assustava as crianças da vizinhança que a viam em meio à noite escura. As crianças que viam Sally Owens nas noites frias concordavam que ela era uma bruxa e podia se transformar em qualquer coisa que quisesse (um gato, um corvo ou uma loba) e que era melhor não falar nem se divertir muito quando ela os tivesse em sua mira. A maioria das pessoas na cidade considerava Sally imprevisível e geniosa, e havia aquelas que insistiam em dizer que era melhor não contrariá-la, pois, se não, ela não hesitaria em lhes lançar um feitiço. Sally não dava ouvidos a nada disso. Que os vizinhos fizessem seus mexericos, que atravessassem a rua quando a vissem, ela não poderia se importar menos com isso. As mulheres Owens tinham o hábito de fazer o que bem entendiam, não interessava o que as pessoas pudessem dizer, e ela continuaria a fazer o mesmo.

Aquela semana, à medida que a primavera se aproximava, Sally decidiu finalmente apagar a lâmpada da varanda, que era mantida acesa havia trezentos anos, assegurando às mulheres necessitadas de auxílio que elas seriam bem-vindas. Aos olhos de Sally, ela já tinha ficado acesa por tempo demais. Que a vizinhança procurasse ajuda em outro lugar. Não muito depois, o portão foi trancado, a porta da frente também, e trepadeiras cheias de espinhos passaram a se agarrar às saias de qualquer uma que se atrevesse a pegar o caminho de pedras azuis que levava até a porta. Se um elixir fosse necessário, para a saúde, o amor ou a vingança, o melhor que as clientes podiam fazer era esperar na calçada, do lado de fora da cerca, até que Franny Owens, ou mais provavelmente a carinhosa Jet, saísse para ir ao mercado ou à farmácia e desse uma paradinha no caminho para ouvir seus infortúnios. Talvez, se tivessem sorte, uma das tias lhes concedessem um elixir, armazenado na despensa ou na estufa, bem longe dos olhos de Sally. Tulipa-estrela para decifrar os sonhos; contas azuis para proteção; alho, sal e alecrim para dissipar o mal; ou a cura mais procurada, a Poção do Amor Número Nove, que era uma mistura de erva-doce, alecrim, mel e cravo-da-índia, tudo fervido por nove horas e sempre vendido por 9 dólares e 99 centavos. Jet nunca cobrava nem um centavo a mais e fazia questão de lembrar à cliente que o feitiço funcionava melhor na nona hora do nono dia do nono mês. Em algumas noites, as mulheres da vizinhança ficavam no escuro em frente à casa das Owen, com as mãos agarradas à cerca de ferro, e joias ou dinheiro vivo na bolsa, desesperadas para obter ajuda em questões de amor, saúde ou vingança. Muitas vezes, as tias já estavam na cama e, mesmo assim, as mulheres se mantinham firmes ali, sempre com a esperança de serem atendidas; e havia momentos em que Sally tinha que passar por cima delas, em seu caminho para o trabalho pela manhã, pois as mais atormentadas caíam no sono em plena calçada, sonhando com curas que nunca receberiam.

Sally havia se tornado uma pessoa tão fechada que já fazia tempo que não tinha mais a capacidade de ver a cor vermelha, um efeito colateral do fato de reprimir suas emoções. Um dia ela acordou e a cor tinha simplesmente desaparecido da sua visão. Qualquer coisa que fosse escarlate ou carmesim, cor de cereja ou coral adquiria um tom borrado de cinza. Mas Sally não tinha ficado nem um pouco preocupada. Ela não dava a mínima para a ausência do vermelho em sua vida. Quem precisava de uma cor tão berrante e perturbadora? Flores vermelhas, coração vermelho, magia vermelha, amor vermelho. Apesar de a primavera já ter começado, para Sally março era sempre um mês baço e silencioso, um mundo em preto e branco. Ela não estava nem aí com o fato de não poder mais ver os cardeais empoleirados nas árvores, ou que as tulipas vermelhas na estufa, forçadas a uma floração precoce, fossem, aos seus olhos, cor de terra. Sally sentia-se mais racional observando o mundo através de um véu de melancolia.

Embora Jet não trabalhasse na biblioteca oficialmente, era uma das atendentes favoritas dos frequentadores mais jovens. Ela tinha um talento especial para descobrir o que as pessoas estavam pensando e percebia que os meninos mais rudes geralmente eram os mais tímidos, e as garotas mais quietas costumavam ter muito a dizer. Ela muitas vezes parava para ajudar os menores a escolher os livros, orientando-os a ler histórias que continham a magia da melhor qualidade: magia prática integrada ao mundo cotidiano, contos em que as pessoas se deparavam com encantamentos, muitas vezes enquanto desciam uma rua da sua cidade ou quando entravam num guarda-roupas contendo outros mundos ou aguardavam um trem que as levaria a um lugar nunca imaginado.

— Você só precisa ter um pouquinho de paciência — Jet dizia a Sally, cada vez que ela se exasperava diante do mau comportamento dos adolescentes, que se reuniam em grupos na biblioteca, para bater papo nas mesas como se estivessem na sala da sua própria casa.

Sally tinha sido uma excelente mãe, mas, nos últimos tempos, ela tinha se tornado austera demais e agora raramente sorria; e as crianças sempre ficam desanimadas diante de uma personalidade tão rígida. As filhas se irritavam com as regras que ela criava em casa, mas regras são regras e Sally não permitia que fossem desobedecidas. Ela tinha afixado um cartaz no balcão de atendimento da biblioteca. "É proibido correr, gritar, fazer reuniões em grupo, trazer animais de estimação, ficar descalço ou chorar quando não conseguir o livro que quer." Ela não culpava as crianças por evitá-la, preferindo Jet ou a srta. Hardwick. Ela tinha dado as costas para o mundo e suas tristezas, e havia momentos em que podia jurar que via a imagem da tia Franny, em vez da sua própria, ao passar por um espelho. Aqueles mesmos olhos frios e cinzentos, a mesma expressão carrancuda. Certamente, ela havia herdado a atitude séria de Frances Owens; ela era seca e não tolerava gente tola. Sally às vezes ouvia a voz de Franny dentro da cabeça, ou pior, ela se ouvia dizendo as mesmas frases que Franny havia dito a ela, um conselho direto, sem meias-palavras. *Coragem ou cautela? Por que diabos você quer ser normal? Que graça tem isso?*

Quando os pais morreram, e Sally e Gillian foram morar na casa da Rua Magnólia, ambas tinham pavor de Franny, intimidadas com seu cabelo rebelde e suas botas vermelhas, por ter a pele cheia de sardas e ser de pouca conversa, e secretamente a chamavam de tia malvada. Mas, quando Sally chorava na cama à noite, era Franny quem subia até o quarto do sótão e se sentava ao lado dela. Ela não oferecia palavras tolas e sem sentido para confortá-la, mas acariciava os cabelos longos e escuros de Sally e dizia que quando acordassem teriam bolo de chocolate no café da manhã; e ela sempre cumpria o prometido.

Embora Sally se considerasse uma mulher lógica, ela sabia que este mundo não se resumia ao que podia ser visto a olho nu. Desde a infância, ela estava convencida de que uma sombra escura de azar pairava sobre ela como uma nuvem, um feitiço perverso de que ela não conseguia se livrar, não com sálvia, alho ou sal. Ela seguia atrás dela, disso não havia dúvida. A maldição das Owens a perseguia, por mais que ela estivesse determinada a evitar a magia. Ah, ela tinha tentado, mas, não importava o quanto sua vida pudesse ser comum, a maldição vivia em seu encalço, como um cão teimoso que se recusava a afrouxar a mordida mesmo quando era sacudido para largar sua vítima. Agora, enquanto Sally e Jet andavam pela cidade, Sally percebeu que um cachorro, de verdade, estava seguindo as duas, como se tivesse lido a mente dela, confirmando sua teoria de que um feitiço e um cachorro de rua eram duas coisas igualmente difíceis de alguém se livrar. Aquele que as seguia era uma bolinha de pelo branca e desgrenhada, com olhos pretos penetrantes. Sally logo se deu conta de que o cão abandonado era o mesmo que andava rodeando os latões de lixo atrás da biblioteca havia vários dias e era esperto o suficiente para escapar toda vez que o serviço municipal era chamado.

– Por mais que eu tente, simplesmente não consigo pegar aquele cachorro – disse Sally. Agora que as filhas eram adultas, com Kylie no segundo ano e Antonia já cursando a faculdade de Medicina, ambas na Universidade de Harvard, e com a gravidez de Antonia, que já era quase mãe, Sally costumava ficar na biblioteca até bem depois do expediente. Fazer o quê em casa? Ela preferia comer um sanduíche sentada na escrivaninha, onde provavelmente se esqueceria de voltar para casa e passaria a noite trabalhando se Jet não fosse buscá-la no final do dia.

– Acho que é a Margarida – disse Jet, pensativa, enquanto observava o animal. Depois que você fica sabendo que a morte está no seu encalço, parece que as coisas entram em foco, como acontecia agora com Jet. Com apenas sete dias de vida pela frente, era melhor ela prestar atenção a cada detalhe. Ela já tinha reparado que as linhas da palma da sua mão direita, que mostrava o destino que a vida lhe tinha concedido, e aquelas da palma da mão esquerda, o destino que ela mesma traçara, estavam exatamente iguais; elas tinham convergido, como sempre acontece no final da vida. O dom da visão de Jet havia se intensificado. Ela conseguia sentir o coração da cachorrinha batendo sob o emaranhado de pelo, assim como o crescimento vagaroso das folhas pretas dos últimos olmos do Condado de Essex. O Reverendo Willard costumava ter uma cachorra parecida com aquela antes de ser forçado a se mudar para uma casa de repouso na Endicott Street. Os Willard e os Owens eram todos descendentes de um caçador de bruxas e de uma bruxa, John Hathorne e Maria Owens por parte dos Owens, e uma das netas de Hathorne e um parente de John Proctor, enforcado por bruxaria ao tentar proteger mulheres inocentes levadas a julgamento, pelo lado dos Willard. Apesar dos séculos de desconfiança, Jet tinha conseguido mudar aquela rixa de família após a morte do seu amado Levi Willard, quando bateu na porta do Reverendo, recusando-se a permitir que ele a rejeitasse e insistindo em ficar até que se acertassem. O Reverendo já tinha mais de 100 anos e não conseguia mais cuidar de si mesmo, muito menos de um animal de estimação, e diziam que seu pequeno maltês tinha fugido e andava agora perambulando pela cidade, comendo lixo, dormindo em varandas e implorando por comida quando via crianças saindo do ônibus escolar. Cautelosa, a cachorra se escondeu entre os arbustos, mas Jet parou e acenou alegremente.

– Venha cá, Margarida! – ela chamou. – Acho que é a cachorrinha do Reverendo.

– Você não vai querer um cachorro – Sally lembrou a tia. – Você gosta de gatos.

Era verdade. Jet tinha criado uma série de estimados gatos pretos quando era mais jovem, todos com nomes de pássaros, incluindo Pega, Ganso e Corvo. Porém, quando Margarida, se realmente fosse ela, começou a se aproximar, algo tocou o coração de Jet. Ela se abaixou para pegar a cachorra e, quando a segurou no colo, pôde sentir seu coraçãozinho batendo acelerado bem próximo ao dela. Ela se lembrou de que ninguém escolhe um "familiar", é ele quem escolhe você, pois é mais uma alma gêmea do que um animal de estimação. Na verdade, Jet se sentiu confortada com a presença de Margarida. A vida, de qualquer espécie que fosse, era sempre maravilhosa. Ela via isso agora.

– Está mesmo decidida? – Jet murmurou para a cachorra. Ela tinha apenas alguns dias de vida, afinal, e não podia prometer que iria garantir o futuro de Margarida. A cadelinha do Reverendo, no entanto, se ajeitou no colo dela, evidentemente satisfeita de estar sendo levada dali, embora não tivesse feito nenhum contato visual. Era curioso. Um familiar via dentro de você. Foi então que Jet percebeu que ela era apenas uma guardiã temporária da cadelinha. Margarida estava destinada a pertencer a outra pessoa.

– E lá vamos nós... – O tom de Sally era mal-humorado. Ela não tinha paciência para nada ultimamente. Embora parecesse jovem para a sua idade, provavelmente devido ao milagroso sabonete preto que as Owens preparavam com base numa receita de família desde os anos de 1600, quando tinha sido usado no tratamento de pessoas infectadas com a peste negra, numa época em que o simples ato de lavar as mãos com ingredientes desinfetantes, como o alecrim, a lavanda e a hortelã, fazia toda a diferença. Sally desconfiava do mundo, uma atitude que fazia a pessoa envelhecer por dentro. O sabonete preto não conseguia resolver isso. – Uma coisa leva a outra... – Sally disse à tia – e o resultado final provavelmente serão pulgas.

Jet acariciou a cachorra e não discutiu com a sobrinha. Embora março fosse impetuoso e imprevisível, ela sempre tivera uma predileção por aquele mês, que evocava esperança quando o sombrio mundo invernal ainda reinava. Jet se sentia extremamente grata por vivê-lo pela última vez. Tudo estava se tingindo de verde e as sebes tinham um aroma fresco e picante. O ar azul estava friorento, mas os narcisos já estavam rasgando a terra preta e úmida, e no jardim das Owens eles já tinham florescido. Ah, mas que mundo mais lindo e imprevisível!

– Se prepare. Franny vai surtar se você levar esse cachorro para casa – Sally continuou a alertar a tia, enquanto passavam pelo Black Rabbit Inn. Aquela noite, o prato especial era empadão de frango, mas a maioria dos frequentadores ficava apenas no uísque. Um violinista estava tocando com entusiasmo no bar. Era o tipo de música ruidosa e empolgante que agradaria a Gary. Depois de se mudar para Massachusetts, ele sentia falta do deserto onde tinha crescido e das terras indômitas que conhecera. Gostava de ficar na varanda com Sally antes de irem para a cama, contemplando as estrelas e apontando constelações, mesmo no rigor do inverno. Gary nunca acreditara em maldições ou golpes de azar, e considerava os contos de fadas apenas historinhas para crianças. Sally amava a atitude destemida do marido e a maneira como ele a fazia se sentir segura, embora ela soubesse que o mundo era, e sempre seria, um lugar perigoso. O mal crescia com a ferocidade das amoreiras; bastava cortá-lo para que ele voltasse a brotar com raízes ainda mais profundas.

Agora, a caminho de casa, Sally enroscou seu braço no de Jet. Ela sempre amolecia quando estava na presença da tia, que era a criatura mais bondosa dentre todos. Gillian tinha o palpite de que deveria haver algum tipo de alteração no DNA de Jet e alguns genes inesperados tinham lhe conferido um coração enorme, ausente na maioria dos membros da família. Gillian devia saber o que dizia; ela trabalhava num laboratório do MIT fazendo pesquisas genéticas, um assunto pelo qual era agora obcecada. Ela estava convencida de que, em algum lugar do passado, havia um ancestral com a mesma bondade da tia, talvez a mesma pessoa de quem Jet herdara sua beleza impressionante.

Um clima mais quente estava previsto para o resto da semana, e os sete últimos dias de Jet marcavam o início de uma estação que sempre fora um deleite em Massachusetts. Durante todo o longo e rigoroso inverno, as pessoas esperavam um sinal da primeira onda de primavera. O caule verde de um lilás. O murmúrio de uma pomba no quintal. Enquanto ainda havia uma camada fina de gelo no Lago Leech, as pessoas eram acometidas de febre da primavera, que as fazia agir como se fossem jovens novamente; elas se arriscavam mais, ficavam fora de casa até mais tarde, se apaixonavam sem o menor aviso. Aquele era o mês em que os times começavam a jogar bola no campinho da escola secundária e a música fluía das janelas abertas, enquanto as crianças praticavam escalas no piano, ignorado durante todo o inverno. Havia uma hora a mais de luz do dia, gloriosa e necessária depois dos vários meses de escuridão.

Jet podia ouvir o zumbido das primeiras abelhas da estação, enquanto se aproximavam da casa na Rua Magnólia, com suas venezianas pretas, o telhado inclinado e dezenas de janelas com vidraças verdes, antiquadas e tremelicantes. Ela estancou quando dobraram a esquina, bem ciente da crendice muito antiga de que as abelhas sempre enxameavam o terreno de uma casa quando um morador estava prestes a morrer. Centenas desses insetos estavam agora circulando pela varanda, num vibrante turbilhão amarelo. E ali estava Franny, no anoitecer friorento, sem casaco, com uma vassoura nas mãos, fazendo tudo o que podia para afastá-las.

– Você vai ser picada! – Sally gritou para a tia, alta e destemida, que sempre se destacava pela sua beleza toda própria. Franny Owens estava na casa dos 80 anos, mas seu cabelo ainda tinha um tom ruivo e, embora as pessoas cochichassem que ela o tingia num salão de Boston ou que eliminava os fios grisalhos com uma mistura mágica de sangue e ervas poderosas, tudo o que ela fazia para manter a cor era enxaguar os cabelos de vez em quando com raiz de garança.

Jet largou a cachorra e foi até a irmã.

– Nós precisamos das abelhas – Jet disse num tom sério. Ela tirou a vassoura das mãos de Franny e deixou-a cair no chão. – Franny, já basta!

As irmãs se olharam nos olhos. Elas sempre tinham sido capazes de ler os pensamentos uma da outra, mas agora Franny estava aturdida com o que via. Ela vislumbrou a si mesma no futuro, ali no jardim, sozinha. E então, com a respiração acelerada, de repente entendeu.

– Não... – murmurou.

Foi assim que aconteceu, numa noite como todas as outras, quando Franny planejava ir para a cama cedo depois do jantar e ler *As Ondas*, de Virginia Woolf, que já estava na mesinha de cabeceira esperando por ela. Ela tinha presumido que a vida continuaria como estava, sem nada mudar, mas de repente ali estava ela, numa noite angustiante de abelhas, com um enxame enlouquecido tomando conta da casa e a irmã já lhe sendo arrancada, enquanto ela antevia o amanhã, escrito nas constelações girando acima delas. Aquele era o Triângulo de Inverno, que iria desaparecer no final do mês, como sempre acontecia naquela época do ano. Franny compreendeu que era assim que a perda começava. Ela já tinha passado por aquilo antes, mas agora, como qualquer outra pessoa, havia se esquecido de que era assim que acontecia, que as coisas terminavam quando menos se esperava, que era impossível proteger aqueles que amávamos da natureza e do destino.

Sally foi até onde estavam as tias. Ela provavelmente teria que chamar o dedetizador pela manhã, pois pela primeira vez as abelhas estavam entrando na casa e poderiam decidir ficar por lá até o mel começar a pingar do teto e escorrer pelas paredes. No jardim, os brotos já estavam exalando nuvens de aroma: manjerona, lavanda, alecrim. Sempre havia muito alho-espanhol, uma tradição para se ter uma colheita abundante. Também havia erva-estrela, matricária e zimbro, com as suas últimas bagas. A cachorra estava farejando tudo, já se sentindo em casa.

– Viu o que achamos no caminho de casa? – Sally perguntou à Franny. Quando a tia a olhou sem expressão, Sally soltou uma risada. Franny tinha um jeito todo próprio de ignorar as pessoas da cidade, assim como a sobrinha, e provavelmente nem tinha notado o animal. – Margarida. Lembra da cachorra do Reverendo?

– O que me importa a cachorra do Reverendo... – rebateu Franny, voltando a andar entre as ervas, rumo à parte de trás do jardim, onde havia uma colmeia. Estava vazia. Quando ela deu uma batidinha nas laterais, a colmeia chacoalhou e Franny se deu conta. Suas próprias abelhas tinham anunciado a morte que estava por vir. Não havia como negar o que aconteceria. Seria alguém da família. Uma delas.

– Eu disse que ela não ficaria nada feliz com isso. – Sally olhou para a cachorra, mas Jet não estava mais ali. Ela tinha ido atrás da irmã, sua querida Franny, que era tão diferente dela quanto a noite é do dia, mas que ela sempre amara além da razão.

No primeiro dia da sua última semana na Terra, Jet foi para Nova York, pegando o trem no centro de Boston. Como a tarde estava adorável quando chegou a Manhattan, ela caminhou pela cidade até o Plaza Hotel, na 5th Avenue com a 59th Street. Tinha levado Margarida com ela, enfiada dentro da bolsa a tiracolo enquanto estavam dentro do trem e agora na guia, livre para farejar alegremente todos os novos aromas que lhe davam as boas-vindas ao deixarem a Penn Station. Jet tinha feito aquela viagem uma vez por mês nos últimos sessenta anos, e os funcionários mais antigos do hotel sempre a reconheciam e ficavam felizes em revê-la. Na sua primeira estadia, o restaurante do hotel recusava-se a servir mulheres desacompanhadas no almoço, mas tudo mudara em 1969, quando Betty Friedan e quinze outras integrantes da Organização Nacional de Mulheres decidiram que aquilo não podia continuar e se recusaram a sair. Nos anos seguintes, Jet frequentaria o Oak Bar, ficando ali até a hora de subir ao seu quarto, para a noite que ela aguardava durante o mês inteiro.

Quando ela entrou com a cachorra no colo, ninguém atrás do balcão da recepção fez nenhuma pergunta. Eles nunca faziam. Ela sempre ia sem bagagem, pois só carregava uma camisola, algumas roupas de baixo e uma muda de roupa na bolsa. Desta vez ela também havia trazido uma sacola de lona com comida de cachorro. E sempre pagava em dinheiro.

Mais de seis décadas antes, Jet era uma garota encantadora de cabelos negros, que se registrara naquele mesmo hotel para dar fim à própria vida. Ela havia perdido seu primeiro amor, Levi, o filho do Reverendo, num acidente de carro que parecia ter sido desencadeado pela maldição, uma colisão horrível que também custara a vida dos pais dela. Ela não via nenhuma razão para continuar vivendo e tinha certeza de que o mundo não era mais um lugar em que ela quisesse estar.

O destino de Jet mudou quando um jovem mensageiro do hotel percebeu que ela dera entrada no Plaza sem malas. Hóspedes sem bagagem na maioria das vezes tinham em mente uma das seguintes alternativas: um caso amoroso ou um suicídio, embora ocasionalmente houvesse uma terceira possibilidade, quando um romancista chegava desesperado por inspiração, sempre pedindo o quarto mais barato. Rafael Correa foi o mensageiro que reparou em Jet. Ele a impediu de tirar a própria vida, implorando que reconsiderasse seus planos e, em vez disso, pedisse o serviço de quarto para ele. Desde o início, Jet deixara bem claro que ela nunca pertenceria a ele; ela mencionou a maldição, mas ele tinha ficado completamente apaixonado depois desse primeiro encontro e não discutiu. Quando você salva a vida de alguém, essa pessoa passa a pertencer a você, não importa o que ela possa dizer.

Desta vez, Jet tinha feito uma reserva para duas noites. Se ela não fizesse o que queria esta semana, faria quando? Uma coisa boa sobre a morte dela é que a maldição não poderia mais afetar o homem que ela amava. Ela tinha reservado uma suíte, sem se importar com as despesas, e por duas noites e dois dias eles poderiam fingir que viviam juntos, ou talvez não fosse fingimento, talvez aquele, de fato, fosse o tempo mais real da vida deles.

Rafael tinha sido diretor de uma escola secundária no Queens e, desde a aposentadoria, dava aulas particulares de inglês para estrangeiros no bairro. Ele tinha um amplo círculo social, mas ia para casa sozinho todas as noites. Apesar das preocupações dos amigos com a vida solitária que ele levava, Rafael nunca se casara. Ele queria mais do que tinha, mas isso não era possível, e em muitos aspectos ele e Jet eram mais afortunados do que a maioria das pessoas. Eles nunca brigavam e qualquer eventual desentendimento era breve, pois eles queriam aproveitar ao máximo o pouco tempo que passavam juntos e o usavam com sabedoria. Mas, quando Rafael chegou ao Plaza, seus instintos lhe diziam que receberia más notícias, um remanescente dos seus anos como diretor de escola. E isso por um único motivo: Jet tinha trazido com ela um cachorro de rua, um cachorrinho branco de pelo desgrenhado, que se sentou aos pés de Rafael quando ele tirou os sapatos e o olhou nos olhos como se ele fosse um amigo perdido há muito tempo.

— Ela vai alegrar você — disse Jet.

— Tudo o que eu preciso é de você — disse ele com tristeza, sentindo que algo não estava bem.

Jet se sentou ao lado de Rafael e pegou a mão dele. Durante todos aqueles anos, ela o protegera ao afirmar que não o amava, mas agora Jet disse a ele a verdade. Ela o amava e só a ele e mais ninguém.

— Eu sei — Rafael a assegurou.

— E é por isso que Margarida está aqui. Ela lhe fará companhia.

E foi então que ele soube. Algo terrível e inexorável estava prestes a se abater sobre eles. Eles pensaram em se casar naquela tarde, uma vez que a maldição não poderia mais fazer mal a eles, mas no final decidiram que não precisavam de ninguém como testemunha do amor que sentiam um pelo outro. Em vez disso, fizeram coisas que qualquer casal poderia fazer num dia comum. Isso era o que Jet mais queria. Que fossem apenas mais um casal nas ruas de Nova York. Ah, ela sabia que aquilo não era possível, nunca tinha sido, mas durante aquela última vez que passariam juntos, ela desejava que fossem pessoas sem medo do amor, que acreditavam que o futuro lhes pertencia.

Na manhã seguinte, eles caminharam pelo Central Park até o Belvedere Castle, com Margarida na guia. Do alto do rochedo escarpado do castelo, observaram o dossel verdejante mais abaixo. O céu ficou amarelo-pálido e eles se refugiaram no castelo durante uma rápida chuva. Depois foram de braços dados ao Boathouse, para o *brunch*, a cachorra escondida na bolsa de Jet e alimentada com pedacinhos de torrada. Jet chegou a beijar Rafael em público, a maldição que fosse às favas. Depois disso, pegaram o metrô até o Queens, para que Jet pudesse conhecer o colégio em Forest Hills onde Rafael era diretor antes de se aposentar. Ele tivera uma vida sem ela, tinha vivido num mundo particular como professor e como homem, mas no trem de volta para

Manhattan ela podia ver o quanto ele ficaria solitário depois que ela partisse.

À noite, eles deixaram a cachorra no hotel e pegaram um táxi até Waverly Place, onde se sentaram de mãos dadas no melhor restaurante italiano do Village. Quando não aguentavam mais comer ou beber, ainda pediram o famoso bolo de azeite com sorvete. O céu estava pontilhado de nuvens, enquanto caminhavam pela Greenwich Avenue até o número 44, a casinha geminada onde Jet tinha morado com Franny e o seu muito amado irmão, Vincent, quando eram jovens e tudo parecia possível. O agente literário que montara um escritório ali depois que a família se mudou agora infelizmente não estava mais lá, mas ainda havia alguns lilases esparsos no quintal minúsculo. Jet fechou os olhos e se lembrou de tudo. Do seu quarto no terceiro andar, onde ela tinha lido inúmeros romances, inclusive *O Morro dos Ventos Uivantes*, que devorou três vezes; Franny sentada à mesa da cozinha, decidindo como pagar as contas quando tinha 19 anos; Vincent tocando violão em seu quarto, a voz esganiçada ecoando pela casa.

Quando Jet e Rafael olharam um para o outro na cama, eles se viram como costumavam ser quando eram belos e jovens, ambos com cabelos pretos e a pele corada. Isso talvez porque eles ainda eram apaixonados. Ou talvez fosse porque a última vez é sempre bela e solene, quando finalmente se compreende que cada instante vale muito.

Sempre que estavam juntos, Jet pensava no dia em que se conheceram, quando ela tinha certeza de que havia perdido tudo na vida e não valia mais a pena viver. Cada vez que Jet encontrava alguma mocinha chorando na biblioteca ou na varanda da casa na Rua Magnólia, convencida de que a vida não tinha mais sentido, ela sempre dizia: "Nunca se sabe quem pode entrar pela porta". O destino funcionava daquela maneira. Parte do que estava para acontecer era predestinada, isso era verdade, conforme mostravam as linhas da mão direita. Mas as linhas da mão esquerda mudavam dia após dia, pois aquele era o destino que a própria pessoa traçava.

Quando chegou a hora de partir, Jet não conseguiu se convencer de acordar Rafael. Ela gostaria de poder ficar a semana toda, mas se continuasse com ele por muito tempo o coração dela se partiria; já estava partido. Por alguns instantes, ela o observou enquanto dormia, grata por ter conhecido o amor apesar da maldição. Jet não era uma pessoa como as outras, nunca poderia ser, mas Rafael não parecia se importar. Ela deixou um bilhete ao lado da cama, um trecho do seu poeta favorito. Rafael entenderia. Ele sempre entendia. Quem ama nunca se separa.

Aquele que é amado não pode morrer,
pois o amor é imortalidade.

No trem de volta para Boston, Margarida se sentou no colo de Jet e olhou pela janela enquanto passavam pelos pântanos verde-claros de Connecticut.

– Cão de serviço – Jet justificou ao condutor. E quem iria discutir com uma senhorinha tão simpática, que parecia estar chorando lágrimas de sangue, as lágrimas que choram as bruxas, não importava a crença de que elas não têm coração e são incapazes de amar. Havia ninhos de águias-pescadoras nos postes mais altos e um pássaro enorme com uma envergadura de um metro e meio sobrevoando a faixa de lama da maré baixa, em busca de peixes. O capim alto e amarelado crescia na beira dos regatos e as nuvens se refletiam na água. Será que existia em algum lugar um pântano mais bonito?

Tudo o que uma pessoa faz pela última vez é um milagre, não importa o quanto seja comum. Jet tinha ficado ao lado de Rafael enquanto ele escovava os dentes, tinha pegado o metrô com ele para o Queens, tinha visto o olhar amoroso com o qual ele a fitava, como se nada mais importasse. Era daquele jeito que sua vida real poderia ter sido se ela não tivesse sido obrigada a manter vigília sobre a maldição.

– Você não precisa mais se preocupar com a maldição – ela lhe assegurou enquanto caminhavam pela paisagem do passado de ambos, quase como se fossem jovens novamente e tivessem todo tempo do mundo.

– Eu nunca me preocupei – disse Rafael. – Tive sorte na vida e sei disso.

Franny veio do jardim com um cesto de salsa e hortelã frescas. Ela parou na cozinha quando viu que a irmã tinha retornado. Podia perceber uma aura cinzenta ao redor de Jet, visível apenas para quem sabia como era a morte, para quem ousava olhar num espelho negro e ver o futuro daqueles que mais amava. Era a noite do segundo dia e, na manhã seguinte, o tom da aura seria mais escuro ainda.

– Até que enfim! – disse Franny com rispidez. Seu coração estava partido, mas que bem faria se demonstrasse?

– Aqui estou eu – Jet respondeu. – Agora sou sua pelos próximos cinco dias.

Só minha, pensou Franny. *Linda, querida, caríssima irmã.*

– Então deveríamos fazer o jantar – disse ela. *Precisamos aproveitar ao máximo cada minuto que temos.*

Elas passaram quase todo tempo juntas nos dias seguintes, ligadas em pensamentos e ações, como as irmãs costumam ser. Em quem você pode confiar se não for em sua irmã? Quem conhece sua história melhor do que ela? Quem visse uma das irmãs Owens na mercearia, veria a outra também, bem ao lado dela. Se uma estivesse trabalhando no jardim, arrancando ervas daninhas, a outra irmã também estaria ali, com uma cesta nos braços, colhendo dentes-de-leão. Quando Jet foi visitar o Reverendo Willard no asilo, Franny foi junto, embora ela fosse a criatura menos social da cidade e certamente nunca tinha visitado ninguém do asilo antes. Margarida estava com elas, e nenhuma pessoa na casa de repouso pensou em causar problema por causa do visitante canino, sabendo que quem fizesse isso teria que se entender com Franny, que já havia lançado um feitiço de dominação no saguão do asilo, para garantir que as pessoas em todo prédio se curvassem à vontade dela.

O Reverendo havia realizado a cerimônia de casamento de Franny e do seu amado Haylin Walker logo após Haylin receber o diagnóstico de câncer e, graças a essa gentileza, Franny tinha relevado a maneira como o Reverendo tratara Jet quando ela era menina, o que, de fato, tinha sido imperdoável. Mas perdoar era uma coisa, fazer uma visita era outra, e Franny simplesmente não conseguia travar uma conversa animada com alertas de emergência disparando para avisar sobre residentes com dificuldades e com a respiração asmática do Reverendo Willard, pois a primavera sempre o deixava alérgico. Franny permaneceu na soleira da porta enquanto Jet foi se sentar na cabeceira do Reverendo. Aquilo era o mais social que Franny conseguia ser. Ela franziu os lábios quando viu o Reverendo Willard. As coisas pareciam que não iam bem com o velho e ele já estava desanimado havia algum tempo. Depois que faz 100 anos, você para de contar os dias. Depois que perde um filho, você vislumbra a morte em todos os lugares. Mesmo assim, o Reverendo gritou de alegria quando Margarida pulou em sua cama.

– Olha quem está aqui! A minha garota! – Ele fez um afago na cachorra, totalmente concentrado no animalzinho, virando-se para Jet apenas quando ela tossiu educadamente. – E a minha outra garota!

– Ela já é uma mulher adulta. – Franny lembrou o Reverendo, sem ainda se aventurar para além da porta. – E idosa, a propósito. – Uma mulher que estava passando um tempo precioso com um homem que tinha tornado sua vida um inferno na juventude, mas isso era claramente águas passadas para todos, menos para Franny. O Reverendo não queria que o filho tivesse um relacionamento com uma garota

Owens por causa da família dela, mas ele percebeu que tinha sido um fanático, e ao longo daqueles muitos anos passou a considerar Jet como uma filha. Hoje ela parecia mais triste do que de costume.

– Estou morrendo? – ele perguntou a ela. Eles tinham amado a mesma pessoa, aquele era um vínculo duradouro entre eles.

– Ainda não – Jet disse a ele. – Sou eu desta vez.

– Então, você não virá mais me visitar? – Atingido pela emoção, os olhos e o nariz do Reverendo começaram a escorrer.

– Não. – Jet sorriu para ele com ternura. – Será a Franny de agora em diante.

– O quê? – Franny exclamou, abrupta. Ela só estava ouvindo distraidamente, mas prestou atenção quando ouviu o comentário da irmã. – Nada feito. Não gosto de encontros sociais.

– Então uma das minhas sobrinhas-netas virá – Jet assegurou ao Reverendo. – Kylie ou Antonia. Alguém sempre vai zelar por você. E não se preocupe com Margarida. Eu encontrei o lar perfeito para ela.

Quando Jet estava saindo, o Reverendo Willard pegou na mão dela.

– Me garanta que não vai ser a sua irmã. – Ele falou em voz baixa, olhando para a temível figura na porta, que gesticulava para Jet se apressar. Jet ignorou Franny apressando-a e demorou-se um pouco mais. Por que não? Ela tinha aprendido a amar aquele velho que, se o destino tivesse tomado um caminho diferente, seria seu sogro.

– Não vai ser ela – prometeu.

– Quem quer que seja não vai ser tão boa quanto você.

Franny passou o braço pelo da irmã quando estavam para sair. O mundo ainda era lindo e elas estavam no jardim da frente da casa de repouso, enquanto Margarida farejava tudo. Havia idosos sentados em bancos de madeira, olhando para o céu.

– Você um dia imaginou que o perdoaria? – Franny perguntou, relembrando que o Reverendo tinha feito da vida de Jet e Levi um tormento, quando proibiu terminantemente que o filho a visse. Ele tinha sido um idiota, que julgara Jet pela história de bruxaria da família Owens.

– Eu ainda não consigo perdoar a mim mesma. – Levi a amara e ela tinha levado a maldição para ele. – O perdão é a tarefa mais difícil.

– Eu perdoei você por ser a irmã mais evoluída – disse Franny sem rodeios.

– Bobagem – disse Jet e, como ela não tinha todo tempo do mundo, envolveu a irmã nos braços, embora Franny sempre se sentisse incomodada com abraços. – Querida irmã, sempre foi você a melhor de nós duas.

No quarto dia, Jet e Franny foram para a estufa ler o *Grimório*, o livro volumoso que era o repositório de conhecimento mágico da família. O precioso *Grimório* das Owens tinha sido criado em Essex, na Inglaterra, pela mãe adotiva de Maria Owens, Hannah. Ele fora um presente de aniversário que Maria tinha ganhado ao fazer 10 anos, idade suficiente para estudar magia. A capa era de uma pele verde enegrecida, de algum couro estranho que diziam ser pele de sapo, um material delicado, mas muito resistente. As curas e os feitiços originais de Maria, que ela tinha aprendido na Inglaterra e em Curaçao, estavam registrados naquelas páginas. E tinha sido ali, naquele livro, que a maldição original fora escrita, anos depois de determinarem que Maria subiria ao cadafalso, condenada por bruxaria pelo homem que ela imaginava amar. Também havia várias páginas escritas pela filha de Maria, Faith, que tinha ajudado a mãe a abrir a biblioteca e uma respeitada escola para meninas, graças ao rico e leal patrono Thomas Brattle, o tesoureiro do Harvard College, que havia ajudado a desbaratar os julgamentos das bruxas, refutando publicamente as crenças improváveis de Cotton Mather nas evidências espectrais e considerando todo o episódio uma atitude sem fundamento, um homem que também diziam ser o pai das duas filhas de Faith, Avis e Violet.

As mulheres das gerações seguintes tinham contribuído para o cabedal de conhecimento da família, incluindo sua querida tia Isabelle, que tinha convidado Franny e Jet para visitar a casa da Rua Magnólia quando elas ainda não tinham ideia de quem eram. Elas eram mantidas na ignorância pela mãe, Susannah, que havia abandonado a família e sua história quando ainda era quase uma menina. As páginas mais recentes do *Grimório* tinham sido escritas ao longo de um período de cinquenta anos por Franny e Jet, e havia remédios e encantamentos que Gillian tinha adicionado, embora Gillian sempre tivesse demonstrado menos talento para a magia do que as outras e parecesse mortificada com sua falta de habilidade. Ela não escondia seu ciúme pelo fato de a magia ter vindo tão naturalmente à Sally, mesmo que a irmã deixasse claro que não via utilidade nenhuma nessas coisas e apenas ansiasse por ser uma pessoa normal. Sally nunca tinha escrito uma palavra no *Grimório*. "Não estou interessada", ela sempre dizia quando o assunto da magia vinha à tona. "Tenho coisas melhores para fazer."

Guardado ao lado do livro estava o espelho negro que Jet e Franny tinham conhecido durante seu primeiro verão na Rua Magnólia. Nele, era possível ver o futuro, se a pessoa ousasse. Quando o espelho lhe era apresentado, era possível ver se ela tinha a visão, pois o espelho mostrava fragmentos do seu futuro e começava a desvendar a história da sua vida. Mas as histórias mudam, dependendo de quem as conta, e elas não valem nada se você não tiver alguém para quem contá-las. Felizmente, elas tinham uma à outra. Quando guardaram o livro, elas se deram as mãos e ouviram o canto dos pássaros nas árvores. Que sorte ter uma irmã!

Elas também tinham um irmão, a quem amavam muito, o xodó da família, indomável e talentoso, o tipo de homem que não via nenhum mal em se apaixonar e ousara fazer isso quando tudo em sua história recomendava o contrário. Naquela noite, Jet escreveu uma carta para Vincent, que havia desaparecido após ter sido convocado para lutar no Vietnã. Ele tinha conseguido evitar a maldição simulando a própria morte, enganando o destino e partindo com seu amado William para uma vida que não poderia ser compartilhada com a família. Jet mantinha uma fotografia de Vincent na gaveta da mesinha de cabeceira, junto com um precioso maço de cartas de Rafael. Para escrever a carta para o irmão, ela tirou da gaveta seu melhor papel de carta e uma caneta de tinta vermelha, que fazia o papel branco ficar cor-de-rosa.

Querido menino, Jet começou, *sentimos sua falta todos os dias. Assim que puder voltar para casa, faça isso.*

Ela endereçou a carta à grande amiga de Vincent, Agnes Durant, que morava em Paris, depois colocou no envelope a chave da casa da Rua Magnólia. Ela e Franny caminharam numa noite tempestuosa até colocarem a carta na caixa de correio.

– É improvável que ele receba a carta – disse Franny. Ela mesma tinha escrito para Vincent várias vezes e nunca tinha recebido uma resposta, embora todos os anos recebesse um cartão de Agnes com uma saudação alegre – "Tudo está bem aqui na França" – que, na opinião dela, significava que Vincent estava bem.

– Não sei – respondeu Jet. – Ele era capaz de encontrar qualquer coisa. Tinha esse dom.

– Quando queria usar – Franny retrucou. A ausência do irmão ainda lhe doía. – Ele nunca nos procurou.

– Ele não podia, minha querida – disse Jet. – Havia a maldição. Ele tinha que pensar em William.

No quinto dia, depois que Sally foi para a biblioteca, Jet acendeu a luz da varanda e abriu a porta. Quando a notícia de que Jet estava disponível se espalhou pela vizinhança, uma fila se formou na calçada. As pessoas queriam curas para erupções cutâneas e indigestão, encantos para filhas que tinham fugido de casa e filhos que estavam no mau caminho, tinturas para o esquecimento e para maridos mesquinhos e, como sempre, para o amor. Jet ficou tão ocupada que convocou Franny, que, mesmo resmungando, começou a coletar ingredientes do jardim: folhas da sua árvore de ginkgo biloba, uma das variedades mais antigas do planeta, para ansiedade; açafrão como anti-inflamatório; prímula, cuja essência era prensada até se tornar um óleo e ajudava a curar doenças da pele, além de levantar o ânimo; equinácea, a melhor erva para o resfriado comum; lavanda, para fazer filhos rebeldes voltarem para casa. Em grandes potes de vidro guardados na despensa, havia mandrágora, beladona, cogumelos de todos os tipos, contas azuis, penas pretas, sementes de maçã, ossos ocos de pássaros, corações de pombo. A fila durou até as cinco da tarde, hora em que a maioria dos narcisos já tinha sido pisoteada por aquelas que queriam garantir que teriam sua vez de contar seus problemas para Jet. Antes de Sally chegar em casa para repreendê-las por praticar magia, Franny afugentou a última das visitantes da calçada e, depois que todas tinham ido embora, ela apagou a luz. Sally tinha razão, era melhor deixar a luz da varanda apagada para sempre.

Jet sentou-se à mesa, exausta, precisando de uma xícara de chá da Coragem.

– Espero que esteja feliz – disse Franny. – Metade do bairro esteve aqui hoje.

Jet sorriu e se serviu de mais chá. Ela de fato estava feliz e, como Franny não podia lutar contra isso, também tomou uma xícara de chá, pois coragem era o que ambas precisavam no momento.

⁓∞⁓

No sexto dia, as tias ficaram em silêncio, envoltas numa névoa de descrença. O futuro estava a menos de 48 horas. Ainda assim, ninguém nunca poderia acusá-las de serem preguiçosas, pois fizeram um bom uso do tempo que lhes restava, começando uma faxina na casa, que, francamente, não recebia cuidados havia algum tempo, com o madeiramento e as cortinas empoeiradas e os tapetes precisando ser levados para fora e batidos com uma vassoura. Era tradicional que fizessem isso após a morte de alguém da família, para se preparar para o período de luto e dar fim a tudo o que o falecido pudesse desejar manter longe dos olhos de todos. Mas, sabendo o que sabiam, elas tiveram a oportunidade de concluir a tarefa juntas, antes do funeral. Cobriram os espelhos e abriram as janelas para deixar entrar ar fresco. Pardais faziam ninhos nos arbustos, e os primeiros botões já estavam despontando nas árvores de magnólia enfileiradas na rua. As irmãs encaixotaram as roupas de Jet e sua coleção de romances, junto com o maço de cartas que Levi tinha enviado quando ela era menina, falando principalmente sobre como poderiam se encontrar sem que o Reverendo soubesse. Havia outra correspondência que Jet estimava muito, cartas amarradas com uma fita azul. Essas eram de Rafael. Ela olhou para elas à beira das lágrimas.

– São dele? – perguntou Franny. Ela nunca questionara Jet sobre o amor da sua vida. Ainda assim, tinha curiosidade em saber.

Jet confirmou com a cabeça. Ela pensou no que poderia ter acontecido se Rafael não tivesse aceitado um emprego de meio-período como mensageiro de hotel, enquanto estava na faculdade.

– A vida é uma sorte.

– Tem razão – concordou Franny.

Quando terminaram de arrumar a casa, toda madeira estava polida e as teias de aranha tinham sido varridas com uma vassoura, elas fizeram um piquenique, em que se deliciaram com tudo de que mais gostavam de comer na infância e que era muito calórico para elas agora: sanduíches de geleia, bolinhos com mel de lavanda, biscoitos de queijo e cebolinha, maçãs fatiadas com creme. Mais tarde, caminharam até o cemitério, onde Jet preencheu um cheque, o pagamento final pelo terreno ao lado da sepultura de Levi Willard, a quem ela amara quando era muito jovem e não tinha ideia do que o amor significava. Então elas foram à mercearia comprar os ingredientes de que precisavam. Pela manhã, quando Sally entrou na cozinha, pronta para ir para a biblioteca, as tias estavam assando um Bolo de Chocolate Embriagado, uma tradição familiar em aniversários, casamentos e funerais, desde a época de Maria Owens.

– Vocês sabem quantas calorias tem isso? – exclamou Sally. Mesmo assim, ela se sentou à mesa e comeu a massa crua que restava na tigela com uma colher. – O que estamos comemorando? – perguntou.

Sally parecia exausta, com olheiras escuras sob os olhos. Ela trabalhava muito e não hidratava o cabelo havia muito tempo, mas ainda era linda e, aos olhos das tias, ainda sua garotinha.

– Se você não pode comer bolo de chocolate no café da manhã, que sentido tem estar viva? – disse Franny.

Na manhã do sétimo dia, quando o tempo estava se esgotando e o círculo cinzento ao redor de Jet se fechou de tal maneira que ela ficou cercada por uma aura negra, elas fizeram exatamente isso, comeram bolo. Por razões que Sally nunca poderia explicar nem entendia, ela se juntou às tias à mesa do café da manhã e, em vez do iogurte e mirtilo habituais, ela comeu a maior fatia de todas.

<hr />

Jet insistiu para que todas jantassem no bar do Black Rabbit Inn naquela noite. Ela já tinha ligado para Gillian, que iria buscar Kylie e Antonia e trazê-las de Cambridge. Jet já tinha reservado uma mesa dos fundos, longe do violinista que tocava ali depois das seis, cuja mãe costumava procurá-las atrás de um elixir para que o filho tivesse sucesso, mas que, pelo pouco talento dele, não surtira muito efeito.

– Tem certeza de que você quer todas aqui reunidas no sétimo dia? – Franny perguntou, preocupada.

– Elas precisarão estar aqui no oitavo dia, não é? Não quero que você tenha que lidar com tudo sozinha.

Franny não tinha outra escolha senão concordar. Ela ainda não conseguia pensar no oitavo dia e num mundo sem Jet. Talvez apenas daquela vez, ela pudesse precisar de ajuda para lidar com o que estava para acontecer. O Black Rabbit, porém, certamente não teria sido a escolha *dela* para a última ceia; ela não suportava o salão animado, com suas toalhas de mesa xadrez vermelhas e o cardápio limitado a pratos de segunda categoria da Nova Inglaterra: batata cozida, bacalhau assado, macarrão com queijo sempre queimado por cima, junto com saladas de alface picada comprada em saquinhos, e todo tipo de pudins para a sobremesa, entre eles a especialidade da casa, algo chamado "cheesecake de ponta-cabeça", que a cozinha vinha servindo havia mais de cem anos, sem esperança de agradar a todos.

No final da tarde, antes da chegada das demais, Jet pegou seu casaco de primavera e foi para a biblioteca.

– Onde pensa que vai? – Franny quis saber. A verdade é que ela não queria perder a irmã de vista. O besouro da morte estava no armário de roupa de cama do segundo andar e seu estalido estava cada vez mais alto. Franny tinha usado repelente de insetos e preparado armadilhas de açúcar, sem sucesso. No final das contas, ela sabia que aquele era um inseto do qual era impossível se livrar.

– O que mais quero é que este seja um dia normal – explicou Jet. – Num dia normal, eu iria buscar Sally para ter certeza de que ela não ficaria na biblioteca até tarde da noite.

– Tudo bem. Mas esteja no Black Rabbit às cinco. Eu vou levar as meninas. Não me deixe plantada lá.

O tempo era tudo o que tinham e elas tinham tão pouco... Jet foi pelo caminho mais longo, parando no cemitério para visitar Levi

Willard, levando para ele um maço de narcisos do jardim, amarelos com miolo laranja e pontilhados com pintas pretas. Ela se deitou na grama ao lado da lápide de Levi e olhou para o céu coalhado de nuvens. Ela estava começando a se despedir do mundo, de todas as coisas que amava: a grama; o céu; as ruas da cidade, todas tão sombrias e verdes; a biblioteca onde ela, Franny e Vincent tinham passado dias abafados durante o primeiro verão na cidade. Quando ela chegou, Sally ainda estava trabalhando, embora fosse quase cinco da tarde e elas certamente não iam querer deixar Franny esperando.

– Preciso de quinze minutos para fechar – Sally gritou quando Jet entrou. Sally estava com pressa, como sempre, mas algo a fez parar e olhar nos olhos de Jet. Eles pareciam mais escuros do que o normal, o cinza-claro salpicado de preto. A querida Jet, cujo amor e bom coração eram constantes, parecia exausta.

– Está tudo bem? – Sally alisou o cabelo da tia. – Isso é lama em seus sapatos?

– Dei uma passada no cemitério. – Na última noite de Jet neste mundo, ela via tudo com olhos mais límpidos, incluindo sua amada sobrinha. Como Sally tinha bom coração... Como era vulnerável por baixo de toda aquela armadura. Sally era quem tinha encontrado o número das tias na caderneta de telefones da mãe e ligado para o outro lado do país, para informar que ela e Gillian estavam órfãs e iriam morar com elas. As tias amavam as sobrinhas além de qualquer medida desde então.

Sally estreitou os olhos, se perguntando se Jet estaria falando a verdade. Ela sempre era cautelosa, porque sabia que Jet não era exatamente o que parecia ser. Uma vez, no ano em que completou 13 anos, Sally tinha seguido Jet até Manhattan, numa corrida louca para acompanhá-la depois de sair da Penn Station. Jet a tinha surpreendido e ficado furiosa.

– Eu quero um dia por mês só para mim – Jet tinha dito, enquanto estavam paradas da 8th Avenue, quase surdas com o barulho do tráfego. – Se eu quero ir a um museu ou dar um passeio no Central Park, não é da conta de ninguém, só diz respeito a mim!

Sally, muito envergonhada, foi logo se desculpando. Elas foram a uma lanchonete onde Sally tomou um *ice-cream* soda, depois pegou o trem para casa, deixando Jet fazer o que quisesse. Mas Sally tinha a visão e sabia que havia alguma coisa por trás daquela história, na época e até os dias de hoje. Ela raramente usava os talentos herdados da família, mas a visão lhe ocorria em pequenas faíscas, quase como se ela tivesse levado um choque elétrico. Ela piscou e deu um passo para mais perto da tia. Sentiu um cheiro de fumaça, e o teto acima delas parecia escurecido com uma mancha preta. Será que precisavam pintar a sala outra vez? Mas elas não tinham contratado os irmãos Merrill para fazer isso apenas dois anos antes?

– Tem algo aí que você não está me contando – Sally murmurou.

– Gillian e as meninas vão passar a noite conosco – explicou Jet. – Não é uma surpresa adorável?

– Por que não disse isso esta manhã? Não tenho nada para servir no jantar além de sopa enlatada! – Antonia era muito exigente, agora que estava grávida, e Kylie era vegetariana, e ultimamente Sally e as tias costumavam comer principalmente macarrão e sopa de tomate, refeições rápidas e fáceis que não davam nenhum trabalho.

– Vamos nos encontrar com Franny e jantar no Black Rabbit.

– Franny detesta aquele lugar – disse Sally, ainda mais desconfiada.

– Queremos que seja uma noite especial – explicou Jet. – Estaremos todas juntas.

– Bem, então, que seja – Sally concordou.

Enquanto Sally finalizava as tarefas do dia, Jet se sentou e observou a biblioteca. Ela reparou em tudo o que normalmente teria ignorado: o barulho dos camundongos sob as tábuas do assoalho, o relógio marcando os segundos, o vento sacudindo as vidraças embaçadas. Havia impressões digitais nas estantes de vidro dos livros raros e o ventilador de teto girava num círculo torto. Ela percebeu que as bainhas das cortinas originais da biblioteca eram decoradas num padrão intrincado de luas em suas várias fases. Era engraçado como ela nunca tinha reparado naquilo antes, nunca olhara com atenção de fato. Jet olhou ao redor do cômodo, se perguntando o que mais ela nunca tinha notado, e ali estava... Os tijolos abaixo da página emoldurada do diário de Maria não estavam muito bem ajustados. A argamassa era de um vermelho escuro. Jet cruzou a sala para poder colocar a mão na parede. Você pode viver uma vida inteira sem perceber o que está bem na sua frente. A visão tem muito pouco a ver com abrir os olhos; é o que você sente por dentro que conta, é o que sabe sem que ninguém tenha lhe contado.

Atrás dos tijolos, Jet sentiu um ritmo constante, o pulsar de um livro que tinham escondido ali havia mais de trezentos anos. Ela afrouxou um dos tijolos, raspando a argamassa com uma caneta. Puxou-o para a frente e para trás até que ele cedeu e se soltou. O espaço atrás da parede estava úmido e gelado. Ele parecia estar vazio até que Jet colocou a mão lá dentro. Um arrepio a percorreu quando ela pôs a mão num livrinho preto. *O Livro do Corvo*.

Maria Owens podia ter livrado o mundo daquela pequena obra que quase arruinara a vida da sua filha Faith, mas destruir um livro parecia um ato não natural, especialmente um escrito por uma mulher de grande talento e conhecimento. Em vez de queimá-lo, Maria tinha ido à biblioteca e tratado de esconder *O Livro do Corvo*, o livro de feitiços das trevas que havia levado a filha dela a praticar a magia da mão esquerda durante muito tempo. Ela tinha depositado o grimório atrás dos tijolos soltos, misturando três gotas do seu sangue para selar a argamassa, bem ciente de que algumas coisas deviam ficar escondidas até que o destino engendrasse sua descoberta, pois o conhecimento que aquele livro continha era tão trevoso que só poderia servir a um leitor que fosse capaz de lidar com seu poder. Maria tinha acabado de ter uma filha com o homem que amava e não estava em condições de usar

O Livro do Corvo. Com o tempo, no entanto, uma mulher da família Owens descobriria o livro e o usaria como deveria ser usado, com amor e coragem.

Aquela era a hora. O sétimo dia. O último dia de Jet na Terra.

Quando ela pegou o livro, a encadernação queimou a ponta dos seus dedos. Ela podia sentir a escuridão dentro dele. Sabia reconhecer a magia da mão esquerda quando estava diante dela, uma magia negra tão perigosa que era como se cada página estivesse pegando fogo. Ela pensou na época em que seu irmão, Vincent, tinha descoberto *O Mago*, uma compilação de histórias da magia publicada pela primeira vez em 1801. *O Mago* sacudia a gaveta da escrivaninha sempre que era trancado ali, como se tivesse vida própria e uma mente toda sua. Na virada do século, era considerado tão perigoso que suas cópias foram queimadas em fogueiras na Washington Square.

O Livro do Corvo tinha sido escrito pela primeira mulher a publicar um livro na Inglaterra, Amelia Bassano. *Salve Deus Rex Judaeorum*, seu livro de poemas, tinha sido escrito com base no ponto de vista de uma mulher, em defesa de Eva, a suposta responsável pelo pecado original no mundo dos mortais. Amelia não era uma escritora reconhecida pelo fato de ser mulher, mas isso não a impediu de escrever. Jet tinha agora redescoberto aquele segundo livro de Amelia, que ninguém além dos seus leitores conhecia, o grimório particular de Amelia Bassano, uma ode à Arte das Trevas, às vezes chamado de Livro das Sombras. Aquela era uma obra composta de partes iguais de amor e vingança, destinada a ajudar uma mulher num momento de necessidade, uma mulher que estivesse sob uma maldição, perdidamente apaixonada ou em profundo desespero, que já se aproximasse do seu último suspiro e estivesse sem alternativas. Na primeiríssima página, *Un desiderio* tinha sido escrito numa tinta azul-clara. Um desejo. Era isso que o livro prometia conceder à sua leitora.

Amelia Bassano era filha de um judeu de Veneza, nascida numa família de músicos que vivia na periferia do poder, ligada à corte da Inglaterra, onde ela aprendeu mais do que a maioria dos homens instruídos, sobre política, falcoaria, música e mitologia. Aos 13 anos, ela já era amante de *Lord* Hunsdon, patrono do teatro da Rainha e que diziam ser filho de Ana Bolena. Também diziam que Amelia tivera um caso com Christopher Marlowe, com o qual ela tinha aprendido sobre a arte da dramaturgia. *A língua era tudo. A confiança era para os tolos. O amor tinha começo e fim. As palavras podiam ser roubadas.* Havia quem dissesse que ela era a Dama Negra sobre a qual William Shakespeare escrevera e que o ensinara a escrever peças de teatro. Sempre correra rumores de que ele a amava, mas naquele livro ela afirmava ainda mais. Amelia não só o ensinara a escrever, como havia escrito ela mesma as peças de Shakespeare.

O último capítulo de *O Livro do Corvo* era intitulado "Como Pôr Fim a uma Maldição".

> *Eu não sabia que aquilo que você oferece ao mundo volta para você multiplicado por três e que eu seria a única a sofrer. Criar uma maldição é fácil, mas quebrá-la exige um grande sacrifício.*
>
> *Tudo o que vale a pena é perigoso.*

Jet podia ouvir Sally devolvendo os livros às prateleiras, na seção de viagens; felizmente ela estava longe demais para ver Jet deslizando o fino volume para dentro do bolso do casaco e, em seguida, recolocando apressadamente o tijolo na parede, as mãos agora manchadas de sangue e argamassa. Sally poderia ter reparado na deformação da parede se fosse capaz de ver a cor vermelha, mas, assim como estava, ainda desconectada das suas emoções, tinha passado por ele diariamente sem perceber nada estranho. Ela nunca percebia o que estava bem à sua frente.

⁂

Gillian e as sobrinhas partiram de Cambridge antes da hora do *rush*. O céu estava azul e sem nuvens, e as magnólias pareciam tão espetaculares que pessoas de toda a vizinhança iam vê-las e ficavam boquiabertas diante dos botões que começavam a desabrochar, em seus cálices cor de creme.

– Lar doce lar! – exclamou Gillian quando ela, Antonia e Kylie saíram do Mini preto e branco que, considerando a imensa barriga de Antonia, já no sétimo mês de gravidez, não poderia ter acomodado mais do que três mulheres e uma bandeja de mudas de uma espécie tradicional de tomate chamada Zebra Azul, que Gillian trouxera de presente para a sua tia Jet.

Jet sempre sentira um carinho especial por Gillian, apesar do fato de Gilly ter sido uma garota rebelde, que procurava muita encrenca em sua juventude e tinha se certificado de encontrá-la. Sally a salvara muitas vezes, e Gillian sempre seria grata à irmã por isso.

Mas aquilo tinha acontecido há muito tempo e Gillian aprendera a lição. Ela ficava vermelha de vergonha quando se lembrava dos seus erros e de todos aqueles homens pavorosos com quem tinha se relacionado; desde muito tempo, passara a entender que tinha direito à gentileza e ao conforto. Gillian pensava que não iria mais encontrar o amor, até que conheceu Ben Frye. Ele tinha sido professor de Ciências da sobrinha e era o oposto dos homens com os quais ela costumava sair no passado, estável, sincero e de bom coração. Ela ainda ria ao pensar que ele se sentira atraído por ela por causa da sua capacidade de resolver equações complexas de cabeça. Na metade da vida, ela tinha descoberto o que era ter sorte no amor. Tinha evitado a maldição seguindo as regras. *Nada de morarem juntos, declararem seu amor, trocarem alianças e fazerem exibições de afeto em público.* Ben tinha ficado intrigado e um pouco ressentido com essas estranhas tradições.

– Sua tia Franny não escondeu o fato de que ela era casada – ele a lembrou.

Sim, mas isso foi depois que seu amado Haylin foi diagnosticado com câncer em estágio avançado, e, depois de constatado que não *havia cura, a maldição deixou de ser um perigo para eles.*

– E Sally! – lembrou Ben. – Ela foi casada duas vezes.

E olhe para ela, duas vezes viúva e de coração partido. E olhe para mim, sem uma filha, a coisa que eu mais queria no mundo.

Para fazer o possível para enganar a maldição, Gillian e Ben se casaram numa cerimônia simples e discreta, e Gillian se recusou a ter seu casamento registrado em cartório. Se eles eram legalmente casados ou não, isso era algo controverso; e Gillian se recusava a usar um anel de casamento. Eles moravam numa casa para duas famílias na Central Square, onde Gillian residia no andar térreo, enquanto Ben ficava no apartamento do andar de cima. Sempre que ele perguntava por que eles precisavam morar separados, afinal nenhum dos dois ganhava muito (Ben era professor de Ciências na Cambridge Rindge e na Latin School, e o MIT não pagava aos técnicos de laboratório uma fortuna) e faria mais sentido se morassem em um apartamento e alugassem o outro, Gillian afirmava que muito tempo junto certamente arruinaria o relacionamento, especialmente na família Owens. Na verdade, eles passavam a maioria das noites juntos e, quando não faziam isso, Ben costumava espiar Gillian, sem sono e tremendo de frio em seu jardinzinho, esquadrinhando o céu, como se pudesse encontrar uma resposta no espaço noturno sobre como a maldição a encontrara, apesar dos seus artifícios para enganá-la.

Quando viu Antonia no último trimestre de gravidez, o cabelo ruivo preso num coque solto, a pele sardenta viçosa e rosada, Gillian sentiu o coração disparar. Seu único desejo era ter uma filha, mas agora, já com 43 anos, ela começava a se perguntar se sua dificuldade para engravidar era coisa da maldição. Ela tinha procurado especialistas em infertilidade e, quando isso de nada adiantou, implorou às tias por uma cura. Franny e Jet fizeram tudo o que estava ao alcance delas, tentando uma série de remédios de ervas tradicionais. Mirra, bagas de zimbro, alcaçuz, escutelária, poejo, cicuta, flores de camomila, raiz-de-unicórnio administrada em pequenas doses, erva-borboleta, um chá de urtiga para fortalecer o útero, agripalma para fortalecer o sistema imunológico. Gilllian tinha tentado trevo-vermelho e óleo de prímula, uma erva de nome estranho chamada pimenta-de-monge, junto com a erva-de-são-cristóvão. Ela tinha comido romãs com azeite, mel e canela, e até já tinha experimentado o antigo ritual de levar um sapo para dormir em sua cama, mas tudo fora em vão. Agora, para justificar seus olhos cheios de lágrimas quando chegaram diante da velha casa da Rua Magnólia, Gillian disse às sobrinhas que era alergia ao pólen da primavera. Antonia e Kylie trocaram um olhar, pois ambas tinham lido que a contagem de pólen naquele dia era zero.

Franny estava esperando na varanda, o que não era nem um pouco do seu feitio. Normalmente ela era a última a ficar pronta para qualquer coisa.

– Entrem, entrem – ela chamou.

Antonia segurou no braço de Kylie para não tropeçar no caminho de pedras azuis que levava até a varanda, através das sombras do crepúsculo.

– Por que elas continuam deixando a lâmpada da varanda apagada? – Antonia murmurou.

– Decisão da sua mãe – informou Gillian. – Para que as vizinhas não venham chamar.

– Chamar para quê? – Kylie perguntou. A família guardava segredos de Kylie e Antonia, por insistência de Sally. Para as duas, a magia era pouco mais do que um conto de fadas.

Um cachorrinho saiu latindo e foi até elas.

– O que está acontecendo aqui? – Antonia quis saber. – Quem é essa criatura?

Franny explicou que Jet estava cuidando da cachorra do Reverendo Willard, e que ela tinha ido buscar Sally e as encontraria no Black Rabbit. As mudas de tomate foram deixadas no jardim, e todas entraram na cozinha, onde metade de um Bolo de Chocolate Embriagado estava num prato, sobre o balcão de mármore.

– Por que esperar pelo jantar? – Gillian sorriu, pegando pratinhos de bolo no armário. – Podemos comer bolo de chocolate como aperitivo.

– Eu não posso comer isso – ralhou Antonia. – Com todo esse rum? É alcoólico demais.

– Desculpe. – Gillian se sentiu uma idiota. Claro, uma mulher grávida não podia tomar rum, não na quantidade que havia naquela receita. De muitas maneiras, Antonia a lembrava Sally, tão segura de si, tão lógica e prática, sempre querendo saber dos fatos antes de tomar uma decisão. – Claro que você não pode – Gillian concordou.

– Eu posso – disse Kylie, passando um braço em volta da cintura de Gillian. – E fico com a fatia dela também.

A queridíssima Kylie, que havia crescido tão rápido, atingindo toda a sua altura quando tinha apenas 10 anos, sempre procurava sua tia Gillian quando era pequena, para perguntar em voz baixa se corria o risco de ser uma gigante. Na verdade, ela era uma verdadeira beldade, com cabelos longos cor de cobre, que cintilavam sob a luz, e olhos verdes-acinzentados, mas sofria de uma predisposição nervosa e não conseguia ficar parada. Tinha sido corredora na escola e, muitas vezes, dava a impressão de que poderia disparar a correr a qualquer momento. Os homens paravam na rua ao vê-la, fascinados, mas ela nem percebia.

Kylie comeu seu bolo com a mão, como fazia quando tinha 5 anos, deliciando-se desde a primeira mordida. Ela ainda achava o Bolo de Chocolate Embriagado a melhor sobremesa do mundo. Queria que

Gideon estivesse ali com ela. Ele provavelmente teria dado conta do resto do bolo com facilidade.

– O que você está pensando? – perguntou Franny à sobrinha-neta. – Seu rosto está todo iluminado.

– Em nada – Kylie disse rapidamente. Ela sempre era discreta e tinha aprendido a ser assim porque morava numa cidade onde as pessoas tendiam a julgar mal as Owens e a fofoca era o maior dos passatempos. Sua vida amorosa só dizia respeito a ela, não era o tipo de conversa que ela teria com alguém, muito menos com os membros da família. – Em ninguém – ela insistiu, embora Franny estivesse com aquele olhar severo que ela sempre tinha quando não estava acreditando em nada do que você dizia.

⁂

Elas estavam sentadas na melhor mesa do salão, graças a Jet, que tinha ajudado a dona do Black Rabbit com sua vida amorosa vários anos antes. Quando o violinista começou a tocar, elas mal conseguiam ouvi-lo, e era bem melhor assim.

– Olá! – Jet chamou quando a família chegou. – Já pedi macarrão com queijo para começarmos.

Houve muitos abraços, mas Franny parecia aborrecida.

– Sério? Macarrão com queijo?

– Nunca comemos isso – disse Sally, concordando com a tia. – Não é nem um pouco saudável.

– Bem, só esta noite, só de farra – Jet disse. – Apenas desta vez.

Jet estava tão amável e pedindo tantas desculpas que Franny se sentiu culpada por reclamar da comida, que todo mundo sabia que era horrível, e enterrou a cabeça no enorme cardápio, para que ninguém visse que seus olhos marejados de lágrimas. Ela não conseguia se lembrar da última vez em que estivera ali e a maioria dos clientes pareciam nervosos com a presença dela, convencidos de que ela podia ver seus erros e transgressões usando seu conhecimento de bruxaria. Um idiota chegou a ponto de oferecer uma garrafa de vinho a Franny, na esperança de cair nas graças dela, mas ela mandou de volta, com um bilhetinho rabiscado num guardanapo. *Seja fiel à sua esposa e você não tem nada a temer.*

Jet, por outro lado, ficou encantada ao ver ali suas vizinhas, muitas das quais já tinham trilhado o caminho até a porta da frente das Owens ao longo dos anos, em busca de tônicos e remédios, e recebido sua cota de magia natural, com raiz-forte e pimenta-de-caiena para tosse, Chá da Febre para gripe, grão de mostarda-preta para combater pesadelos. Várias garçonetes acenaram, encantadas em ver Jet, pois muitas também eram suas clientes.

— Eu gostaria que alguém tivesse me avisado que vocês viriam para o jantar — Sally murmurou para Gillian.

— Pensei que você soubesse. Enfim, estamos aqui agora e vamos passar a noite.

— Eu nunca fico sabendo de nada — disse Sally, olhando furtivamente para as filhas.

— Você poderia, se quisesse — disse Gillian. — Mas está sempre trabalhando...

— Claro que eu quero. — Mas a irmã tinha razão, Sally estava cada vez mais distante e lamentava por isso. Ela parecia estar sempre de mau humor e tinha se tornado meio solitária, mas não era assim que ela queria ser. — Vamos enxotar as meninas do sótão e dormir lá, nós duas. — Antigamente, era Sally e Gillian que dormiam no sótão; elas se sentavam no telhado, nas noites de verão, e contavam estrelas.

— Você está maravilhosa! — disse Jet para Antonia, que francamente estava aliviada por ver que tinham colocado algo para comer na mesa. Ela não entendia como era possível ter tanta fome, mas ela com certeza tinha e, portanto, logo se serviu do macarrão com queijo.

– Estou supersaudável – disse Antonia à tia. – Nada de açúcar, café ou álcool.

– Você não quer alguém para ajudá-la quando o bebê nascer? – Jet quis saber.

– As mulheres têm filhos sozinhas desde o início dos tempos, Jetty. Além disso, tenho Scott e Joel. Estamos nisso juntos e eles estão sempre pegando no meu pé. Eu nunca como o suficiente, pelo que parece. – Antonia notou o olhar de preocupação da tia. – Não preciso de alguém especial, se é isso que você está pensando. Ando ocupada demais para me apaixonar. Além disso, nem sei se acredito no amor.

– Você vai acreditar – Jet garantiu a ela. – Ele vai virar tudo de ponta-cabeça e sua vida nunca mais será a mesma, mas ele vai acontecer. Ninguém está imune.

Foi maravilhoso estarem todas juntas, mas, com o passar do tempo, Jet percebeu que o besouro a seguira e agora estava bem embaixo da cadeira dela. Ela podia ouvir os estalidos que ele fazia, num tom mais baixo agora, como se mal tivesse energia. A hora estava quase chegando.

Jet nunca saberia o fim da história de Kylie, sua querida sobrinha-neta, que tinha sido uma criança tão cativante e diferente, que amava trabalhar no jardim e se sujar, que pegava emprestados os romances de Jet e se esparramava no assento da janela, abaixo do retrato de Maria Owens, para ler *Vasto Mar de Sargaços* e *Jane Eyre*. Jet nunca chegaria a conhecer o filho de Antonia nem passar as tardes de verão com sua amada Gillian, preparando compotas de tomates ou sabonete preto como faziam todo ano, no velho caldeirão que montavam na parte de trás do jardim. Ela não veria Sally se apaixonar, sentir o tipo de amor que tomaria conta de todo o coração da sobrinha, sem que ela negasse nem um pedacinho dele, como tinha feito até mesmo com aquele Gary maravilhoso; o tipo de amor que Jet havia encontrado em Rafael, apesar do fato de terem sido forçados a se esconder da maldição. A vida era como um livro, Jet pensou, mas um livro que você nunca terminava de ler. Você nunca saberia como as pessoas acabariam; os bons muitas vezes sofriam e os maus prosperavam, e não havia explicação para a forma como o destino se cumpria, assim como havia nos romances. A ficção dava sentido ao mundo, talvez fosse por isso que Jet tinha sido uma leitora fanática quando menina. Quando Levi Willard morreu, de maneira tão trágica e prematura, os romances a salvaram. Às vezes, quando o mundo parecia especialmente sombrio, Jet retornava àqueles que a tinham ajudado em seus piores momentos. *O Morro dos Ventos Uivantes*, *A Letra Escarlate* e *Fahrenheit 451*, seu favorito, uma carta de amor aos livros.

– Estou cansada – Jet explicou quando pediu a conta. – Tivemos um longo dia.

Franny empalideceu ao ouvir isso. Era a noite do sétimo dia, a hora que ela temia desde o aparecimento das abelhas. Elas deixaram o restaurante e talvez Jet não conseguisse suportar muito bem que a noite estava acabando. Ela parou para pedir um uísque. Para enfrentar o que tinha pela frente, ela precisaria de força.

– Boa ideia – disse Gillian, chamando o *barman*, um sujeito chamado Jed, que jurava que eles tinham saído juntos no colégio, embora Gillian, mesmo se esforçando muito, não conseguisse se lembrar dele.

– Está falando sério? – Sally disse para Jet, incrédula. – Você nem bebe.

– Só de vez em quando – disse Jet, encolhendo os ombros. – Me ajuda a dormir. – De fato, o uísque era delicioso, tinha gosto de fumaça e madeira.

– Ora, por que não? – Franny, que nunca tinha pedido nada no balcão do Black Rabbit, concordou com a ideia e se juntou à irmã num brinde. Afinal, era a última noite que tinham. Elas podiam muito bem fazer o que mais lhes agradasse. – A nós – brindou Franny.

Jet concordou com a cabeça.

– Para todo o sempre.

Antonia e Kylie estavam de pé, Antonia porque sua barriga não caberia no espaço entre o banquinho e o balcão, e Kylie para lhe fazer companhia.

— Posso servir algo a vocês, madames? — perguntou Jed, o *barman*, embora ainda estivesse olhando para Gillian.

— Estou grávida e ela ainda não tem idade — respondeu Antonia. — Portanto, não.

— Obrigada — Kylie disse para a irmã. — Eu estava prestes a tomar meu primeiro Martini Black Rabbit.

Gillian ouviu a conversa e foi pedir um, deixando Kylie tomar um gole.

— Feliz agora? — Gillian perguntou. Os martinis do Black Rabbit eram especialmente ruins.

Kylie fez uma careta e afastou o copo.

— Por que as pessoas bebem isso?

— Para ficarem bêbadas — disse Gillian. — Por nenhuma outra razão.

— Você tem a sensação de que algo não está certo? — Antonia perguntou à tia.

Gillian olhou além de Sally, que estava pagando as bebidas, para a extremidade do balcão, onde as tias estavam em sua segunda rodada de uísque.

— Tudo chega ao fim — disse ela por algum motivo. Não havia por que ficar melancólica, por isso ela sacudiu a cabeça, estalou os dedos e sorriu. — Até mesmo uma noite no Black Rabbit.

⁂

Quando entraram na Rua Magnólia, as tias ainda estavam levemente embriagadas. As magnólias tinham florescido mais cedo aquele ano e as pétalas brancas e malvas, acima delas no escuro, pendiam dos galhos pretos retorcidos.

Que sorte poder ver essas flores, pensava Jet. *Mas como eu gostaria de ter todo o tempo do mundo*. Franny e Jet caminhavam devagar, de braços dados, demorando tanto para chegar à esquina que Sally sentiu um certo pavor quando se virou para olhar por sobre o ombro. Suas queridas tias tinham envelhecido. Ela achava que elas eram velhas quando era pequena, pois naquela época qualquer pessoa com mais de 40 anos parecia um ancião. Agora ela estava com quase 40 anos, provavelmente a idade que as tias tinham quando ela e Gillian chegaram, e Jet e Franny tinham mais de 80. Franny agora andava com um guarda-chuva, pois ela nunca usaria uma bengala, e seu joelho incomodava, apesar das aplicações de óleo de lavanda. Quanto à Jet, ela parecia exausta e inquieta, uma combinação preocupante.

– Vou só descansar um pouquinho – disse Jet assim que chegaram em casa.

– O que há de errado com ela? – Gillian perguntou à Sally, depois que Jet tinha se retirado para o quarto, com a cachorra do Reverendo em seus calcanhares. Não eram nem sete da noite.

– Não sei – disse Sally. – Estou preocupada. – Se ela se permitisse recorrer à sua visão, saberia o que estava acontecendo, mas já fazia muitos anos que ela não dava acesso à magia e, como todas as coisas que não são usadas, seu talento tinha começado a diminuir.

Franny estendeu a mão para acariciar o cabelo da sobrinha, que não era nada parecida com ela. Sally não era do tipo sentimental. Nem um pouco.

– Ela só precisa de um pouco de paz e sossego.

Jet já estava com a porta do quarto trancada, sentada na frente da escrivaninha, o livro de feitiços de outra mulher aberto diante dela, uma ocorrência rara, pois tais livros deveriam ser queimados após a morte do autor, se não houvesse um membro da família para herdá-lo. Jet sabia que as origens da família Owens estavam na Inglaterra, numa área rural a que elas se referiam como o primeiro Condado de Essex, já que elas viviam no segundo, batizado assim pelos primeiros colonos puritanos em homenagem à sua terra natal, além-mar, de onde tinham partido.

O Livro do Corvo escapava de ser destruído desde a época em que fora escrito à mão, em Londres, em 1615. Na primeira página, estava escrito numa letra inclinada o nome de Faith Owens, pois Faith havia encontrado o volume num mercado de Nova York. *Ele começa no começo*, tinha sido escrito na folha de rosto. Abaixo havia uma citação de William Shakespeare, que tinha escrito sobre sua admiração e desejo por Amelia Bassano.

O fogo do amor aquece a água, mas a água não esfria o amor.

Como perpetrar uma vingança; como partir o coração de alguém; como fazer um rival cair doente; como escapar de um homem cruel; como acender uma chama sem tocar a vela; como fazer figuras de cera, pano, abrunheiro e linha escarlate, para causar graves danos a um inimigo; como lançar uma maldição e, mais importante ainda, como acabar com ela. Perto do final do livro, havia um aviso. *Para acabar com uma maldição*, é preciso estar *preparada para desistir de tudo*. Sempre haveria um preço a pagar, mais alto do que se poderia imaginar. Ao mesmo tempo, sempre haveria mulheres nessas situações terríveis, que estavam dispostas a ceder para o lado esquerdo, aquelas que não tinham alternativa, que tinha sido enganadas, acorrentadas, maltratadas, postas de lado, amaldiçoadas.

Os dedos de Jet estavam cheios de bolhas quando ela virou a última página. Uma linha de escrita invisível se revelou.

Quando estiver pronta e não tiver nada a perder. Quando não tiver medo. Quando desejar salvar alguém mais do que deseja salvar a si mesma.

Foi só quando Jet leu a última linha do feitiço para quebrar maldições que ela percebeu como o livro era perigoso. O preço de usá-lo era alto demais para a maioria dos praticantes de magia. De boa-fé, ela não poderia deixar o livro no quarto de Franny para que a irmã o encontrasse. Queria ela mesma poder quebrar a maldição, mas, como era seu sétimo dia, só outra pessoa poderia completar o que ela havia começado. Jet fez o que devia com muita pressa, sabendo que o tempo urgia, escorria entre os dedos. Ela pegou o pote da pasta que usava quando queria fixar amostras de ervas ou plantas ao *Grimório*. Era uma substância forte, feita de ossos de pássaros e pedras pretas e, depois que secava, era impossível removê-la se não se soubesse o segredo para isso. Ela colou as duas últimas páginas, de modo que a perigosa cura ficasse oculta, e lançou um feitiço de privacidade na última seção do livro, para que ninguém se deparasse com ela acidentalmente. Por último, escreveu rapidamente um bilhete que escondeu entre as páginas de *Os Poemas de Emily Dickinson*, sempre mantido em sua mesinha de cabeceira. Se Franny algum dia usasse o quebra-maldição, ela teria que se esforçar para encontrá-lo, e talvez fosse melhor se *O Livro do Corvo* nunca mais fosse descoberto outra vez.

Jet deixou a cachorra no quarto, desceu as escadas e, enquanto Sally perguntava à Franny o que poderia ter feito Jet se recolhesse tão cedo, Gillian lhe assegurava que provavelmente eram os efeitos do uísque e Franny guardava seu conhecimento do futuro para si mesma, Jet tirou o casaco do cabide no corredor. Ela podia ouvir o besouro da morte estalando a seus pés, enquanto pegava o molho de chaves de Sally, com as chaves da biblioteca, antes de sair. Jet nunca se sentira tão lúcida nem tão concentrada no que acontecia ao seu redor. O farfalhar das folhas delgadas nas árvores. Os pássaros nos arbustos, se alvoroçando quando ela passava. Ela se apressou ao máximo. Aquele belíssimo mundo já estava se esvaindo.

Jet ficou fora de casa por menos de uma hora, o besouro seguindo-a pela rua escura e açoitada pelos ventos, uma sombra da qual era impossível fugir. Franny estava esperando no portão quando a irmã voltou. Margarida, ao lado dela, esperava também, e latiu, confortada, apenas quando Jet a pegou no colo. Sally e Gillian tinham ido para a cama, dividindo o quarto do sótão onde dormiam na infância, com Kylie e Antonia ocupando os quartos vagos do segundo andar, considerados chiques demais para a família, sem nunca ter recebido outros hóspedes.

Franny tinha ficado na varanda o tempo todo, andando de um lado para o outro.

– Você não estava na sua cama – disse em tom de acusação. Ela normalmente não era de se preocupar, mas sua profunda aflição era evidente agora.

– Uma última voltinha pela cidade. Lembra do dia em que chegamos aqui, pela primeira vez, com Vincent? Quando todos na rua ficavam nos encarando?

– Claro que olhavam para nós – disse Franny. – Éramos maravilhosos!

Elas foram para o jardim. Lá estavam as velhas cadeiras de vime, perto do canteiro de ervas. Lá estava a colmeia, vazia agora. Muito tempo antes, tia Isabelle criava galinhas marrons e brancas ali e elas adoravam coletar os ovos salpicados de azul, que aqueciam nas mãos. As duas irmãs tinham criado uma dezena de gatos, sempre pretos, e todos tinham morrido de velhos. A estufa estava fechada com um cadeado e o vidro turvo brilhava. Tudo estava branco como um pergaminho à luz da lua. Franny e Jet se deram as mãos e contemplaram o céu, enquanto mariposas pálidas voavam sobre a grama úmida. Era uma vez duas irmãs, tão diferentes uma da outra quanto o dia e a noite. Na família delas, uma irmã era tudo, coração e alma, e ali estavam elas, juntas na última noite da vida de Jet e gratas por aquela oportunidade. Ah, sete dias... Ah, que mundo mais lindo! Ah, que sorte elas tiveram!

II.

O funeral foi realizado numa manhã azul brilhante. Naquele momento, as abelhas estavam quietas, depois de voltarem a residir na colmeia, onde tratavam dos seus afazeres como se o mundo ainda fosse igual; e, para os insetos, talvez ele fosse. A família havia se reunido mais cedo no jardim, para servir as antigas receitas de família, como o Bolo da Honestidade e o Chá da Coragem, depois foram juntos para o cemitério. Quando Franny, Jet e Vincent tinham chegado na cidade, mais de sessenta anos antes, as pessoas, de fato, saíam nas janelas para observá-los. Eles eram adolescentes altos e mal-humorados de Nova York, todos vestidos de preto. Vincent carregava uma guitarra, Franny tinha o cabelo vermelho-sangue que deixava poças escarlates na calçada quando pegava chuva, e todos os gatos pretos vinham miando pela rua quando Jet se aproximava. Agora, Jet estava indo embora e as pessoas da cidade faziam quase a mesma coisa, saindo de casa para observar a família em procissão rumo ao cemitério, a diferença é que desta vez muitos dos vizinhos estavam às lágrimas. Jet Owens tinha sido uma pessoa adorável, gentil e prestativa, a única mulher a quem as pessoas da cidade podiam recorrer quando a vida delas estava desmoronando ou quando o amor parecia fora de alcance.

Os que estavam no cortejo fúnebre não seguiam para o cemitério da família Owens, um pequeno terreno que a maioria das pessoas evitava, principalmente nas noites escuras, pois Jet tinha decidido que queria ser enterrada no cemitério da cidade, ao lado de Levi Willard, seu primeiro namorado, o filho único do Reverendo. Franny e Jet tinham tomado todas as providências juntas, escolhendo uma lápide de mármore branco. Abaixo do nome de Jet e da data do seu nascimento e morte, estaria a citação favorita dela, escrita pela poeta que ela mais admirava.

Aquele que é amado não pode morrer,
pois o amor é imortalidade.

Sem o conhecimento de Jet, Franny tinha acrescentado outra linha abaixo do nome da irmã.

Amada por todos.

Era fácil tecer elogios à Jet, e muitos da multidão que estava presente no cemitério se apresentaram para fazer isso naquele dia tão triste. A aglomeração era muito maior do que qualquer pessoa da família esperava. Os primos Owens do Maine estavam na cerimônia, assim como os membros da família que moravam em Boston e alguns primos distantes de Nova York, que eram ranzinzas e retraídos, os homens com fama de serem mulherengos e as mulheres, todas médicas e enfermeiras. O médico da cidade, que tinha assumido o posto do dr. Haylin Walker, ele próprio agora prestes a se aposentar, lembrava dos saquinhos pardos de chá que Jet deixava em sua porta a cada Ano Novo, uma mistura que lhe enchia de coragem. O carteiro se apresentou para confidenciar que a srta. Owens sempre lhe dava uma gorjeta de cem dólares na véspera do solstício de verão, recitando um encantamento que segundo ela o protegeria nos dias de tempestade. Até as crianças que se reuniam em torno de Jet durante a hora da história, na biblioteca, tinham aparecido no enterro; meninos e meninas segurando livros nas mãos e com lágrimas nos rostinhos solenes, vários carregando coleções de contos de fadas para deixar ao lado do túmulo, em especial o *Livro Azul de Fábulas Encantadas*, de Andrew Lang.

Jet faleceu no dia 21 de março, data que alguns acreditavam ser o dia mais agourento do ano, o aniversário de Franny, um dia que sempre se revelava funesto para ela, agora mais do que nunca. Ainda assim, março era o mês favorito de Jet, e outro poema de Emily Dickinson foi lido ao lado do túmulo, por Kylie e Antonia, que o leram em voz sumida num jogral.

Caro Março, entre!
Como estou feliz!
Eu esperava você antes...
Tire o chapéu.
Você deve ter andado até aqui.
Como está sem fôlego!
Caro Março, como você está? E o Descanso?
Você deixou a Natureza feliz...
Ah, Março, suba aqui comigo até o andar de cima.
Eu tenho tanto para lhe contar.

Rafael Correa ficou ali sozinho, atrás de toda a multidão, sem se apresentar a ninguém. Ele nunca tinha encontrado a família Owens, embora seu relacionamento com Jet tivesse mais de sessenta anos. Rafael não se importava que ela fosse sepultada ao lado de Levi, que era pouco mais do que um menino quando conheceu seu triste destino. Numa noite de muito champanhe, Jet tinha cometido um deslize, admitindo que Rafael era seu verdadeiro amor; depois, em pânico, temendo que ela pudesse ter acionado a maldição, ela preparou uma mistura de vinagre e suco de limão, que tomou aos goles para neutralizar a confissão. Rafael ouviu incrédulo quando ela lhe contou que a família era vítima de uma maldição, ao mesmo tempo em que concordou em fazer o que estivesse ao seu alcance para driblar o feitiço, uma vida inteira de amor mantida em segredo.

Rafael chorou durante o sepultamento e foi ajudar a limpar os torrões de terra que tinham caído sobre o caixão modesto de pinho.

Todos repararam em sua presença quando ele voltou ao seu lugar, atrás da multidão. Gillian olhou por sobre o ombro, para analisar o estranho que se postara ao lado de um anjo de pedra, homenagem aos rapazes da cidade que tinham lutado na Guerra Civil.

– Quem você acha que ele é? – perguntou ela à tia Franny.

Franny se voltou na direção do olhar da sobrinha. Ela sabia sobre Rafael, é claro. Jet era muito boa em guardar segredos, mas uma vez, muito tempo antes, Franny tinha seguido a irmã até o Plaza Hotel, embora nunca tivesse visto Rafael antes. Ele era bonito, mesmo na sua idade, e parecia estar sofrendo como um marido sofreria.

– Um homem apaixonado por Jet – ela disse à Gillian.

Sally fez sinal para que as duas parassem de falar.

– Podem parar de cochichar? – ela mandou.

O Reverendo Willard tinha sido trazido de carro da casa de repouso para que pudesse oficiar a cerimônia religiosa. Eram muitos os parentes em comum presentes no cemitério da cidade; tantos, que ninguém jamais haviam contado. O Reverendo chorava enquanto falava. Jet tinha feito questão de visitá-lo todos os dias. E ela sempre levava biscoitos de aveia e de vez em quando uma fatia do Bolo de Chocolate Embriagado, que ele não tinha permissão para comer. Açúcar demais, os médicos diziam, mas a vida era curta e a cada dia ficava mais curta ainda, e, às vezes, uma pessoa precisava simplesmente de um agrado. Jet cobria o bolo com um lenço quando o contrabandeava para dentro do asilo e levava junto um garfo e um guardanapo. Ela e o Reverendo sempre riam ao pensar que estavam enganando as enfermeiras, que, é claro, sabiam muito bem do desvio na dieta do velho, mas não estavam dispostas a discutir com Jet Owens, pois, por mais adorável que ela fosse, a família tinha uma reputação duvidosa e, considerando que o Reverendo tinha mais de 100 anos, era melhor deixá-lo fazer o que quisesse.

A cerimônia após o enterro foi breve, pois o Reverendo Willard estava debilitado demais para ficar em pé por mais de alguns minutos, e é claro que começou a chover, uma garoa verde e suave que Jet sempre chamava de Chuva de Narcisos. E foi então que aconteceu. A última pessoa a falar, uma prima de segundo grau do Maine, de linguajar simples, mas que se considerava a historiadora da família, leu uma carta escrita por Faith Owens.

Enquanto a chuva engrossava, a prima leu a carta de Faith no seu tom de voz monótono da Nova Inglaterra.

"– Nós, que somos amaldiçoadas no amor, nascemos para lutar contra essa maldição de todas as formas, até que alguma de nós possa quebrá-la. Até lá, temos que amar da melhor maneira que pudermos. Nosso destino já pode estar traçado, mas cada dia nos pertence para vivermos como acharmos melhor."

– Do que ela está falando? Quem está amaldiçoado no amor? – Kylie perguntou à irmã. Ela estava usando o pingente que a mãe tinha lhe dado de presente no seu último aniversário. Na noite anterior, ela tinha surrupiado uma pequena fotografia de Jet, tirada havia muito tempo, quando a tia-avó era menina, sentada nas pedras às margens do Lago Leech.

Antonia encolheu os ombros. Ela vinha tentando escapar das perguntas sobre sua gravidez a manhã inteira e estava de mau humor. Por que as pessoas queriam fazer afagos na barriga dela, como se ela fosse um cachorro? Por que tinham tanta curiosidade para saber a identidade do pai?

– Sei tanto quanto você.

Antonia muitas vezes não entendia as tradições da família Owens, várias das quais pareciam muito mais irracionais do que se apaixonar, algo que ela nunca tinha experimentado. Perseguir um pardal pela casa, toda véspera de solstício de verão, em vez de simplesmente verificar antes se as janelas estavam fechadas; fazer sabonetes na lua nova, quando se podia comprar sabonetes perfeitamente bons na farmácia; preparar o Chá da Coragem, especialidade da tia Franny em encontros familiares, quando os saquinhos de chá comprados nas lojas eram bem mais práticos; usar a estufa para cultivar ervas venenosas, como beladona, cicuta, beladona-negra e meimendro, plantas tão tóxicas que Antonia achava que não deveriam ser cultivadas em lugar nenhum. E agora ali estava aquela mensagem de uma ancestral, convencida de que as razões de uma vida infeliz residiam no poder de uma maldição.

– A carta foi escrita em 1700, quando as pessoas acreditavam nesses absurdos – explicou Antonia à irmã mais nova. – Eu não prestaria atenção nenhuma a isso. – Ela sabia que Kylie, uma estudante do segundo ano de Letras Clássicas, era uma garota sugestionável e sensível, voraz consumidora de romances, o que fazia dela um alvo fácil para emoções exacerbadas. Agora mesmo, Kylie parecia agitada, o rosto corado, embora estivessem em pé na chuva fria de primavera. Ela nunca revelava os dons que possuía, pois seus estranhos talentos a deixavam nervosa. A mãe sempre olhava para ela desconfiada quando Kylie parecia um pouco anormal. Ela preferia manter suas habilidades misteriosas em segredo e nunca dizia a ninguém que podia ver uma aura colorida em torno das pessoas, que revelava suas personalidades e seus destinos. Muito pior, ela podia sentir a dor das outras pessoas e, portanto, evitava aglomerações.

Kylie tinha tentado seguir o exemplo da irmã, pois numa cidade onde as Owens eram consideradas meio esquisitas, Antonia sempre fizera o máximo para se sentir superior. "Engulam essa", dizia Antonia alegremente quando tirava a melhor nota da classe. Depois de receber a carta de admissão para entrar em Harvard, ela passara a ostentar a camiseta vermelha da universidade o verão inteiro, apenas para garantir que todos soubessem para onde ela iria quando o outono chegasse. Ela também tinha feito questão de anunciar no jornal da cidade, quando foi aceita na Faculdade de Medicina.

Kylie tinha tentado, tinha feito o máximo para ser uma pessoa comum, mas todas as suas tentativas sempre foram por água abaixo.

À certa altura, quando já estava mais madura para essas coisas, ela se juntara ao 4-H, uma rede de organizações cujo objetivo era "engajar os jovens para alcançar seu potencial máximo enquanto avançavam no campo do desenvolvimento juvenil", e cuidou de um bezerro durante uma estação inteira antes de saber que o destino do animal era ser vendido a um açougue. Ela e Gideon resolveram então roubá-lo e levá-lo para uma reserva em Audubon, onde o animal ainda residia. Depois que passou a pesar meia tonelada, Beanbag, chamado de Beanie pela maioria, tinha se tornado a mascote das crianças que o visitavam, oferecendo punhados de grãos e hastes de grama. Kylie e Gideon ainda riam quando falavam sobre aquele dia, como se arriscaram a arranjar sérios problemas por causa de um bezerro, como ele nunca achara estranho que ela quisesse roubá-lo, sem se importar com as consequências.

– Você já ouviu Jet mencionar uma maldição? – Kylie perguntou à mãe.

Sally não era uma mentirosa por natureza, mas, quando se tratava da maldição, ela tinha seus motivos para nunca contar às filhas sobre aquela parte da história das Owens. Depois de saber, elas poderiam nunca mais agir com liberdade neste mundo. Que se divertissem e desfrutassem da sua juventude, pois haveria tempo suficiente para viverem com medo.

– Não vamos falar sobre as fofocas de família no dia do sepultamento da sua tia – Sally insistiu. Ela foi até a prima do Maine, que se achava tão inteligente, e sibilou: – Fale sobre isso de novo e você vai se ver comigo.

A simples menção da maldição já deixava Sally com taquicardia. Você pode ter esperança de que as próximas gerações sejam imunes ao que quer que tenha atormentado seus ancestrais, pode fazer o melhor para manter seus filhos seguros, mas não pode mudar totalmente o destino deles. Os únicos com potencial para fazer isso são os próprios filhos, de acordo com as escolhas que fazem. Sally tinha insistido para que Gillian e as tias nunca mencionassem a maldição e, por causa dessa regra, as filhas tinham crescido sem uma ameaça pairando sobre elas. Mas o que quer que o destino reservasse para elas um dia iria acontecer, e a verdade tem uma forma toda própria de se revelar. Ela é dita em voz alta, quando menos se espera, quando estão todos com a guarda baixa, quando o Bolo da Honestidade é servido em pedaços sobre uma bandeja, para qualquer um que queira experimentá-lo.

―※―

Antonia e Kylie caminharam lado a lado no caminho para casa, vestindo casacos pretos e segurando guarda-chuvas pretos largos, para se proteger da pálida chuva de primavera, que ainda caía. O mundo estava inebriante, com suas folhas novas e o cheiro doce, fresco e verdejante da chuva. Era tarefa delas ir para casa preparar o almoço, antes da chegada dos demais. Aquele era o tipo de clima úmido e ameno que a tia sempre amara. Mas o impressionante dossel de folhas que se derramava sobre elas não era suficiente para consolar as irmãs, enquanto caminhavam de volta até a Rua Magnólia. Em vez disso, as sobrinhas estavam ainda mais chocadas, depois do funeral, que a tia tivesse sido tirada delas. Kylie estava andava um pouco corcunda, um hábito que ela cultivava havia muito tempo para não parecer tão alta quanto era, quase um metro e oitenta, a mesma altura que sua imponente tia Frances, que, na casa dos 80 anos, ainda assustava as pessoas da vizinhança quando caminhava pela Main Street. Franny, no entanto, não parecia nem um pouco assustadora agora. Ela tinha ficado ali de pé, segurando nas mãos um buquê de narcisos encharcados de chuva. Aquelas eram as flores favoritas de Jet, e durante anos as crianças da cidade a chamavam de a Senhora dos Narcisos, porque ela cultivara centenas dessas flores no jardim das Owens e sempre levava um buquê amarrado com fita azul quando ia visitar a sepultura de Levi Willard. Dizia-se que as bruxas nunca choravam, mas o rosto da Franny estava inchado de tanto chorar e ela usava óculos-escuros na chuva. Ela não conseguia imaginar o mundo sem a irmã, que tinha sofrido golpes terríveis em sua juventude e, mesmo assim, tinha conseguido amar ainda mais, não menos.

Depois do sepultamento, Sally foi dar o braço para Franny, que o aceitou de bom grado, pois o mundo havia mudado e agora parecia um lugar bem mais complicado e escorregadio. Franny se apoiou na sobrinha enquanto caminhavam pelo solo encharcado. Ela estava feliz que um dos irmãos Merrill (George, Franny não tinha certeza se era esse o nome dele, pois depois de todos aqueles anos ela ainda os confundia) tinha vindo com sua picape para levá-la para casa, porque o caminho estava cheio de poças d'água e o andar de Franny estava um pouco desequilibrado. Seus joelhos estavam bambos, como se ela fosse desabar, não que ela fosse o tipo de pessoa que costumasse fraquejar. De algum modo, sem que percebesse, ela tinha envelhecido e perdido o marido e a irmã e seu querido irmão, Vincent.

Ao chegar em casa, Franny subiu para o seu quarto espaçoso e fechou a porta antes que qualquer um dos primos pudesse prendê-la numa conversa. Muito tempo antes, aquele quarto pertencia à sua tia Isabelle, que sempre tivera preferência por Franny e insistira para que ela herdasse o melhor cômodo da casa. Franny lembrava de ter ido para a cama ao lado da irmã depois que seu amado Haylin tinha falecido. Ela se lembrava de como Jet tinha segurado sua mão e que o telefone tinha tocado, com a pequena e querida Sally do outro lado da linha, insistindo que ela e a irmã, Gillian, estavam indo para ficar. Era assim que o amor funcionava, Jet garantira à Franny. Ele chegava quando menos se esperava. *Mas e o que acontece quando ele vai embora?*, Franny se perguntava, enquanto estava deitada na velha cama que pertencera à tia Isabelle.

Ela podia ouvir as pessoas chegando e deixando a casa cheia. O sino de latão, uma relíquia de família colocada ao lado da porta, tocava enquanto os convidados chegavam pelo caminho de pedras azuis, trazendo caçarolas e bolos para serem servidos em bandejas de pau de salgueiro. Logo, a família estava toda reunida. Gillian e aquele Ben Frye, que ela nunca quis apresentar a ninguém, mas que estava sempre pronto para fazer truques de mágica quando alguma criança aparecia. Kylie e aquele colega alto, Gideon Barnes, que andava com a sobrinha desde que eles tinham 12 anos. Antonia e seus amigos da escola de Medicina, aqueles dois homens bonitos, Scott Morrison e Joel McKenna. Membros do conselho da biblioteca e as mulheres da vizinhança, que Jet convidava para entrar, não importava a hora, sempre que batiam na porta em busca de uma cura. Franny não fazia questão de ver nenhuma daquelas pessoas, então ficou onde estava, deitada na cama.

Sally procurou a tia pela casa, mas ela não estava em lugar nenhum. Foi até o andar de cima para verificar se ela estava lá, passando pelo retrato de Maria no alto da escada. Ela parou na porta de Franny e chamou o nome dela, mas não houve resposta. Quando Sally abriu uma frestinha da porta e viu a figura encolhida na cama, achou que iria se desfazer em lágrimas. Mas como sempre, ela se recompôs e perguntou se Franny gostaria de comer um sanduíche ou tomar uma xícara de chá. Franny não respondeu; puxou o cobertor sobre a cabeça e fingiu estar cochilando. Deu graças a Deus quando Sally a deixou em paz para que pudesse sofrer sozinha.

E agora?, Franny se perguntou. *Como faço para continuar vivendo neste mundo sem minha irmã ao meu lado?*

Gillian estava na cozinha, dando os retoques finais num Bolo de Chocolate Embriagado. Ben a ajudava, medindo o rum para misturar com o resto do glacê que seria colocado numa borda decorativa. Ele estava muito concentrado, com seu rosto estava sujo de chocolate, e, mesmo assim, ele ainda era tão bonito quanto na época em que Gillian o conhecera, o que por algum motivo a fazia ter vontade de chorar. Havia uma correnteza na casa, e Gillian sentia arrepios, causados tanto pelo frio quanto pelas suas emoções à flor da pele.

– Você pode pegar um dos suéteres de Jet para mim? – ela perguntou à Kylie, que parecia perdida e precisando de alguma tarefa para cumprir.

Kylie subiu as escadas até o quarto de Jet, parando antes de abrir a porta. Jet era a pessoa que ela sempre procurava nos momentos bons e ruins. Ela se forçou a seguir em frente e abrir a porta do quarto amplo e encantador, com papel de parede floral e móveis pintados de branco. Jet tinha sido uma grande leitora e havia livros empilhados em todos os lugares, até mesmo na mesinha de cabeceira. Kylie encontrou um suéter para Gillian vestir, um cardigã de *cashmere* preto com botões de pérola, guardado com tanto cuidado que parecia novinho em folha. As janelas antigas tinham vidros verdes, mas era possível ver os lilases quando Kylie olhou para fora, com os olhos marejados de lágrimas. *Os Poemas de Emily Dickinson* continuava sobre a mesinha de cabeceira de Jet. Sem pensar duas vezes, Kylie pegou o volume, o favorito da tia, sabendo que era hábito de Jet ler um poema todas as noites, como se as palavras daquela grande poeta fossem uma espécie de oração. Talvez fosse um hábito que a própria Kylie precisasse adquirir.

⁕

Rafael Correa nunca tinha visitado a casa da Rua Magnólia e tinha curiosidade para ver onde sua querida Jet morava. Ele atravessou a multidão composta de parentes das Owens e de vizinhas que se sentiam em débito com Jet pela ajuda que prestara em seus momentos de necessidade. Ele notou uma mulher loira na cozinha, vestindo um suéter que tinha sido presente de aniversário dele para Jet, muito tempo atrás. Rafael se lembrava de tê-lo escolhido na Saks, uma loja de departamentos de luxo que, em certo sentido, mostrava a Jet o quanto ela significava para ele. Ela o usara naquela mesma noite, quando foram ao Oak Bar do Plaza Hotel. O quarto deles sempre era reservado com um nome falso, muitas vezes E. Dickinson, mas, ocasionalmente, quando Jet se sentia mais perversa, ela o registrava em nome de N. Hawthorne, um parente distante.

No início, Rafael tinha ciúmes de Levi Willard, mesmo sabendo que o ex-namorado estava morto e enterrado havia anos. Ele se perguntava se Levi era a razão por que Jet nunca poderia se comprometer totalmente com ele, mas, com o tempo, entendeu que era por causa de uma maldição familiar que ela temia. Ela era uma garota de cabelos negros quando eles se conheceram, uma moça gentil e terna, mas, na mesma noite em que se conheceram, ela o avisara que ele deveria ter cuidado.

– Eu sou um perigo – Jet tinha dito. Mas aquilo lhe parecia improvável. Ela tinha um rosto sério, em formato de coração, e olhos cinza-prateados, e ela mesma tinha cortado seu cabelo preto como breu, que usava repicado. Ele tinha ficado loucamente apaixonado quase que instantaneamente, mas foi obrigado a fazer uma promessa solene de que nunca diria isso, um juramento de que agora lamentava. Ele diria que a amava em voz alta, ele gritaria, mas que bem isso faria?

Ele parou no corredor para observar o retrato da ancestral Maria Owens na escada, olhando para ele com seus olhos cinza-claros. Apesar do olhar dela, que parecia seguir seus movimentos, ele subiu quando viu que ninguém estava olhando. A cachorrinha branca, de pelo desgrenhado, que tinha ido para Nova York com Jet em sua última visita, tinha sido ignorada desde a morte dela e agora abanava o rabo atrás dele, acompanhando-o até o último degrau. Irritado, Rafael fez o possível para afugentá-la.

– Vá embora – disse ele à cachorra, mas ali estava ela, escoltando Rafael ao longo do corredor do segundo andar e olhando para ele como se certificasse de que estava atrás dela.

Era fácil dizer qual era o quarto de Jet, pois ela costumava descrevê-lo para ele em todos os detalhes, enquanto estavam deitados lado a lado na cama de hotel. Havia janelas de vidro com vista para o jardim, onde os narcisos floresciam em cachos amarelos e brancos. Dali ele podia ver o galpão dos vasos e a estufa.

Quando éramos pequenos, fomos ensinados a ter cuidado com as plantas que cresciam lá, Jet tinha contado. *Mas é claro que isso só nos deixava ainda mais curiosos.*

Por toda a varanda, ramos retorcidos de glicínias subiam até o telhado, cheio de botõezinhos roxos. A cachorra havia se acomodado no tapete, apesar dos avisos de Rafael de que ela deveria sair. Ele não teve escolha a não ser ignorar a coisinha miserável. Margarida, Jet a havia chamado. *Ela vai cuidar de você*, ela tinha dito.

Rafael se sentou pesadamente na beirada da cama, a cabeça entre as mãos. Ele não ouviu Franny entrar no quarto nem soube que ela estava lá até a cama afundar, quando ela se sentou ao lado dele.

– Queira me desculpar – Rafael começou, mas Franny colocou uma xícara de chá fumegante nas mãos dele. Ela tinha descido as escadas furtivamente para fazer uma xícara para ela, mas a bebida forte certamente era ainda mais necessária para aquele homem.

– Você está precisando – ela insistiu.

Rafael tomou um gole e o reconheceu imediatamente. Chá da Coragem. Jet sempre lhe dava uma caixa daquela mistura no primeiro dia do ano.

– A droga da maldição – disse ele.

– Não parece que tenha atrapalhado vocês... – respondeu Franny.

Rafael riu do tom prático dela. Jet tinha contado a ele que Franny podia enfrentar qualquer coisa ou pessoa, inclusive a maldição. Ele não percebeu que ainda estava chorando até Franny entregar a ele um lenço. Um dos lenços de Jet.

– Você parece ter se saído bem. – Franny deu um tapinha no ombro dele com uma estranha compaixão. – Sabia como amá-la.

– E essa cachorra? – declarou Rafael, olhando para Margarida. O animalzinho olhou de volta para ele e, por algum motivo, sentiu vontade de chorar novamente. Como aquele vira-latas podia entendê-lo tão bem? Como podia entender a dor que ele sentia? – O que devo fazer com ela?

– Suspeito que Jet a tenha deixado para você, para que não fique sozinho. Agora vai ter que ficar com ela. – Franny olhou para a cachorra.

– Mas e eu?

Rafael deu um tapinha na mão de Franny. Ela agradeceu balançando a cabeça por ele tentar confortá-la, mas afastou a mão. Eles ficaram sentados ali por um tempo, numa névoa de tristeza, até que ouviram um tumulto no andar de baixo.

– Podemos descer? – disse Franny.

– Claro.

Rafael sabia que nunca estaria no quarto de Jet novamente. Ele nunca mais iria encontrá-la no Plaza Hotel ou caminhar pelo parque com ela numa noite de novembro ou se deitar na cama ao lado dela. Ele entregou o lenço a Franny, que sacudiu a cabeça, insistindo que ele o guardasse e ele fez isso, enfiando-o no bolso do paletó. Ouviram mais alvoroço lá embaixo e pessoas ofegando. Franny já estava descendo as escadas; ela era ágil para alguém da idade dela, apesar do joelho ruim, e quando Rafael chegou ali embaixo viu o que estava acontecendo. Havia um pardal na sala de jantar, voando de um lado para o outro e se empoleirando no varão de ferro que sustentava as cortinas de damasco.

– Mas não é véspera de solstício de verão – Rafael ouviu uma jovem alta dizer. Era Kylie, que naquele dia tinha descoberto que havia uma coisa importante que ela não sabia sobre sua família. Ela já havia se acostumado às tradições, sem nunca pedir muitas explicações. Maridos e esposas muitas vezes não viviam juntos, os espelhos eram cobertos com panos brancos e um pardal entrava pela janela a cada véspera de solstício de verão e tinha que ser expulso com uma vassoura ou todos da família sofreriam uma onda de azar. Agora ele estava ali, no dia e na estação errados, um convidado inesperado olhando para todos com seus olhinhos brilhantes.

– Não entendo – disse Kylie para a irmã. – Por que ele está aqui hoje?

Mas Rafael compreendia, assim como Franny, que estendeu a mão para que o pardal pudesse pousar. Ela sempre tivera jeito com pássaros; o mundo natural exercia uma atração sobre ela, mesmo na época em que era uma menina morando na 89th Street, em Manhattan, quando a única natureza próxima era o Central Park, uma área planejada de campo, do outro lado do muro que havia ao longo da 5th Avenue. Diziam que as meninas Owens podiam levitar e que Franny, em particular, tinha talento para se erguer no ar, precisando muitas vezes tomar cuidado para que isso não acontecesse em público.

— Minha querida – disse Franny ao pardal. Ela ouviu o coração do pássaro batendo e sentiu um rompante de emoção. Franny conhecia aquele batimento cardíaco; ela o ouvira durante toda a sua vida e nunca tinha prestado muita atenção. É só quando você é mais velho que realmente dá valor àqueles que perdeu.

Franny foi até a janela e acenou para Rafael abrir a vidraça. A chuva havia parado e o ar estava fresco. Aquele dia de março acabou sendo o dia mais bonito do ano. Foi como se Jet o tivesse escolhido para ser sepultada, para que a família se lembrasse de como o mundo era glorioso. Franny respirou o ar suave. Ela queria que aquele momento durasse mais um pouco. Sabia que os espíritos podiam retornar na forma de pássaros para que aqueles que ficaram soubessem que não tinham sido esquecidos e também para lembrar aqueles que os amavam que eles deveriam deixá-los partir. Franny ficaria muito sozinha, mas que escolha ela tinha? O pardal voou pela janela aberta para pousar numa das antigas magnólias e, então, num piscar de olhos, ele se foi, assim como Rafael.

Ele percorreu a pé o longo trajeto de volta até onde seu carro estava estacionado, perto dos portões do cemitério. A cachorra o seguia e ele entendeu que essa era a vontade de Jet. Ela não queria que ele ficasse sozinho, então ele assobiou e Margarida caminhou ao lado dele, para que ele pudesse levá-la para casa, no Queens.

– Como eu faço isso? – Rafael disse em voz alta.

A cadelinha olhou para ele, mas eles continuaram andando, pois essa parecia ser a única resposta. Rafael contou 25 árvores de magnólia enquanto avançavam, todas em flor, cada uma plantada em nome do amor muito tempo atrás, quando havia um homem que se recusava a acreditar em maldições e uma mulher que desejava ter reconhecido o amor quando o viu pela primeira vez.

III.

Por muitos anos, Vincent Owens morou na Île de Ré, do outro lado da ponte de La Rochelle, na costa oeste da França, o cenário de uma batalha sangrenta entre protestantes huguenotes e católicos, uma ilha que no passado pertencera à Inglaterra e só depois à França. Vincent queria ficar tão longe da sua antiga vida quanto possível e ele tinha conseguido. Às vezes, quando acordava, não tinha ideia de onde estava, até que olhasse para o mar azul sem ondas. Ele morava do outro lado das salinas, depois da aldeia de La Flotte, numa velha casa em estilo mediterrâneo, onde a hera crescia selvagem no jardim e todos os cômodos recebiam luz do sol. Ninguém sabia quem ele era. Os vizinhos não tinham ideia de que ele tinha desmoronado muitas vezes e que aquele amor o salvara.

Mas agora ele já estava velho, embora ainda tivesse o mesmo charme de quando nasceu, ocasião em que uma enfermeira do hospital ficou tão encantada com ele que tentou roubá-lo do berçário. O cabelo preto e espesso de Vincent agora estava branco, mas ele ainda o usava longo, e suas belas feições eram as mesmas, embora muitas vezes tivesse uma expressão sombria. Ele era alto, e sua figura parecia a de um homem mais jovem, pois sua mãe havia instruído todos os filhos sobre a necessidade de se manter uma boa postura. Um meio sorriso cruzou o rosto de Vincent quando ele pensou na mãe; Susannah Owens fugira do amor ao passo que ele tinha corrido na direção dele. Vincent era o tipo de homem que amava intensamente. E um amor intenso era o que ele tinha por William; valera a pena desistir do seu país e de sua família por aquele tipo de amor. Tinha valido a pena abrir mão de tudo.

O coração de William tinha parado de repente durante o sono e, quando isso aconteceu, foi o fim de uma vida ligada à de Vincent, pois eles tinham sido feitos um para o outro e tornado a vida um do outro completa. Agora que o convívio com William tinha acabado, a vida de Vincent parecia inútil. A solidão que sentia não podia ser aplacada com palavras de conforto, não havia encantamentos que pudessem aliviar sua dor, nenhum lugar onde pudesse se refugiar. A maldição da família tinha regido seu destino e o forçado a abrir mão de uma vida para começar outra na qual ele poderia viver seguro e no anonimato. Mas a maldição não significava nada agora que só lhe restava a sua dor para sustentá-lo. Noites e dias eram igualmente sombrios, e ele vivia assim desde o instante em que perdera o único homem que amara.

Desde esse dia, portas e janelas eram mantidas fechadas. Durante meses, Vincent viveu na penumbra e ele preferia assim. A casa ecoava sua angústia e, se acontecesse de alguém passar na frente dela, Vincent ficava aliviado por sua casa estar tão tomada pela hera que parecia um lugar ameaçador; ninguém pensaria em parar ali. No inverno anterior, a hera tinha congelado e depois se partido em pedaços verdes e frios, fazendo o jardim parecer coberto de vidro. Os girassóis, que sempre eram deixados nos vasos até secar, tinham se despedaçado e as pétalas caído sobre os tampos das mesas, acumulando-se nos cantos de todos os cômodos. Vincent muitas vezes não se levantava da cama até que a noite caísse. Ele perdeu peso. Ele se embebedava. Sentava-se numa cadeira de metal no quintal de pedra em horários estranhos e fumava seus cigarros, o que nunca teria feito se William estivesse ali. William, que o amara profundamente, teria tirado o cigarro da mão dele e o repreendido. Que sorte eles haviam tido... Que homem arruinado ele se tornara.

Eles costumavam viver reclusos, como os apaixonados costumam viver, mas, nos meses desde a morte de William, os outros moradores que tinha casas na estradinha estreita e sinuosa nos arredores da aldeia começaram a se preocupar com seu vizinho solitário. Vincent caminhava à noite, ao longo das falésias, com o ar de um homem atormentado. Havia detritos se acumulando do lado de fora da casa e o cheiro musgoso de plantas apodrecidas. As rosas-trepadeiras não tinham botões, apenas folhas enegrecidas; o gramado estava abandonado, as lanternas de papel que William tinha espalhado pelo deque, sempre tão charmoso, tinham sido destroçadas pelo vento. Um americano expatriado que morava na mesma rua foi escolhido para dar uma olhada em Vincent e foi surpreendido pelo fantasma de um homem, que o encarou quando ouviu chamá-lo. Se o vizinho não estivesse enganado, o ancião de boa aparência que olhou para ele era alguém que um dia tinha sido famoso.

– Eu não conheço você? – perguntou o vizinho.

Vincent tinha abandonado sua carreira no ramo da música, simulando sua morte em troca da liberdade de amar alguém. Ele vinha se escondendo da maldição havia tanto tempo que não esperava que alguém o reconhecesse ou lembrasse que um dia, muito tempo antes, ele tinha escrito uma canção cuja letra quase todo mundo conhecia. Ele se deu conta de que tinha se tornado um velho francês rabugento.

– Não, você não me conhece – disse ele com a cada fechada, e em seguida, tão logo fechou a porta, fez as malas. Pegou o trem para Paris na manhã seguinte, vestindo seu casaco preto e um boné, e com uma única mala na mão foi diretamente para a casa elegante da sua velha amiga Agnes Durant, no Boulevard de la Madeleine. Sua canção, "I Walk at Night", gravada anos atrás, estava tocando no rádio quando ele entrou no táxi e Vincent ficou atordoado ao perceber o quanto estava comovido ao ouvir o som da sua própria juventude e inocência e com a profundidade do amor que ele tinha para dar. O seu maior arrependimento na vida era não ter visto a família durante todos aqueles anos, a filha Regina, agora morta num trágico acidente, as sobrinhas-netas Sally e Gillian, e principalmente as queridas irmãs, com quem ele sempre sonhava. O tempo em que ele, Franny e Jet tinham morado na casa da Greenwich Avenue, em Manhattan, era a paisagem na qual ele perambulava em suas noites agitadas, quando revirava na cama e se lembrava de todas as ruas, Barrow e Bedford, Jones e Christopher. Ele se lembrava da primeira noite que tinha passado com William e como Franny cuidara dele quando o espancaram na rua, na noite da Revolta do Stonewall, pronta para envolvê-lo nos braços, e como Jet tinha ficado no jardim sob uma árvore de lilases, no dia em que o garoto que ela amava sofrera uma morte prematura.

⚜

À esta altura, a querida amiga de Vincent, Agnes Durant, já estava com bem mais de 100 anos. As mulheres da família dela muitas vezes viviam mais de um século. Diziam que sua tataravó, Catherine, que havia deixado Paris para morar em Nova York, tinha vivido até os 120 anos, embora as pessoas jurassem que ela não parecia ter mais de 80. Quanto à Agnes, ela tinha sido uma grande amiga de Vincent e William, e era a autora do plano para Vincent escapar da maldição simulando sua morte e assumindo outra identidade. Agora, quando ele chegou, ela o cumprimentou na porta, encantadora como sempre.

– Fique o tempo que quiser – declarou.

Em sua primeira noite em Paris, Vincent saiu de casa tão logo anoiteceu e caminhou à noite como sempre, passando pelos postes de luz tingidos de rosa e parques desertos onde cabras comiam grama nos cantos escuros. Ele foi atraído para o Cemitério Père-Lachaise, construído por Napoleão em 1804, e foi até lá visitar o túmulo de William, que ficava ao lado de seu próprio mausoléu falsificado. Embora seu próprio túmulo estivesse vazio, ele era marcado por uma lápide onde seu nome e a data em que ele havia desaparecido tinham sido gravados. Vincent chegou até lá sem dificuldade, pois sempre tivera o dom natural de encontrar as coisas e era capaz de localizar qualquer coisa que tivesse perdida.

Diante do seu túmulo, Vincent percebeu que tinha mais fãs agora do que na época em que estava "vivo". Ele tinha se tornado uma figura *cult*, uma celebridade, embora ninguém o conhecesse. Tudo o que sabiam era que ele tinha revelado sua sexualidade num momento em que poucos músicos faziam isso, e os fãs celebravam sua integridade, bem como sua única música de sucesso, embora ninguém o reconhecesse agora. Vincent usava seu boné preto cobrindo parte do rosto e mantinha os olhos baixos quando alguém passava. Seus admiradores não vandalizavam sua lápide, como faziam os fanáticos por Jim Morrison, com mensagens grafitadas e garrafas de álcool derramadas. Em vez disso, os fãs de Vincent acendiam velas que brilhavam ao crepúsculo e deixavam rosas brancas amarradas com fita vermelha; ele viu dezenas de cartas de amor, mais do que poderia contar, algumas deixadas ali sob o vento e a chuva havia semanas ou meses. As pessoas ainda se apaixonavam por ele, tocadas pelas suas palavras e sua história, embora ele tivesse sido dado como morto já fazia sessenta anos. Seu túmulo era um local de peregrinação para aqueles que se acreditavam amaldiçoados no amor e viam suas próprias provações refletidas na famosa canção de Vincent. Ele recolheu as cartas deixadas no seu túmulo vazio e as leu sentado num banco. Vincent agora usava óculos de leitura, o que o irritava. Ele era velho, mas se lembrava de como o sangue dos jovens era quente, enquanto lia as cartas deixadas no seu túmulo. *O amor me arruinou*, alguém tinha escrito com sangue. *Ainda estou tentando, embora minha vida esteja reduzida a cinzas*, escreveu outro, citando a música que Vincent produzira quando estava apaixonado e confuso com relação ao seu destino.

O nome de William tinha sido escrito ao lado do seu próprio, na lápide, e os fãs de Vincent perceberam o acréscimo e começaram a trazer flores para William também. De alguma forma, veio ao conhecimento de todos que as íris eram as flores favoritas de William, e as pessoas costumavam deixar flores roxas, amarelas ou brancas, em homenagem à mensageira dos deuses, que podia viajar livremente para o Mundo Subterrâneo. Quando Íris desejava entregar uma mensagem, ela podia se tornar um metamorfo e assumir a forma de alguém conhecido pelos mortais. *Conheça-me, aceite-me, ouça o que tenho a lhe dizer.*

Nessa noite, Vincent vestiu o sobretudo preto que tinha ganhado de presente de William no último Dia dos Namorados que tinham passado juntos. Eles eram românticos que acreditavam no amor. O casaco era para substituir o outro, que Vincent usava quando era mais jovem, e ele tinha adorado aquela nova versão, de caxemira. Ele andava sempre com as mãos nos bolsos, pois a verdade é que tinha um tremor nas mãos que denunciava sua idade. No final da noite, ele já tinha adotado um cachorro, ou melhor, o cão o havia adotado, seguindo-o a distância no início, depois, lado a lado, quando Vincent encurtou seus habituais passos largos para o cachorro poder alcançá-lo. Eles eram uma dupla improvável. Aquele cachorro era o oposto de Harry, o pastor-alemão da juventude de Vincent, uma criatura digna, que tinha vivido seus últimos anos na varanda da casa dos Owens na Rua Magnólia, depois do desaparecimento de Vincent, deixando seu posto apenas para seguir o marido de Franny enquanto ele atendia seus pacientes em casa, o último médico da cidade que dava consultas em domicílio.

O cachorro de rua era uma mistura cômica de corgi com meia dúzia de outras raças, um bobão que ficava pulando entre as sepulturas enquanto caminhavam no cemitério. Vincent decidiu chamar o vira-latas de Sabichão, um elogio por estar vivendo há tanto tempo nas ruas de Paris sem ser atropelado. Em breve, Sabichão não saía mais do lado de Vincent e ele se perguntou se William haveria enviado seu novo companheiro para se certificar de que seu amor não ficaria sozinho.

Quando Vincent voltou para casa, foi para a cama no quarto de hóspedes frio e elegante, com Sabichão deitado ao lado dele nos frescos lençóis de linho, fungando e se esticando todo, como se sempre tivesse vivido aquela vida privilegiada. Foi nessas primeiras horas da manhã que Jet apareceu para Vincent num sonho, tão real e presente que lhe tirou o fôlego. Ela estava jovem e bonita, com seu cabelo preto repicado e sobrancelhas pretas em forma de asas, vestindo *jeans* e um suéter preto. Vincent e as irmãs conseguiam se comunicar telepaticamente quando eram jovens.

Querido menino, ela disse no sonho. *Está na hora*. Nas mãos ela segurava um mapa, que era impossível Vincent ler. *É um mapa do tesouro*, Jet disse um pouco antes de ele acordar. *Quando elas encontrarem a fechadura, você terá a chave.*

No café da manhã do dia seguinte, Agnes Durant tinha deixado de lado seus elegantes vestidos pretos e simplesmente aparecido com um roupão de banho. Ela tinha descido mais cedo para contar a Vincent sobre a morte da irmã dele, depois de receber um telefonema de uma das primas de Nova York. Como descobriu, não tinha sido necessário informar a Vincent de sua perda. Ele já sabia. Tinha acordado do sonho com o rosto banhado em lágrimas, ciente de que sua irmã havia partido. O mundo parecia mais sombrio sem ela. Vincent chorou lágrimas negras naquela manhã, arrasado com a morte de Jet. Agnes apenas baixou a cabeça em solidariedade e serviu duas xícaras de Chá da Coragem, algo de que ambos precisavam. Quando Vincent se recompôs, ele contou a Agnes sobre o sonho, como Jet estava linda, assim como naquele primeiro verão, quando foram visitar sua tia Isabelle em Massachusetts e descobriram quem eles eram. Que tesouro seria aquele que ele deveria encontrar? E onde estaria a chave? Agnes serviu mais duas xícaras de chá e refletiu.

– Um mapa não é para aqueles que ficam parados no mesmo lugar – disse ela. – Você tem a visão. Use-a.

Sabichão pulou no colo de Vincent, sentado à mesa do café – o cachorro podia ser um bobão, mas era empático e sabia detectar o humor do seu novo dono –, e Vincent acariciou a cabeça dele, enquanto pensava no sonho. Um mapa do tesouro significava que ele deveria encontrar algo, embora não tivesse ideia do que poderia ser. Mais tarde, naquele dia, o carteiro lhe entregou uma carta com a letra inclinada de Jet, escrita um dia antes de ela morrer. Vincent ficou perto da janela e leu a última mensagem da irmã para ele. *Eu não poderia te amar mais. Volte para casa se desejar. Sempre foi capaz de encontrar o caminho.* Dentro do envelope estava a chave da casa da Rua Magnólia. Ele enfiou a chave numa corrente de prata que usava no pescoço. A chave ficava na altura do coração e ele podia sentir sua pressão e seu calor. Ele não tinha usado a visão nos últimos cinquenta anos, mas entendeu que aquela era a chave que aparecera em seu sonho.

A forte luz do sol feria seus olhos e sua alma exaurida; ele se incomodava com o clarão do dia e esperou até o anoitecer para ir até a papelaria comprar um cartão em branco e um envelope de borda preta. Paris era tão linda naquela hora violeta que seu coração doía. Sabichão esperou por ele do lado de fora da loja enquanto fazia suas compras, depois caminharam juntos até o Palácio das Tulherias, onde se sentaram no jardim perto do parquinho. A vista era linda ali, com poços de luz laranja fluindo através dos plátanos conforme o dia chegava ao fim. As vozes das crianças aumentavam e diminuíam em sua última hora de brincadeiras. As nuvens se moviam lentamente acima deles, tornando-se douradas, depois vermelhas e, finalmente, azuis. O tempo não tinha passado tão devagar. Tinha sido um redemoinho, e Vincent havia sido pego desprevenido. Ele havia realmente pensado que seriam jovens para sempre? O que acabou, acabou. O que estava por vir estava apenas começando. Ele tinha escrito para as irmãs depois da morte de William.

Mas permanecera recluso, não revelando seu endereço, pois estava acostumado a ser vigiado. Agora ele escrevia de novo, desta vez para a sua única irmã.

Minha querida Franny. Lamento não ter estado aí a tempo de ver Jet. Eu fui embora por tudo o que aconteceu, mas senti falta de vocês.

No caminho de volta para a casa de Agnes Durant, Vincent parou no correio e bateu na porta fechada. O carteiro que ignorava a maioria das pessoas e podia ser grosseiro, foi abrir a porta para Vincent, como se estivesse encantado. Vincent ainda afetava pessoas daquele jeito, sem nem tentar. No último instante, antes de enviar a carta para Franny, Vincent anotou o endereço de Madame Durant no verso do envelope. Apenas no caso de precisarem encontrá-lo. Não havia sentido em ficar vigilante agora que William tinha partido. Ele não precisaria mais da sua segunda identidade.

Decidiu ir a pé a uma loja que havia descoberto anos atrás, a Amulette, situada numa pequena rua sinuosa na margem esquerda, além da Île de la Cité. Era uma loja de aparência simples, com alguns livros empilhados na vitrine. Se alguém passasse sem ler os títulos nas lombadas, se podia pensar que era uma loja de bugigangas comum, que vendia livros antigos e antiguidades. Mas *O Mago* estava ali, à vista de qualquer um que desse uma espiada na vitrine. Aquele era o livro que tinha apresentado a magia a Vincent na juventude. Ele era apenas um garoto quando um comerciante o vendera a ele, avisando que, depois que abrisse *O Mago*, a vida dele nunca mais seria a mesma.

Sabichão o acompanhou até dentro da loja. O sininho da porta tocou e Vincent sentiu um cheiro de menta, o aroma fresco e verde que assinalava o início da primavera em Paris, embora o tempo ainda pudesse estar tempestuoso. Um jovem bonito estava no balcão. Ele sabia quem Vincent era, todos que praticavam magia sabiam, mas naquela loja era uma cortesia proporcionar privacidade às pessoas.

– Como posso ajudá-lo, *monsieur*? – perguntou o atendente.

Você pode voltar no tempo?, Vincent pensou. *Pode me fazer ter 20 anos outra vez? Pode trazer William e minha irmã de volta?*

A vida passa tão rápido! As pessoas vivem dizendo isso, mas não acreditamos até que aconteça conosco. Chore o quanto quiser, a juventude vai escorrer por entre os seus dedos e um dia você, que já foi tão jovem, vai se dar conta de que não se reconhece mais, nem reconhece a sua própria vida.

– Eu gostaria de um espelho – disse Vincent, já pegando a carteira.

O balconista sorriu. Vincent ainda era extremamente bonito, é claro que ele gostava de olhar o seu próprio reflexo num espelho. Mas Vincent sacudiu a cabeça quando o balconista lhe trouxe um espelho de mão.

– Um espelho negro.

O espelho negro era muito mais caro e não era para qualquer pessoa. Era usado para adivinhação, para ter um vislumbre do que o futuro traria. Apenas aqueles que tinham a visão eram capazes de usar esse instrumento mágico. Na Amulette, esses objetos eram mantidos numa gaveta trancada, na parte de trás da loja.

– Perfeito – disse Vincent, quando o espelho negro foi finalmente apresentado a ele.

O balconista embrulhou a compra de Vincent em três folhas de papel pardo, por questão de segurança. Vincent carregou-o debaixo do braço enquanto voltava para a casa de Agnes. A noite estava escura e, pela primeira vez em meses, Vincent se sentia vivo. Algo estava prestes a acontecer. Estava começando tudo de novo, ele podia sentir em seus ossos. Ele tinha se sentido assim no ônibus, a caminho da casa da sua tia Isabelle, quando eram jovens, e quando ele caminhou pela primeira vez pelas ruas de Greenwich Village e se apaixonou.

Quando Vincent voltou ao apartamento, Agnes estava no salão tomando uma taça de Pineau des Charentes, como ela fazia toda noite. Ela deu uma olhada no pacote que ele carregava e instantaneamente soube o que havia ali dentro.

– Você tem certeza? – ela perguntou.

Os espelhos negros eram perigosos. Olhe para um e você pode nunca se esquecer do que viu ali.

Vincent encolheu os ombros.

– Quem tem certeza de alguma coisa?

– Esse é o espírito – a velha amiga concordou, de todo o coração. Por que não arriscar enquanto você ainda estava vivo? Naquela idade não havia muito mais a perder, apenas aquele belo mundo, apenas cada manhã e cada noite.

Eles fizeram uma refeição rápida no jantar e Vincent logo pediu licença e subiu para o quarto de hóspedes. Ele se sentou na penteadeira, pegou uma tesoura e cortou o barbante para desembrulhar o espelho, que tinha sido colocado na mesa de nogueira. Ele pensou na primeira vez que tinha olhado num espelho negro, na estufa da casa dos Owens, em Massachusetts, com sua tia Isabelle ao lado dele. Era a primeira vez que ele vira quem realmente era.

Ele pegou um lenço para limpar a poeira do espelho, depois o fitou. Viu um livro preto e uma garota que ele não reconheceu. A magia da mão esquerda surgiu num círculo de fumaça, a marca da Arte pela qual ele se sentia atraído na juventude. Ele tinha sido sensato ao desistir, mas se lembrou da atração que o lado negro exerce. Ele a sentia agora, mais uma vez. Algo estava para acontecer. Algo que não acontecia havia anos. Segundo revelava o espelho, logo ele veria sua querida irmã Franny, sua protetora desde seu nascimento, sua cúmplice em tudo, a pessoa de quem ele mais sentia falta depois da sua morte simulada. Um espelho como aquele sempre dizia a verdade sobre o destino de uma pessoa e era por isso que poucos tinham coragem para contemplá-lo. O futuro era sempre uma incerteza, pois qualquer coisa poderia acontecer, mas Vincent estava pagando para ver o que ele reservava. Por maiores que fossem as suas falhas, ele sempre tivera coragem. Era dela que ele precisava agora, enquanto observava os bastidores de tudo o que viria a acontecer.

Ele veria aqueles que amava e o passado voltaria para ele de três maneiras. Seu destino estava diante dele e agora ele tinha a chave. Havia o mapa do tesouro, havia o tesouro e havia a maldição que afligia a todos eles.

IV.

Abril tinha chegado, o mês mais lindo do ano, mas o tempo tinha parado para Franny desde o funeral da irmã. Era uma primavera de tristeza, quando este mundo maravilhoso tinha se tornado sombrio. Havia um manto cinzento sobre tudo, cobrindo as árvores; folhas enegrecidas caíam nas calçadas de toda a cidade. A morte estava no ar e os pássaros não cantavam. Os lilases se recusavam a florescer. As pessoas atravessavam os portões do cemitério para deixar suas condolências no túmulo de Jet: maçãs, hortelã, sálvia, fitas azuis, fotos de bebês que tinham crescido e se tornado homens e mulheres adultos por causa dos tônicos de Jet, fotos de casamento daqueles que tinham encontrado o amor depois de bater na porta das Owens. Agora que ela tinha partido, não havia mais ninguém a quem pedir ajuda. Pois no dia seguinte ao sepultamento, Franny tinha pegado uma escada e retirado a lâmpada da varanda.

– Poderíamos apenas mantê-la desligada – sugeriu Sally, mas Franny queria ter certeza de que ninguém acenderia a luz acidentalmente. Ela poderia ter oferecido toda a sua sabedoria em questões de amor, como Jet fizera, mas não tinha mais motivo para fazer isso. Sem a irmã, a magia significava muito pouco para ela, e os problemas dos seus vizinhos, muito menos. Franny ia para a cama antes de escurecer. Recusava os jantares que Sally insistia em oferecer a ela. Só via a morte em todos os lugares. Nos camundongos que os gatos da vizinhança deixavam de presente nos degraus da varanda. Nas aranhas mortas nos cantos. Nos pardais caídos do céu.

O tempo estava quente, mas Franny estava com o casaco de inverno e as botas vermelhas quando saiu para caminhar. Era uma tradição entre as mulheres Owens usar aqueles calçados, e os sapatos vermelhos tinha uma longa história. Luís XIV preferia saltos vermelhos para mostrar seu direito de ser rei, e Eduardo IV e Henrique VIII tinham sido enterrados com sapatos vermelhos. Tingidos com garança ou cochonilha, eles também eram usados por senadores romanos, mas eram as mulheres praticantes de magia as mais conhecidas por usar sapatos vermelhos, e o conceito da Mulher Escarlate, que fazia o que bem entendia, tornava o uso de sapatos vermelhos uma atitude de desafio; eles podiam simplesmente levar a mulher que os usava a lugares que ela não iria de outra maneira.

Embora estivesse bem agasalhada, Franny continuava gelada até os ossos. Ela estava presa ao passado e não tinha vontade de seguir em frente. Queria que houvesse uma porta por onde pudesse voltar no tempo. O melhor que ela podia fazer era atravessar os bosques, passar pelo emaranhado de arbustos e seguir até o Lago Leech, vasto e azul, agora cintilante sob a luz resplandecente da tarde. Franny, Jet e o irmão, Vincent, iam nadar ali quando jovens, espirrando água um no outro e caindo na gargalhada quando os sapos seguiam Franny, reunindo-se em torno dela como se a elegessem sua rainha. Vincent era tão impetuoso quanto encantador. Ele sempre desafiava Jet e Franny a pularem da pedra mais alta e, quando as irmãs se recusavam, porque a mãe sempre os avisava para evitar a água, Vincent mergulhava do penhasco sozinho. Cheio de coragem e juventude, ele mergulhava de cabeça, mesmo sabendo que iria aterrissar com tudo, sem conseguir atravessar a superfície calma do lago, pois a linhagem dos Owens não os deixava afundar. Como acontecia com todas as bruxas, os irmãos flutuavam não importava o quanto tentassem afundar, o que era tanto sua salvação quanto sua ruína, pois revelava quem eles eram.

Na juventude, apenas Vincent se sentia atraído pela magia e a praticava, ao passo que as irmãs ainda ficavam alarmadas com sua herança bruxa. Agora, Franny entendia que as pessoas tinham que ser quem elas eram, não importava o que isso lhes custasse; qualquer coisa diferente disso era mentira, e negar quem você é sempre causa sofrimento. O que você oferece ao mundo volta para você triplicado. Se não consegue aceitar quem é, você é ultrajado e banido, e fica à deriva neste mundo.

Uma tarde, Franny, por fim, aceitou o desafio de Vincent. Ela ainda se lembrava de Jet gritando para ela parar antes de mergulhar de cabeça, com os braços abertos e as pernas se debatendo no ar azul de verão, os ombros estreitos encolhidos, como que para se proteger. O baque na superfície do lago tinha sido dolorido, e seu corpo todo se ressentia da força do impacto, mas, mesmo que ela não pudesse afundar, a sensação da água contra a pele era quase entorpecente e totalmente deliciosa. Quando você não pode se afogar, a água é o elemento pelo qual se sente mais atraído, e Franny tinha flutuado de costas durante toda aquela tarde, ganhando em troca uma dolorosa queimadura de sol; ainda assim, tinha valido a pena. Jet saltara também, uma ninfa das águas deslizando através dos lírios.

– Isto é o mais divertido – ela gritara, pois começara a nadar imediatamente, jurando nunca aderir às regras da mãe outra vez.

– Você deveria me ouvir com mais frequência – tinha dito Vincent, enquanto caminhavam de volta para a casa da tia Isabelle, com as toalhas sobre os ombros. Naquele ano, Franny tinha feito 17 anos; Jet, 16 e Vincent, 15. Eles eram perfeitos e não sabiam. Riam um do outro enquanto escorregavam e afundavam na lama, abrindo caminho pelo capim alto cheio de teias de aranha. Franny prendia os cabelos compridos num coque e, por onde passava, deixava poças d'água vermelhas que manchavam o chão. Será que ela pensava na época que um dia seria uma velha quando se olhasse no espelho? Talvez fosse por isso que os espelhos da casa eram cobertos por lençóis brancos, para que os integrantes da família com uma certa idade não ficassem chocados ao ver o próprio rosto.

Franny relembrou uma história que os moradores da cidade contavam. Alguns juravam que um tipo de monstro marinho tinha passado a viver no lago. Ele havia chegado pelo porto havia centenas de anos, num dia em que uma onda quebrara nas docas, durante uma terrível tempestade. Estava atordoado e precisando de água, mas conseguira chegar àquela lagoa profunda e azul-esverdeada. Franny costumava se agachar na beira d'água com um punhado de sal na mão, pois segundo se dizia o sal atraía tais criaturas para o raso. Afinal, igual atrai igual. Ela estava ansiosa para ver algo milagroso e, quando se casou com Hay e ele voltou do Vietnã depois de perder a perna, eles se sentavam ali juntos à noite em cadeiras de lona, com uma cesta de piquenique ao lado. Hay nunca tinha se deixado impressionar pela ideia de animais fantásticos.

– Eu já vi monstros, não me interessa ver mais um – dizia ele. – Tudo o que eu quero ver é você.

Mas, uma vez, quando viram uma ondulação inesperada na água, Hay se assustou e caiu da cadeira e eles riram de si mesmos como dois bobos. Eles se amaram loucamente a vida toda, só que a vida da Franny tinha sido mais longa, e agora ali estava ela, caminhando para casa sozinha, com um único desejo insano de ver Hay na estrada, esperando por ela, gritando para que ela apressasse. Na juventude, antes de Haylin, ela era uma garota solitária e excêntrica, mas agora sua solidão a assombrava; mesmo quando estava em meio a uma multidão, vendendo bolos para arrecadar fundos para a biblioteca ou na cozinha com Sally, Kylie e Antonia, no jantar de domingo à noite, ela se sentia como se estivesse trancada num quarto sozinha. Quando você tem um familiar, você tem uma alma gêmea, mas ela nunca teve outro depois que seu amado corvo, Lewis, morreu. Os Owens tinham paixão por corvos, criaturas tão inteligentes quanto a maioria dos seres humanos e mais espertos do que muitos. Franny desejava que algum deles a escolhesse novamente, mas isso nunca tinha acontecido. Havia coisas que a pessoa só tinha uma vez na vida, e se tivesse sorte.

⁂

O trajeto de Franny para casa a obrigava a atravessar um campo pantanoso, onde o repolho-do-pântano crescia nas valas e a celidônia florescia azul, em hastezinhas ondulantes. O lago estava no caminho da migração dos sanhaços-escarlates, que haviam retornado pouco tempo antes para Massachusetts, deixando manchas vermelhas nas sebes, como se cada galho tivesse um coração pulsante. Era a época do ano em que todas as magnólias estavam em flor e à distância só se via uma névoa rosa. As árvores tinham sido levadas para a cidade como um presente para Maria Owens, oferecido pelo homem que a amava, e algumas tinham agora nove metros de altura, com folhas de um verde lustroso e enegrecido. Franny saiu do bosque, sentindo o aroma verde das samambaias agarradas às suas saias. Ela passou por casas cujos moradores tinham procurado Jet e ela, ao longo dos anos, para obter ajuda. Em geral, eles procuravam Jet, é verdade, porque a irmã era mais gentil e cheia de compaixão. Franny costumava dizer às pessoas a dura verdade, sem qualquer enfeite ou atenuante. *Tem certeza?*, ela dizia. *Tudo tem seu preço.* Por que diabos tantas clientes queria amuletos de amor para obrigar alguém que não lhes dava a mínima a cair de amores por elas? *Ridículo*, pensava Franny. *Se aquilo era ser normal, então o normal era ser louco.*

Franny dobrou a esquina para a Rua Magnólia. Ali as flores nas árvores eram todas de um branco cremoso e lustroso e havia pardais nos galhos, já fazendo ninhos. Havia lama nas solas das botas vermelhas de

Franny, que não eram muito apropriadas para alguém da idade dela, embora ela não se importasse nem um pouco. O que mais tinha importância agora, que tantas pessoas que ela amava tinham partido? Quase nada, pelo que parecia, pois para ela era um sacrifício cada vez maior sair da cama pela manhã e enfrentar o dia.

Mas aquele não era um dia como outro qualquer. Quando Franny viu o furgão dos correios, ela já sabia. Podia sentir o latejar da sua pulsação. Teria corrido se ainda pudesse. Em vez disso, ela caminhou num ritmo acelerado, carregando o guarda-chuva que todos sabiam que era usado como bengala, o casaco esvoaçando atrás dela. Franny foi até o furgão e bateu na janela, insistindo para que o aturdido carteiro a abrisse, coisa que e ele fez pronto, embora fosse evidente que ficava nervoso na presença dela, as mãos grandes muito suadas.

– Bem, vamos lá – disse Franny, impaciente. – O que você tem para mim?

– Já entreguei a correspondência – disse o carteiro. Ele era um sujeito grandalhão, mas falava como um menino com medo de o professor ter descoberto que ele cometera um erro no dever de casa. – Eu não deveria?

No passado, o carteiro falava com Jet Owens, que era uma pessoa adorável, independentemente do que as pessoas falassem sobre a família. Ele entregava caixas de ervas da Índia e sementes do Maine, e uma vez trouxera uma caixa que havia chegado por via aérea do Tennessee, contendo um gatinho preto que tinha sido maltratado e resgatado de um abrigo. Jet correra para pegar a pobre criatura enquanto ainda estava em seu roupão de banho.

– Ah, você será muito feliz aqui! – o carteiro lembrava de Jet ter dito para o gatinho. Ela deu uma gorjeta de vinte dólares a ele e lhe disse para ir ao Black Rabbit tomar uma bebida por conta dela, então é claro que ela era a tia alegre e Franny a quem todos temiam.

Franny estalou a língua em desaprovação.

– É claro que você deve entregar a correspondência – disse ela. – Não é esse o seu trabalho? – Ela balançou a cabeça diante da tolice do sujeito, depois foi para o portão, com pressa. Abriu a caixa do correio preta, sabendo o que iria encontrar. Ela quase podia ouvir a voz do irmão. Uma mensagem de Vincent. Emocionada, apesar da borda preta em torno do envelope, ela levou a carta para o jardim, onde iria ter um pouco de privacidade, sem Sally rondando por ali.

Todas as primeiras mudas da primavera já estavam plantadas, incluindo os tomates Zebra de Gillian, e o jardim de ervas florescia no clima ameno de abril. Franny se lembrou de quando ela e Vincent se sentavam na cozinha do apartamento da família na 89th Street e juntos faziam a mesa subir. Seu primeiro ato de magia.

– Nós conseguimos, Franny! – ele dizia, encantado, enquanto ela estava petrificada. Agora ela estava sentada numa cadeira de jardim, úmida ainda com a chuva do dia anterior. Com a carta nas mãos, ela sentiu uma onda de amor pelo irmão. Rapidamente abriu o envelope, deslizando o dedo sob a aba. Na pressa, o papel cortou sua pele e uma gota de sangue escorreu, manchando o envelope com um vermelho-escuro, quase preto. Ela percebeu que Vincent havia escrito seu endereço em Paris no espaço do remetente. Ele não tinha feito isso quando tinha enviado a nota sobre o falecimento de William. Foi então que ela soube. Ele queria ser encontrado.

Franny leu com atenção cada palavra e depois leu tudo novamente. Vincent tinha escrito que, sempre que perdiam algo precioso para eles, ele ajudava a encontrar o objeto. Quando era garoto, ele sempre conseguia andar por todo lugar sem um guia ou um mapa, e objetos perdidos eram sua especialidade. Os pais deles podiam esconder livros ou roupas que consideravam inaceitáveis, mas Vincent sempre rastreou os pertences confiscados escondidos no porão ou no fundo de um armário. Franny só conseguia pensar em Vincent, de quem sentia muita falta. Ela podia sentir o sol na pele e a brisa vinda do leste. O querido irmão, de volta dos mortos e dos desaparecidos, uma vítima da maldição, alguém que acreditava no amor, a pessoa em quem ela mais confiava neste mundo, assegurando que o destino os uniria novamente.

V.

Quatro semanas após o funeral, Kylie se lembrou de que estava com *Os Poemas de Emily Dickinson*, que tinha pertencido à tia. Ela tinha planejado ler um poema por dia, mas a perda da tia Jet continuava a doer e ela se sentia paralisada pela dor. Não tinha lido um único poema, ainda, e o livro continuava intocado na mesinha de cabeceira de Kylie. Ela estendeu a mão para ligar o abajur, depois deixou que as páginas se abrissem ao acaso.

Esta é a hora de chumbo
Lembrada por quem quase sucumbe
Como pessoas enregeladas lembram da neve
Primeiro – calafrio – depois estupor – depois cedem.

Foi então que Kylie percebeu que uma carta havia caído de entre as páginas. Era endereçada à Franny, mas ali estava, um pássaro pousando em seu colo. Kylie a tirou do envelope com o coração batendo forte contra as costelas.

Minha querida menina,

Se existir uma cura, procure-a até encontrá-la. Se não existir, não se incomode mais com isso.

A maldição que Maria Owens lançou sobre si mesma e sobre nós, para nos proteger do amor, quase arruinou a nossa família. Veja onde guardamos nossos livros. Existe uma cura no Livro do Corvo.
Mas, cuidado, esse é o livro mais perigoso de todos. Ele concede o desejo do seu coração, mas o preço que se paga é alto. Eu já estava partindo deste mundo, por isso não poderia ser eu.
Aquele entre nós que tiver mais coragem quebrará a maldição.
Sempre estarei com vocês.

Kylie pensou no discurso da prima no enterro da tia, falando sobre uma maldição que se abatia sobre os Owens. Não era nada, lhe disseram. Era uma lenda. Evidentemente, sua tia Jet pensava de outro modo. Mesmo assim, Kylie dobrou a carta e guardou-a na gaveta. Quanto a ela, já tinha o desejo guardado no coração, ele só estava à espera de ser realizado.

⁕

Kylie e Gideon Barnes estavam esparramados no gramado do Cambridge Common, o parque onde o General George Washington reunira suas tropas durante a Revolução Americana. Maio tinha chegado finalmente, trazendo consigo o final do semestre. Gideon estava estudando e ela contemplava o céu, pensando na carta que havia encontrado.

– Você acredita em maldições? – Kylie perguntou.

– Eu acredito que é impossível aprender latim.

– Estou falando sério.

Ele a beijou em resposta.

Ela se afastou.

– Isso significa um não?

– Eu acredito em nós – disse Gideon.

– Acredita? – Kylie sorriu. Aquela era uma resposta muito boa.

– Sim, acredito – ele assegurou a ela, superando suas expectativas.

Ela resolveu deixar o assunto de lado. As tias tinham algumas práticas estranhas, e a carta de Jet certamente devia ter outro significado, porque maldições eram coisas de contos de fadas, não da vida real. Kylie e Gideon eram tão jovens que nem tinham percebido que aquela primavera tinha se tornado uma estação sombria. Tudo o que viam era o mundo ao seu redor, o pequeno triângulo de Cambridge, que continha suas vidas e um ao outro. Eles não tinham prestado nenhuma atenção ao fato de o sol, muitas vezes, só aparecer quando já era bem tarde. Havia geadas repentinas, e a temperatura raramente ficava acima dos dez graus, na maioria das vezes bem abaixo disso, de modo que as cebolas-albarrãs e os lírio-trutas amarelos transformavam-se num gelo lilás, que cobria os jardins das casas altas da era colonial. Ao longo de toda a Brattle Street, os lilases estavam murchando, com suas folhas em forma de coração ficando enegrecidas nas bordas. Pessoas que estavam casadas havia mais de trinta anos de repente entravam com um pedido de divórcio, as crianças se recusavam a dormir e não se acalmavam com leite quente e histórias que já tinham ouvido uma dúzia de vezes. As pessoas sabiam que algo estava errado, não apenas com o tempo, mas com o próprio destino. No entanto, tudo o que Kylie e Gideon viam eram um ao outro. Eles estavam apaixonados e sempre tinham sido, mas mantinham seu amor em segredo, pois ele era deles e de mais ninguém. Os dois jovens descansaram sob o dossel das faias, estudando para os exames, ansiando pelo verão, quando pretendiam viajar pela França, seguindo um roteiro que Gideon tinha planejado e que incluía vinícolas e acampamentos.

– Só vamos dormir e beber vinho – gabava-se ele.

Gideon olhou para ela com seus olhos castanhos salpicados de verde ou dourado, dependendo da luz. Quando ele fazia isso, realmente não havia mais ninguém no mundo. *Talvez a gente nunca mais volte*, Kylie pensava, pois ela sempre tinha considerado sua cidade natal como um lugar provinciano, de onde ela queria ficar o mais longe possível. Ela sacudiu sua trança de cabelo castanho até a cintura, com reflexos vermelhos e dourados. Se eles fugissem juntos, ela não sentiria falta de Harvard, porque, na verdade, se sentia uma impostora, que apenas fingia se preocupar com os estudos; uma estranha no ninho, mais uma vez.

Naquela época do ano, Cambridge estava tranquila, apenas com as cafeterias lotadas de alunos sonolentos, precisando de cafeína e açúcar para conseguirem passar as noites em claro, estudando para passar ou repetir o semestre, ganhar ou perder. Kylie e Gideon eram muito amigos desde os 12 anos, o que facilitara a paixão, depois que eles se permitiram. Gideon tinha muitas qualidades para que ela pudesse ignorar. Ele tinha traços generosos e atraentes e um rosto aberto, que pouco escondia. No secundário, era presidente do clube de xadrez; campeão de ortografia do condado; o garoto mais alto da classe, o que era muito importante para Kylie; e o mais inteligente, o que era ainda mais importante para ela. Ele era o garoto por que Kylie tinha se apaixonado, depois que parou de lutar contra a atração que sentia por ele. Durante anos eles tinham dito um ao outro que não queriam arruinar a amizade com algo tão complicado quanto sexo, então foram em frente e estragaram tudo de qualquer maneira. Quando admitiram que estavam realmente apaixonados, e isso já fazia muito tempo, foi um grande alívio para ambos. Kylie continuou a dizer à mãe que ela e Gideon eram apenas amigos, pois ela não precisava de ninguém se metendo na vida dela, muito menos a mãe, que sempre parecia tão preocupada em questionar Kylie sobre sua vida amorosa. Kylie não revelava a ninguém seus pensamentos, seus sonhos e suas atitudes. Ela e a irmã, Antonia, tinha feito um pacto para nunca contar à mãe mais do que ela precisasse saber.

Kylie sempre se sentia à vontade com Gideon; era como se ambos pertencessem a uma espécie rara, separada do resto do mundo, criaturas esguias e de beleza marcante, que conseguiam dormir juntas nas camas de solteiro do dormitório universitário, braços e pernas jogados por cima um do outro, muitas vezes tendo o mesmo sonho, com Kylie agarrada ao cobertor preto que as tias tinham feito para ela quando era um bebê recém-nascido. Por mais constrangedor que fosse admitir, ela não conseguia dormir sem o cobertor, mesmo agora que estava no segundo ano na faculdade.

Naquele dia ensolarado, quando todas as árvores estavam verdejantes, Gideon estudava para seu exame de latim, o que ele mais temia. *Eu só consigo falar uma língua*, ele sempre dizia, e Kylie sempre o provocava: *e bem mal...* Então ele a beijava e ela não se importava mesmo que ele não conseguisse falar língua nenhuma. Ele era excêntrico e cativante, e o melhor de tudo: pertencia a ela. Era uma tarde perfeitamente normal em Cambridge, o céu salpicado de nuvens claras, o zumbido de abelhas voando de um lado para o outro, os gritos de alegria das crianças ecoando do parquinho, até que Kylie ergueu os olhos do seu exemplar da *Odisseia* e viu um círculo de manchas cinza-escuras pairando ao redor de Gideon. Ela sempre fora capaz de ver auras coloridas ao redor das pessoas e normalmente havia um brilho laranja sobre a cabeça de Gideon, que significava saúde e um coração cheio de amor, mas a aura dele havia mudado, com os tons acinzentados ficando mais escuros, embora a tarde estivesse estriada de faixas pálidas de luz. *Alguma coisa está para acontecer*, ela pensou.

Kylie sentou-se sobre os tornozelos e fechou o livro. Gideon desviou os olhos do livro de latim, preocupado quando viu a expressão dela. Ele sabia que Kylie era sensitiva e muitas vezes sabia o que estava para acontecer. Ela podia prever quando ia chover e quando as aulas seriam canceladas. Ela tinha ligado para os bombeiros antes que um incêndio começasse no saguão da escola e tinha ligado para eles novamente alguns meses depois, uma hora antes de uma garota solitária tentar tirar a própria vida no corredor. Gideon não chamaria isso de bruxaria, mas atribuía essas premonições ao *talento* dela, como se a visão não fosse diferente de uma aptidão para música ou dança.

— Eu não vou passar em latim, é isso? — Gideon disse quando viu o medo nos olhos dela.

Kylie tivera uma visão. Um papel em branco, uma cadeira vazia, um dia de chuva escarlate, um lago sem fundo, um homem de cabelos pretos.

Pela expressão dela, estava claro que o futuro continha algo pior do que ser reprovado num exame.

— Vou ser expulso — tentou adivinhar Gideon.

— Não, não é nada disso. Vamos. — A própria Kylie não sabia o que aquilo significava. Ela nunca tinha visto aquele tipo de aura antes. *Violeta, cinza, prata, cinza, preto, escarlate*. Nada daquilo era um bom presságio. Ela se levantou e estendeu a mão para ele. Ela não sabia se outras pessoas amavam do jeito que ela amava, intensamente, e não estava interessada em saber.

Gideon se levantou da grama e, quando fez isso, sua altura bloqueou a luz do sol e ele viu que havia lágrimas negras nos olhos de Kylie. Ela nunca chorava. Ou só raramente. Ele achou que ela iria derramar lágrimas no enterro da tia Jet, mas isso era de se esperar.

— Fiz algo errado? — ele perguntou.

Kylie o enlaçou com os braços.

— Nunca — disse ela. E então se inclinou para sussurrar que o amava e sempre o amaria. Era a primeira vez que ela dizia aquilo em voz alta e no mesmo instante ficou constrangida com a emoção tão verdadeira.

— Eu sempre te amei — Gideon disse a ela. — Desde o dia em que nos conhecemos.

O tempo estava mudando. Começava a ventar. Enquanto cruzavam a Mass Avenue, Kylie sentiu calafrios, como se o vento oeste tivesse soprando através dela. O céu começou a ficar carregado com as nuvens trazidas pelo vento, como se passasse da meia-noite, em vez de ser três da tarde. Kylie decidiu que não iria deixar Gideon se afastar dela. Com ou sem maldição, nada poderia acontecer se ela ficasse de olho nele.

Eles foram para a Dunster House, a residência universitária onde moravam, deram três passos para cruzar o quarto e, em seguida, caíram na cama. Foi quando a chuva começou a tamborilar nos telhados e nas ruas, mas Kylie não ouviu as torrentes de chuva porque ela estava beijando Gideon. Ela o estava beijando do jeito que alguém beija quando tem medo de perder alguém, quando precisa sentir a respiração e a vida dessa pessoa dentro de si, quando suas almas se fundem no ato de beijar. O silêncio foi quebrado por um estalido lento e metódico, em algum lugar da parede, o som que qualquer pessoa com um certo conhecimento nunca desejaria ouvir.

A Dunster House tinha sido construída em 1930 para ser uma residência estudantil, e os alunos pagavam uma taxa de acordo com o andar em que residiam, como os mais pobres, que precisavam subir seis lances de escada. Havia muita madeira velha e apodrecida, e os besouros da morte eram brocas de madeira que podiam infestar edifícios antigos. Kylie ouvia a batidinha agora, um ruído que as pessoas diziam ser um presságio da morte. Ela nunca tinha ouvido falar do besouro da morte e era jovem demais para se lembrar da mãe destruindo as tábuas do assoalho em busca daquela criatura horrível, alguns dias antes de o marido sofrer um acidente. Ninguém dissera a Kylie que tinham ouvido o mesmo estalido no estábulo onde Gary Hallet guardava seu cavalo, embora Gary tivesse insistido em dizer que era o eco da madeira se acomodando ao calor e se recusasse a acreditar que ele marcasse a hora de sua morte. Ainda assim, o ruído em si era enervante.

Kylie tinha ouvido, uma vez, as tias dizendo que uma aura negra significava morte, destruição e perigo, maldade num mundo onde antes não havia nenhuma. Quando isso acontecia, o indivíduo deveria colocar sal nas janelas e nos quatro cantos da casa. Agora, uma nuvem negra se erguia em direção ao telhado do dormitório de Kylie, mas ela não pretendia sair em busca de pacotinhos de sal. Ela não acreditava na maldição, e por que deveria? Mesmo assim, ela manteria Gideon perto dela, até que o círculo se dissipasse. Se eles perderam os exames finais, paciência. Se ficassem na cama por uma semana, bem, eles já tinham feito aquilo antes. Enquanto dormia, Kylie sonhou com a chuva, que agora caía em baldes. O parque ficou inundado, e os pássaros se esconderam nos arbustos e sob os beirais dos telhados, fazendo o possível para evitar o dilúvio. As mulheres da família Owens se sentiam atraídas pela água, embora pudesse ser perigoso para elas, pois a água sempre revelava a verdade sobre quem eram. Isso tinha sido um problema para Kylie e Antonia Owens, pois a mãe temia que um único vislumbre da verdade abalasse as estruturas da vida delas. Kylie e a irmã nunca tinham permissão para ir à piscina pública, para ter aulas de natação, mas todo verão a tia Gillian as levava ao Lago Leech sem que a mãe delas soubesse, deixando que quebrassem as regras e flutuassem na água fria e vítrea por várias horas. Ainda assim, havia algumas questões que até a tia se recusava a discutir. Quando perguntavam por que elas nunca conseguiam permanecer debaixo d'água e sempre voltavam a flutuar, como se fossem feitas de cortiça, Gillian dizia que alguns dons nunca deveriam ser questionados. *Fiquem felizes por* não *poderem afundar!* ela dizia. *Aproveitem cada minuto!*

Kylie teve um sono agitado, cheio de sonhos; por mais que tentasse, não conseguia acordar. Em vez disso, caía ainda mais profundamente num torpor do qual não conseguia escapar. Em seu sonho, ela estava no jardim de casa, sentada em frente a Jet, que tinha um livro aberto no colo. *Se você quer saber a cura,* Jet dizia, *tudo o que tem a fazer é virar a página.*

Gideon deixou a cama tão silenciosamente, com as longas pernas estendidas, que Kylie não percebeu sua ausência. Ele vestiu suas roupas e encontrou um guarda-chuva que estava enfiado no armário. Não era tarde demais para ir à floricultura da Brattle Street. Kylie estava tão triste e preocupada desde a morte da tia que ele queria animá-la, presenteando-a com algo lindo como rosas, que se sobreporiam ao ar lúgubre do dia. Ele sabia que ela gostava de amarelo e esperava encontrar rosas daquela cor. Amarelo, a cor da coragem e da esperança, da lealdade e da alegria. Ele não pensou nos outros significados da cor, ciúme, doença e engano. Ele pensava apenas no quanto tinham sorte por estarem na faculdade juntos. Que sorte era terem se encontrado tão jovens. Ele podia ter conhecido uma dezena de pessoas antes de encontrar o verdadeiro amor, podia nunca tê-la encontrado, mas, em vez disso, ele a vira num campo de futebol quando eles não tinham nem 13 anos. Ambos tinham uma forte aversão aos esportes, com exceção da corrida, que eles adoravam. No dia em que se conheceram, caminharam em direção um ao outro com um sorriso no rosto, os pés levantando a grama, o coração batendo forte, como se já tivessem corrido quinze quilômetros.

Vamos sair daqui, foi a primeira coisa que Gideon disse a Kylie, e ela respondera *Sim*.

Sim, eu vou te amar. Sim, eu sou seu. Agora eu digo isso em voz alta.

Ele deixou a Dunster House embaixo da chuva forte e se dirigiu para a calçada molhada da Brattle Street, um jovem sortudo que não temia nada além das aulas de latim. Quando atravessava a rua correndo, ele ouviu um trovão e olhou para o céu carregado quando deveria estar de olho nos carros em alta velocidade. Ele ouviu o barulho de buzinas antes de tudo ao seu redor se apagar e o mundo ficar negro como a noite.

―※―

Quando a mãe de Gideon ligou, o toque estridente do celular acordou Kylie do seu terrível sono sem fim. O jardim do sonho estava pegando fogo e ela corria em meio às chamas. No momento em que acordou, ela viu uma nuvem cor de fumaça no teto do quarto. Kylie foi aos tropeços pegar o telefone, com o peito apertado. Ela sabia que algo terrível tinha acontecido antes mesmo de a mãe dele começar a falar, só não sabia que a notícia seria tão avassaladora até ouvir a sra. Barnes falar sobre um acidente. *Ele foi atropelado*, ela disse, e Kylie sentiu seu mundo desmoronar. Ela podia sentir a maldição alojada ao lado do seu coração, uma mariposa negra vivendo dentro do peito dela o tempo todo, esperando o momento em que Kylie confessasse seu amor para que pudesse finalmente agir. Ela tinha dito que o amava naquele dia. Ela abrira a porta para o que quer que viesse a seguir.

A mãe e o padrasto de Gideon moravam em Nova York e estavam indo para o aeroporto LaGuardia; chegariam o mais rápido possível. Mas não havia nada a fazer. Gideon tinha sido atropelado enquanto atravessava a Brattle Street, enquanto Kylie estava sonhando. Ela jogou a capa de chuva dele sobre a camiseta e a calça de pijama, em seguida calçou seu par de botas. A corrida de táxi foi um borrão; o hospital, um corredor após o outro, até que ela o encontrou. Kylie deitou-se na cama, ao lado de Gideon, diminuindo o ritmo da sua respiração para sintonizar com a dele. Ela sentiu um rompante de amor por ele, mas por si mesma sentiu apenas recriminações. Kylie deveria ter cuidado dele; deveria tê-lo protegido e agora ali estava ele. Havia fios, tubos e aparelhos cujo propósito Kylie não entendia. Gideon estava horrivelmente pálido, seu couro cabeludo e seu rosto, machucados e cortados; ele estava ali e ao mesmo tempo não estava, como se tivesse se recolhido num mundo particular.

Acorde, ela disse a ele. *Acorde agora*, ela sussurrou e, quando não houve resposta, ela gritou, mas ele não podia ouvi-la. Ela colocou os braços ao redor dele e chorou até que a camisola de hospital que ele vestia ficasse encharcada. Quando o médico chegou, disse a Kylie que daquele jeito ela poderia arrancar os eletrodos presos ao crânio dele;

que era melhor ela sair da cama. *Não fique tão perto do paciente*, disseram a ela num tom calmo e comedido. Ter cautela era o mais importante; ter coragem era uma tolice. A equipe médica ainda não sabia qual era a gravidade dos ferimentos na cabeça de Gideon. Quando o médico saiu do quarto, a enfermeira murmurou que Kylie poderia ficar onde estava, desde que tomasse cuidado. Mas como ter cuidado quando o mundo estava em ruínas, quando ele não era maior do que um quarto de hospital e o barulho da bomba que ajudava Gideon a respirar era tão alto que ela nem conseguia ouvir o coração dele? Normalmente, o coração de Gideon batendo era tudo o que ela podia ouvir, estivessem na cama ou na rua. Ela imaginava que poderia ouvi-lo mesmo se ele estivesse a 100 quilômetros de distância. Agora não havia nada. Enquanto Kylie segurava a mão dele, flácida sobre a cama, ela pensava na carta da tia Jet. De repente, ela soube que o que tinha acontecido a Gideon tinha sido obra da maldição.

❦

Assim que a tempestade passou, Franny foi para o jardim, se encolhendo ao ver os prejuízos. Havia um feitiço de proteção sobre a casa e até furacões ela já tinha enfrentado ilesa, mas esse não era o caso naquela primavera sombria. As folhas tinham sido arrancadas das árvores por rajadas de vento úmido, as mudas de tomate tinham sido destruídas pela enxurrada, o jardim de ervas estava inundado com poças cheias de lama, as flores tinham desabrochado e murchado em questão de minutos. Jet tinha plantado uma variedade rara de rosas em 1978, a *Osiria rose*, que tinha tanto pétalas vermelhas quanto brancas, mas agora as folhas estavam escurecidas e manchadas, e os botões escarlates só se abriam para revelar que mariposas tinham devorado as pétalas antes mesmo que desabrochassem.

Enquanto Franny recolhia os vários ramos de hortelã cobertos de lama, ela ouviu um estalo que a fez se endireitar. Reconheceu o besouro da morte e imediatamente pensou que seu tempo na Terra tinha acabado. Ela olhou para cima através dos galhos, se perguntando o que ia acontecer agora, no centro daquela primavera sombria, onde era quase impossível encontrar esperança. Mas, em vez de ver a morte em seu encalço, o portão do jardim se abriu e lá estava Kylie, que havia tomado o ônibus de Boston. O cabelo da garota estava emaranhado e seu rosto, pálido, o que fazia as sardas se destacarem, como se a pele clara estivesse salpicada de sangue.

– Me diga o que fazer – ela implorou, com o rosto inchado e manchado de lágrimas. – Tem de haver uma maneira de detê-la.

Ela contou a história atropelando as palavras. *Atingido por um carro. Sem reação. Uma declaração de amor.* Então Franny se deu conta, o besouro estava chamando Gideon. Era a maldição. Ela podia sentir o cheiro, o fedor de tristeza, de sangue e de desespero, todos entrelaçados até se tornarem uma coisa só.

– Não sei a resposta – disse Franny à sobrinha-neta em desespero. – Nenhuma de nós sabe. Depois que a maldição começa, não há nada que a detenha.

Kylie cravou as unhas nas palmas das mãos até que gotas de sangue escaldante pingassem no chão.

– Essa resposta não basta. – Ela parecia tão feroz que estava assustando a si mesma. Não tinha percebido que havia se elevado alguns centímetros do chão até Franny agarrar a manga da capa de chuva de Gideon e puxá-la para baixo. – O que está acontecendo comigo? – Kylie perguntou. A magia dentro dela estava vindo à tona, gostasse disso ou não, ativada pela intensa emoção.

– É por causa do que somos – disse Franny simplesmente, sem mais concordar com a insistência de Sally para que mantivessem silêncio sobre sua herança familiar. Franny sabia o que era ser criada numa casa cheia de segredos, e aquele tipo de educação nunca fora um bom presságio. Mais cedo ou mais tarde a verdade vinha à tona. Normalmente da pior maneira possível.

– O que você está dizendo? – Kylie perguntou.

– Querida – começou Franny, porque aquela explicação nunca era fácil. – Nós temos uma história de magia na família.

Kylie soltou uma risada nervosa.

– Nós não somos bruxas. – A tia olhou para ela com uma expressão séria estampada no rosto. – Isso é apenas o que as pessoas dizem – Kylie insistiu.

– Sua mãe não queria que vocês soubessem – disse Franny. – Então nós ficamos quietas.

– É por isso que aquelas mulheres sempre vêm aqui à noite? – Kylie perguntou. Quando menina, ela via as vizinhas se aproximarem da porta depois de escurecer, num horário em que esperavam que a família ou os amigos não as flagrassem nas sombras do quintal das Owens. Algumas estavam chorando, alguns carregavam bebês, alguns traziam presentes, cestas de frutas, pássaros em gaiolas, caixas de chocolates sofisticados; e todas se certificavam de fechar muito bem o portão do jardim ao sair.

– Elas não vêm mais aqui. Não sem Jet. Apagamos a lâmpada da varanda. Elas sabem que não há mais ninguém aqui para ajudá-las. Certamente não Sally. Sua mãe não quer saber de magia. Nunca quis. Ela achou que seria melhor assim. Quis proteger vocês.

– Mas não adiantou, não é? – Lágrimas quentes e negras transbordavam dos olhos de Kylie.

– Devia ter nos contado que estava apaixonada – disse Franny com tristeza.

– Não era da conta de vocês! Só dizia respeito a nós dois!

Foi então que Kylie se lembrou do *Grimório*, que ela havia encontrado por acaso na estufa, num dia de verão. Quando levou o pesado livro para a cozinha, a mãe quase tivera um ataque, e, rapidamente, o devolveu ao seu devido lugar, só que desta vez trancado à chave.

– E o livro da estufa?

– Já repassamos o *Grimório* mil vezes – assegurou Franny. – Não há nada ali para quebrar a maldição.

– Tem que haver. Jet disse que a solução está num livro – Kylie insistiu.

– Jet? – Franny agora estava intrigada. – Quando ela disse isso?

– Na carta.

Franny sentiu um arrepio tomar conta dela, o aperto frio de um assunto inacabado. Se aquilo preocupava Jet, então preocupava a ela também.

– Eu acho que é melhor você mostrar essa carta para mim. – Houve um sopro de cinzas fuliginosas acima do telhado, acima das árvores. O destino levaria a melhor sobre elas se não tirassem o melhor proveito dele agora.

A carta fora escrita para Franny, mas uma carta pertence à pessoa para quem foi escrita ou para quem a encontra? Ela tinha chegado às mãos de Kylie e, na opinião dela, pertencia a ela agora. Em vez de deixar que Franny visse a mensagem de Jet, Kylie saiu correndo pelo jardim lamacento, a capa de chuva de Gideon tremulando atrás dela ao sabor do vento forte que agora soprava do leste.

– Kylie! – gritou Franny. – Onde pensa que vai?

– Se você não sabe a resposta, talvez minha mãe saiba. Pode ser que essa seja outra coisa que ela está escondendo.

⁂

A Escola de Meninas Maria Owens tinha sido a primeira desse tipo em Massachusetts. As escolas secundárias para meninos eram comuns, sendo a primeira do país a Escola de Latim de Boston, inaugurada em

1635. Logo depois disso, tinham surgido escolas primárias para meninas, que ensinavam a ler e escrever, bem como artes domésticas, mas Maria Owens queria mais, assim como a filha, Faith, que era professora de latim e grego. Isso foi muito antes que a ideia radical de educação igualitária para mulheres se tornasse uma realidade, em 1830, quando uma escola secundária para meninas foi inaugurada em Boston e as leis de educação obrigatória foram aprovadas em 1852.

A escola sediada no prédio da biblioteca tinha fechado as portas na virada do século XVIII e a antiga sala de aula era agora o canto silencioso do balcão de atendimento, onde Sally cuidava das contas mensais. A biblioteca era uma instituição privada, subsidiada pela quantia anual que o testamento de Maria fornecia, vinda de uma soma administrada pelos advogados da família, os Hardys, na Beacon Street, em Boston. Mesmo assim, a biblioteca sempre fora aberta ao público e até mesmo para os que moravam nas cidades vizinhas ou fora dos limites do condado de Essex Jet sempre ficava satisfeita em oferecer um cartão da biblioteca.

Kylie estava tão agitada ao entrar na biblioteca que os livros nas prateleiras reagiram com medo à sua chegada, com várias deles caindo no chão, num alvoroço de páginas.

– Deus do céu! – a srta. Hardwick exclamou, quando Kylie passou por ela, sem mesmo notar a presença da idosa bibliotecária.

A srta. Hardwick ficou aliviada por poder contar com seu agarrador de plástico, recém-comprado na loja de ferragens, para alcançar e recuperar livros caídos, encantada com as muitas maneiras pelas quais ele podia ser útil. Pegar o jornal, uma torrada quente, um daqueles adolescentes irritantes, como Ryan Heller, que só ia à biblioteca para criar problemas e sonhar com garotas e nunca na vida tinha retirado um livro.

Sally estava concentrada nas contas, imaginando se iriam ter que encontrar uma maneira de reduzir as tarifas de aquecimento e eletricidade, quando olhou para frente e viu que sua filha havia chegado inesperadamente, vestindo, ao que parecia, uma capa de chuva e calças de pijama. Ela se perguntou se teria cochilado e aquilo era um sonho, pois muitas vezes ela tinha visões tão profundas durante o sono, tão reais, que quando acordava não sabia direito qual era a sua vida de verdade. Mas não, Kylie estava ali, o rosto contraído e pálido. As luzes acima delas piscavam, o que nunca era um bom sinal.

– Eu preciso quebrar a maldição – disse Kylie num tom muito prático. Ela não parecia ela mesma. A voz dela estava monótona e mais adulta. – E preciso fazer isso agora.

Dois adolescentes na sala ao lado estavam folheando as revistas em quadrinhos mais novas, sem perceber que várias lâmpadas tinham queimado ao mesmo tempo. Perto dali, a srta. Hardwick ainda estava decidida a pegar os livros com seu agarrador.

– Peguei você! – ela disse ao livro que tinha conseguido pegar do chão. Era uma cópia dos contos de Grace Paley, *Mudanças Enormes no Último Minuto*.

– É Gideon – disse Kylie. – Ele está no hospital e acho que você sabe por quê.

Sally tinha a visão, mesmo a contragosto, e agora vislumbrava uma cena, como se ela mesma estivesse na Brattle Street, sob uma chuva torrencial. Havia o asfalto escorregadio e os sons abafados de carros em alta velocidade, e Gideon correndo para o meio da rua, sorrindo ao avistar flores amarelas na vitrine de uma floricultura.

– Gideon? – perguntou Sally. – Seu amigo?

– Mãe, não seja idiota.

Elas se olharam nos olhos. Seria o que ela pensava?

Sally sentiu uma pontada de medo.

– Não pode ser – disse ela.

– Bem, pode apostar que é – Kylie disse à mãe. Ela parecia muito madura para sua idade. De repente, tinha revelado ser alguém que Sally não imaginava que fosse. Uma mulher apaixonada, refém da maldição.

– Você não nos contou da maldição! – gritou Kylie. Claro que ela sabia que a sua família era diferente, havia quem atravessava a rua quando as mulheres da família Owens passavam, mas agora ela entendia que alguns segredos sombrios tinham sido ocultados.

– Eu pretendia. – Algum dia, é claro, quando parecesse necessário, quando ela estivesse mais preparada para partir o coração das filhas e revelar a história da família Owens.

– Quando? No enterro de Gideon?

– Isso não é justo. – Sally estava tremendo, embora vestisse um dos antigos suéteres de Jet, de lã de ovelha, cinza com botões de pérola, cuidadosamente guardado na cômoda embrulhado em papel de seda, com uma nota em que se lia *presente de Natal de R, 1983*.

– Preciso do livro – disse Kylie.

– O livro está onde sempre esteve. Na estufa, onde é o lugar dele.

– Você sabe o que eu quero dizer. *O Livro do Corvo*.

– Não sei do que você está falando. – Sally realmente não sabia.

– Você não sabe nada sobre *O Livro do Corvo*? – Kylie perguntou.

Sally juntou as contas numa pilha malfeita, preocupada demais para terminar sua tarefa. – Só vou trancar tudo e pegar meu casaco. Vamos jantar, então vou com você para o hospital em Boston.

Kylie olhou feio para a mãe.

– Espere aqui – disse Sally.

Kylie permaneceu onde estava, sem saber o que fazer. Ela não ia jantar nem ir para Boston com a mãe. Havia algo ali que ela precisava encontrar.

– Ah, tia Jetty... – ela gemeu baixinho. – Me diga o que fazer.

Kylie olhou em volta e, quando fez isso, finalmente percebeu a srta. Hardwick, que, devido ao dia da semana, estava usando um vestido antiquado de corpete azul, acompanhado de um chapéu de palha, com uma fita. A bibliotecária encenava o papel de Marmee, de *Mulherzinhas*, todas as quintas-feiras, na hora da contação de histórias para crianças e, como de costume, não se dava ao trabalho de mudar de roupa. As pessoas no Black Rabbit gostavam de vê-la vestindo seu figurino nas quintas à noite. "Onde está Jo?", eles gritavam. "Amy estava perguntando por você" provocavam, o que era ótimo e ela gostava, pois esses piadistas geralmente pagavam a bebida para ela.

– Eu não vi a senhora aí – disse Kylie, envergonhada ao perceber que a srta. Hardwick presenciara sua explosão ao confrontar a mãe.

– Estou bem aqui, assim como estava quando Jet trouxe o livro. – Kylie olhou para ela boquiaberta, enquanto a srta. Hardwick continuava. – Aquele sobre o corvo, que você mencionou. Jet disse que era muito especial para ficar no catálogo, então ela o colocou na prateleira de magia. Só eu sei onde está.

Kylie ficou paralisada. O desespero que ela tinha de encontrar o livro se contorceu dentro dela, como uma cobra enrodilhando seu coração. É assim que a magia da mão esquerda começa, com um desejo mais forte do que qualquer outra coisa.

– Eu sou a pessoa que veio buscá-lo.

A srta. Hardwick fez uma pausa calculada antes de dizer:

– Tive a impressão de que ela se referia à Franny. – Então a bibliotecária deu de ombros. Quanto menos ela visse a rabugenta da Franny Owens melhor. – Mas agora parece que esse alguém é você.

A srta. Hardwick conduziu Kylie até a seção onde ficavam os manuscritos mais antigos, colocados dentro de vitrines de vidro, nos fundos da sala de livros raros. A temperatura ali nunca passava dos 18 graus, com um nível de umidade de cinquenta por cento, pois aqueles livros precisavam de um ambiente frio e com pouca luz. O maior tesouro da biblioteca era uma cópia da primeira edição de *Os Poemas de Emily Dickinson*, publicado em 1890, quando apenas quinhentas cópias tinham sido impressas, e encontrado por Isabelle Owens num mercado de pulgas em Pittsfield. Havia também um envelope em que a poeta havia rabiscado o início de um poema em sua letra quase ilegível, descoberto na mesma barraca de livros usados, num feliz dia de outubro.

Um coração instruído a ser dois
Como o raio divide a meio a árvore
Pode ser, mas ninguém sabe
A verdade disso
Exceto você e eu.

A Universidade de Harvard tinha feito o possível para reivindicar o material, para a sua Coleção Emily Dickinson, mas a Biblioteca Owens recusara-se a entregá-lo. Havia também uma rara primeira edição de *O Morro dos Ventos Uivantes*, a mesma impressão que pouco tempo antes tinha sido vendida num leilão em Londres por seis dígitos. Para ver aqueles volumes e outros tesouros, a pessoa deveria se sentar com a srta. Hardwick ao seu lado, pois só ela poderia virar as páginas, usando luvas brancas de algodão. Quanto ao envelope de Emily, a bibliotecária o visitava todos os dias, apenas para verificar se estava intacto.

Ao se aproximarem de uma vitrine de vidro nos fundos da sala, Kylie ouviu um farfalhar, um barulho muito parecido com o bater das asas de um pássaro. Havia uma coleção de livros de magia ali, algo que a maioria dos frequentadores da biblioteca nunca tinha percebido. Sally tinha pensado em se desfazer de todos os livros de magia, mas Franny e Jet insistiram para que eles ficassem, e então eles permaneceram, não catalogados e separados dos outros, reunidos pela filha de Maria Owens, Faith, que tinha viajado para Nova York e Londres em busca de tais volumes. *A Descoberta da Bruxaria*, de Reginald Scot, escrito em 1584, continha listas de encantamentos e conjurações, tudo para tentar convencer o leitor de que não existia a tal criatura chamada bruxa. *Arádia*, de Charles Godfrey Leland, ou o *Evangelho das Bruxas*, uma versão feminista da história da criação, que incluía medicina popular e magia italiana. *O Ramo de Ouro*, de *sir* James George Frazer, repleto de contos populares, uma exploração da bruxaria no mundo antigo.

Kylie passou a mão pelos livros, mas ansiosa como estava para encontrar o livro que Jet havia escondido, o texto escapou dela.

– Nós dificultamos um pouco a descoberta desse livro – disse a srta. Hardwick. – Não é para qualquer um, você sabe.

A srta. Hardwick levou Kylie até o livro que Jet colocara na prateleira em seu sétimo dia, quando ela tinha saído de casa às pressas para cumprir a última missão da sua vida. A porta da vitrine estava destrancada e Jet descobriu que a srta. Hardwick estava desmaiada em sua mesa; ela muitas vezes perdia os sentidos quando ocorria uma queda de açúcar no sangue antes que fosse ao Black Rabbit tomar sua bebida e comer um prato de batatas fritas. Ela às vezes se esquecia de almoçar, e os resultados eram desastrosos. Jet tinha pegado rapidamente o kit de primeiros socorros das Owens, que incluía alho, gengibre e sais aromáticos.

– Você consegue guardar segredo? – Jet tinha perguntado depois de a srta. Hardwick recuperar os sentidos.

Já era tarde e, quando a srta. Hardwick disse que sim, Jet confidenciou que ela estava acrescentando um livro ao acervo da biblioteca e que, em algum momento, a irmã poderia vir buscá-lo. Ele tinha ficado ali esperando desde então, um livro negro destinado a uma mulher necessitada, pronto para ser encontrado pela pessoa que estava disposta a fazer qualquer coisa que fosse necessária para salvar alguém que amava. O livro estava repleto de magia negra, que era perigosa não apenas para o alvo da Arte das Trevas, mas também para o praticante. Quer queira quer não, o que você oferece ao mundo volta para você multiplicado por três. Maria Owens não conseguiu destruir o livro, escrito com tanto cuidado e anseio, e nem Jet poderia.

Kylie seguiu a srta. Hardwick pelo corredor estreito, até a bibliotecária parar à certa altura. Ali estava ele, entre os mais raros dos livros raros. Um livro fino, encadernado em couro preto e com uma linha de seda cheia de nós. O volume estava entre dois diários de John Hathorne, que não continha muito mais do que detalhes de suas finanças. Os livros eram tão mundanos que mascaravam o poder e a magia do *Livro do Corvo*. Há mais de trezentos anos, a obra estava aguardando, com bastante impaciência, que alguém a escolhesse. O texto tinha sido escrito com capricho, usando tinta preta e vermelha alternadamente, nas finas páginas de pergaminho.

– Não parece grande coisa, não é? – disse a srta. Hardwick. – Os melhores nunca parecem. Eu sugiro que você use luvas.

– Obrigada, agora pode deixar comigo – Kylie assegurou à bibliotecária, enquanto aceitava um par de luvas brancas de algodão.

– Ótimo. São quase cinco da tarde e eu já tenho que me arrumar para ir ao Black Rabbit. – A srta. Hardwick deu um tapinha no ombro de Kylie antes de recolher sua xícara de chá para enxaguá-la.

A capa do livro de fato queimou as pontas dos dedos de Kylie e ela colocou as luvas antes de se sentar no chão. Sentada sobre os calcanhares, virou a primeira página. Havia um envelope dobrado ali dentro, outra carta na familiar letra inclinada de Jet.

Minha querida,

Não use O Livro do Corvo a menos que esteja preparada para abrir mão de tudo. Este livro a conduzirá ao fim da maldição. Comece na cidade onde ele foi escrito.

Kylie examinou o frontispício do livro, no qual a autora tinha feito o desenho de um corvo com tinta preta. *1615, Londres.* Quando Faith Owens encontrou a obra numa livraria de Manhattan, no século XVII, ela escreveu seu nome no canto inferior esquerdo da página. *O Livro do Corvo*, de Amelia Bassano, era um diário particular, escrito para atender aos propósitos pessoais da autora, mas ela também tinha outras pessoas em mente, aquelas que desejava ajudar. As mulheres que não tinham acesso ao que mais precisavam no mundo muitas vezes apelavam para a magia da mão esquerda, e era isso o que estava ocorrendo mais uma vez ali, na Biblioteca Owens, agora que Kylie estava se juntando àqueles que haviam trilhado o Caminho Tortuoso antes dela.

Geralmente, tudo começava com mulheres que eram obrigadas a se casar com homens que não amavam; que eram pobres demais para tomar suas próprias decisões; que viviam uma vida muito diferente da que gostariam de viver; que não podiam publicar as obras de sua autoria, mas as escreviam de qualquer maneira; mulheres que tinham sido amaldiçoadas, que precisavam salvar alguém, não importava a que preço. Aquele era o lado negro da magia e, para recorrer a ele, a mulher tinha que se arriscar, fechar os olhos, dar um salto no escuro e fazer tudo o que fosse exigido dela.

No verso do envelope, estava o último pensamento de Jet, rabiscado apressadamente, com a mão mais trêmula do que o normal, pois ela estava com muita pressa no sétimo dia.

Tudo o que vale a pena é perigoso.

Kylie enfiou o livro no bolso da capa de chuva. Ela podia senti-lo ali, como se ele tivesse um coração pulsante, uma história escrita com sangue. A srta. Hardwick estava enxaguando uma xícara de chá na pequena cozinha da biblioteca quando Kylie passou, em direção à porta. Ela fez questão de manter a voz calma ao se despedir da bibliotecária idosa.

– Obrigada, srta. Hardwick! – ela gritou, enquanto já elaborava uma lista de tarefas mentalmente: ir para o dormitório, fazer a mala, pegar o passaporte, pegar um táxi até o Aeroporto de Logan. – Agradeço a sua ajuda – disse ela à bibliotecária. – Já estou de saída.

— Boa noite — a srta. Hardwick respondeu, enquanto colocava a xícara de chá para secar no balcão da pia. — E boa sorte! Jet disse que a pessoa que viesse buscar o livro precisaria...

◈

Quando Sally voltou com o casaco e as chaves, a srta. Hardwick já estava na porta, prestes a ir embora. A luz na sala de livros raros estava apagada, a vitrine de vidro trancada.

— Espere um segundo. — Sally olhou ao redor. Ela sentiu um arrepio percorrê-la. — Onde está Kylie?

As contas de cristal do lustre acima delas, no *hall* de entrada, balançaram quando uma brisa entrou pela porta aberta.

— Ah, ela foi embora com o livro — respondeu a srta. Hardwick, enquanto saíam juntas.

— Foi embora? — perguntou Sally. — Com que livro?

A srta. Hardwick estavam com pressa para chegar ao Black Rabbit; já eram quase cinco da tarde e ela queria tomar sua dose de uísque noturno. Mesmo assim, ela parou na calçada. Conhecia Sally desde que ela era uma criança e sempre fingia não notar quando ela retirava mais livros do que as regras da biblioteca permitiam. Sally era uma garota melancólica, mas amável, e uma grande fã dos livros. *Mulherzinhas*, *O Jardim Secreto*, todos os livros de Edward Eager, com *Mágica pela Metade* e *Magia à Beira do Lago* retirado várias vezes, e, mais tarde, durante o verão, quando ela fez 12 anos, todos os livros de Jane Austen, *Persuasão*, *Orgulho e Preconceito* e *Emma*. Ela sempre cuidava da irmã, que era uma criaturinha indócil, não uma grande apreciadora de livros, mas parecia se sentir atraída por obras que estavam além da sua idade, como *Frankenstein*, de Mary Shelley, por exemplo, e *Sempre Vivemos no Castelo*, de Shirley Jackson.

– Aquele que Jet colocou na prateleira, querida – explicou a srta. Hardwick. – *O Livro do Corvo*.

Sally ficou mortalmente pálida ao ouvir a notícia. Parecia a ponto de desmaiar. Que livro era aquele?

– Você gostaria de ir comigo tomar um drinque? – sugeriu a srta. Hardwick. Não só o uísque era excelente no Black Rabbit, mas os Martinis eram famosos pelo efeito poderoso que causavam, e aquela noite o prato especial era bolo de carne, um dos carros-chefes do cardápio.

– De onde veio esse livro?

– Jet deixou aqui. Pensei que fosse para Franny, mas aparentemente não. Ele estava na seção dos "proibidos". – Sally parecia ainda mais confusa. – A seção de magia. Essa era uma piadinha que sua tia Jet e eu fazíamos. Se um leitor pegasse um livro dessa seção, ele seria o responsável pelo que acontecesse depois.

– Que tipo de livro era?

Sally estava com a mesma aparência de quando era menina, desconfiada e inteligente, os olhos brilhantes de preocupação.

– Na verdade, era o tipo que queimava as mãos – disse a srta. Hardwick. – Sua tia disse que era um Livro das Sombras e que eu deveria ficar longe dele.

Sally estava gelada. Um grimório de magia negra.

Elas saíram juntas da biblioteca e Sally, embora preocupada, retribuiu o aceno da srta. Hardwick enquanto ela caminhava em direção às luzes do Black Rabbit. A ideia de um livro do qual nunca tinha ouvido falar deixara Sally nervosa, pois ela pensava que sabia da existência de cada volume do acervo da biblioteca. E pior: quanto estrago poderia fazer aquele livrinho? Até que ponto era poderoso? Foi neste momento que Sally começou a correr, porque ela sabia a resposta. Palavras eram tudo, histórias eram mais poderosas do que qualquer arma, os livros transformavam vidas. Ela correu pela calçada irregular na direção da Rua Magnólia e, quando chegou, viu que o portão de casa estava aberto. O velho Mini preto e branco de Gillian estava estacionado na rua, num ângulo esquisito, e Gillian, a própria, estava na varanda esperando por ela.

– Viemos quando ficamos sabendo de Gideon – disse Gillian. – Kylie deixou uma mensagem para Antonia.

E ali estava Antonia, no alpendre, com Franny. Kylie tinha ido embora às pressas e agora precisava ser encontrada, pois todas concordaram que era a maneira mais lógica de se proceder naquelas circunstâncias. Mas Antonia percebeu que a mãe e a tia Gilly estavam trocando olhares preocupados e falando sobre a maldição. *Que total absurdo*, foi o primeiro pensamento de Antonia. *Uma superstição do século XVII*. Como elas podiam levar aquilo a sério, embora fosse evidente que era exatamente isso que estavam fazendo. Antonia se lembrou de que a mãe tinha repreendido a prima do Maine que deixara escapar algo sobre uma maldição no enterro de Jet.

Sally, em geral, era uma mãe distraída, muito preocupada com sua própria dor e sua culpa quando perdeu os maridos, para estar inteiramente presente na vida das filhas. Por isso tinha recaído sobre Antonia a responsabilidade de ser a pessoa confiável da família. Ela era a irmã mais velha ajuizada, que se certificava de que Kylie faria o dever de casa, que corrigia os trabalhos de Matemática e de Ciências, e que havia sugerido a Kylie que se inscrevesse na Universidade de Harvard para que pudessem ir para Cambridge juntas. Antonia era a filha que nunca repreendia a mãe nem pedia para ser o centro das atenções. Ela era a garota inteligente que obedecia, que ia para a cama na hora certa e sempre era a primeira da classe. Mas, por mais prática que Antonia fosse, ela tinha uma história que não contava a ninguém. Até engravidar, o sono lhe era algo esquivo, e ela sempre tinha problemas com sonhos lúcidos, que, muitas vezes, a absorviam totalmente, parecendo mais reais do que a vida que vivia. Para evitar esses sonhos, ela ficava acordada, às custas de muito café e trabalhos escolares, lendo até altas horas. Quando começou a faculdade de Medicina, seus ritmos circadianos estavam tão fora de controle que ela procurou uma clínica do sono, mas não recebeu nenhum tratamento satisfatório. Desde que engravidara, o café estava fora de questão e ela estava sonhando o tempo todo. Se ela sonhasse só de vez em quando, não teria dito nada sobre o sonho perturbador que tivera na noite anterior, mas sua irmã estava desaparecida e era hora de ela falar o que pensava.

– Eu sonhei com uma morte por afogamento – disse Antonia depois de uma pausa, desconfortável quando Sally e Gillian se viraram para observá-la, ambas claramente nervosas. – Era uma de nós.

– As pessoas da nossa família não podem se afogar. – Gillian foi rápida em dizer, para descartar o sonho. Falar de afogamento nunca era uma boa ideia, principalmente naquela família.

As bruxas não choram, nem se afogam, nem se apaixonam, pensou Franny, *e ainda assim isso acontecia o tempo todo.*

– Bem, essa pessoa sim – insistiu Antonia.

Em seu sonho, havia sapos nas águas rasas, alguns totalmente pretos, outros vermelhos e outros, ainda, de um verde opalescente profundo. Uma pilha de pedras pretas estava cuidadosamente arrumada na borda do lago. O sonho era um presságio de algo que iria acontecer e talvez fosse melhor que Antonia guardasse o conteúdo para si mesma. A mãe e a tia estavam tão perturbadas que ela não conseguiu dizer a elas que a mulher afogada em seu sonho tinha cabelos ruivos.

Pediram a Antonia que ligasse para Kylie e, é claro, ela concordou. Elas eram tão próximas quanto irmãs podiam ser e se falavam todos os dias. Se Kylie concordasse em falar com alguém, certamente essa pessoa seria sua irmã. Antonia foi até a parte mais distante do enorme jardim, além da colmeia. Ficou embaixo de uma das magnólias trazidas para Massachusetts havia muito tempo por um homem apaixonado, que tinha conquistado o coração de sua amada plantando árvores. O crepúsculo havia caído e o céu estava manchado de um tom azul-escuro. O próprio ar parecia pesado e sombrio. Antonia sentia o bebê se mexendo dentro dela. Ela tinha achado que estar grávida seria irritante, mas na verdade se sentia confortada com a presença do bebê.

Kylie atendeu no sétimo toque.

– Não posso falar agora – disse ela.

– Você tem que falar. – Antonia estava andando de um lado para o outro na grama, gotículas se agarrando à bainha de um vestido de grávida que mais parecia uma tenda. – Lamento o que aconteceu com Gideon, mas posso encontrar com você no hospital. Podemos conseguir o melhor atendimento para ele.

– Isso não vai ajudar. – Kylie já parecia muito distante. – É a maldição.

Antonia parou onde estava. A magnólia estava florescendo, e as folhas estavam cerosas e úmidas.

– Não existe maldição nenhuma. Sim, nós somos diferentes, mas elas teriam nos contado se houvesse uma maldição.

– Parei em Cambridge por causa do meu passaporte. Estou indo embora. Se eu não quebrar a maldição, Gideon não vai voltar. Esta família arruinou a nossa vida. Diga a elas que eu as culpo por tudo o que aconteceu. Se tivessem nos ensinado magia, eu poderia se capaz de lutar contra a maldição. Pelo menos eu saberia que não deveria me apaixonar.

Antônia geralmente conseguia falar com a irmã sobre qualquer coisa, convencê-la a não pintar o cabelo de azul ou estudar em Yale em vez de Harvard, mas agora ela já não tinha tanta certeza. Talvez fosse melhor ser sua cúmplice.

– Me diga para onde você está indo – disse ela. – Eu vou com você.

– Não desta vez. Estou sozinha nesta.

Ela desligou antes que Antonia pudesse dizer mais alguma coisa. Foi então que Antonia se lembrou de que, na semana anterior, Kylie tinha passado tinta vermelha no cabelo castanho. O sonho dela voltou à sua mente, a mulher ruiva se afogando. Ela voltou para a varanda onde Gillian estava sentada no degrau mais alto. Sally estava andando de um lado para o outro. Ela sabia identificar maus sinais quando os via. Um gato na rua. Uma nuvem na forma de um laço. Uma filha que se sentia traída pela própria mãe. A lua cheia subindo no céu.

– Ela disse que vocês arruinaram a vida dela – informou Antonia à mãe e à tia. – Ela foi embora e não vai dizer para onde está indo. Tudo o que eu sei é que ela está com o passaporte.

Sally afundou na escada ao lado da irmã. Ali estavam elas, no mesmo lugar onde tinham descoberto quem eram e o que poderiam ser. Havia um halo ao redor da lua nascente, um sinal de que surgiriam problemas. Elas já tinham visto aquele mesmo fenômeno e agora ele estava de volta. Gillian poderia argumentar, dizendo que a manifestação do arco-íris em volta da lua era causada pelo reflexo da luz passando por cristais de gelo, mas Sally lembrou-se da frase de Shakespeare, *Algo cruel está para chegar*, o título de um livro que ela adorava ler quando era menina. Naquela noite, as irmãs se deram as mãos, estendendo o braço uma para a outra sem pensar, assim como tinham feito quando foram pela primeira vez para Massachusetts, quando o mundo era sombrio e cruel e elas não tinham ideia do que as aguardava.

Franny tinha se esgueirado para dentro e voltado com uma mala feita às pressas. Era a mesma que ela tinha usado muito tempo antes, quando fora a Paris, para o funeral falso de Vincent. As sobrinhas se voltaram para ela, suas queridas meninas, sua última chance de amar alguém.

– Ela foi embora – disse Sally em voz baixa, como se o mundo tivesse acabado, assim como na época em que ela e Gillian eram duas meninas que tinham perdido tudo, antes de chegarem à Rua Magnólia.

– Precisamos da pessoa que pode encontrá-la. – Franny estendeu a carta de Vincent, em sua mão. – Felizmente, nós temos essa pessoa.

Boulevard de la Madeleine. O homem que era capaz de encontrar tudo o que estava perdido.

O destino é você quem faz. Você pode tirar o melhor proveito dele ou pode deixar que ele leve a melhor sobre você.

O *Grimório* estava guardado na bolsa de Franny, o que a deixava bem mais pesada, mas ela tinha seu confiável guarda-chuva em que se apoiar. Sally fez sua mala em menos de cinco minutos, depois trancou a porta. Gillian parou em casa para pegar seu passaporte e dizer a Ben que ela tinha que deixar a cidade. Negócios de família, a esta altura ele já estava acostumado. Quanto à Antonia, sua gravidez já estava avançada demais para que ela pudesse viajar, e por isso pediram que ela fizesse uma visita ao Reverendo uma vez por semana, pois elas não podiam negar um dos últimos desejos de Jet. Elas ficariam fora por um tempo. Não voltariam até que encontrassem o que estavam procurando.

PARTE DOIS

O Livro de Feitiços

I.

Vincent estava esperando sob a última luz do sol pálido, no Boulevard de la Madeleine. Era maio e ele estava na cidade mais linda do mundo, que ele conhecia muito bem, mesmo assim estava ansioso e tinha vontade de desaparecer, simplesmente entrar numa rua lotada e se perder na multidão. Ele estava ausente havia tanto tempo que se perguntou se iria parecer outra pessoa diante da irmã, se ela passaria direto por ele sem reconhecê-lo, ou, pior, se ela olharia nos olhos dele e ficaria desapontada. *Foi nisso que você se transformou? Depois de tudo o que eu fiz por você e o tanto que o amei, é isso que você é agora? Um velho solitário na companhia de um cão vira-lata? O que aconteceu com aquele menino tão corajoso, que fazia qualquer coisa por amor?*

O avião de Boston tinha se atrasado, depois o carro do serviço de translado havia pegado o caminho errado, mas, por fim, elas estavam ali, a família dele, mulheres vestidas de preto, como se tivessem acabado de chegar de um funeral, descarregando as malas surradas do porta-malas de um velho Peugeot. Duas mulheres na casa dos 40 anos, uma loira, a outra morena, que ele presumiu que fossem as filhas de Regina, a filha que ele tivera com April Owens, e uma mulher muito idosa, de cabelo ruivo, acenando com um guarda-chuva para ele. Poderia ser sua irmã? Impossível, ele pensou. Sabichão correu para cumprimentar as recém-chegadas, latindo e abanando a cauda.

— Ah, fique quieto, seu bobalhão — disse a velha ao cão. Foi então que Vincent teve uma visão de Franny do jeito que ela fora um dia, sua linda irmã, voluntariosa como sempre. — Não fique aí parado! — ela gritou para ele.

Quando foi abraçá-la, Vincent sentiu como se o tempo não tivesse passado, mas ele tinha, e eles olharam um para o outro, absorvendo todas as transformações que a idade havia causado, depois riram. Vincent foi apresentado às netas, o que acabou por ser uma situação estranha; eles eram parentes de sangue, mas meros desconhecidos. Eles se cumprimentavam com um aperto de mãos ou se abraçavam? Fizeram as duas coisas e, ainda assim, havia uma distância entre eles. Pobre Sally, Vincent pensou, enquanto as ajudava a carregar as malas. Ela parecia arrasada, mas não era sempre esse o destino dos Owens? Vincent sabia o que era suportar uma maldição; ela se enrodilhava em torno de você, uma serpente de desespero, e o forçava a fazer o que fosse preciso para sobreviver. Ele esperava que elas o perdoassem por ter feito o possível para escapar daquilo, mesmo que isso significasse abandoná-las. Nunca ninguém tinha dito que ele não era cabeça-dura; ele era assim desde criança, talvez porque Franny sempre cedia às vontades dele e o protegia. Na verdade, ela o tinha mimado, e ele não se importava de ter uma irmã mais velha que acreditava que ele era uma dádiva para o mundo, embora problemático. Vincent sabia que sempre havia um preço a pagar pelo que se queria, e ele tinha pagado um preço alto. Esperava que as netas entendessem que teriam de fazer uma barganha. Para tudo o que você fez e tudo o que ainda vai fazer, a magia exigia um pagamento.

Agnes Durant tinha preparado um jantar frio de salmão e aspargos. Ela os recebeu com muita amabilidade, e sua presença acolhedora tornou a noite um pouco menos desconfortável. Sally e Gillian nunca tinha entendido muito bem a relação de Vincent com a avó, April Owens, só que eram primos distantes, de terceiro ou quarto grau.

Quando as irmãs eram pequenas, a avó contara que Vincent era o homem mais difícil que ela já conhecera, e o mais atraente. *Isso foi antes de ele saber quem era. Eu sempre soube, mas eu o queria de qualquer maneira.*

Se não fosse pelo charme de Agnes e seu talento para sustentar uma conversa mesmo entre os convidados mais taciturnos, Sally e Gillian podiam simplesmente ficar olhando para Vincent a noite toda, pois como alguém poderia descrever uma vida inteira durante um único jantar? *Fale-me sobre você. Estou com o coração partido, perdi minha filha, não sou mais jovem, fui rebelde e paguei por isso, sou uma mulher que tem medo da magia e do futuro e deste exato instante que estou vivendo.* Em vez disso, quando questionadas sobre como estavam, Gillian e Sally responderam, *Bem.*

Franny e Agnes só tinham se encontrado quase sessenta anos antes, no falso funeral de Vincent, mas, estranhamente, Agnes não parecia diferente. Ela estava elegante como sempre e parecia muito jovem para a sua idade, de um modo quase milagroso. Franny inclinou-se para sussurrar algo para Vincent. Madame Durant não estava na casa dos 50 anos quando Franny foi a Paris para o funeral de Vincent? Isso não significava que ela tinha mais de 100 anos agora?

– É a linhagem dela – confidenciou Vincent. – Os Durant não envelhecem.

Sally, que não conseguia comer nada, afastou seu prato com filetes dourados. Os talheres de prata eram maciços e adornados com desenhos rebuscados, embora estivessem enegrecidos, pois a prata ficava preta nas mãos de uma bruxa. Tudo bem ter uma conversa educada sobre a arquitetura da casa e a duração do voo de Boston, mas Sally não tinha disposição para uma conversa fiada mais do que tinha para saborear a comida. Ela tinha questões mais urgentes em mente.

– Quer dizer que você consegue encontrar coisas perdidas? – ela perguntou àquele novo avô, com uma ponta de suspeita na voz.

Vincent deu de ombros, sem querer parecer muito vaidoso.

— Tive essa habilidade numa ocasião.

— Espero que ainda tenha – disse Gillian. – Cruzamos o oceano por causa dessa sua habilidade. Espero que não tenha sido à toa.

Franny olhou de cara feia para a sobrinha.

— Claro que não foi à toa. É um dom que ele tem. Um entre muitos.

— Você também tem seus talentos – Vincent a lembrou.

Sally foi rápida em interromper os elogios mútuos.

— Podemos começar a busca hoje à noite?

Na verdade, ela não tinha feito uma pergunta, mas uma exigência. Não conseguia pensar em Vincent como alguém da família, embora ele tivesse os mesmos olhos cinzentos pelos quais os Owens eram conhecidos e parecesse estranhamente familiar, talvez porque ela já tivesse visto o rosto dele em reportagens sobre músicos que morriam jovens demais para consolidarem sua carreira. Ele tinha aquela música que a mãe delas, Regina, cantava o tempo todo quando achava que as filhas já estavam dormindo.

— Precisamos começar agora mesmo – Vincent concordou. – A noite é o melhor horário.

Eles seguiriam para a Amulette, com a intenção de comprar os ingredientes de que precisavam. Caía uma chuva fina e Agnes emprestou guarda-chuvas e capas de chuva aos seus hóspedes.

— Não passem para o outro lado – ela alegremente avisou Sally e Gillian enquanto se despedia delas.

— Muito improvável – Sally disse categoricamente. O lado negro da magia e seu Caminho Tortuoso nunca a atrairiam. Ela tinha evitado a magia a vida toda e sempre preferira a lógica.

Mas as pessoas, muitas vezes, faziam o inesperado, e a magia da mão esquerda era muito tentadora, mesmo para aqueles convencidos de que nunca seriam corrompidos. Era uma maneira de conseguir o que queriam, e tudo o que precisavam fazer, em troca, era deixar de lado a empatia e a compaixão, elementos incômodos e desnecessários quando se percorria esse caminho. Era realmente um preço tão alto a se pagar quando se teria em troca a satisfação de um desejo ardente? Aqueles cujos desejos e cujas necessidades pessoais vinham em primeiro lugar com certeza achariam que a barganha valia seu preço. Ainda assim, depois que a pessoa conquistava o que queria, a magia da mão esquerda levava todo o resto embora. E ela só percebia que estava carbonizada quando olhava para baixo e descobria que tinha sido transformada em cinzas.

Eles foram a pé, atravessando os jardins do Palácio das Tulherias e descendo as escadas que conduziam às margens do rio. Sob a luz difusa da noite, Franny tinha coberto a cabeça com o capuz para garantir que ninguém repararia neles. Afinal, estavam ali para tratar de um assunto particular. O cachorro, Sabichão, estava feliz por ter sido solto assim que chegaram ao rio e gania, cheio de entusiasmo. Franny, por outro lado, tinha lá suas provações. O joelho. O quadril. Seu reumatismo havia melhorado com as pomadas que ela mesma preparava, mas ainda assim ela tinha dificuldade para acompanhar os outros, o que a deixava muito contrariada. Ela se apoiava no guarda-chuva, mas descia as escadas bem devagar e Vincent odiava ver aquilo.

– Eu estou velha – Franny o lembrou quando percebeu a expressão triste do irmão. – Mas ainda sou eu neste corpo. Por isso tome cuidado.

Vincent riu e depois ofereceu o braço para que ela pudesse se apoiar nele. Ele a ajudou, enquanto agia como se estivesse simplesmente caminhando num ritmo mais lento para seu próprio conforto. Lembrou-se de que Franny nunca gostara de pedir ajuda e que certamente isso não tinha mudado. Eles subiram a escada de volta, deixando o caminho à beira-rio, perto da Île de la Cité, lentamente outra vez, depois cruzaram para a margem esquerda. Já era tarde e as outras lojas da rua estavam fechadas, mas não havia horários definidos para o que precisavam. O céu ainda estava nublado e quem tivesse a visão já podia sentir aqueles que um dia tinham caminhado por aquelas ruas à noite, que tinham perdido aqueles que amavam em outras primaveras sombrias.

– O que estamos dispostos a fazer? – Vincent perguntou, enquanto se aproximavam do seu destino.

– Qualquer coisa. – Franny encolheu os ombros. – Tudo.

Sally e Gillian estavam mais à frente e, embora Gillian estivesse ocupada, levantando questões sobre as habilidades de Vincent, Sally já notava a Amulette mais adiante. O livro na vitrine escura. A placa suspensa acima da porta, escrita em tinta vermelha-clara, que para ela parecia cinza. Sally parou na soleira, onde a hera de bordas pretas era aparada todos os dias. Vincent percebeu que Sally tinha a visão e ficou impressionado. A maioria tinha que atravessar a rua várias vezes antes de ver a Amulette.

– Sally tem o dom, mas ela nunca o desejou. Você saberia disso se a conhecesse. – Franny não ia repreendê-lo, ainda que carregasse uma certa mágoa pelo desaparecimento do irmão – Você perdeu muita coisa.

– Eu tive muito também – Vincent respondeu.

Franny compreendeu. William. Ela pensou em como Vincent estava feliz quando se apaixonou pela primeira vez, como ela e o irmão se sentavam no jardinzinho da casa na Greenwich Avenue, conversando durante horas sobre William e suas qualidades – inteligente, leal, sem frescura – tudo isso no corpo de um homem monumental.

– Quanto a isso você tem razão – ela concordou.

A Amulette estava fechada, mas, quando Vincent tocou a campainha sob a hera, a porta se abriu e eles foram rapidamente conduzidos para dentro. Foi o próprio proprietário que os cumprimentou àquela hora da noite e rapidamente forneceu a Vincent os ingredientes que ele solicitou: alecrim para lembrança, olmo para se conectar com a voz interior, castanha-vermelha para orientação, noz para libertá-los das sombras e traumas, mandrágora para abrir as portas do mundo espiritual.

Todas as ervas foram queimadas num prato de latão. Um bloco de cera foi mantido sobre o calor e moldado na forma humana.

– Podem me dar algo que pertença à menina? – Vincent perguntou.

Por um instante, Sally entrou em pânico, mas Gillian sussurrou:

– Você tem as fitas.

Na bolsa, Sally carregava duas fitinhas azuis que ela sempre amarrava em torno dos punhos das filhas quando elas eram bebês. Ela procurou as fitas na carteira e as encontrou.

– Eu não sei bem qual é a de Kylie – disse ela a Vincent.

Ele fechou os olhos e pegou a primeira fita.

– Esta. – Ele amarrou a fita ao redor da figura de cera, que foi colocada no prato com as ervas, onde ela derreteu. – Você tem um atlas? – ele perguntou ao proprietário. Um livro de couro gasto foi trazido de uma prateleira abarrotada de livros.

– Este é o livro que nos dirá onde ela está – assegurou Vincent a Sally.

Quem está perdido pode ser encontrado. Quem for encontrado pode ser recuperado. Quem for recuperado pode ser perdido. Quem está perdido pode ser outra vez encontrado.

Vincent precisava de um amuleto, mas nada na vitrine de vidro chamava sua atenção. Ele sabia que as netas estavam olhando para ele com expressões críticas. Ele era bom naquilo, sempre tinha sido bom em encontrar coisas desde que se mudaram para Greenwich Village, quando descobriu quem ele era, mas agora se sentia inseguro. Fazia muitos anos que não usava nenhuma das suas habilidades, talvez tivesse perdido os talentos de que Franny tinha falado.

Franny sabia o que ele estava pensando.

– Vá em frente – disse ela com total confiança no irmão.

Foi nesse instante que ele pensou na chave que Jet tinha enviado. Ergueu a corrente onde ela estava pendurada e abriu o atlas numa página qualquer. Um mapa da Europa do século XVII estava desenhado ali, em tons de vermelho e preto. Quando Vincent segurou a chave sobre a página, pendurada na corrente como um pêndulo, ela começou a balançar para a frente e para trás cada vez mais rápido, até começar a girar em círculo. Na hora em que parou no local correto, a sala já estava tão fria que, atrás das cortinas pretas, as vidraças estavam cobertas com uma camada de gelo.

– Londres – disse Vincent. – É onde ela está.

Diziam que havia no mundo dois triângulos que continham a magia mais forte. O Triângulo Branco, que incluía Lyon, Turim e Praga, e o Triângulo Negro, composto por San Francisco, Turim e Londres. Franny e Vincent pareciam descontentes, por razões que nem Sally nem Gillian compreendiam. Mas o funcionário da Amulette conhecia o significado da descoberta. Ele deu a Vincent o cartão de um professor de Londres e garantiu que o sujeito, Ian Wright, estava trabalhando no campo havia décadas e era muito renomado pela sua erudição.

– Trabalhando em que campo? – Gillian perguntou, sem entender.

Quando o funcionário fechou o atlas, as cinzas salpicaram suas mãos e ele rapidamente pegou uma flanela para limpar o resíduo preto. A Arte das Trevas deixava uma mancha que era preciso limpar rapidamente. Foi quando Sally e Gillian souberam. Era o Caminho Tortuoso. Kylie estava sendo atraída para o caminho da mão esquerda.

Ninguém falou nada quando saíram da loja. Vincent colocou a chave ao redor do pescoço outra vez. Ele podia senti-la ali, uma pulsação acelerada. Pela primeira vez, em muito tempo, ele sentia como se qualquer coisa pudesse acontecer. Como viajariam naquela mesma noite, ele insistiu que pagassem um táxi de volta ao Boulevard de la Madeleine, em vez de caminharem até lá.

– Estou perfeitamente bem – disse Franny, olhando para o irmão.

– É por minha causa, querida – disse Vincent, uma mentirinha tão insignificante que nem tinha queimado a sua língua. – Estou exausto.

"I Walk at Night" estava tocando no rádio quando eles conseguiram pegar o táxi. O motorista cantava a música num inglês macarrônico. Vincent ficou constrangido ao ouvir a própria voz, mas Franny deu um tapinha nas costas do irmão.

– Tão lindo... – disse ela com orgulho. – Não admira que ainda a toquem no rádio.

Sally nunca tinha ouvido a música do avô antes; ela nunca se interessara, visto que ele claramente nunca se interessara por elas, mas agora não tinha muita escolha.

Não é isso que o amor obriga você a fazer? Continue tentando mesmo sem conseguir.

Sally tinha crescido achando que Vincent Owens era um covarde que tinha abandonado a família, mas agora ela se perguntava se ele não seria melhor do que isso. Ele estava sentado na frente com o taxista, discutindo se iria continuar chovendo ou não, e então, de repente, se virou para trás e olhou para Sally, como se soubesse o que ela estava pensando, como se pensasse exatamente a mesma coisa.

O que eu não faria por amor?

⁂

O táxi esperou enquanto eles iam buscar a bagagem. Partiriam para Londres no trem noturno. Todos concordavam que não havia motivo para esperar. Agnes fez uma mala com todos os ingredientes de que talvez precisassem para garantir que estariam a salvo. Fita vermelha, sálvia, sal, lavanda, tinta vermelha e preta em potes de vidro iridescente, um pedaço de corda, folhas finas de papel vermelho encadernado em couro vermelho, alfinetes longos e com uma ponta muito fina.

– É sempre melhor estar preparado – ela aconselhou. Enquanto as irmãs e Vincent carregavam as malas para baixo, Agnes chamou Franny.

– Venha aqui na despensa por um instante. Eu tenho algo para você.

– Não vai ser preciso – garantiu Franny. Os outros estavam esperando no vestíbulo, impacientes, com as malas. Eles tinham que pegar o trem. No entanto, Agnes insistiu. Quando estavam sozinhas, ela entregou a Franny um saquinho de couro. Dentro havia um amuleto em forma de triângulo, feito do mais puro ouro elemental, encontrado no leito de um rio. O talismã, conhecido por proteger seu portador do mal, estava na família de Agnes havia centenas de anos e tinha pertencido a uma ancestral de Agnes, Catherine.

De um lado havia um olho, do outro, um corvo. O amuleto estava amarrado num cordão fino e Agnes recomendou que Franny o pendurasse no pescoço. Franny seguiu o conselho de Agnes, não muito satisfeita.

– Devia ficar com Sally. É a filha dela que está desaparecida. A missão é dela.

Agnes abriu um leve sorriso e deu de ombros. Elas eram ambas mulheres maduras e por isso provavelmente sabiam muito. Como o mundo pode ser sombrio, como são grandes as perdas que todos nós um dia vamos enfrentar.

– É para você, Franny. Quando o mal vier no encalço de alguém, você vai estar preparada.

II.

No voo para Londres, Kylie ficou acordada a noite toda, imprensada entre um homenzarrão que roncava ao lado dela e um garoto de 11 anos dormindo profundamente, a caminho de visitar o pai em Londres, e ela fez o possível para ignorar os dois. Ela tinha se apropriado de um par de luvas da biblioteca para que O Livro do Corvo não queimasse suas mãos enquanto ela terminava de ler suas páginas. Ali estavam os princípios do livro.

A linguagem era tudo. A confiança era para os tolos. O amor um dia chegava ao fim. Palavras podiam ser roubadas.

O texto emitia um leve brilho alaranjado e um fedor de enxofre, mas todos no voo estavam dormindo e ninguém prestou atenção na jovem alta, com o cabelo tingido de vermelho, que estava tão envolvida em seu livro que nem percebeu a turbulência no meio do Atlântico. Ninguém sabia quem era Kylie ou o que ela estava passando. Ela havia deixado a pessoa que mais amava neste mundo num coma profundo no hospital, onde os médicos estavam preocupados com a possibilidade de ele nunca despertar e, se acordasse, de os danos serem irreversíveis.

Imagens de Gideon naquela tarde, no parque do Cambridge Common, continuavam a vir à tona, onde ele parecia tão vivo e descontraído, sem nenhuma preocupação que não fosse um exame que tinha certeza de que passaria. Tudo o que Kylie podia fazer era tentar se concentrar ao máximo no livro. Nada mais importava a não ser acabar com a maldição. O texto estava escrito em páginas finas de pergaminho, encadernadas em couro de bezerro preto e amarradas com um fio preto com nós. O livro continha menos de cem páginas, mas era difícil de ler; havia trechos em italiano e parte do texto se desvanecia assim que era lida, sumindo da página como se fosse apagada com uma borracha diante dos olhos do leitor. Essa era a magia literária, escrita por Amelia Bassano, que tinha estudado astrologia com um grande mestre e sabia conjurações e encantamentos tão poderosos que cintilavam no escuro e podiam ser lidos apenas à luz do seu significado. Kylie tinha feito aulas de italiano, mas estava longe de ser fluente e por isso comprou um pequeno dicionário de frases na livraria do aeroporto para ajudá-la a decifrar trechos do texto. Descobriu, porém, que o dicionário não era tão útil quanto ela pensava, pois parecia que tinham usado uma versão arcaica da língua.

O livro aconselhava o praticante sobre os usos práticos do que a autora se referia como *magia nera*, magia negra. Como fazer um inimigo cair doente; como forçar um mentiroso a dizer a verdade; como conjurar demônios para assombrar o dia a dia de uma pessoa, assim como seus sonhos; como conjurar uma tempestade devastadora.

Saiba o que você quer e tenha certeza disso, pois o arrependimento gera mais arrependimento e nada mais do que isso.

A luz que emanava do texto fez que a comissária de bordo corresse para ver se a cintilação alaranjada era causada por um cigarro aceso, mas Kylie cobriu rapidamente o livro com um guardanapo e a comissária de bordo presumiu que devia ter imaginado o reflexo bruxuleante devido à sua exaustão e se desculpou por incomodá-la.

Assim que chegou em Londres, Kylie encontrou um hotelzinho vagabundo em Bayswater. Os lençóis eram encardidos e o banheiro ficava no final do corredor.

— Pretendemos melhorar — disse a recepcionista, como se ela se importasse. Kylie se sentiu a um milhão de quilômetros de casa, sozinha num mundo ao qual não pertencia. Ela deu algumas mordidas num dos sanduíches embalados que tinha comprado numa loja de conveniência no aeroporto, mas ele estava tão rançoso que ela o largou pela metade. Ela tinha que se apressar e sabia disso. Não tomou banho nem trocou de roupa. Quanto mais demorasse para descobrir uma maneira de acabar com a maldição, mais risco corria de perder Gideon. De acordo com *O Livro do Corvo*, sua primeira providência seria traçar o pentáculo de Salomão para evocar o espírito de Hécate, a deusa das encruzilhadas e da feitiçaria. Se ela fizesse isso, descobriria a direção que deveria tomar para encontrar o conhecimento de que precisava.

Kylie enrolou o tapete que ficava no centro do quarto e usou uma caneta hidrográfica preta para desenhar um pentagrama no assoalho de madeira gasto. Depois, queimou sálvia e sândalo na lixeira de metal, ervas que as tias tinham dado a ela para que defumasse o dormitório da faculdade.

— Nunca fique sem essas ervas — tia Jet a aconselhara, mas Kylie tinha enfiado as ervas numa gaveta, lembrando-se delas apenas quando parou na Dunster House a caminho do aeroporto, para enfiar o passaporte e uma muda de roupas na mochila. Agora, enquanto a fumaça pungente subia pelo quarto sujo de hotel, ela ficou no centro do círculo que se destinava a unir os quatro quadrantes e os quatro elementos. Ela faria o que fosse preciso para seguir as instruções de *O Livro do Corvo*, embora se preocupasse com suas habilidades. Kylie não tinha muitas, além de ver auras e ter premonições, e nenhum conhecimento de magia — isso graças à sua mãe. Surpreendentemente, isso começara a mudar. Desde que abrira *O Livro do Corvo* na primeira página, ela era capaz de ver o que antes não via; podia sentir o que nunca antes tinha sentido. Podia ver o futuro, o que causava uma estranha visão dupla. Era a visão, a habilidade herdada de ver o que estava por vir, uma habilidade que havia sido reprimida e rejeitada pela mãe, um talento de que Kylie agora apreciava.

Antes de o avião pousar no aeroporto de Heathrow, ela já tinha chegado à última página de *O Livro do Corvo*. A pele dos dedos continuava a empolar enquanto ela virava as páginas, mas isso não a intimidou. Um praticante de magia da mão esquerda não deve vacilar nem temer. Assim dizia o corvo, segundo a escritora do livro. *Sem coragem, você nunca encontrará a resposta*. O livro era dividido em seis seções. "Como Realizar o Seu Mais Profundo Desejo."; "Como Fazer que Ele Ame Você."; "Como Proteger a Si Mesma e as Outras Pessoas."; "Como Conseguir Vingança."; "Como Amaldiçoar Aqueles que a Ofenderam."; "Como Quebrar uma Maldição."

Ali estava, no último capítulo, exatamente o que Kylie precisava. No entanto, apesar de todas as suas tentativas, as duas últimas páginas estavam coladas uma na outra. Kylie teve receio de arruinar o livro em suas tentativas de separar as frágeis páginas de pergaminho. Ela tinha que descobrir uma maneira de convencer o livro a se abrir para ela, concluir que era digna, justamente a pessoa que ele estava esperando. Agora, em seu quarto de hotel em Bayswater, muito longe de casa e de todos que conhecia e amava, enquanto pensava em Gideon, ela ficou dentro do círculo e respirou o cheiro de sálvia e sândalo, esperando que a fumaça não acionasse o alarme de incêndio e fizesse a recepcionista vir correndo. Ela repetiu o juramento de fazer o que fosse preciso, cortando a mão com um saca-rolhas deixado em cima de um frigobar minúsculo e fedorento, e deixando seu sangue pingar nas chamas do fogo. Quando grossas gotas de sangue, tão escuras que pareciam pretas, se derramaram sobre a mistura, a fumaça se ergueu num tom vermelho brilhante. Kylie correu para abrir a janela e acenou com os braços para dispersar os redemoinhos vermelhos, mas a fumaça já tinha deixado sua marca no teto, e o próximo hóspede se perguntaria que diabos tinha acontecido, sem saber que, naquele quartinho, a porta para a magia da mão esquerda tinha sido aberta num dia comum. Ali uma jovem se entregara à escuridão, ao sangue e aos ossos, ao fio preto, às facas e às cinzas, à maldição que tinha ficado cada vez mais forte ao longo de trezentos anos, depois de plantada na terra de Salem, Massachusetts, e agora florescia ali, em Londres e dentro do coração dela.

Kylie pagou por uma estadia de duas noites, informando à recepcionista que ela era universitária e viera finalizar uma pesquisa no Museu Britânico. Depois ela foi até uma loja perto do Covent Garden, conhecida por sua coleção de suprimentos para magia. Era uma lojinha desarrumada e um tanto decadente, frequentada principalmente por mulheres em busca de preparados de ervas para a beleza ou a saúde. Ali encontravam infusões de milefólio e arruda para cólicas e outros problemas femininos, de hortelã-pimenta para gastrite e dor de estômago, de salgueiro-branco para dor de cabeça. A proprietária era uma parteira aposentada chamada Helene Jones.

– Como você nos conheceu, querida? – Helene perguntou, enquanto Kylie comprava um pacotinho de ervas, um frasco de água de rosas e uma varinha feita de madeira de avelã.

Ela tinha encontrado na internet uma lista de lojas de magia e aquela loja, a Casa da Magia de Helene, era simplesmente a primeira da lista.

– Foi sorte – disse Kylie, e Helene lhe deu um desconto pelo fato de ela parecer estudante, recém-chegada ao país e nova na Arte Sem Nome. A menina era sem dúvida ingênua, pois perguntou a Helene onde poderia encontrar outros que praticassem a magia da mão esquerda, um assunto que nunca era tratado em público, pois quem o praticava fazia isso em segredo.

– Eu sinto muito – disse Helene num tom cortante, não tão afável quanto antes e com uma expressão que revelava desagrado. – Não sei do que você está falando.

Um funcionário da loja chamado Edward estava ouvindo a conversa, um jovem sombrio, que só cuidava da própria vida. Quando Kylie saiu da loja, Edward estava esperando do lado de fora, terminando um cigarro.

– Eu sei onde você pode encontrar o que procura. – Edward olhou por cima do ombro, para ter certeza de que ninguém poderia ouvir, antes de se voltar para Kylie. – Mas vai custar caro.

Kylie ofereceu a ele um medalhão que a mãe lhe dera de aniversário e que continha uma foto de Jet. Edward estudou o objeto com um olhar desconfiado. O metal era escuro, não parecia prata como ela afirmava, e isso o deixou em dúvida. Kylie viu uma aura fulgurante em torno do balconista. Verde, a cor dos tolos.

– Pode acreditar, é prata e vale mais do que você merece por informações que deveria dar de graça.

– Guarde sua joia. Eu prefiro dinheiro – Edward informou. – Ninguém dá informações sobre o Caminho Tortuoso em troca de nada – ele disse com desdém. Os americanos eram tão arrogantes, mesmo em questões de magia.

Kylie tirou vinte dólares da carteira.

– É o que posso oferecer – Kylie parecia perigosa naquele momento, como as mulheres costumam ser quando sabem o que querem.

– Não vai me enfeitiçar para fazer negócio com você, vai? – Edward perguntou, hesitante, antes de pegar o dinheiro. Ele tivera alguns contratempos com a magia da mão esquerda quando trabalhava como entregador e tinha um dente faltando na boca por conta disso.

– Claro que não – disse Kylie, embora o vendedor provavelmente acordaria com um caso grave de urticária na manhã seguinte, graças a um feitiço do *Livro do Corvo* que era mais um truque de prestidigitação do que magia de verdade, um pequeno lembrete da sua tentativa de extorsão. É assim que começa o caminho da esquerda, com pequenos ressentimentos e amarguras causando as primeiras reações sombrias.
– Fale logo – exigiu Kylie.

Edward começou a falar de uma biblioteca particular que não ficava longe do hotel onde ela estava hospedada, perto da Lancaster Gate, em frente ao Hyde Park.

– Eles têm tudo o que você pode estar procurando. Nomes, rostos, lugares. A única coisa é que você tem que ser membro para entrar. E não mencione meu nome a ninguém lá. Fiz algumas entregas para eles. Costumam ficar irritados quando alguém desrespeita a privacidade deles.

A Biblioteca Invisível já existia havia centenas de anos, mas estava naquele endereço desde meados do século XIX, quando os blocos de casas geminadas do bairro tinham sido construídos no estilo georgiano. Quem não sabia o que estava procurando, nunca repararia nela. Se a pessoa estreitasse os olhos e olhasse na direção do prédio da biblioteca, uma mulher chamada sra. Hempstead, uma espécie de zeladora que morava no apartamento do porão, abria a porta e a afugentava, acusando-a de estar incomodando os inquilinos inexistentes.

O acervo de livros de magia tinha começado em 1565, financiado por homens abastados que se interessavam por magia, mas não desejavam que soubessem da sua curiosidade e atividades. Ela tinha sido forçada a fechar as portas ocasionalmente, durante a guerra, por exemplo, quando as bombas caíram em Londres, e depois nos anos 1980, aquela década egocêntrica, quando era impossível encontrar um bibliotecário disposto a assumir aquele posto ingrato. O funcionário tinha que estar de plantão 24 horas por dia, sete dias por semana, em casos de emergência, e o silêncio do trabalho havia deixado um bibliotecário louco na virada do século. Nos anos 1960, outro bibliotecário, viciado em drogas e disposto a expor os membros da biblioteca e sua localização, tinha falado com um repórter, mas felizmente o jornalista nunca tinha conseguido encontrar o endereço para documentar a história.

Havia uma caixa de metal no alto da escada onde as pessoas podiam deixar seus manuscritos, com um aviso na tampa alertando que, uma vez depositado ali, o manuscrito não seria mais devolvido e não havia garantia de que seria aceito. As pessoas deixavam ali livros que encontravam em sótãos e em feiras de artigos de segunda mão; livros que avós ou tias ou elas próprias tinham escrito; livros com a história de uma família; grimórios pessoais cujos autores tinham falecido; livros com capas de papel pardo, que supostamente faziam o leitor perder a visão; livros de magia negra, que cheiravam a peixe e enxofre.

Kylie bateu na porta da biblioteca, o que não era o costume, pois os membros tinham as chaves e podiam entrar quando quisessem. Se Gideon estivesse com ela, ela provavelmente teria mais coragem; quisera ela poder conjurá-lo para aparecer ao lado dela no degrau.

Ao ver que ninguém atendia, Kylie tentou a aldrava de latão. Nada aconteceu. Ela imaginou Gideon sussurrando em seu ouvido, o "meio Gideon" que estava em sua imaginação. *Você não pode desistir agora.*

Kylie tirou *O Livro do Corvo* da mochila e lançou o encantamento que franqueava qualquer entrada.

O que você era, não será mais. O que foi danificado, você vai restaurar. Abra para mim.

Quando Kylie e Antonia eram pequenas, a mãe delas lhes disse que, se um dia se perdessem, o melhor que poderiam fazer era procurar uma biblioteca. As irmãs eram muito ligadas desde a mais tenra idade. Um "Eu te amo" era sempre respondido com "Eu te amo mais". Mas, se estivessem sozinhas ou separadas, se passassem alguma necessidade, se estivessem numa encrenca ou em busca de conhecimento, de um rosto amigável ou simplesmente de um telefone para ligar para casa, poderiam encontrar tudo isso numa biblioteca.

Por favor, Kylie acrescentou à sua súplica. *Por favor, eu preciso entrar.*

Sua voz mal era audível, mas ela ouviu o clique da fechadura. Tropeçou ao subir os últimos degraus da escada e o bibliotecário, um homem na casa dos 70 anos, segurou-a pelo braço e a conduziu para dentro.

Aquela manhã, uma colher tinha caído enquanto o bibliotecário fazia seu chá, o que era um sinal de que teria companhia, embora ele não tivesse imaginado que seria aquela jovem alta e de feições ainda infantis e claramente perdida. Sim, a regra era que a pessoa fosse um membro para ser admitida na biblioteca, mas havia casos em que as regras não se aplicavam. Afinal, aquele era um lugar extraordinário tanto na forma quanto no conteúdo. O chão era todo de mármore, os lustres eram de cristal e as molduras do teto, extraordinariamente elaboradas e pintadas de um vermelho profundo e brilhante. As cortinas eram de um espesso veludo escarlate, que não deixava passar a luz do sol, pois os livros precisavam ser protegidos da luz, da ganância e do mau uso.

O bibliotecário se apresentou como David Ward. Ele era alto e de aparência distinta, e seus olhos de um azul turvo nada revelavam do que lhe ia por dentro, um homem que aparentava calma mesmo em meio a uma tempestade. Ele tinha passado por uma tempestade na vida que o arruinara e tinha jurado nunca mais permitir que emoções intensas lhe tirassem a razão. Ele havia comemorado pouco tempo antes seu aniversário de 74 anos, mas, apesar da sua promessa, nunca tinha conseguido escapar do seu passado. Muitas vezes se deixava levar pela emoção, como fazia agora, ao ver uma garota prestes a seguir o Caminho Tortuoso.

— Suponho que tenha vindo atrás de um livro – disse David.

— Na verdade, eu já tenho o livro. Só não consigo abri-lo. – Kylie enfiou a mão na mochila para pegar o livro preto que agora segurava nas mãos.

David Ward estreitou o olhar, surpreso com o que via diante dele. Ele estava bem ciente de quem era a autora do livro e da sua reputação como poeta e cortesã. Havia quem acreditasse que Amelia Bassano era a Dama Negra citada nos poemas de Shakespeare, e outros estavam convencidos de que ela era a verdadeira autora de suas peças. Embora ela fosse uma mulher de quem poucos tinham ouvido falar, era bem possível que ela tivesse de fato sido a autora das maiores peças de teatro já escritas.

David não sabia que Amelia Bassano havia escrito um segundo livro, mas bastou um olhar para que ele entendesse o propósito da obra. *O Livro do Corvo* era um Livro das Sombras, um grimório sombrio, que ela escrevera não só para si mesma, mas para o benefício de outros.

— Presumo que você esteja aqui para doar o livro. – Ele estava realmente muito animado com essa possibilidade. Não havia dúvida de que, por mais obscuro que pudesse ser, o livro era um verdadeiro tesouro.

— De jeito nenhum. – A menina pareceu se apegar mais ao livro ao ouvir a sugestão; segurou-o com mais força, recusando-se a abrir mão dele. – Preciso encontrar informações sobre a autora e a minha família. – Foi então que a expressão corajosa em seu rosto desmoronou. – Fui amaldiçoada – ela disse numa voz esganiçada.

David sentiu um arrepio no pescoço. Ele olhou para sua mão esquerda e viu que seu próprio destino estava mudando enquanto a garota falava.

Ele levou Kylie para a sala principal da biblioteca, onde havia dezenas de armários de carvalho sob luminárias de vidro, brilhando em poças de luz amarela opaca. A biblioteca ainda fazia uso do método antigo de catalogação, cada entrada escrita num cartão em branco, alguns deles datados de trezentos anos antes. David já tinha começado a digitalizar a biblioteca, mas parte do material era resistente à tecnologia e havia livros que cuspiam nele quando ele tentava integrá-los à era moderna. Ele já tinha encontrado referências a Amelia Bassano em outros grimórios, nas prateleiras da biblioteca, pois ela fazia parte de círculos reais e literários, e tinha sido aluna do astrólogo da Rainha Elizabeth I, dr. Simon Forman, mas ele nunca tinha visto uma referência direta ao *Livro do Corvo*.

Quando Kylie disse que o nome da sua ancestral Faith Owens estava escrito no livro desde o século XVII, como se ela fosse a proprietária do livro, David se perguntou como aquele livro tinha ido parar nas mãos dela. Ele trouxe duas xícaras de chá e começou a trabalhar ao lado de Kylie, compartilhando uma intimidade inesperada. Eles tinham um estilo semelhante, nenhum dos dois falava enquanto pesquisava e avaliava as informações que encontrava, grande parte em fragmentos. Depois de uma hora sem muito sucesso em localizar o nome Owens, o bibliotecário percebeu que Kylie tinha coberto os olhos com as mãos. Assustada e sem ter descoberto nada de útil, as lágrimas começaram a brotar dos olhos dela. David queria dizer algo para consolá-la, mas ele não era bom em demonstrar compaixão. Em vez disso, entregou à garota um lenço. Foi quando ele viu que as manchas das lágrimas dela eram pretas.

– Você devia ter mencionado que era bruxa – ele disse gentilmente. – Isso iria ajudar na nossa pesquisa.

Kylie olhou para ele sem entender, os olhos marejados e negros. Foi então que o bibliotecário percebeu que ela não sabia a verdade sobre sua família ou ela mesma.

– Eu não deveria ter dito nada? – ele se perguntou em voz alta. Ele já tinha cometido erros como aquele antes, ou por falar muito pouco ou por falar demais.

– Eu não sou bruxa – disse Kylie ao bibliotecário. – Minhas tias fazem remédios. Elas têm uma estufa, cultivam ervas e as pessoas a procuram quando precisam de uma cura. Nada mais do que isso.

– A bruxaria não é uma escolha. Ela não é a Arte Sem Nome, que as mulheres têm praticado há centenas de anos, talvez desde o início dos tempos, usando ervas e a magia natural. A bruxaria está no sangue. – Quando ela continuou olhando para ele sem entender, ele acrescentou: – É uma herança de família.

Kylie refletiu sobre isso, pensando nas regras que a mãe tinha estabelecido quando ela e Antonia eram crianças. Ela começou a sentir arrepios, como acontece quando a verdade, de repente, se torna evidente.

– Tudo bem – disse ela num tom sem emoção. – Vamos procurar minha família.

Eles vasculharam vários catálogos de genealogia em busca do nome dos Owens e descobriram muitas listas de nascimentos e casamentos e funerais, especialmente em Essex. Os olhos de Kylie começaram a arder, mas ela continuou lendo, como se a leitura pudesse salvá-la do seu destino.

– Posso perguntar qual é a maldição? – indagou David Ward.

Kylie olhou para ele e ficou quieta. *A confiança era para os tolos.* Seria rude não responder? Quando a garota hesitou, David pensou que talvez ele tivesse se precipitado.

– Claro, você tem direito à sua privacidade.

Fazer segredo tinha feito algum bem a ela no passado? Absolutamente nenhum.

– Ela leva à ruína quem nos ama – ela revelou a ele. – E isso nos arruína também.

David entendeu o que ela quis dizer, pois ele fora arruinado pela magia e pelo amor.

– Entendo – ele murmurou e voltou ao catálogo. – É provável que você precise voltar ao local de nascimento da pessoa que lançou a maldição. – Ele tinha começado a examinar os julgamentos das bruxas, na esperança de encontrar o nome da família dela. Parte do sucesso de um pesquisador é a capacidade de adivinhar o que pode ter acontecido, um certo sexto sentido combinado com a obstinação de um detetive, junto com o precioso talento de conseguir visualizar como a vida de outra pessoa poderia ter sido.

Eles fizeram uma pausa para o chá, indo à cozinha simples nos fundos do prédio, onde David aqueceu uma sopa de tomate e trouxe um pratinho de queijo e biscoitos. Kylie estava faminta, ela percebeu, e ficou muito grata pela comida, encantada ao ver que o chá incluía algo para comer. Era surpreendente como ela se sentia confortável ali, embora sempre tivesse odiado frequentar a Biblioteca Owens, talvez porque a mãe estivesse na direção.

– Você deve ter talentos que não conhece – David Ward sugeriu.

Kylie deu de ombros e se serviu da sopa.

– Nada demais. Posso prever o tempo. Acho que posso mudá-lo também. Vejo cores em torno das pessoas. Mas sempre me pareceu mais uma brincadeira, como saber o que as pessoas vão dizer antes de falar. Eu não achava que fosse magia.

David lançou um olhar para ela e sentiu um certo constrangimento por não saber o que responder. Ter magia dentro dele era o que ele mais queria. Em vez disso, ele tinha se contentado com a segunda melhor opção, ser um especialista. Ele certamente não iria admitir, mas tinha trilhado o caminho da mão esquerda quando era mais jovem, metendo os pés pelas mãos, com qualquer homem desesperado.

Kylie não mencionou a aura escura que via ao redor do bibliotecário, como um denso halo azul. Quanto a David, ele também não perguntava o que ela via quando o observava. Ele sabia o que era. Ele se sentia culpado pelos instantes que respirava.

Depois do intervalo para o chá, eles voltaram à tarefa de inspecionar os arquivos da família Owens. O nome aparecia em registros do leste da Inglaterra, onde Matthew Hopkins, o autoproclamado caçador de bruxas havia começado sua busca pelo mal em 1644, resultando em 233 mortes, antes da sua própria morte por afogamento, finalmente livrando o mundo do ser em que o verdadeiro mal residia. E ali estava o nome de Hannah Owens. David mostrou com entusiasmo à Kylie a página de rabiscos oblíquos do tabelião da cidade. Hannah Owens tinha sido presa, julgada e considerado culpada. Segundo o registro, ela era uma bruxa que encorajava outras mulheres a se voltar para a bruxaria e era perigosa demais para continuar viva. Hannah tinha vindo de uma aldeia chamada Thornfield, onde um homem chamado John Heron testemunhara contra ela, dizendo que tinha sido seduzido por ela em sua cama e que ela tinha um rabo e praticava a Arte das Trevas. Felizmente, os julgamentos das bruxas tinham terminado tão repentinamente quanto começaram e por nenhuma razão em particular. No final, Hannah foi libertada da prisão e multada em três xelins. Como não tinha o dinheiro, recebeu três chibatadas.

– Só espero que esse John Heron tenha recebido seu castigo – refletiu David Ward.

Estava escrito que, depois de libertada da prisão, Hannah tinha sido assassinada por um homem chamado Thomas Lockland, segundo o qual ela havia esfriado o afeto da esposa por ele por meio de bruxaria. David logo encontrou o registro do casamento entre uma mulher chamada Rebecca e esse tal Lockland, mas o nome de Rebecca tinha sido riscado. Em cada geração que se seguiu, o filho mais velho carregou uma maldição atribuída a um feitiço lançado por Hannah Owens, que foi queimada até a morte em seu próprio jardim.

– Os Lockland já foram uma grande família – revelou David. – E receberam uma grande doação de terras do condado. A mansão fica em Essex, perto de Thornfield. De alguma forma, a sua família e a deles estão ligadas. Parece que ambas foram amaldiçoadas, e essa Hannah Owens parece ser o ponto de ligação.

Então era isso. Para encontrar a maldição, ela teria que olhar não apenas *O Livro do Corvo*, mas também a história da sua própria família. Kylie agradeceu ao bibliotecário e guardou o livro na bolsa. Ela não tinha tempo para ficar mais. A biblioteca tinha sido um refúgio e ela temia o que viria a seguir, pois aqueles que desejavam entender a magia da mão esquerda deveriam praticá-la primeiro. O Lockland mais recente estava na lista telefônica como se ainda morasse em Thornfield.

– Vou ver o que ele sabe sobre a maldição – disse Kylie ao bibliotecário, antes de agradecê-lo e se despedir.

David Ward estava preocupado com ela, mesmo sabendo que não cabia a ele se preocupar. Na verdade, ele tinha passado a maior parte da vida preocupado com alguma coisa. Tinha se esforçado para se encaixar numa família, mas não tinha conseguido, apesar das suas tentativas. Até esse dia, ele sonhava todos os dias com sua própria filha, que tinha perdido quando ela não era muito mais velha do que Kylie. Nesses sonhos, a garota estava sempre em cima de uma árvore, inatingível, como se a gravidade não a afetasse.

– Você poderia ficar – ele se pegou dizendo à Kylie. – Há uma sala aqui na biblioteca para convidados pernoitarem. Temos vários volumes sobre feitiços para quebrar maldições.

Kylie balançou a cabeça.

– Não a minha maldição – disse ela, e não havia muito o que ele pudesse fazer para refutar isso. Estava chovendo lá fora, uma chuva verde-escura, que significava que algo estava para mudar. Essa chuva acontecia antes de mortes e descobertas, antes de pessoas fazerem viagens que eram bem-sucedidas ou das quais nunca iam voltar. Quando Kylie perguntou como ela poderia chegar a Thornfield, David a encaminhou para a estação de Liverpool Street, em seguida, pegou sua carteira num paletó cinza e colocou nas mãos de Kylie as cinquenta libras que ele sempre carregava para uma emergência.

– Oh, eu não posso aceitar – Kylie foi rápida em dizer. *A confiança era para os tolos*, *O Livro do Corvo* insistia em afirmar. Mas então eles trocaram um olhar, pois certamente Kylie poderia usar aquele dinheiro depois de dar àquele rapaz rude da loja os únicos vinte dólares que tinha, então ela engoliu o orgulho e disse:

– Tudo bem, então. Obrigada.

As mãos de David doeram quando ele pressionou o dinheiro nas mãos dela. Ele podia não ter magia fluindo nas veias, mas, depois de uma vida inteira de estudo, sabia quando o futuro era incerto. Eles caminharam até a porta juntos e, enquanto observava Kylie mergulhar na chuva, ele pensou na própria filha, cujo vestido de verão favorito era azul, azul para proteção e sorte, embora ela não tivesse tido sorte em absoluto, nem mesmo quando ele tinha lançado mão da magia negra para fazer um feitiço que garantisse o futuro dela.

David queria explicar que havia maldições que só poderiam ser quebradas com um pagamento que era muito alto para a maioria das pessoas, mas ele tinha falhado em suas tentativas de proteger a pessoa que mais amava no mundo, então achou melhor ficar quieto agora. Ele pensou melhor enquanto Kylie estava saindo e gritou para impedi-la. Ela já tinha decidido não voltar para o hotel, mas pegar um táxi que a levasse diretamente para a estação ferroviária. O tempo era o mais importante, quando se tratava de trazer Gideon de volta. Ainda assim, ela levou um instante para se virar e encarar o bibliotecário. Ele deu um pequeno conselho para a garota com base nas suas próprias experiências no mundo da magia da mão esquerda.

– Não confie em ninguém – ele disse.

Kylie olhou para ele com um leve sorriso de gratidão. Esse era um conselho que *O Livro do Corvo* já deixara bem claro.

– Não pretendo confiar – ela lhe assegurou.

Talvez o livro a protegesse. David certamente tinha esperança disso, embora ele não fosse um homem esperançoso. Ele continuou a assistir enquanto Kylie descia correndo as escadas e chamava um táxi, o cabelo castanho-acobreado respingado de chuva. Eles haviam pesquisado o dia todo e o tempo havia escoado enquanto eles mergulhavam nos registros do passado. Já era aquela hora azul em que as pessoas já tinham saído do trabalho e as ruas estavam quase vazias. A luz difusa caía sobre a copa das árvores e a calçada e a cidade pareciam assombradas. Um táxi parou e Kylie entrou. David Ward levantou a mão num gesto de despedida, profundamente perturbado com os seus temores com relação ao que poderia acontecer. A garota baixou o vidro, mas antes que ela pudesse gritar um agradecimento, o táxi arrancou, dobrou uma esquina e ela desapareceu, algo que o bibliotecário já tinha testemunhado uma vez, só que desta vez as circunstâncias eram diferentes e, felizmente, o resultado também seria diferente.

III.

Em seu sonho, Antonia caminhava na lama. Claro que ela estava sozinha. Elas a tinham deixado para trás, para cuidar das coisas, a moça responsável que cumpria seus deveres sem a ajuda de ninguém. No seu sonho, no entanto, ela era muito mais insubordinada, estava destruindo seu vestido e, enquanto caminhava para um banco de juncos, levantou a saia, pois a bainha já estava encharcada. Sua caminhada parecia uma imprudência de uma forma que ela nunca sentir na vida. Ainda assim, ela não tinha escolha a não ser seguir em frente. O mais estranho era que ela raramente usava vestidos, mas aquele combinava bem com ela. Havia corvos no céu, nuvens de pássaros crocitando e bloqueando o sol, as penas preto-azuladas como joias caindo no chão. Quando ela entrou na água, havia uma mulher na parte rasa, de bruços, o vestido flutuando como um lírio, os braços e as pernas imóveis. Antonia se aproximou, mas antes que conseguisse se conter, ela afundou e afundou rápido.

Ela acordou sem fôlego, cuspindo água. Podia sentir o bebê movendo-se dentro dela e sentou-se na cama. Ela tinha deixado a janela aberta e a chuva vinha com rajadas de vento e agora tudo no quarto tinha um brilho verde úmido. O rio Charles tinha transbordado e a estrada tinha ficado intransitável. Era domingo e mesmo que tivesse preferido tentar rastrear a mãe, Gillian e Franny, ela manteve a promessa de cuidar do Reverendo Willard, indo até o asilo com o carro de Gillian e levando um pacote de biscoitos. Ela tirou os biscoitos do pacote no carro, arrumando-os no prato de papel antes de entrar. *Pronto*, pensou, *tão bons quanto os caseiros*.

Quando ela entrou, todos sabiam quem ela era, a garota Owens que era estudante de Medicina. Uma mulher que estava visitando o pai parou Antonia no corredor para perguntar se ela poderia dar uma olhadinha no pai dela, pois ele estava apático e claramente indisposto.

– Eu não trabalho aqui – disse Antonia.

– Só uma olhada – a mulher implorou. Todo mundo sabia do que uma mulher Owens era capaz de e aquela estava estudando para ser médica também.

Os olhos da mulher estavam marejados de lágrimas e lá estava Antonia, a irmã responsável mais uma vez.

– Tudo bem – ela concordou. – Mas eu sou apenas uma estudante de Medicina.

Mesmo assim, a mulher insistiu; ela tinha procurado Jet em várias ocasiões, em busca de curas para dores de cabeça que não cessavam, um marido que reclamava noite e dia e um filho que não conseguia manter o emprego.

Antonia entrou num quarto onde havia dois pacientes idosos. O que estava perto da janela era o pai. Ele estava tão perto da morte que uma escura nuvem cinzenta já se espalhava pelo teto. Antonia tentou não prestar atenção a esses sinais ilógicos, especialmente para quem trabalha num hospital. Mas algumas coisas não podiam ser ignoradas. Havia cinzas nos lençóis do velho. Antonia rapidamente mediu os sinais vitais do homem e ouviu seu peito. Uma enfermeira tinha entrado para assistir.

– Ele estava gripado e simplesmente não sarou mais – a enfermeira disse. – Ele diz que está se sentindo bem.

– Digo porque é verdade – disse o velho com um voz fraca. Ele estava apático e meio adormecido, de olhos fechados.

– Pneumonia – sentenciou Antonia. – Ele precisa de antibióticos intravenosos.

A enfermeira foi cautelosa.

– Eu tenho que ter um pedido médico.

Antonia baixou a voz.

– Quando vem o médico? Se for só amanhã, este senhor provavelmente estará morto.

Antonia e a enfermeira fizeram um acordo sem palavras. O medicamento foi trazido, a porta se fechou e uma agulha foi inserida no braço do velho. Meia hora depois, ele abriu os olhos.

Antonia finalmente conseguiu chegar ao quarto do Reverendo, ainda carregando o prato de biscoitos, embora estivessem um pouco quebrados, a crosta pálida lascada.

– Olá! – ela chamou. – Finalmente cheguei.

Antonia parecia mal-humorada, até aos seus próprios olhos. Metade da manhã já tinha passado e ela estava ansiosa para voltar para o carro e ir para casa. O Reverendo Willard estava sentado numa cadeira de plástico, olhando para a janela. Ele amava a primavera, embora estivesse convencido de que aquela estação escura e sem flores podia ser sua última. Era por isso que ele estava tão choroso. O Reverendo se virou para ver uma jovem bonita sustentando uma barriga de nove meses. Ele não tinha ideia de quem era Antonia, apenas que ela não era a Franny, que sempre fora bastante azeda e difícil, por isso foi um alívio aquela jovem ter aparecido, embora estivesse claro que os biscoitos farelentos e pálidos que ela oferecia não eram caseiros.

– Estou substituindo a tia Franny – Antonia o informou, indo buscar para o velho um pouco de água fresca e colocando os biscoitos na mesinha de cabeceira.

– Estes não são os biscoitos da Jet – disse o Reverendo. – Os dela são caseiros.

– Sim, bem, eu não pude assar biscoitos. Eu não sei cozinhar. Sou um desastre na cozinha. Isto terá que servir.

– Você não sabe cozinhar porque não se importa – disse o Reverendo. – Faz toda a diferença, sabe? Jet se importava.

– É claro que me importo – respondeu Antonia com veemência. – Estou apenas ocupada. Na realidade, estou impressionada.

O Reverendo assentiu com conhecimento de causa.

– Você está nervosa porque vai ser mãe.

– Eu não disse isso! – O velho parecia pensar que sabia tudo quando não sabia nada sobre ela.

– Tudo vai mudar. – O Reverendo gesticulou para a barriga dela. – Você vai se sentir diferente quando ele chegar.

– Ela – corrigiu Antonia. – E cozinhar não faz de ninguém uma boa mãe. – Ela experimentou um dos biscoitos comprados na loja e descobriu que o Reverendo estava certo; eram horríveis. Depois da primeira mordida, ela o jogou no lixo. – Enfim, como a pessoa sabe se vai ser boa nisso ou não? – Ela se preocupava muito com esse mesmo problema. Tinha a impressão de que havia fechado seu coração há muito tempo; desde o tempo em que ela e Kylie eram crianças e a mãe as avisara de que o amor era um problema, o maior de todos. Desde então, sempre houve uma grande distância entre Antonia e as outras pessoas, excluindo seus velhos e amados amigos e a família. Por que não deveria haver? Ela sempre tinha evitado questões do coração a todo custo.

– Você não sabe – explicou o Reverendo. – A questão é essa. Você vai amar mais seu filho do que pode imaginar. Isso vai acontecer com você e seu marido.

– Sou lésbica – Antonia o informou.

– Esposa? – o Reverendo adivinhou. – Namorada?

– Isto não é um interrogatório. É uma visita social – disse Antonia rapidamente. Ainda assim, enquanto estava lá, ela tomou o pulso dele, que ela descobriu que estava acelerado.

– Bem, quem você ama? – ele perguntou. – Quem vai retribuir esse amor?

– Você é muito pessoal, não é? – disse Antonia. – Prefiro guardar para mim mesma.

– Você tem medo da maldição. – O velho afirmou, solidário. – Eu não a culpo. Ela matou meu menino Levi.

– Não existe maldição nenhuma – informou Antonia ao Reverendo. – Coisas ruins acontecem sem o menor motivo.

O Reverendo Willard baixou a voz.

– Da missa, você não sabe nem a metade. Traga-me algo de chocolate da próxima vez e eu contarei tudo a você sobre isso.

– Você não pode comer chocolate. – Ela pararia no posto de enfermagem e recomendaria um eletrocardiograma para a enfermeira que estava aberta a sugestões. Apenas por precaução. Ter coragem era ótimo, mas quando se tratava da Medicina, a cautela costumava ser mais útil.

– Posso ficar com ele se você trouxer – disse o Reverendo. – Quem vai saber?

Antônia começava a achar que o velho era uma fonte de diversão. E algo mais. Ela pegou a mão dele ao se despedir. Seu aperto de mão ainda era forte.

– Pode ser. Contanto que você não me entregue às enfermeiras.

– Não se esqueça do bolo – ele gritou quando ela saiu. Ele era certamente teimoso e Antônia admirava isso. Ele queria suas vontades satisfeitas naquele momento da vida, isso estava claro. – Aquele que as suas tias fazem – Antonia ouviu ele dizer enquanto fechava a porta atrás de si, de repente com desejo de chocolate.

❧

Quando Antonia parou para dar uma olhada na casa da Rua Magnólia, ela encontrou os irmãos Merrill trabalhando no jardim, que já estava completamente tomado pelas ervas daninhas e por um denso emaranhado de trepadeiras espinhosas, que poderiam causar um corte feio se a pessoa que estivesse limpando o jardim não fosse cuidadosa. Os irmãos xingavam os espinhos em voz baixa, enquanto amontoavam feixes de galhos que mais tarde seriam jogados numa fogueira; quando avistaram Antonia, porém, a disposição dos dois mudou. Ela era uma formosura e sua juventude os animou e os fez se sentirem jovem outra vez.

– Está tudo certo! – gritaram com otimismo, embora fosse evidente que não era esse o caso. Bastava olhar para as telhas da varanda, irregulares e prontas para ir abaixo na próxima tempestade, e para a altura das trepadeiras, que cresciam sem controle. O lugar exalava abandono, como se a presença de Franny e Jet é que mantivessem a casa em pé. Mesmo assim, Antonia apreciou a alegria dos irmãos. Ela acenou e gritou um alô, em seguida encontrou a chave da casa escondida atrás da glicínia retorcida.

Vários *post-its* tinham sido colados na porta da frente por clientes decepcionadas em busca de Franny, com quem planejavam contar, agora que a adorável Jet tinha partido. *Quando você estará de volta? Eu preciso de você. Meu filho. Meu marido. Minha filha. Minha vida. Como posso encontrar o que estou procurando?* Os filhos estavam doentes ou se comportando mal, os maridos tinham ido embora de casa ou perdido o interesse, o amor era desejado ou o desejo tinha se extinguido. Antonia recolheu os bilhetes, balançando a cabeça. As pessoas estavam sempre buscando a magia. Quando era pequena, ela se sentava nos degraus da escada dos fundos e ouvia as bobagens que as mulheres da vizinhança falavam quando visitavam as tias. Elas queriam alguém que secasse suas lágrimas e imploravam por uma graça, uma cura ou a chave do amor e da fortuna. *Boa sorte*, ela pensou. *Vocês estão largadas à própria sorte agora. Procurem um terapeuta ou um médico ou a farmácia, porque ninguém vai ajudá-las aqui.*

Antonia tinha decidido ser médica porque ela queria uma vida pautada em fatos, não numa arte antiga que deixava a pessoa vagando numa escuridão de incertezas e de possibilidades improváveis, que poderiam facilmente levar ao desastre. Aquele era o preço de ser a irmã mais velha. Ela era vigilante e sempre olhava antes de saltar. Ela era aquela em quem Kylie confiava quando a mãe estava preocupada. Elas deveriam entrar na floresta ao anoitecer? De jeito nenhum. Elas deveriam pular das pedras acima do Lago Leech? Nunca. Era preciso tomar cuidado com as abelhas e a hera venenosa, com cortes e ossos quebrados. É assim que um médico normalmente se forma, um indivíduo ciente das possibilidades que os outros optaram por ignorar.

Gillian, que muitas vezes falava sobre os assuntos que Sally procurava evitar, sempre argumentava que a ciência e a magia eram artes gêmeas, que visavam os mesmos resultados.

– Mas uma está provada! – Antonia insistia em dizer para a tia, que rebatia com um ar de desafio, dizendo:

– E a outra não precisa ser!

Agora, quando Antonia entrava no corredor escuro da antiga casa, exausta por arrastar seu peso extra, ela se perguntou o que o Reverendo saberia sobre a maldição. Ele tinha conhecimento de muita coisa que acontecia naquela cidade, tanto na família dele quanto na ela. Quando Antonia ouviu pela primeira vez sobre a maldição, no funeral de Jet, ela tinha imaginado que aquilo não passava de uma piada, outro estranho fragmento de história, que passava de geração em geração, distorcido pelo tempo, com detalhes que sempre estariam incompletos. Não havia lei contra acreditar na magia; ela já tinha encontrado na estufa ingredientes que as tias usavam para fazer encantamentos e eles não causavam nenhum dano real, ou assim ela pensava até a irmã desaparecer. Tudo estava agora de pernas para o ar, até mesmo sua psique geralmente equilibrada. Ela estava exausta e gostaria de poder se esticar no assento da janela, que ficava no patamar da escada, para tirar uma soneca. Ela queria dormir e, ao mesmo tempo, tinha medo de adormecer.

Quem era a mulher se afogando em seu sonho e o que ela estava tentando dizer a Antonia?

No saguão da frente, Antonia tinha tropeçado na correspondência que o carteiro havia enfiado através da fenda de latão, até formar uma pilha bagunçada no tapete. A maior parte era do Hardy and Hardy, o escritório de advocacia que administrava os bens dos Owens, todas dirigidas a Frances Owens. Como Franny estava incomunicável, Antonia sentou-se na sala e abriu o envelope de data mais recente.

Cara Srta. Frances Owens,

Tentamos entrar em contato por telefone e e-mail, *mas sem sucesso. O testamento da sua irmã está aqui conosco e deve ser revisado por alguém da família para que seus desejos sejam devidamente atendidos.*

Com os melhores cumprimentos,
A. S. Hardy, Esquire.

Antonia dobrou a carta e enfiou no bolso. Ela poderia simplesmente ignorá-la, mas ela era a irmã responsável, a filha obediente, a sobrinha que cuidava das obrigações familiares. Ela visitava a casa para se certificar de que não havia vazamentos, nem ratos, nem luzes acesas, nem torneiras pingando, nem pássaros presos na sala, nem mariposas esvoaçantes atrás das cortinas, nem guaxinins no sótão, nem adolescentes entrando sorrateiramente na estufa para procurar ervas ou uma noite de sexo atrapalhado, então ela parou para fazer o cheque do pagamento mensal dos irmãos pelos trabalhos de manutenção, embora eles sempre fizessem uma demonstrações de afeto exageradas e dissessem que a srta. Frances Owens nunca precisaria pagar por seus serviços.

Antonia esperava que a parada no escritório do advogado na Beacon Street fosse breve. O trânsito estava ruim em Boston, como sempre, mas ela conseguiu encaixar o Mini de Gillian numa vaga minúscula. O escritório de advocacia ficava no mesmo endereço desde o final do século XVII, quando se viam ali trilhas para o gado em vez de ruas. Havia pelo menos um advogado em cada geração da família. Desde criança, Antonia se lembrava do velho Arthur Smith Hardy. Ele era o advogado de Isabelle Owens, um cavalheiro intimidador que usava um terno cinza de risca de giz e gravata preta, roupas adequadas tanto para ir ao fórum quanto a um funeral. Antonia sentiu uma pontada de ansiedade ao ser conduzida ao escritório dele. Para sua surpresa, a única pessoa à vista era uma jovem de cabelos claros e brilhantes, que estava organizando arquivos espalhados pelo chão. A mulher, com menos de 30 anos e extremamente atraente, olhou para cima, um tanto indignada por ter sido interrompida, e tirou o cabelo dos seus olhos grandes e expressivos.

– Eu vim ver o meu advogado – informou Antonia. – A. S. Hardy.

– Eu sou A. S. Hardy. – A mulher no chão tinha os olhos castanhos mais escuros que Antonia já vira, quase pretos. Eram dois poços profundos em que ela podia cair, se não tomasse cuidado. Entre os colegas de profissão, a advogada tinha a reputação de ser uma presença feroz tanto no tribunal quanto em seu escritório. Diziam que qualquer cliente que olhasse diretamente para ela seria incapaz de lhe dizer uma mentira.

Ela se levantou do tapete e estendeu a mão.

– Ariel – ela se apresentou. – Ariel Samantha Hardy.

– Achei que eu falaria com um velho. – Antonia era tão verdadeira que muitas vezes era considerada rude, como sua tia Franny. Mas ela estava acostumada. Bastava ser franca para o céu vir abaixo. No entanto, presumiu que os advogados estivessem acostumados a falar sem rodeios, e de fato o seu tom não pareceu perturbar Ariel Hardy nem um pouco.

— Meu avô – disse Ariel. – Ele faleceu havia cinco anos. Este é o escritório do meu pai. O meu fica no final do corredor, mas lá está uma bagunça. Quando soube que você tinha marcado um horário, achei que seria mais confortável aqui.

Ariel gesticulou para que Antonia se sentasse numa das poltronas de couro desgastadas. Antonia, que vivia com sono há meses e estava impaciente para chegar em casa e tirar uma longa soneca, com ou sem sonhos ruins, de repente se viu bem acordada.

— Lamento saber do seu avô. – Antonia não lamentava de fato, mal o conhecia, mas ela sabia ser educada quando via necessidade.

Havia 23 pastas estufadas sobre os Owen na escrivaninha e mais algumas no porão; havia muito tempo que as famílias faziam negócios.

— Vovô tinha 97 anos e morreu dormindo. Não é uma maneira ruim de morrer. Agora estou seguindo os passos dele. – Ariel entregou a Antonia a pasta mais recente. – Os imóveis da sua família estão no nome das suas duas tias, portanto a srta. Frances é proprietária de tudo agora. Todos os impostos e despesas são pagos por um fundo. Quando a srta. Frances falecer, a propriedade pode nunca mais sair da família. Se ninguém quiser morar lá, a casa vai permanecer vazia.

Antonia ficou aturdida com a menção da eventual morte da sua tia Franny. Ela certamente não queria nem pensar nessa possibilidade no momento.

Ariel Hardy baixou a voz.

— Ouvi dizer que a casa é mal-assombrada.

— De jeito nenhum. Isso é bobagem das pessoas do lugar. – Antonia percebeu que estava morrendo de sede. – Você poderia me arranjar um corpo d'água?

Ariel foi buscar um copo de uma água tépida e um pouco turva.

— Se não se importa, preciso ler o testamento, por isso vou começar já.

Como Antonia era o único membro da família que podia estar presente, ela teria que se encarregar daquilo e é claro que concordou.

– Pode ler.

– Há um fundo para a casa, como eu disse, e outro que continuará subsidiando a biblioteca. Quanto aos pertences de Bridget Owens, sua tia queria que tudo ficasse para a sua mãe e sua tia Gillian, exceto os livros dela, que ela queria que fossem enviados para Rafael Correa. Ela também deixou para ele um maço de cartas, que pode ser encontrado na gaveta da mesinha de cabeceira ela. Se você entregá-las a mim, eu posso enviá-las.

Antonia ficou perplexa.

– Quem é Rafael Correa?

– Aparentemente alguém de quem ela era muito próxima. Suspeito que eles tenham sido separados pela maldição.

– Não existe maldição nenhuma – disse Antonia rapidamente. Ela imaginou se o tal Rafael Correa era o homem idoso e bonito que ela e Kylie tinham visto de longe no enterro e depois na casa das tias, e que tinha levado a cachorrinha perdida que Jet trouxera para casa.

– Estou apenas repetindo o que meu avô me disse. – Ariel claramente não tivera a intenção de ofender, mas, quando ela tinha informações, sentia apenas que era sua obrigação transmiti-las ao cliente. – Dizem que Maria era uma bruxa.

– Bruxas não existem – disse Antonia. – O que existem são pessoas que querem queimá-las.

Ariel sorriu e entregou uma chavinha manchada para Antonia.

– Mesmo assim, você pode querer ver os documentos de Maria Owens. Eles estão trancados numa caixa no porão. Pelo que eu sei, ninguém nunca se interessou por eles, mas você pode dar uma olhada.

– Talvez outra hora. – Ou nunca. Toda a vida de Antonia era baseada na ciência e na lógica, e a ideia de uma maldição era absurda.

Sim, ela sabia que as tias faziam remédios e chás, e que sua tia Gillian acreditava em amuletos e encantamentos, mas elas certamente não lançavam maldições nem praticavam magia negra. Antonia enfiou a chave na bolsa, onde ela se perdeu entre outros objetos que provavelmente nunca seriam usados: pastilhas para a garganta, clipes de papel, canetas que não funcionavam mais. A mão com a qual ela tinha pegado a chave ainda estava estranhamente quente e ela percebeu que estava com uma certa vertigem, mas isso não era incomum em gestantes. Àquela hora do dia, ela costumava fazer um lanche para forrar o estômago.

– Você teria uma fruta? – ela perguntou.

– Claro. – A advogada lhe serviu ameixas e bananas numa tigela de cerâmica. – Tenho certeza de que essa maldição não passa de história. – Ariel riu. – Quero dizer, você se sente amaldiçoada? – Os olhos dela se encontraram com os de Antonia. Um grande erro.

Antônia devorou uma ameixa, mas ainda estava morrendo de fome. Tanto que chegava a tremer.

– Você quer que eu peça sanduíches? – Ariel perguntou. – Há uma lanchonete aqui, virando a esquina.

– Quero. – Antônia não tinha mais vontade de ir embora. – Um sanduíche de queijo cairia bem. Sem maionese. Sem mostarda. Só alface, mas precisa ser bem lavada, e duas fatias de tomate. Picles seria ótimo.

– Perfeito – disse Ariel Hardy, embora ela não tivesse feito nenhuma menção de ligar para a lanchonete.

O bebê chutou sem aviso, fazendo Antonia voltar abruptamente ao aqui e agora. O Reverendo estava certo. Você não sabia se tinha habilidade para algumas coisas até que elas acontecessem. Você podia se surpreender com o que podia despertar dentro de você. Agora ocorria a Antonia que talvez ela mesma fosse a mulher dos sonhos que estava se afogando, a figura de cabelos ruivos, blusa branca flutuando ao redor dela, submergindo rápido. Antonia recostou-se na cadeira de couro, a cabeça girando, seu futuro cuidadosamente planejado se transformando num caos. Ela mordeu a língua. Geralmente era muito rápida ao dar suas opiniões, mas agora estava achando melhor ficar quieta, pelo menos uma vez na vida. Tudo parecia igual e diferente. Foi então que ela soube qual era a sua situação real. Era aquilo que acontecia quando alguém se apaixonava.

IV.

O escritório do professor ficava em Notting Hill, perto de Westbourne Grove, no final da Rosehart Mews. Era fácil se perder ali e era isso mesmo que Ian Wright pretendia, já que não queria ser incomodado quando estivesse escrevendo, e ele estava sempre escrevendo.

Na calçada, havia um pentagrama não muito visível, formado de pedras cinzentas, mas a imagem estava desbotada, e as pedras eram muito antigas. Qualquer pessoa que não prestasse muita atenção poderia facilmente passar pela casa sem perceber, pois não havia nenhuma placa com o número da rua, apenas uma estrela pálida que desaparecia nas raras ocasiões em que a neve se acumulava no chão, mas que se destacava na chuva, pois ficava mais escura quando estava molhada, cintilante e quase preta. Sally viu a placa na janela imediatamente, mas só porque era aquilo que ela estava procurando. *Controle e remoção da magia negra.*

A porta da frente, pintada de preto, abria da esquerda para a direita. Ali havia uma profusão de sinos dos ventos, mas eles estavam todos enferrujados, e o barulho que faziam parecia mais uma tosse do que um carrilhão. Por que Sally tivera o azar de ser a incumbida de implorar ajuda, expondo seu coração partido a um estranho? Eles tinham começado a tarde em Londres, num *pub* aconchegante chamado White Bull. Franny tinha insistido que tirassem a sorte para decidir quem abordaria o professor. As Owens não eram boas em pedir ajuda, aquilo não estava em sua natureza, e ninguém queria a tarefa de procurá-lo. Sally tinha vencido o sorteio, o que, na opinião dela, significava que ela tinha perdido. Ela estava frustrada, mas o destino quis que ela fosse a escolhida. Era a filha dela que estava perdida e, portanto, era responsabilidade dela encontrá-la. Ela não teve escolha e partiu para cumprir sua missão, apesar da ansiedade que sentia ao pensar em se aproximar de um suposto especialista na magia da mão esquerda.

– Você fez ela ganhar o sorteio – declarou Vincent para a irmã, depois que Sally tinha se afastado.

Gillian tinha ido ao bar pedir sanduíches e bebidas e estava fora do alcance da voz dele. A chuva forte lá fora tinha feito uma trégua, mas as calçadas estavam molhadas, as ruas inundadas com poças turvas. O bairro normalmente movimentado estava quase deserto, pois já tinha passado da hora do almoço. As pessoas tinham se abrigado e ficado onde estavam para o caso de a chuva recomeçar, como previsto. Tanto melhor para captar os pensamentos uns dos outros. Vincent sorriu. Quando Sally se peparou para sortear um dos palitinhos, um de cada tamanho, ele tinha percebido no ar um encantamento para dar sorte emanando de Franny. Ele viu os lábios da irmã se moverem enquanto ela sussurrava e soube que Sally escolheria o palitinho mais curto.

– Não sei o que o levou a pensar isso. – Franny pegou a mão do irmão, sentindo-se afortunada por tê-lo por perto. Como eles tinham conseguido ficar tão velhos? E, no entanto, algumas coisas continuavam iguais. Ela desviou o olhar para um homem no bar, que estava encarando Vincent, quase babando, embora fosse mais de vinte anos mais jovem do que ele. Ainda acontecia, assim como acontecia quando eles eram jovens. As pessoas se apaixonavam por Vincent e ele nem percebia. Como ele conseguia continuar tão bonito? Franny supunha que não se tratava de magia. Era simplesmente quem ele era.

Eu conheço você – Vincent repreendeu Franny. – Nada acontece por acidente.

– Você acha que eu consigo controlar alguma coisa neste mundo?

– Eu acredito que você consegue. De vez em quando. – Vincent sentiu seu profundo amor pela irmã. Era sempre ela que o resgatava quando eram jovens. – Eu sempre acreditei em você.

Franny baixou o olhar para que ele não visse as lágrimas em seus olhos... como se ela pudesse enganá-lo. Ela, que era conhecida pelo seu comportamento frio, tinha de algum modo se tornado uma pessoa à mercê das emoções, o que não era típico dela. Ou pelo menos não costumava ser. A transformação tinha começado com a morte de Jet e agora ela culpava Vincent por sua ruína completa. Desde a época em que ela o espionava no Boulevard de la Madeleine, o amor que ela sentia por ele tinha aberto seu coração. Ao mesmo tempo, ela bateu na mão dele como se ele ainda fosse o menino rebelde e destemido que nunca obedecia às regras. Ainda assim, não foi por engano que Sally tinha ganho o sorteio. Franny sabia que algo esperava por Sally se ela procurasse o professor. Algo inesperado e raro. Algo que acontecia apenas se uma pessoa seguisse seu destino.

– Fique quieto – disse Franny ao irmão. – É minha última boa ação.

– Você! – Vincent riu. – Fazendo boas ações? Isso é hilário.

Gillian finalmente voltou com três taças de vinho do porto, salada de frango e sanduíches de tomate. Ela tinha encantado o *barman* sem ter intenção, pois herdara uma boa parte do magnetismo de Vincent.

– Por minha conta – disse o *barman*, mas ela sabia o que ele queria dizer. *Eu me apaixonei por você à primeira vista, não sei o que aconteceu comigo, mas vou deixar minha esposa, meu trabalho, minha casa se você me quiser.* Era o charme dos Owens. Alguns deles o tinham em superabundância, enquanto outros, como Sally, escondiam sua luz interior. Gillian sempre fora um vaga-lume, atraindo homens quando era jovem e problemas ao longo da vida toda. Agora ela estava acostumada a rejeitar propostas masculinas. Ela só sorria e dizia:

– Sou comprometida.

— Mas que bastardo sortudo... – disse o *barman* tristemente sobre quem quer que tivesse conseguido a mão dela.

Gillian não tinha tanta certeza disso. Ben gastava uma quantidade considerável de energia tentando fazê-la feliz, escondendo seu casamento, morando em casas separadas, mas essa era uma tarefa ingrata quando apenas uma coisa poderia fazê-la feliz, a chegada de um filho, e parecia não haver magia forte o suficiente para lhe conceder esse desejo.

— Nunca se apaixone por uma mulher como eu – ela aconselhou o *barman*.

Ela ainda tinha um desejo íntimo de se boicotar e alguma neurose inconfessa a fazia considerar a hipótese de fazer um gesto para que o *barman* a seguisse até o banheiro feminino, para alguns minutos de sexo selvagem, insano e, por fim, decepcionante, pelo qual ela se odiaria depois, mas ela não era a mesma mulher. Agora apenas pensava nessa possibilidade e se afastava. Contudo, se ela pensava que era um problema, a tia-avó e o avô eram muito piores. Eles não apenas se deparavam com problemas, como os conjuravam. Agora, enquanto ela os observava sentados pertinho um do outro, percebeu que eles eram muito próximos.

— O que vocês dois estão tramando?

— Nós não tramamos – disse Vincent à neta. – Nós conspiramos.

Franny jogou a cabeça para trás e soltou uma risada.

Eles almoçaram seus sanduíches e batatas fritas um pouco murchas e logo se passou meia hora. Gillian se virou para olhar pela janela, se sentindo inquieta. O céu estava violeta, agora que a tempestade tinha passado, e uma luz amarela brilhava através da janela. O mundo parecia incandescente para Gillian; ela podia ver camadas de tempo e espaço e possibilidades que não existiam antes. Quando era menina, Gillian não conseguia controlar o ciúme mesquinho que sentia quando testemunhava os talentos da irmã. Ela se perguntava por que não tinha nada além de beleza, o que, francamente, achava um tédio e trocaria pelas habilidades de Sally sem pensar duas vezes. A situação não ficava melhor por causa do desejo patético de Sally de ser uma garota normal. Quando eram jovens, Gillian costumava se embrenhar na floresta sozinha e ficar ali nua, onde ninguém poderia encontrá-la, sentindo o mormaço do verão. Ela fechava os olhos e tentava ao máximo fazer algum tipo de magia, ficando tão silenciosa quanto as libélulas tremeluzentes em seus ombros e braços. Havia um mundo sobrenatural, mas ela parecia ser a única da família sem acesso a ele e temia que, sob sua frágil beleza, ela fosse uma pessoa comum. Gillian tinha tentado acessá-lo várias e várias vezes, invocando esse outro mundo até ficar com uma dor de cabeça latejante, mas tudo tinha sido em vão. No final, Gillian voltava para casa pelas trilhas enlameadas, o rosto quente de decepção, sentindo-se incapaz de lançar até o mais insignificante encantamento.

Só agora, sentada num banco de couro gasto de um bar, que o véu entre os mundos tinha ficado mais tênue e ela conseguia ter um vislumbre das almas daqueles que estavam sentados ao redor, nas mesas e no balcão. O mundo da matéria tinha sido emoldurado pelo outro, aquele que só podia ser acessado por aqueles que possuíam a visão. Ela teve uma visão da irmã caminhando por uma passagem estreita, com a água subindo pelas laterais e peixes prateados e reluzentes nadando sob o cimento, enquanto sinos tocavam. Não havia como confundir uma previsão de amor. Ela olhou para a sua xícara de chá e viu uma imagem de Sally batendo numa porta, com o coração na mão.

O que estava acontecendo com Gillian ali em Londres e o que, pelo amor de Deus, estava acontecendo para Sally demorar tanto? Gillian se sentiu afundando ao pensar em Sally trafegando pelo mundo da magia da mão esquerda. Apesar da sua aparente frieza, Sally era mais vulnerável do que queria admitir, e muito mais amorosa. Na noite em que os pais delas morreram, Sally tinha ido para a cama com Gillian, depois saído de debaixo das cobertas e, na ponta dos pés, atravessado a escuridão da casa quase vazia até a sala de estar. O mundo tinha se transformado. Elas estavam órfãs, e a noite tinha sido preenchida pelas sombras, por isso Gillian se levantou da cama e seguiu a irmã. Viu Sally no escuro, soluçando.

Pensando naquele momento, Gillian interrompeu Franny e Vincent.

– Receio que Sally possa estar em perigo.

Eles se viraram para ela, contrariados pela interrupção em sua conversa, mas com uma expressão mais suave ao ver a preocupação no rosto de Gillian.

– Pare de ser boba – disse Franny. – Estamos em Londres. Que diabos poderia dar errado?

꩜

O professor Ian Wright tinha lecionado em Oxford e na Universidade de St. Andrews e, embora fosse um dos professores mais queridos dos alunos, foi demitido de ambas por causa dos seus ensinamentos pouco ortodoxos. Ele estava agora a poucos dias de terminar o trabalho de uma vida inteira, seu livro *A História da Magia*. Já estava, na verdade, fazendo a revisão, um empreendimento que exigia muito tempo e ele não tinha outra escolha a não ser realizar, pois o livro seria publicado por uma editora americana, de Illinois, no ano seguinte.

Em princípio, ele tinha ficado muito animado com a perspectiva de concluir aquele grande projeto, mas toda aquela animação tinha evaporado e sido substituída por um estranho tipo de desespero. Ele tinha passado toda a casa dos 30 e dos 40 anos escrevendo o manuscrito e os anos haviam passado rápido demais. Quando completou duas décadas trabalhando no livro, que já tinha mais de mil páginas, um monstro que ele não tinha vontade nenhuma de matar, ele sentiu a tristeza incomparável de completar uma tarefa que havia sido iniciada em sua juventude, quando ele ainda tinha a vida toda pela frente. Ian ainda era um homem atraente aos 50 anos, muito mais do que a maioria dos homens nessa idade, com o cabelo castanho-escuro, os olhos quase pretos e um óbvio poder sexual, mas, apesar da boa aparência, ele não tinha vaidade e, mesmo quando era mais jovem, mal se olhava no espelho. Afinal, você nunca sabe com o quê pode se deparar ao mirar a própria imagem no espelho, especialmente quando se trabalha no campo da magia.

Havia quem insistisse em dizer que demônios não existiam, mas Ian sabia que isso não era verdade. Bastava você se voltar para a magia da mão esquerda para encontrar escuridão em todos os lugares, nos cantos dos cômodos que cruzava todos os dias, nas ruas tarde da noite, no coração dos homens que supunha conhecer e em seu próprio coração também. Por isso você tinha que escolher. Você seguiria pelo caminho tortuoso ou não; ou, se ousasse segui-lo como ele, você andaria na linha divisória entre a esquerda e a direita, esperando não cair de joelhos.

No momento, Ian usava o cabelo comprido, porque nunca tinha tempo de cortar e os fios quase chegavam aos ombros, embora ele os usasse presos com uma tira de couro. Ele geralmente vestia um paletó preto, camisa branca e calça jeans preta, exceto nos momentos em que saía na rua às cinco da manhã, para correr à primeira luz do dia. O trabalho dele era arriscado e ele não tinha medo de se arriscar; suas corridas diárias lhe davam um tempo para não pensar em nada que não fosse correr por uma cidade adormecida. Ele começara a correr não para ficar em forma, mas porque tinha um passado de crimes e sabia como era ficar preso dentro de uma cela. Mas aquilo tinha acontecido muito tempo atrás. Ele ainda se envergonhava do seu mau comportamento, mas não do que a experiência lhe ensinara. Algumas coisas nunca são esquecidas, como a alegria de sair pelo mundo depois de se ficar confinado a uma cela, de correr o mais rápido possível e não parar por nada, nem em faróis vermelhos. Correr ainda fazia o mundo dele parecer um sonho, como acontecia quando ele tinha 15 anos e s sentia vivo demais para prestar atenção ao perigo.

O escritório de Ian ficava numa daquelas ruazinhas charmosas de Londres, que no passado eram cavalariças e acomodações dos servos das casas mais abastadas. Ele era composto de duas saletas, ambas na mais completa desordem. Na primeira ficava sua escrivaninha, que ele às vezes usava para fazer refeições, uma chapa elétrica, um frigobar e um armário que tinha sido transformado em despensa e era abastecido principalmente de uísque, arroz e comida enlatada. Na segunda sala, ainda menor do que a outra, havia uma cama de solteiro. A mãe de Ian, Margaret, que tinha adoração pelo filho, tinha feito a colcha e bordado a bainha dos lençóis de algodão com linha azul. Ian tinha quase certeza de que ela tinha colocado um pouco de lavanda e sálvia dentro da bainha do cobertor, o que fazia que ele sonhasse com a casa da sua infância. Quando se tratava de magia, a mãe sempre fora evasiva, pouco disposta a compartilhar seus segredos sobre a Arte Sem Nome. *O que você aprende sozinho é o que melhor lhe convém*, ela dizia. *Seja um homem que conhece a importância dos livros.*

De fato, ele tinha se tornado um colecionador e havia livros em todos os lugares, amontoados em prateleiras e empilhados onde quer que houvesse espaço, sobre a mesa, as cadeiras, a cômoda. Quem entrasse mal podia ver o bom tapete persa, quase coberto de livros. Alguns eram bem valiosos. O escritório tinha sofrido várias invasões ultimamente, por isso ele tinha passado a trancar a porta ao ir embora, à noite.

A vontade de Ian era um dia colocar sua biblioteca em ordem, organizando-a e colocando os livros nas prateleiras por autor e assunto, mas esse dia ainda era um sonho distante e ele tinha que confiar na própria memória quando procurava uma referência. Ian tinha livros tão perigosos que precisavam ser mantidos trancados num armário empoeirado, entre eles uma cópia rara de *A Chave do Inferno*, de São Cipriano, escrito numa escola para a Arte das Trevas, na Alemanha do século XVIII; o *Três Livros de Filosofia Oculta*, de Henrique Cornélio

Agrippa, escrito em 1510; e o famoso livro islandês *Rauðskinna*, ou *Pele Vermelha*, que continha algumas das magias mais perigosas já registradas e tinha esse nome por causa da cor da capa.

Muitas pessoas acreditavam que o preto era a cor da magia, mas, na verdade, era o vermelho. Uma lua vermelha, uma marca vermelha na pele, botas vermelhas, um coração vermelho, amor vermelho, tudo somado à magia vermelha, a mais forte que havia. Diziam que, quando Gottskálk, o autor de *Pele Vermelha*, morreu em 1520, seu livro foi enterrado com ele, mas, se isso era mesmo verdade, o túmulo tinha sido saqueado ou talvez o próprio livro se recusasse a ser destruído e tivesse rastejado para fora da terra. Ian tinha conseguido o livro numa viagem a Reykjavík, em troca de uma grande soma em dinheiro, todas as suas economias, na verdade. O vendedor era um homem que não abriu a boca, exceto para lhe dizer *Eg vorkenni þér*, "tenho pena de você". Essas palavras não assustaram Ian nem um pouco. Era melhor que o livro fosse parar nas mãos dele, em vez de deixá-lo servir aos propósitos de alguém disposto a praticar o mal neste mundo. Era por isso que Ian caminhava naquela linha divisória indistinta que havia se tornado sua vida. Ele andava pelo caminho da mão esquerda para proteger as outras pessoas dele, sabendo o tempo todo que, quando se percorre um caminho por muito tempo, é muito fácil ser transformado pela direção que se tomou. Ian se preocupava com isso, mas que homem não tem pensamentos sombrios de vez em quando? Não eram todas as almas mistérios calibrados à perfeição?

Às vezes, o armário contendo os livros mais letais sacudia, os livros ali dentro furiosos por terem sido trancados e mantidos no escuro, embora fosse para o próprio bem deles e dos outros. Ian os silenciava e, quando estava exausto e tinha trabalhado e bebido muito, ele gritava para que ficassem quietos e os ameaçava de fazê-los em pedaços, não que alguma vez tivesse feito tal coisa. Os livros eram tudo para ele. Eles tinham salvado sua vida. E, claro, ele supunha que a mãe também tivesse algo a ver com isso, pois ela é quem abrira aquele mundo para ele. *Não pense que você sabe tudo, quando sabe tão pouco. Pare de perder tempo e leia isso.*

Felizmente, a maioria dos livros da coleção de Ian eram mais bem-comportados do que os trancados no armário escuro. *O Pequeno Albert*, que continha feitiços caseiros para capturar peixes e coelhos, assim como amuletos e magias de invisibilidade; *O Dragão Vermelho*, um grimório francês com uma lista de encantamentos e maneiras de manter o mal sob controle; e, evidentemente, a obra do ocultista britânico Francis Barrett *O Mago*, que na época da sua publicação, em 1801, era uma compilação abrangente de magia de todos os tipos, as cópias cobiçadas, cobertas com um pano preto nas livrarias, o mesmo livro que Vincent Owens encontrara quando era um garoto que não obedecia à regra da mãe de nunca ir ao centro da cidade.

Controle e remoção de magia negra era o trabalho diário de Ian; ele era muito bom nisso e muitas vezes o chamavam para ir a antigas propriedades, casas mal-assombradas, lares amaldiçoados. Numa prateleira alta, ele guardava uma coleção de frasquinhos de vidro, cheios de uma substância verde, azul ou preta opalescente, todos contendo o mal que ele havia coletado naqueles lugares. Ele já tinha pertencido ao departamento de Religião e Filosofia um dia, mas não se importou muito quando foi demitido das duas universidades de prestígio onde dava aulas. Havia muitas reuniões de departamento, muita responsabilidade e muitas advertências – ele precisava ganhar a vida além de dar uma ou outra aula ocasional em auditórios cheios de correntes de ar.

O aviso na janela do escritório era difícil de ler, porque o vidro precisava de muita água e sabão, e havia uma hera crescendo num canteiro de terra ao lado da porta, mas, para aqueles que precisavam de ajuda, os desesperados e os perturbados, o cartaz era perfeitamente visível. Ian tinha crescido com a magia, não que ele vivesse feliz com isso na época. A mãe sempre fora uma praticante da Arte Sem Nome, mas, ao longo de toda a infância, Ian nunca quisera saber nada sobre os ramos de ervas secando nas vigas, as tinturas que a mãe preparava na cozinha ou as pessoas da cidade que pareciam temê-la e reverenciá-la. Desnecessário dizer que nenhum de seus colegas de escola tinha autorização para ir brincar na casa dele e, de qualquer maneira, Margaret Wright achava que brincar era uma ridícula perda de tempo. Eles viviam às margens da sociedade, mas Margaret não dava a mínima para isso. Ian, por outro lado, tinha passado seus primeiros anos na febre do ressentimento, transformando-se de uma criança rebelde a um adolescente desregrado. Os vizinhos faziam o sinal da raposa sempre que ele passava, um gesto para protegê-los do mal e da magia negra. *Vão pro inferno!*, Ian gritava para eles quando tinha 11 anos. Ele levantava dois outros dedos em resposta, aqueles que, no passado, teriam sido cortados se ele fosse um ladrão, para que não pudesse usá-los no arco e flecha. Todos sabiam o que Ian queria dizer. *Eu faço o que bem entendo, gostem vocês ou não*. As pessoas continuaram a hostilizá-lo, mesmo depois de ele se tornar um garoto com a altura de um homem feito. Aos 15 anos, já era bonito o suficiente para atrair o olhar sonhador das filhas dos vizinhos, que se interessavam ainda mais por ele quando os pais as ameaçavam de trancá-las no quarto se ousassem sair na companhia dele. Embora essas garotas prometessem aos pais evitá-lo, muitas logo quebravam a promessa de ficar longe dele e saíam com o coração despedaçado em resultado desse desafio.

Depois de passar toda a infância em Essex, Ian se sentia confinado a um lugar esquecido por Deus, uma paisagem crivada de pântanos, florestas e campos alagados. Ele ansiava por uma vida diferente. Queria um pai, irmãos, a camaradagem de outros homens. No mínimo, queria uma cozinha com um fogão elétrico e um quarto só para ele, pois o chalé da mãe era pequeno e ele dormia no sofá. Ian saiu de casa aos 16 anos, sem aviso, depois de uma discussão com a mãe sobre algo trivial, alguma tarefa que ele não tinha cumprido, e levou anos até que ele voltasse aos trilhos. Ele tinha quase 30 anos quando ingressou na universidade e foi um milagre ter conseguido se formar. Tão logo ele se viu por conta própria, aliou-se a pequenos delinquentes, logo se tornando ele mesmo um trombadinha. Talvez tivesse sido melhor se alguém tivesse cortado dois dos seus dedos, pois isso poderia afastá-lo do furto. Como estava, ele era um sucesso no mundo do crime e tinha quase um talento nato para roubar. Ele se lembrava da avó mencionando que eles tinham um ancestral distante, alguém num passado longínquo, que era um fora da lei e um ladrão de cavalos que tentava a sorte como ator de um teatro londrino de má reputação, por isso talvez o roubo estivesse no sangue de Ian. Às vezes ele surrupiava o dinheiro e, só para se divertir, devolvia a carteira ao bolso ou à bolsa da pessoa, antes que notassem o furto. Ele era arrogante e cheio de si, e apreciava sua vida arriscada e cheia de rebeldia até o dia em que foi preso.

A prisão aconteceu em sua própria cidade natal, quando ele foi visitar a mãe por sentimento de culpa. Uma boa ação tinha mudado sua vida, para o bem e para o mal. Um antigo policial chamado Harold Jenner, que o pegara roubando no mercado quando ele era menino e tinha sido tolo o suficiente para deixar Ian sair ileso, sem nada mais do que uma boa repreensão, agora o prendia mais uma vez, desta vez por bater carteira.

– Estou fazendo isso para o seu próprio bem – disse o oficial ao prender Ian.

Ele acabou cumprindo dezoito meses de prisão. Assim como os corvos, ele estupidamente guardava provas do que havia roubado, mas não era um colecionador de livros na época, só de evidências incriminatórias: bolsas e mochilas, carteiras e joias, tudo numa pilha bagunçada num quarto alugado, numa rua mal frequentada de Londres, tudo ali exposto, para os policiais verem quando foram prendê-lo. Três semanas depois, ele tinha sido liberado e já estava de volta ao crime. Ele se sentia um viciado, fora de controle, incapaz de reprimir o desejo de pegar o que imaginava seu por direito, ainda não entendendo que ninguém tem direito a nada além da sua liberdade e das escolhas que faz.

Foi na prisão que ele começou a praticar magia. Tudo porque, ao visitá-lo, a mãe levara livros para ele ler, e o que antes lhe parecia um punhado de baboseiras escritas de modo rebuscado agora adquiria um certo fascínio aos seus olhos. A primeira vez que a mãe foi vê-lo, ele a fitou com um olhar desafiador quando ela lhe entregou o primeiro livro de magia. Ela pretendia que seu presente consolasse e educasse o filho. O primeiro livro que ela trouxe foi *O Mistério do Oráculo sobre a Vida e o Destino*. O autor, Lauron William de Laurence, era um pirata e plagiador de livros que vivera entre 1868 e 1936, um malandro e um ladrão, mas também um mágico. Tratava-se de uma leitura para iniciantes, mas Margaret achou que o filho apreciaria o caráter do autor. Ian soltou uma risada debochada, enquanto passava os olhos pelo título dos capítulos. "Tesouros Escondidos"; "Recuperando Bens Roubados."; "Números da sorte."

– Isso é pura bobagem – ele disse à mãe. Mais do que nunca ele se via à mercê da sua própria fúria, que se tornava ainda pior na escuridão da cela.

Margaret não pretendia desistir do filho. Quando menino, ele adorava capturar enguias nos pântanos, mas sempre lhes devolvia a liberdade. Margaret sabia que havia esperança para ele, pois o filho sempre libertava qualquer coisa que capturasse e gostava de observar as enguias nadando para as águas profundas, como se contemplasse as nuvens do céu.

– Quando você estiver pronto para a magia de verdade, me avise – Margaret disse a ele, decidida quando se tratava de encontrar uma cura para uma pessoa necessitada. Ela deixou o livro com ele, apesar das suas reclamações.

Ian estava pronto quando a visita seguinte aconteceu.

– Pode ser que eu leia um pouco mais – ele sugeriu a ela.

Na vez seguinte, ela trouxe *O Mago*.

– Parece uma droga – disse ele, fazendo cara feia.

– Talvez seja muito complicado para você – Margaret disse, para ver se conseguia uma reação. Ian aceitou o desafio e não largou mais o livro daquele dia em diante.

– Leia com calma e procure aprender – Margaret disse ao filho e, pela primeira vez na vida, ele a ouviu. Essa foi a sorte. Foi isso que o salvou, aqueles livros. Ele celebrava o término de cada leitura com uma tatuagem feita por um amigo, que usava tinta de canetas quebradas e alfinetes higienizados precariamente com um fósforo. Felizmente, o sujeito era um verdadeiro artista e fazia um bom trabalho. No final do seu período de prisão, Ian estava coberto de tinta, com dezenove tatuagens ao todo, e cada uma delas contava uma história. Seu peito era marcado por uma série de imagens e seus braços estavam cobertos de magia. Em seu antebraço esquerdo, havia um leão, para dar coragem, e no outro antebraço havia uma serpente mordendo a própria cauda, o símbolo do universo. Em seu braço direito, havia o desenho de uma garrafa, tão delicada e cintilante que parecia real a ponto de poder se quebrar. Dentro da garrafa, um homem e uma mulher entrelaçados, o casamento dos opostos, o amor eterno, amor de uma vida. As tatuagens do braço esquerdo começavam com a mão da alquimia; acima de cada dedo, flutuava um sol, uma estrela, uma chave, uma coroa e um sino. Na palma da mão, havia um peixe. No tronco, Ian tinha um dragão, um círculo mágico do *Livro de Salomão*, o triângulo de fogo elemental, uma armadilha de demônios com um escorpião no centro e letras hebraicas ao redor dele, crânios e pentáculos, imagens intrincadas e retorcidas, num único tom de azul. Nas costas, entre as escápulas, havia um corvo com as asas abertas, cada pena cuidadosamente trabalhada, cada uma impondo uma hora de dor para ficar perfeita. Ian às vezes imaginava que o corvo era seu outro eu, a pessoa que ele havia tornado em sua cela, a criatura que voava sobre o edifício quando ele fechava os olhos. Ele queria tanto a liberdade que nem percebia a sensação da agulha quente picando sua pele. Havia momentos em que se via como um livro que estava sendo escrito com tinta azul impressa na pele. As imagens não poderiam ser removidas ou cobertas e ele estava feliz com isso. Elas mostravam quem ele era, um tributo aos livros que ele tinha lido e que pavimentaram seu caminho pelo resto da vida.

Desde aquela época, ele tinha permanecido no caminho da mão direita, extraviando-se ocasionalmente quando seu trabalho exigia e fazendo uma penitência quando isso acontecia. Ele era obstinado e sabia o que queria. Na universidade, não se assustava com o fato de ter começado dez anos mais tarde do que todos os outros estudantes e ser normalmente a pessoa mais velha da classe. Ele se formou em História na Universidade de Oxford, em seguida fez seu trabalho de Doutorado em Religiões Orientais, deixando de mencionar em suas inscrições que nunca tinha concluído o ensino secundário. Talvez ele tenha falsificado alguns documentos, mas quem poderia culpá-lo por querer compensar seus erros passados? E, de qualquer maneira, eles tinham ocorrido muito tempo antes, quando ele ainda era um menino que teria continuado no mal caminho se o velho policial não o impedisse. Essa era a razão por que Ian sempre visitava o túmulo de Harold Jenner quando visitava Essex, sua cidade natal, e por que ele nunca chamava a polícia quando seu escritório era invadido. Quem quer que fosse, tinha apenas roubado livros e teria sido insuportável para Ian pensar que poderia ser a causa de alguém passar um tempo na prisão.

Nos últimos anos, ele tinha se tornado o tipo de homem que ligava para a casa da mãe todos os domingos e a visitava pelo menos uma vez por mês. Agora ele gostava de se sentar na cozinha, quando as clientes da mãe iam vê-la, e sentia um orgulho crescente ao pensar que a magia estava na família havia mais de trezentos anos. Eles eram o que se costumava chamar de "curandeiros", pois faziam curas acima de qualquer coisa. Talvez por causa dos dias conturbados da sua adolescência, Ian continuava interessado na magia da mão esquerda, não como praticante, mas como pesquisador da Arte das Trevas. Seu trabalho acadêmico o levara a fazer coisas estranhas e improváveis, e ele tinha adorado cada minuto. Tivera encontros com sociedades secretas e feiticeiros, vasculhara livrarias e celeiros em busca de livros de magia, tinha pago informantes em bares de terceira categoria, descoberto fontes muito loquazes ou estranhamente reticentes, considerando que tinham concordado em contar tudo. Nem tudo é o que parece, ele tinha descoberto, e a mão esquerda é um caminho de segredos. Havia enormes lacunas em seu conhecimento. Aqueles que praticavam a magia da mão esquerda evitavam dar conselhos e não confiavam muito em ninguém, assim como ele.

Na noite anterior, ele estivera no Café in the Crypt, na cripta sob a Igreja St. Martin-in-the-Fields, na Trafalgar Square, um dos pontos de encontro, abaixo do primeiro andar lotado, daqueles que praticavam a magia da mão esquerda e estavam à espreita. Ele tinha ficado ali por quase uma hora, num canto discreto e mais afastado, observando tudo até sentir que poderia estar sendo visto como um intruso. Ele tinha visto cinzas no chão, espalhadas ali para pegar intrometidos. As cinzas podiam deixar a pessoa de mau humor, para que arranjasse uma briga e fosse jogada na rua, depois de ter levado uma surra, só por entretenimento. Tolo que era, ele pisou bem sobre as cinzas e logo depois sentiu suas forças se exaurindo. Ele também tinha bebido demais, o suficiente para ficar tonto, o que era um erro imperdoável quando se percorre o Caminho Tortuoso. Na sua juventude, ele passava semanas na devassidão, mas agora raramente bebia e três uísques tinham acabado com ele. Ele se empenhou ao máximo para sair dali sem ser visto ou molestado, certificando-se de manter a boca fechada. Ian ainda tinha seus hábitos de ladrão e geralmente passava despercebido, vestido de preto e com o cabelo puxado para trás, mas, mesmo assim, ao sair do bar, ele teve a sensação de que era seguido. Olhou para o céu e viu uma nuvem de corvos. Sabia muito bem que tais pássaros nunca voavam à noite, a menos que houvesse uma emergência. Ele entendeu o aviso e pegou um táxi em vez do metrô. Seu coração estava batendo forte, como costumava acontecer quando ele estava prestes a fazer um assalto, mas naquela época era uma grande emoção conseguir enganar a todos e ele sempre achava que se sairia bem. Nesta noite em particular, no entanto, ele sentiu que talvez pudesse não se sair tão bem.

– Você pode dar umas voltas por aí para despistar uma pessoa? – ele perguntou ao motorista, depois que se afastaram da Trafalgar Square.

– Sua esposa está seguindo você? – o taxista tentou adivinhar.

– Sou um cafajeste – admitiu Ian, deixando de mencionar que não tinha esposa e provavelmente nunca teria, pois era incapaz de se comprometer ou se conectar emocionalmente com qualquer coisa que não fosse um livro. Ele gostava de mulheres, era verdade, mas sempre estragava seus romances. *Você vive se escondendo*, a mãe lhe dissera um dia. *Assim como você*, ele respondeu. Ele ainda tinha raiva por nunca ter conhecido o pai. *E vivo sozinha*, Margaret Wright respondeu. *E não me importo com isso.* O problema era que ele se importava.

– Não me importo de ajudar um cafajeste de vez em quando – disse o motorista.

Eles vagaram sem rumo durante uns vinte minutos, depois Ian pediu ao motorista que o levasse para Westbourne Grove. Desceu do táxi na esquina perto do *pub*. Numa noite qualquer, ele teria ido tomar um drinque antes de dormir, mas ainda sentia uma sombra atrás dele, uma poça de escuridão que se espalhava pelo asfalto como tinta derramada. Sussurros Indecifráveis vinham do beco onde ficavam as latas de lixo. Ian tinha mais de um metro e oitenta e não se assustava fácil, mas tinha uma sensação de mal-estar na boca do estômago, a mesma que sentira quando o velho Harold pôs as mãos nele e o mandou para a prisão. O medo era uma sensação inconfundível e ele se esgueirava como uma raposa.

Ian desceu a rua assobiando, pois não adiantava nada se esconder e talvez fosse até melhor simplesmente parecer despreocupado, pois um homem comum não chama tanto a atenção. Ele entrou em casa e encostou na porta, coberto de suor. Deveria estar se sentindo seguro agora, pois estava cercado de amuletos, talismãs, símbolos que davam sorte, contas azuis, fitas sagradas, pentáculos, livros de grande poder, ainda assim não se sentia nem um pouco seguro. Foi buscar uma bebida e assim que se virou para o armário, com a mão estendida para pegar um copo, ele ouviu os sinos dos ventos acima da porta, com seu leve tilintar metálico. Depois disso, não se lembrava mais de nada. Uma poça de escuridão, um gemido, uma vibração atrás das pálpebras.

Quando acordou no dia seguinte, em sua própria cama, já passava do meio-dia e ele sabia que tinha sido enfeitiçado. Apesar de toda sua competência no campo da magia, ficou paralisado, sem conseguir respirar, sufocado em sua própria cama, e sem ninguém para pedir socorro.

⁂

Sally carregava lavanda e sálvia nos bolsos do casaco e, antes de sair do bar, pegou um saleiro numa da mesa e polvilhou sal nas solas dos sapatos. Ela estava decidida e, apesar de munida de toda essa proteção, que incluía um vestido com a bainha alinhavada com linha azul, ela foi se sentindo cada vez menos segura à medida que se aproximava da porta da viela Rosehart. Por fim, as poças d'água lavaram o sal da sola dos seus sapatos e os ramos de lavanda e sálvia caíram dos bolsos e se espalharam pela rua, enquanto ela caminhava apressada. Quanto à linha azul da barra do vestido, era mal tingida e o alinhavo já estava se desfazendo. Ela não estava tão protegida quanto esperava.

Ninguém veio atender quando ela bateu na porta, mas, ao toque da sua mão, uma fresta se abriu e ela ficou surpresa ao ver que estava destrancada. Os sinos dos ventos produziram um som baixo e irregular, anunciando a presença dela. Sally disse olá, mas não obteve resposta. Ela podia sentir que havia algo errado. A atmosfera parecia opressiva ali dentro, como acontece antes de uma tempestade, e algo semelhante a uma carga de eletricidade percorria o corpo dela. Ela passou por pilhas de livros espalhadas pelo tapete, o frigobar e a chapa elétrica, uma pia, uma xícara de chá lavada e colocada para secar numa prateleira de madeira, um copo de uísque aparentemente intocado. Abriu uma porta e se viu num segundo cômodo, menor, que servia como quarto. O lugar estava na penumbra, mas ela conseguiu ver um homem bonito deitado de bruços na cama, nu, embora à primeira vista não desse essa impressão, devido às muitas tatuagens azuis que o faziam parecer mais uma pintura do que um homem. Seus olhos encontraram os dela e sustentaram o olhar, mas ele não se opôs à presença dela nem gritou para ela para dar o fora dali, embora parecesse estar tentando mover a boca.

De repente, Sally percebeu que, na verdade, ele estava lutando para respirar. Era como se estivesse se afogando e cuspindo água, a ponto de sufocar. Ele não conseguia se mover nem falar e estava claramente em pânico, tanto pela paralisia repentina quanto pelo fato de estar fazendo um papel ridículo, soltando grunhidos em vez de falar algo que fizesse sentido. As palmas das mãos dele estavam cobertas de pó vermelho. E o tom de vermelho era tão intenso que Sally se viu obrigada a dar vários passos para trás. Ela ficou maravilhada ao perceber que era capaz de ver aquela cor novamente, depois de tanto tempo só registrando tons de cinza. Vermelho era tudo o que ela podia ver agora. O teto estava manchado com a mesma tinta que cobria as mãos e os pés do homem, como se uma profusão de flores sanguíneas desabrochasse no gesso e se derramasse sobre ele. No chão, ao lado da cama, havia ossinhos de pássaros, tingidos de escarlate e amarrados em feixes com barbante vermelho. Era como se ali apenas uma cor existisse no mundo. Coração vermelho, mãos vermelhas, magia vermelha.

Havia um mormaço no quarto, tão quente e úmido que era impossível ver através das janelas, pois o vidro frio estava coberto com uma película de umidade. Sally tirou a capa de chuva, incomodada com o calor e o suor que fazia as roupas grudarem na pele. Sua vontade era tirar tudo o que vestia, mas, em vez disso, só desabotoou os botões de cima da camisa. Na mesinha de cabeceira em desordem, havia um boneco de pano costurado à mão e vestido com uma camisa branca e calça preta, o cabelo longo e escuro, o rosto desprovido de traços, mas claramente destinado a representar o homem em questão. Todo o peito do boneco tinha sido marcado com manchas de tinta e depois cortado com uma faca afiada. Ao lado, estava o coração sangrento de um pequeno pássaro. O sangue formava poças no chão e impregnava o assoalho de madeira. Sally sentiu o ímpeto de fugir de qualquer feitiço de magia negra que tivesse sido lançado ali, mas talvez não tivesse sido por acaso que fora ela a contemplada com o palitinho mais curto no sorteio. Parecia claro agora, tão claro quanto as manchas vermelhas semelhantes a galhos ao seu redor, que era ela quem deveria estar ali naquele momento. *Salve uma vida e outra vida será salva em troca*, isso é que Maria Owens havia escrito no grimório da família. Essa era a barganha que traria Kylie de volta. Essa era a pessoa que ela teria de resgatar, um homem feito de carne, sangue e tinta, que olhava para ela com olhos desvairados. Ela se pegou pensando: É ele.

Além de Ian não conseguir falar nem se mover, seu peito queimava, como se ele estivesse sofrendo um ataque cardíaco. E provavelmente estava; a dor era profunda e se espalhava por todo o tronco até a base do abdômen. Ele precisava de uma ambulância, com certeza deveria estar num hospital; ainda assim, estava extasiado, incapaz de desviar os olhos da mulher diante dele, como se ela o tivesse enfeitiçado. Os cabelos pretos e espessos estavam soltos e ela exalava o aroma de lavanda, um perfume calmante que evocava a infância dele, pois em sua casa os lençóis sempre eram passados a ferro com o óleo daquela flor.

Sally abriu as cortinas puídas para deixar entrar a luz do dia, que cintilou sobre a vítima meio atordoada. Ela lançou um feitiço de cura em latim, o que aliviou a dor latejante que ele sentia no peito. O borrão vermelho ao redor dele entrou em foco e seus pensamentos começaram a se desanuviar. Ian ofegou e respirou fundo. Reconhecia uma bruxa quando viu uma, embora nunca esperasse que tal pessoa chegasse com uma capa de chuva preta encharcada, o cabelo preto despenteado pelo vento, os olhos cor de prata. Aquilo provavelmente não iria terminar bem. Ele tentou ao máximo se levantar da cama, não conseguiu e se perguntou se teria sofrido um derrame.

– Não se mexa – Sally o repreendeu. Era evidente que ele era o tipo de homem que se sentia invencível e provavelmente se sentia muito mal por estar precisando de ajuda. Mas uma maldição não era brincadeira e aquela era das mais fortes.

– Quanto mais lutar, mais vai se sentir aprisionado.

O dom da visão estava voltando para Sally depressa e de muito bom grado ela aceitou aquela dádiva. Ela precisaria dela para encontrar Kylie, mas poderia muito bem usá-la naquele momento. Enquanto estava de pé ao lado da cama, um fluxo de imagens tomou-a de assalto. Ela podia ver a história daquele homem. Era como um livro aberto à sua frente, a infância taciturna, as brigas, o dia em que ele foi para a prisão, o caminho sombrio, a mãe zelando seu sono, preocupada com o homem que o filho se tornaria.

– Você tem sido um cara barra-pesada, hein? – disse ela. Era uma afirmação não uma pergunta, mas aquilo não era da conta dela. Ainda assim, ela se perguntou o que poderia ter justificado aquele ataque. Ela pensou tê-lo visto olhar feio para ela em resposta, mas não se importou. Não havia tempo a perder. Felizmente, havia um espaço sem tatuagens no meio do peito dele. Quando ela colocou a mão em sua pele, ele estava queimando, e ela também. O calor percorreu o braço dele e chegou ao coração antes que ela conseguisse se afastar. Rapidamente, ela pegou uma caneta na mesinha de cabeceira e escreveu o feitiço para banir o mal e afastar febres e doenças desconhecidas.

<pre>
A B R A C A D A B R A
 A B R A C A D A B R
  A B R A C A D A B
   A B R A C A D A
    A B R A C A D
     A B R A C A
      A B R A C
       ABRA
       A B R
        A B
         A
</pre>

Quando ela terminou, o professor ainda estava paralisado; foi quando ela entendeu que ela precisava de ajuda.

– Fique exatamente onde está até eu voltar.

Uma americana, Ian pensou. *Me dizendo o que fazer.*

O olhar estava fixo nela, como se ele estivesse encantado. Por tudo o que Sally sabia, ele tinha perdido a audição, então ela se aproximou e disse a ele o que ela queria. Ele não era surdo e podia ouvir perfeitamente bem; todos os sentidos dele estavam funcionando, talvez até bem demais. O calor fluiu através do corpo dele e Ian ficou envergonhado ao se sentir tão exposto e, pior, por se sentir tão excitado diante de uma mulher que não passava de uma estranha e uma bruxa que queria lhe dizer o que fazer em sua própria casa.

– Depois que receber minha ajuda, você me deve sua lealdade. – Aquilo era uma barganha, prestes a ser selada. Ela pegou uma tesourinha na mesa de cabeceira e fez um corte na palma da mão, depois pegou a mão dele e fez um corte semelhante na palma. O sangue de ambos pingou nos lençóis e ele viu que o dela era preto e se parabenizou por estar certo sobre ela. – Você vai me devolver o favor – ordenou Sally.

Pela primeira vez, Ian estava disposto a obedecer. *Me tire desta enrascada e eu sou todo seu,* ele se pegou pensando. Seu coração estava queimando e ele nunca tinha sentido tanta dor, mas seu braço esquerdo estava bem, então talvez não fosse um derrame, afinal, mas algo totalmente diferente.

Ah, droga, Ian pensou ao perceber o que era. *Não pode acontecer assim.*

PARTE TRÊS

O Livro das Maravilhas

I.

Para acabar com a maldição que afligia Ian, era preciso *Dracaena draco*, um remédio feito da casca da árvore *Draco*, que só nascia nas Ilhas Canárias e no Marrocos, e diziam que brotava do sangue escarlate de um dragão. A resina vermelha que essa árvore produzia poderia operar milagres, agindo nas células do córtex, de modo que, se a pessoa estivesse paralisada, física ou mentalmente, a resina derramada numa toalha de rosto bem fria poderia curá-la em questão de horas. Vincent tinha vasculhado a escrivaninha do professor e encontrado uma lista de herbanários da região; ele e Gillian foram à mais próxima, que felizmente ficava a menos de um quarteirão. A dispendiosa *Dracaena draco*, que ficava armazenada numa lata de metal, foi apresentada sob o olhar atento do funcionário da loja.

– Não é barata – ele avisou. Durante alguns segundos, ele observou o velho, que lhe parecia estranhamente familiar. – Eu conheço o senhor? – perguntou.

Vincent deu de ombros, evitando dizer a verdade. *Você conhece a música, mas não me conhece.*

– Vamos levar tudo o que você tem na lata. Rápido, por favor.

Eles também compraram um punhado de folhas de *Draco*, que tinham um efeito estimulante quando fervidas na água. A pessoa paralisada deveria fazer um gargarejo com a mistura e, depois, quando conseguisse abrir a boca, cuspir o resíduo vermelho, sem engolir o líquido. Depois que a boca e a língua da pessoa estivessem revestidas com a substância, os poderosos componentes químicos da árvore entravam na corrente sanguínea.

Franny estava esperando por eles na soleira da porta quando Vincent e Gillian chegaram com os ingredientes.

– Como está o historiador? – Vincent perguntou.

– Vai sobreviver, quer queira quer não – respondeu Franny. – Nós vamos cuidar disso.

Enquanto Vincent e Gillian continuavam a vasculhar o escritório, à procura de quaisquer referências que pudessem ser úteis, Franny voltou ao quarto de dormir, onde Sally rapidamente começou a aplicar toalhas de rosto encharcadas de *Draco*, avaliando Ian Wright enquanto fazia isso. Ele tinha longos cabelos castanho-escuros e belos traços angulosos. Ela tentou não se focar no rosto, pois seria muito pessoal. Tornozelos, pernas, tronco, tórax, a maior parte do corpo dele era coberta de tinta. Sally rapidamente se familiarizou com o corpo dele. As costelas, os braços musculosos. Ele era magro e alto; ela deduziu que ele gostava de correr, assim como a filha dela. Ela estava evitando pensar em Kylie, pois não conseguia suportar tais pensamentos, que a deixavam apavorada. Em vez disso, ela se concentrou no homem diante dela, cujo olhar não se desviava dela. Olhos negros salpicados de dourado, que nada revelavam, mesmo ele sentindo dores excruciantes.

Taí um homem imprevisível, ela pensou. *Que sempre faz o que bem entende*. Ela então se pegou pensando, *Mas isso veremos*.

O historiador estremeceu quando a resina o queimou, mas Sally o advertiu:

– Pare com isso – e ele obedeceu. Muito estranho, já que ele nunca fazia o que os outros mandavam. Ian fechou os olhos e deixou a cura penetrar em sua pele. Ele gemeu, o que era um bom sinal! As sensações do seu corpo estavam voltando e ele começou a sentir dor e depois euforia.

Quando Sally enxaguou a toalha de rosto numa tigela com água morna, ela piscou diante do brilho de todo o vermelho que viu. Uma coisa que não tinha sido afetada pelo veneno era o membro masculino de Ian, sobre o qual Franny tinha atirado uma toalha por recato.

– De tímido, ele não tem nada – disse Franny, achando graça.

Que tipo de professor era aquele, afinal? Um homem instruído, uma revelação de dor e beleza, sua alma desnuda. Sally se perguntou se as alunas e clientes dele, que o procuravam em busca de ajuda, tinham alguma ideia das tatuagens que poderiam encontrar sob as roupas dele. Quando ele levava mulheres para a cama, deixava as luzes apagadas ou vendava os olhos delas? Usava as roupas para se manter escondido e não revelar a história de quem ele era? Sally tinha se deparado com ele nu, sem nenhum tipo de ocultação, e, portanto, sabia quem ele era desde o início. A magia era tudo para ele.

Sally ficou profundamente perturbada quando considerou o homem aflito, imaginando se conseguiriam trazê-lo de volta. A própria Franny tinha ficado desolada, assim como ficara ao entrar no quarto de hospital onde Haylin estava internado, achando que talvez ela o tivesse perdido para a doença ou para outra mulher.

– Se isso a aborrece, eu posso cuidar dele – ofereceu-se Franny, interessada em saber qual seria a resposta da sobrinha.

Sally balançou a cabeça e continuou o tratamento. Ian fazia um som gorgolejante toda vez que tomava pequenas porções da mistura de *Draco*. Em excesso, o elixir poderia causar mais danos que o feitiço que deveria combater. Franny já tinha mergulhado no álcool os materiais sombrios deixados para selar a maldição – o boneco e o coração e os ossos do pássaro –, para diminuir sua eficácia. Alguém queria se livrar de Ian, isso estava claro, ou, pelo menos, lhe dar uma boa lição. Franny rasgou o boneco encharcado com uma agulha de cerzir que ela carregava na bolsa. Em pouco tempo, o boneco infame não passava de barbante e algodão, seu poder se dissipando numa pequena pilha de cinzas.

Franny sentiu que quem quer que tivesse feito aquele feitiço o fizera de acordo com um livro, não pela força da sua própria magia. Mesmo assim, apenas por cautela, ela desamarrou o feixe de ossinhos de pássaro e os jogou pela janela; por fim, queimou na chama de uma vela o barbante vermelho que os amarrava, enquanto recitava o encantamento que enviaria a maldição de volta ao seu remetente.

Contere bracchia iniqui rei. Et linguia maligna subvertetur.

Franny colocou um pedaço de papel vermelho dobrado em cada um dos quatro cantos do quarto. Em todos os quatro, havia escrito o encantamento para banir o mal.

Omnis spiritus laudet dominum. Habent Moses et prophetas.
Exurgat deus et dissipentur inimici ejus.

Quando acabaram de fazer tudo o que estava ao seu alcance, Sally puxou duas cadeiras para que pudessem continuar observando Ian. A intensidade do olhar dos três sobre ele era assustadora. Ian fechou os olhos e desejou que pudesse desaparecer, o que infelizmente não era possível. Nada parecia estar sob seu controle, nem mesmo seu maldito membro, que sempre tomava suas próprias decisões antes de consultá-lo.

– Ele é um homem interessante – Franny refletiu. – Certamente não é como os outros. Mas quem quer um homem comum?

Sally lançou para a tia um olhar enviesado. Franny sabia muito bem que a sobrinha tinha tentado ser uma pessoa comum durante toda a sua vida. Como sempre, Franny zombava do desejo dela. "Por que diabos você gostaria de ser normal?", ela sempre perguntava. "Como se existisse tal coisa." No entanto, quando menina, Sally sempre escolhia as atividades mais comuns para passar o tempo. Tinha se juntado ao clube de bandeirantes da cidade e fazia caminhadas, tomada de urticária por causa da hera venenosa e xingando as pedras que entravam em seus sapatos, infeliz desde o primeiro dia. Mesmo assim, ela vendia biscoitos para as bandeirantes com uma determinação que surpreendia a todas da tropa e ficou mortificada quando Jet comprou todas as caixas, obrigando-as a comer biscoitos de menta no café da manhã durante quase um ano.

– Você está olhando para ele com bastante atenção... – Franny observou.

– Ele vai nos ajudar a encontrar Kylie. Estou procurando sinais de que está vivo.

– Ah, ele está vivo, sim – Franny disse com uma risadinha. – Disso não há dúvida.

Afinal, Franny é quem tinha mandado Sally até ali. Ela tinha visto linhas no formato de um corvo na palma da mão da sobrinha. Voo e liberdade numa linguagem que algumas mulheres eram capazes de decifrar. A própria Sally tinha uma afinidade particular com pássaros e podia chamá-los do topo das árvores com um assobio. Quanto à Franny, ela tinha um familiar quando jovem, um corvo adorado chamado Lewis e que raramente saía do lado dela. O que aquele homem enfeitiçado tinha a ver com corvos, Franny ainda não sabia. Ela reconhecia o significado de várias tatuagens – o círculo mágico do *Livro de Salomão*, o triângulo do fogo elemental.

– Eu aposto que ele pratica magia da mão esquerda de vez em quando. Seria bem capaz.

Sally lançou um olhar para a tia.

– Ele está ouvindo cada palavra.

– Que ouça. Só estou dizendo que ele não é nenhum santo. – Franny avaliou Ian com um olhar tão direto que faria a maioria das pessoas se encolher, Ian inclusive. – Não importa o que ele é. Tudo o que importa é que vai nos ajudar.

Sally percebeu que Ian agora podia mover os dedos das mãos e dos pés. Ela não sabia bem o que fazer enquanto observava o homem aflito lutando contra o feitiço. Quanto a Ian, ele sentia os efeitos da resina *Draco*, o sangue voltando para os braços e as pernas, o coração não queimando mais de dor, os pensamentos menos dispersos. Ele poderia logo mais até falar, mas não tinha pressa em fazer isso. Mesmo enfraquecido, ele era astuto o suficiente para saber que era melhor ficar calado. A mulher idosa também era bruxa, e das mais inteligentes.

– Devíamos interrogá-lo enquanto ainda está nessas condições – Franny sugeriu. Enquanto está vulnerável e pode dizer a verdade.

– Dê mais um tempo a ele – sugeriu Sally. – Até recuperar o fôlego.

Ele fez exatamente isso, inspirando tão profundamente que até estremeceu, espantado ao ver como era bom sentir o ar preenchendo os pulmões. Respiração era vida, e aquela mulher, Sally, tinha devolvido isso a ele. Agora ele estava em dívida com ela e ambos sabiam disso. Ela preparou para ele um chá de camomila, sempre benéfico para a mente. Ian agora era capaz de beber sozinho, aos goles, e lentamente foi se recuperando. Ele era vaidoso o suficiente para se sentir constrangido quando uma mulher de cabelos loiros e um belo homem de mais idade foram chamados pelas duas bruxas e mais duas cadeiras surradas foram trazidas para o quarto, de modo que ele logo foi cercado por um semicírculo de estranhos.

O homem mais velho estava bem vestido e parecia vagamente francês ao explicar que uma garota tinha desaparecido, a filha da mulher de cabelos negros, e eles temiam o que a menina poderia fazer. Eles precisavam de um especialista em magia da mão esquerda e Ian tinha sido altamente recomendado. Os fatos do desaparecimento de Kylie foram sendo esclarecidos e ele se esforçou ao máximo para compreender, embora sua cabeça ainda latejasse. Ian estava desconfiado e grato em igual medida, o que significava que ele preferia guardar para si suas opiniões e não revelar que a maioria dos seus sentidos já tinham retornado e agora ele poderia falar se quisesse. O homem mais velho apresentou cada um deles, mas tudo o que Ian ouviu foi o nome de Sally, a mulher de cabelos negros, luminosa e angustiada, que o salvara. Enquanto Ian ouvia, ele se lembrou de um sonho que muitas vezes o atormentava nas noites que antecediam uma palestra em público. Lá estava ele, discutindo calmamente a dicotomia entre os caminhos da magia, a branca e a negra, a direita e a esquerda, quando olhava para baixo e descobria que estava nu, com a tinta das tatuagens dissolvendo-se em poças azuis, deixando-o sem a armadura de tinta que o protegia do mal.

— Se não se importam, posso me vestir? — ele perguntou com a voz rouca. Seu coração ainda estava batendo descompassadamente, impulsionado pelo constrangimento. Ele e Sally se entreolharam e rapidamente desviaram o olhar. Normalmente, ele não era tão recatado. Corria todos os dias e, nos dias quentes, muitas vezes tirava a camisa e percorria as ruas vestindo apenas *shorts* de um tecido leve. Uma vez, numa manhã quente de verão, quando o céu ainda estava escuro, ele até chegou a tirar os *shorts* e correr nu pelo Hyde Park.

Sally foi até o armário onde havia camisas brancas penduradas em cabides, junto com alguns paletós pretos e *jeans* pretos dobrados de qualquer jeito numa prateleira. Ian tinha tantos livros que até mesmo ali havia vários empilhados precariamente. Sally pegou uma camisa limpa e um par de *jeans* para deixar sobre a cama, depois todos saíram do quarto para Ian ter privacidade. Sally já estava se juntando a Vincent e Gillian na sala da frente e foi Franny quem se voltou para fechar a porta. Ian estava ao lado da cama, de costas para ela, ainda nu. Ela parou na soleira e olhou para trás. Havia um corvo tatuado nas costas largas de Ian, como se pairasse no céu. Foi então que Franny entendeu as linhas da mão esquerda de Sally. Ali estava o destino que ela tecera para si mesma.

Depois de um tempo, Ian conseguiu se juntar a eles na sala de estar. Sua respiração ainda era superficial, ele estava sem dormir há muito tempo e mancava. Além disso, os pés estavam queimando, como se tivessem sido colocados no fogo. Ele continuava se sentindo preso num transe, mas sua mente anuviada começava a ficar mais clara. Sally estava distraída, checando seu celular, mas, quando ele disse, "Obrigado, Sally. Tenho quase certeza de que estaria morto sem você", os olhos dela encontraram os dele por um instante, antes que ela rapidamente desviasse o olhar. Por que só nessa hora ele percebeu que a cor vermelha estava por toda parte? Um resquício do pó vermelho ainda manchava suas mãos e seus pés, e havia grandes pegadas por todo o tapete, como se quem o enfeitiçara tivesse pisado em seu próprio veneno.

– Vou pegar o aspirador – se prontificou Gillian. Com veneno não se podia brincar e era melhor que se livrassem daquilo o mais rápido possível.

Franny a deteve.

– Esse tipo de mancha só vai sair se você passar alvejante. E não sem luvas.

A pesquisa de Ian entre aqueles que praticavam a magia da mão esquerda tinha desagradado muitas pessoas, que o consideravam um traidor por escrever sobre mistérios que preferiam não ver divulgados, mas o que havia acontecido ali ia muito além de uma simples antipatia. Quem quer que estivesse por trás daquele ataque brutal estava ansioso para se livrar dele. Ian reconhecia alguns dos materiais – o boneco, os ossos, a raiz de garança – e sabia que eram os mesmos usados numa antiga maldição sobre a qual ele tinha escrito em *A História da Magia*, depois de ter encontrado o feitiço original nos *Manuscritos Voynich*, da Universidade de Yale, numa viagem de pesquisa à Nova Inglaterra. Ela era irreversível na maioria dos casos, pois o veneno paralisava os pulmões e o coração, assim como a mente. Ou a pessoa estava muito chateada com ele ou queria algo que ele tinha. Ian pensou que talvez fosse a mesma que andava invadindo a casa dele, roubando seus livros e suas anotações. Ele não tinha dado muita atenção àquelas invasões, sentindo uma imediata simpatia pelo ladrão.

Agora, ele jogou para Vincent um pesado molho de chaves.

– O armário está à direita. Me faça um favor e verifique se há um livro vermelho ali.

Nenhuma chave foi necessária, no final das contas. A fechadura tinha sido arrombada e ali, no tapete, estava a pedra usada para isso. O armário estava repleto de textos de magia, livros que exalavam um cheiro acre que a maioria dos mortais detestava. Vinagre, sangue e o cheiro de amêndoa do cianeto. Ao verificar o armário, Vincent encontrou vários livros que nunca tinha visto antes, edições raras que gostaria de ter tido tempo de estudar.

– Procure por *Rauðskinna* – Ian pediu. – Escrito em islandês antigo. Mas não toque nele.

Vincent e Franny trocaram um olhar. Não ficaram nem um pouco surpresos quando viram que o *Rauðskinna* não estava em lugar nenhum.

– Ah, droga. – Ian se levantou para dar uma olhada por si mesmo. O texto de magia vermelha realmente não estava lá. – Foi atrás disso que vieram. É um livro de maldições que comprei por uma fortuna na Islândia. Ainda bem que é preciso uma senha para abri-lo. – O caderno de Ian, com as senhas codificadas, ainda estava na gaveta da escrivaninha. Alguns livros recusavam-se a abrir sem uma chave de algum tipo, uma palavra, um elemento, um toque da mão.

Sally o interrompeu antes que a conversa sobre a importância da sua coleção se prolongasse.

– Minha filha tem nas mãos um livro perigoso. *O Livro do Corvo*. Você já ouviu falar?

Franny observou o historiador. Ele estava olhando para Sally sem piscar, o coração martelando contra o peito. Franny entreviu o corvo sob a camisa quando ele se virou de costas. Ela cutucou Vincent, inclinando-se em direção a ele para murmurar:

– Você vê o que eu vejo? – ela perguntou.

– Eu não vejo mais esse tipo de coisa – disse Vincent, embora estivesse claro como o dia, a emoção que devia ser evitada, o auge da magia vermelha, o impulso e a maldição, o que partia você em pedaços, do que você não poderia desistir mesmo se tentasse.

– Eu ouvi boatos sobre um livro com esse nome – Ian afirmou, forçando seu eu erudito a assumir o comando. – A autora era uma poeta. – Ele franziu a testa, deixando claro que não queria dizer mais nada. O boato era que Amelia Bassano havia sido traída por Willian Shakespeare, e que ela obtivera sua vingança da maneira mais negra possível. Felizmente, diziam que seu Livro das Sombras tinha sido queimado após sua morte, como era a tradição com os grimórios, mas talvez o livro tivesse sobrevivido.

Irritada, Gillian abordou o historiador diretamente. Ficou surpresa ao descobrir que podia ver a aura dele, embora não fosse capaz de tal magia antes. A aura do homem, entretanto, era bastante confusa; mudava continuamente de cor, primeiro cinza, depois violeta, depois azul.

– Você tem que ajudar minha irmã. Ela salvou você.

Ian podia ter dito muitas coisas, podia ter reagido como um tolo, como já tinha feito muitas vezes quando jovem. *Só se me obrigar, minha vida a mim pertence, essa maldição não me diz respeito, o livro é apenas um boato e, se existir, é provavelmente maligno e incontrolável. Preciso de tempo para me recuperar, estou mancando, não está vendo? E tem um pó vermelho nas minhas mãos, no teto e no chão.* Ele era um rebelde e um solitário e tinha várias palestras importantes para preparar, nas quais iria discutir seu livro, que seria publicado em breve. Ele tinha passado vinte anos da sua vida pesquisando sobre magia e agora a magia estava ali, sem ser convidada e se recusando a partir.

– Tenho a intenção de retribuir o que fizeram por mim – disse ele, assim como Franny tinha previsto, pois, ao ver o corvo em suas costas, ela tinha visto dentro dele e conhecia sua história.

Ele se afastou, para ligar para o seu agente literário e cancelar seus compromissos. Ficou de costas para Franny de novo e mais uma vez ela viu através dele. Ela deu uma olhada em Sally e se perguntou se ela sabia que os corvos eram não só mais inteligentes do que a maioria dos homens, mas mais leais, e que não era possível escolhê-los, eles é que escolhiam você, eles é que vinham até você e, depois que faziam isso, nunca mais o deixavam, pelo menos não por vontade própria.

II.

Na visita seguinte que fez ao Reverendo, Antonia decidiu surpreendê-lo com um Bolo de Chocolate Embriagado. Ela iria mostrar a ele que, de fato, ela sabia fazer algo bem-feito. Embora nunca tivesse assado um bolo antes, sabia a receita do bolo de cor, por isso na noite anterior tinha feito um experimento em sua pequena cozinha, indo a pé até o mercado do seu bairro para comprar chocolate amargo, um saquinho de açúcar e farinha de trigo. Antonia fez sua leitura para a aula de Neurologia enquanto as camadas do bolo assavam nas suas formas de bolo já gastas. Ela esperava o melhor, mas sem muitas expectativas, olhando para o forno de vez em quando apenas para se certificar de que não havia fumaça. Ela fez o glacê de manteiga e açúcar, cacau e baunilha. Sabia que Jet esperava o bolo esfriar antes de pôr a cobertura e abanava as formas com um pano de prato para ajudar no processo. No final, as camadas ficaram meio inclinadas e a cobertura ficou muito grossa. Ela deixou de fora o rum, acrescentando apenas um pouquinho pelo bem da tradição, mas o bolo ficou bem razoável e ela ficou bastante orgulhosa de si mesma. Colocou o bolo já decorado num prato e o prendeu no banco de trás do carro de Gillian, de onde ele quase caiu no tapete quando ela dobrou uma esquina muito rápido.

Na casa de repouso, o funcionário da recepção estava prestes a proibir a entrada do bolo, mas ficou constrangido com o olhar frio de Antonia e ninguém a deteve quando ela parou no refeitório para pegar uma faca, dois pratos e dois garfos. O Reverendo estava em seu lugar favorito, perto da janela, quando Antonia chegou no quarto dele. Naquele momento, ele estava tentando se lembrar de fragmentos do passado de que não se lembrava no dia anterior. Que ele adorava colher narcisos com Jet e levá-los ao cemitério, que ficavam lá sentados em cadeiras desmontáveis que Jet guardava especialmente para essas ocasiões no porta-malas do carro, que eles se conheciam tão bem que nem precisavam falar, que passavam pelas novas mudas e pelas árvores velhas e resistentes no caminho de volta para o estacionamento, onde costumavam almoçar sanduíches de salada de ovo e picles, sentados no carro, antes de Jet levá-lo para casa. Hoje era um dos desses dias bons, em que ele conseguia ver, ouvir e lembrar. E ficou ainda melhor quando a garota Owens entrou com um bolo e fechou a porta atrás dela.

– Eu tinha um palpite de que você voltaria hoje – disse o Reverendo Willard.

– Você tinha? – Antonia colocou o bolo em cima da cômoda e cortou duas fatias. – É o meu primeiro Bolo de Chocolate Embriagado, então não me julgue com muita rigidez.

– Quem sou eu para julgar? – O Reverendo tentava ao máximo manter a mente aberta, principalmente quando se tratava das mulheres Owens.

Antonia entregou-lhe uma fatia de bolo, em seguida empoleirou-se na beirada da cama, com seu próprio prato no colo, e enfiou na boca uma garfada hesitante. Podia não estar perfeito, mas estava absolutamente delicioso.

– Hummm – eles disseram em uníssono.

Antonia não parava de pensar em Ariel Hardy e, no entanto, quando o número de Ariel apareceu na tela do seu celular, ela não tinha atendido. Em vez disso, entrou no chuveiro e deixou a água correr por quase meia hora, uma cura infalível para pensamentos obsessivos.

– Como a gente sabe que está apaixonado? – ela se pegou dizendo, enquanto comiam o bolo. Antonia se sentia à vontade para fazer confidências ao Reverendo; ela tinha a nítida impressão de que os segredos dela estavam seguros com ele.

– O amor faz o que mais lhe apetece. Não pode ser controlado. – O Reverendo mastigou outra garfada do bolo. – Quase tão bom quanto o da sua tia Jet.

Antonia ficou satisfeita com o elogio, e talvez esse tenha sido o motivo que a levou a se abrir mais do que faria normalmente.

– Eu nunca me apaixonei.

– Você deveria tentar. E não se preocupe, Jet vai acabar com a maldição.

Antonia pegou o prato dele, pois, ao que parecia, o Reverendo Willard só conseguia comer algumas garfadas. Ela deu um tapinha no braço dele. Se o ancião tinha se esquecido de que Jet já partira, ela é que não iria lembrá-lo. Antonia iria deixar o resto do bolo para as enfermeiras, pois sempre era prudente ser bem visto por elas. Ela só fazia a visita porque era obrigada e tinha sido informada de que era uma tradição de família zelar pelo Reverendo, mas, antes de sair, Antonia fez uma pausa para se despedir dele com um abraço.

– Vejo você na próxima semana – ele a lembrou. – A menos que eu tenha morrido.

Com seu humor seco, o velho era uma das poucas pessoas que faziam Antonia sorrir.

– Você vai estar vivo e eu vou estar aqui.

– Eu sonho com Jet. – Ele sabia que ela tinha falecido, só que não gostava de pensar nisso.

– Eu também – admitiu Antonia. Ela agora percebia que, em seus sonhos de afogamento, Jet estava do outro lado do lago. A tia sempre aconselhava Antonia e Kylie a nunca ter medo de ser quem elas eram. *Tudo o que você oferece ao mundo volta para você triplicado.*

— Eu arruinei a vida dela e ela me perdoou. — O Reverendo Willard tinha escrito muitas cartas de desculpas e toda vez Jet respondia perdoando as atitudes dele, cartas que ele mantinha na sua mesinha de cabeceira. Depois de todo aquele tempo, e dezenas de cartas, ele ainda não tinha conseguido perdoar a si mesmo.

༺❦༻

Maio em Boston era uma época linda, de clima ameno; o bom tempo finalmente voltava depois daquela primavera agourenta. As ruas estavam mais vazias, pois os estudantes já tinham partido para suas universidades em outros estados e os professores desapareciam das casas de veraneio, mas Gideon ainda estava em seu quarto de hospital, com poucas mudanças em seu estado de saúde. A mãe dele havia alugado um apartamento em Beacon Hill, para poder ficar à beira do leito do filho todos os dias, com o padrasto trabalhando em seu escritório de advocacia em Nova York e vindo nos finais de semana. Os pais de Gideon raramente se falavam, com medo do que poderiam dizer. Os médicos diziam que a recuperação do rapaz era uma questão de tempo, mas eles podiam dizer que era uma questão de destino. Antonia Owens tinha dito à sra. Barnes, ao visitá-la, que as pessoas se curavam mesmo contra todas as probabilidades. Antonia ia ao hospital todos os dias, esperando que Kylie ligasse para o quarto de Gideon. Na presença da sra. Barnes, ela era muito positiva e esperançosa, uma atitude que ela vinha praticando e aperfeiçoando na Escola de Medicina. *Seja racional, mas não pense que a verdade é sempre a resposta correta.*

Havia algo chamado Escala de Coma de Glasgow, e Gideon tinha uma boa pontuação, sugerindo que não havia danos permanentes no seu cérebro. Quando apertavam a mão dele, ele reagia fazendo pressão. Ele estava naquele corpo, Antonia tinha certeza disso. Hoje ela tinha ido ao hospital diretamente da casa de repouso em Essex, ainda cheirando a bolo de chocolate. Ela sabia que a sra. Barnes precisava de uma trégua, ao lado da cama do filho, e Antonia preferia ficar sozinha com Gideon, pois assim ela não precisava manter uma expressão agradável no rosto, para garantir que seus medos sobre a condição dele não ficassem evidente e preocupassem ainda mais a mãe do rapaz. A sra. Barnes já estava abalada demais, e quem poderia culpá-la?

– Saia para tomar um café - disse Antonia. – Dar um passeio. Tire algum tempo para você. – Mas tudo o que a mãe de Gideon fazia era voltar para o apartamento alugado e chorar.

O que se passava na cabeça de uma pessoa em coma era um mistério. As redes neurais se desligavam, mas alguns desses padrões podiam ser redirecionados para lugares que a mente não costumava usar. Não era sono que se abatia sobre esse paciente, mas um estado muito semelhante ao de ser anestesiado. Partes do cérebro ficavam escuras, mas a pessoa em coma tinha sonhos, lembranças, visões e alguns pesadelos vívidos. Gravações de sons em todos os tons eram tocadas numa tentativa de estimular o cérebro de Gideon, e suas reações eram monitoradas.

De acordo com seu EEG, ele estava reagindo a certos ruídos, especialmente quando ouvia música, com as gravações de Yo-Yo Ma afetando-o mais do que qualquer outra. Gideon estava lá. Ele estava. A mãe dele pensava ter visto os olhos do seu menino marejados de lágrimas quando ouvia a suíte para violoncelo nº 1 em Sol maior, de Bach, mas, quando ela contou isso aos médicos, eles tinham sido evasivos. *Espere para ver*, era tudo o que eles diziam.

Durante a visita de Antonia, ela percebeu que Gideon estava movendo a mão sem nenhum estímulo. Ela foi ver o médico responsável e lhe disseram que era um tremor descontrolado, nada mais, mas ela não pensava assim. Os movimentos de Gideon eram específicos e, na verdade, muito estranhos. Ele parecia estar tentando colocar uma chave numa fechadura.

Antonia passou levemente um dedo pelo pulso dele.

– Me diga onde você está.

Ele não podia responder, embora tentasse. Ele estava num labirinto. As paredes eram construídas de sebes com folhas pretas. Ele tinha uma chave na mão. Já tinha sido prata, mas agora era preta. Havia uma porta, mas ele não conseguia alcançá-la. Ele estava acostumado a estar no comando do seu corpo, ele era tão alto e forte, um corredor que podia correr muitos quilômetros, se tivesse corrido a última Maratona de Boston, incentivado por Kylie na Heartbreak Hill. Mas agora ele estava num local diferente, onde nenhum desses atributos importava. Estava caminhando pela água, cada passo exigindo um esforço supremo, e não levava a lugar nenhum.

Ele simplesmente não conseguia alcançar a porta. Estava tão frustrado que balançou a cabeça, mas em sua cama de hospital ele apenas estremeceu.

– Fale comigo – disse Antonia, inclinando-se sobre ele. Se ao menos Kylie pudesse falar com ele, talvez ela conseguisse alcançá-lo onde estivesse. Antonia ligou para o número da irmã, mas tudo o que ela conseguiu foi um bipe rápido e nenhuma resposta.

– Ah, Gideon... – disse Antonia. – Se você ao menos pudesse me ouvir.

Em seu mundo intermediário, Gideon reconheceu a voz da irmã de Kylie e gostaria de poder dizer a ela onde ele estava. Ele desejava que houvesse uma maneira de ele voltar. Ele não conseguia encontrar a porta e não podia usar a maldita chave. Gideon gemeu e Antonia pegou a mão dele. Ela podia sentir que ele estava preso em algum lugar, como se tivesse sido amarrado com uma corda. O jovem apertou a mão dela por um instante; não era tremor, ela tinha certeza, então a soltou. Ele não tinha escolha a não ser voltar para a escuridão e procurar a porta que abriria o mundo para ele mais uma vez.

Antonia tinha concordado em se encontrar com Ariel para um almoço no meio da tarde, para discutirem sobre os documentos do fundo da família Owens. Quando ela chegou, quarenta minutos atrasada, Ariel estava esperando por ela do lado de fora do restaurante, na Beacon Hill, com as costas apoiadas numa parede de tijolos, lendo um romance de mistério que tinha um verso de Emily Dickinson como título, *Saí Cedo, Levei Meu Cachorro*. O horário tornava o encontro quase um jantar.

– Desculpe. Não vi o tempo passar. – Antonia estava exausta como de costume, mas por algum motivo ela se sentia totalmente acordada na presença de Ariel Hardy.

– Como está o rapaz? – Ariel perguntou.

– Nada bem.

Antonia ainda estava tentando decifrar seu sonho com o afogamento. Havia corvos nas árvores e a água da lagoa estava tingida de verde. Ela havia notado um frasco de vidro depositado no chão; dentro havia um pedaço de papel fino, enrolado como uma cobra, e impresso com tinta vermelha-clara. O mato estava alto e ela não percebeu que havia urtigas até ser tarde demais; ela já tinha pego o jarro. Enquanto lia a nota, as palmas das mãos dela ardiam. Ela se atrapalhou com o papel e o deixou cair; numa tentativa desesperada de escapar dos efeitos nocivos da urtiga, ela correu para a água na esperança de acalmar o ardor que agora sentia. Depois de acordar, ela não conseguiu mais se lembrar da mensagem que havia lido no sonho.

– Você vai adorar este lugar – Ariel disse a ela enquanto entravam num restaurante chamado Incanto. – Eu costumava vir aqui com meu avô toda sexta-feira. – Não havia placa na porta, mas o fórum ficava ali perto e o restaurante era o favorito dos advogados e juízes.

Enquanto ela seguia Ariel para dentro do pequeno restaurante, a ideia de ser amaldiçoada em questões de amor atingiu Antonia, como algo que ela devesse levar a sério. Elas foram imediatamente conduzidas até uma mesa ao lado da janela e ficou claro que Ariel era uma cliente regular, pois o *maître* a conhecia pelo nome. A esta altura, a cabeça de Antonia já latejava. Enquanto o pão era servido, um pratinho de manteiga deixado sobre a mesa começou a derreter. Antônia o afastou. Aquela superstição de que a manteiga derretia quando alguém estava apaixonado era pura bobagem. Simplesmente não tinha cabimento. Exausta, Antonia fechou os olhos enquanto Ariel pedia vinho branco.

– Só água para a minha acompanhante – ela ouviu Ariel dizer.

Antonia estava se lembrando de mais alguns fragmentos do sonho da noite anterior. Havia libélulas voando no ar e o dia estava tão quente que o vapor subia da superfície da água. Suas mãos tinham parado de arder por causa da urtiga quando ela foi mais para o fundo, embora soubesse que era perigoso. Ela pensou ter ouvido uma voz chamando-a de volta para a margem do lago. Quando uma sombra caiu sobre ela, lhe pareceu que era porque o céu estava se enchendo de nuvens, mas estava enganada. A sombra era formada por um bando de corvos voando, reunindo-se em massa, como faziam ao tentar proteger um dos seus. Ela não olhou para trás, não se importava mais, foi mais para o fundo ainda e, amaldiçoada ou não, avisada ou não, ela se aproximou de Ariel ali mesmo, num restaurante na Charles Street, e beijou-a como se nunca tivesse beijado ninguém antes, porque a verdade era que ela já estava se afogando.

III.

Havia um trem na estação da Liverpool Street que partia de Londres para Witham, em Essex, em menos de uma hora. A vista da janela era só um borrão, primeiro de uma paisagem urbana e cinzenta, e depois do verde vivo e profundo de uma exuberante paisagem banhada pela luz do sol, que se desvanecia à medida que as horas passavam. Ao sair do trem, Kylie pediu informação a um bilheteiro, que a orientou a descer a rua e tomar um ônibus local. O ônibus fez tantas paradas numa série de cidadezinhas que ela demorou quase outra hora para chegar a Thornfield. O lugar era uma pequena aldeia, com a maioria das casas do século XVII, muitas com telhas de ardósia cheias de musgo e jardins atrás de muretas de pedra. A região era famosa pelas suas rosas e muitas delas já tinham começado a desabrochar, em explosões de salmão e carmesim, ao lado da variedade negra, conhecida como Rosa de Thornfield.

Considerada pitoresca, a aldeia era destaque em muitos guias turísticos da região, que costumavam sugerir passeios à floresta localizada na orla da cidade, onde era possível encontrar algumas das árvores mais antigas do condado, carvalhos enormes, com centenas de anos, que, segundo o povo dizia, cantavam em dias de tempestade. As crianças da aldeia corriam para as ruas ou jardins, querendo ouvir as árvores quando o vento soprava. A magia existia naquele lugar havia mais tempo do que a escola ou a biblioteca ou o corpo de bombeiros, e tinha se tornado parte da vida cotidiana. As mulheres idosas eram respeitadas e um pouco temidas, pois muitas ainda se lembravam do conhecimento antigo e se valiam do poder que ele lhes conferia para se proteger, deixando trilhas de sal do lado de fora das portas e plantando alfazema no jardim para dar sorte. Na Noite de Todos os Santos, a maioria das pessoas ficava em casa. Faziam festas a portas fechadas e insistiam em dizer que estava muito frio para se aventurarem na rua, mas a verdade era que as pessoas costumavam se perder nos pântanos nessa noite. Agora, às portas do verão, com o desabrochar das rosas incandescentes à luz fraca do dia, as pessoas ainda mantinham a janela do quarto dos filhos fechadas à noite. Diziam às crianças que faziam isso para protegê-las da umidade, mas a névoa não precisa de fechaduras duplas e cortinas fechadas. Era a magia espreitando lá fora, surgindo dos pântanos e sombreando as estradas. As pessoas andavam com tochas, no crepúsculo alvoroçado das rãs, e geralmente evitava caminhar sozinhas em lugares ermos. Mas, quando precisavam de uma cura, quando os filhos não conseguiam dormir, quando os amantes iam embora, elas sabiam aonde ir.

⁂

Kylie parou num lugar chamado "Casa de Chá de Marian e Jason". Havia uma roseira de Thornfield do lado de fora do estabelecimento, com uma flor negra já desabrochando. As abelhas estavam se reunindo, zumbindo ao anoitecer, atraídas pelo perfume das flores. Kylie havia perdido o apetite; cada vez que pensava em Gideon numa cama de hospital, seu estômago embrulhava, mas, quando ela entrou na casa de chá, pediu um bolinho para não perder as forças, junto com uma xícara de chá, com três cubos de açúcar. O bolinho chegou com uma curiosa porção de creme no prato e um potinho de geleia preta cintilante. Marian Dodd, a proprietária e cozinheira, encarou Kylie sem piscar, quando esta lhe perguntou se conhecia alguém chamado Thomas Lockland.

– Qual é o seu interesse nele? – a sra. Dodd perguntou. Ela não era mulher de se abalar com facilidade, mas seu rosto assumia uma expressão fria e peculiar quando o nome de Lockland era mencionado. A filha da sra. Dodd, Mary, tinha namorado Tom por um tempo. Ele era bonito e charmoso e muitos sentiam pena dele pela sua infância difícil. Achavam que sua reputação de malandro egocêntrico era mera fofoca, então ele provou o contrário, partindo o coração de Mary Dodd, abandonada sem motivo aparente, o que a levou a se mudar para Londres e nunca mais voltar, nem mesmo para um final de semana. A sra. Dodd esperava nunca mais pôr os olhos em Tom.

– Acho que nossas famílias se conheciam desde muito tempo atrás – explicou Kylie.

– Ah, entendo. – A sra. Dodd pareceu estremecer quando acenou com a cabeça para a janela, dizendo que ele devia ainda morar no número 23 da High Street, a rua principal da cidade. – Ele não para muito em casa – disse a sra. Dodd a Kylie.

Quando Kylie agradeceu pela ajuda, a proprietária respondeu dizendo, "Boa sorte", mas Kylie não sabia dizer se os votos tinham sido sinceros, pois ao sair notou que a sra. Dodd ergueu os dedos indicador e mínimo, fazendo o sinal da raposa, um contrafeitiço tradicional contra azarações, que enviava a magia da mão esquerda de volta ao seu remetente.

A High Street não era tão longa, não devia ter nem dois quilômetros, e foi fácil localizar o número 23, uma pequena cabana de um cômodo, precisando de reparos. Assim que chegou, Kylie hesitou, pensando em Gideon. Ela entrou num bosque de tílias, do outro lado da rua, e pegou o telefone para ligar para o hospital. Quando a ligação foi transferida para o quarto dele, o telefone tocou várias vezes, até que de repente atenderam.

– Gideon? – Kylie estava parada num bosque coberto de trevos, úmido e lamacento, ao lado da estrada. Havia vacas num campo próximo, todas malhadas, descansando nas sombras. Kylie teve que piscar para conter as lágrimas. – Fale comigo – insistiu ela.

– Kylie, sou eu.

Antonia, sua querida irmã, com quem ela não queria falar.

– Coloque-o na linha – exigiu Kylie.

– Kylie. – Antonia suspirou.

– Quero falar com ele – insistiu Kylie.

– Para quê? Ele não consegue falar. Estamos todos tão preocupados com você... Apenas me diga onde você está.

Kylie riu, mas a risada explosiva se transformou num soluço.

– Eu não estou chorando – disse ela, envergonhada com suas emoções à flor da pele.

– Você deveria estar aqui com Gideon – insistiu Antonia. – Onde quer que esteja, nós vamos buscá-la. Você sabe que farei qualquer coisa para ajudar você.

– Então segure o telefone perto do ouvido dele.

– Kylie, ele está em coma.

– Você está tentando me ajudar ou não!?

Antonia segurou o fone no ouvido de Gideon e Kylie pôde ouvir a respiração do namorado, um som raso e aquoso, como se ele estivesse se afogando.

– Volte para mim – ela disse a ele. Depois enxugou suas lágrimas negras com as costas da mão. – Vou tirar você daí – ela prometeu. – Você só tem que esperar por mim. Aguente firme.

Quando ela desligou, desabou sobre os trevos e chorou, depois enxugou o rosto com a barra da camiseta. Ela se sentia diferente, como se nada pudesse detê-la. Ela não tinha escolha se de fato pretendia trazê-lo de volta. Deixou o bosque e lembrou-se de que, segundo *O Livro do Corvo*, apenas uma pessoa que tinha sido amaldiçoada sabia o que era carregar o fardo de estar exilada da própria vida. Ela não podia fazer o que queria, apenas o que a maldição mandava. Aquilo teria um fim, não importava a que preço. Kylie respirou fundo várias vezes antes de chegar ao número 23, tomando coragem. Ali no campo, o ar era perfumado com o cheiro de samambaias e zimbro. Kylie tinha embrulhado *O Livro do Corvo* num jornal, depois novamente num lenço e o guardara cuidadosamente dentro da mochila. Havia um tremor nas mãos dela quando as pousou no portão de ferro. Ela se lembrou das últimas palavras do bibliotecário. *Não confie em ninguém.*

Quando Kylie ergueu os olhos e espiou pela janela, avistou um homem bonito na casa dos 20 anos, sentado a uma escrivaninha, a atenção totalmente absorta num livro aberto à sua frente. A videira na janela raspou contra o vidro quando Kylie se inclinou sobre o peitoril, um leve barulho, mas que fez que Tom Lockland desviasse os olhos dos seus estudos. Ele era a sétima geração de sua família a ter esse nome e carregava o peso daqueles que tinham vivido antes dele. Ele fechou o livro e apagou o abajur antes de se levantar da escrivaninha.

Era natural que Tom fosse prudente ao abrir a porta para Kylie, pois ele tinha sido criado para ter cautela. Sua cabeça raspada só servia para realçar suas feições inteligentes e angulosas. Embora ele tivesse estudado a Arte das Trevas desde garoto, a magia que praticava era fraca, e o melhor que ele podia fazer eram truques de salão, prestidigitação, pequenos encantamentos que despertava o desejo nas mulheres e impressionava bêbados em *pubs*, quando ele acendia uma chama na palma da mão. Qualquer bruxa de verdade riria das suas tentativas, mas não da sua competência quando se tratava de venenos.

Essa era uma arte em que ele se destacava, levando as pessoas à beira da morte, usando as ervas venenosas de um antigo jardim que crescia livre no Campo da Devoção, onde ele colhia *Amanita virosa*, uma variedade local de cogumelo conhecida como Anjo Destruidor.

O trabalho de sua vida era a vingança e ele estava mais do que disposto a usar a magia da mão esquerda para fazer isso. Os iguais se atraíam e, para destruir algo, muitas vezes era preciso se transformar naquilo que se queria destruir. Tom passou a praticar o Caminho Tortuoso e começou a frequentar o Solar dos Lockland, uma vasta propriedade da família um dia, agora transformada em patrimônio histórico e visitada por muitos caminhantes e turistas quando o tempo estava bom. A própria casa tinha sido construída em 1300, mas era praticamente uma estrutura vazia, encimada por uma torre alta, pois tinha sido consumida pelas chamas, e quem se atrevia a se aventurar ali dentro só via o céu, quando olhava para o teto danificado. Tudo aquilo deveria ser dele – o gramado, a mansão, os bens da família –, mas as condições financeiras dos Locklands foram piorando a cada geração e os moradores da aldeia assistiram de camarote todos irem à ruína. Em parte, a culpa era da bebida e da má sorte; casamentos tinham sido destruídos e vidas, interrompidas; a pobreza os assombrava, penas de prisão tinham causado tragédias. Era uma tradição que as mulheres casadas com os Locklands desaparecessem, abandonando os maridos, e poucos poderiam culpá-las por isso. A própria mãe de Tom tinha desaparecido quando ele tinha 5 anos de idade e o pai não cuidava bem dele, deixando-o sentado do lado de fora dos *pubs* que frequentava, onde Tom às vezes esperava durante horas, com a ordem de nunca chamar o pai de "Pai" na frente de qualquer uma das senhoras, sendo espancado quando respondia, dormindo num galpão sempre que uma daquelas senhoras era levada para a casa do pai à noite. Tom tinha aprendido que as mulheres sofriam desde o momento em que encontravam um homem e que os homens não eram confiáveis. O primeiro Thomas Lockland jurava que tinha se casado com uma bruxa; ele tinha tirado o filho da esposa, para que fosse criado pelas irmãs, mas, no fim, a esposa o havia arruinado. Quando ela fugiu, ele a perseguiu até a casa de uma mulher que praticava a Arte Sem Nome e, depois de ter sido vítima nas mãos dessa mulher, chamada Hannah Owens, a esposa fugiu com outro homem e a filha que eles tinham tido durante seu casamento com Lockland.

A maldição da família fora iniciada quando um antepassado, de sete gerações atrás, tinha sido envenenado a apenas meia hora de caminhada da aldeia, num lugar chamado Campo da Devoção, onde crescia um jardim repleto de ervas perigosas, incluindo mil-folhas e beladona-negra, acônito e dedaleira e plantas com bagas pretas e tóxicas. Toda essa má sorte tinha sido conjurada por uma bruxa que fora queimada muito tempo antes. Festivais eram celebrados em campos onde antes eram suas terras, nas antigas datas comemorativas da Véspera de Primeiro de Maio, na Véspera de Todos os Santos, em Candlemas e Lammas, com mulheres se reunindo conforme a Roda do Ano avançava. Nessas ocasiões, sacos de papel branco iluminados por velas surgiam no céu violeta, fazendo que estrelas parecessem estar subindo e caindo do céu.

Os tolos dos aldeões davam crédito a velhos costumes e deixavam pires com leite de cabra para as bruxas do lado de fora de casa, nas noites nubladas; permitiam que os corvos entrassem pelas suas janelas, em vez de afugentá-los; bebiam chás de ervas que acreditavam que fortaleciam o organismo. O Conselho da Aldeia tinha voltado para banir os Locklands da propriedade da família quase trezentos anos antes e Tom pretendia fazer que pagassem por isso, três vezes mais. Que ficassem sentados em suas casas e se escondessem, que trancassem as portas e deixassem as ruas da aldeia vazias. Quando ele tivesse poder para fazer isso, ele os faria entender como era viver no exílio em sua própria casa.

Tom fixou o olhar em Kylie ao encontrá-la, se interessando imediatamente por ela. Ele não se sentira atraído pela sua beleza, mas pela aura de magia ao redor da garota. Mesmo alguém com tão pouco talento quanto ele poderia dizer que ela tinha poder.

— Você quer alguma coisa? — Tom perguntou, pois, por experiência própria, ele sabia que as pessoas sempre estavam em busca de alguma vantagem.

Kylie respirou fundo. A próxima etapa estava prestes a começar.

— Tom Lockland?

— Eu mesmo. — Tom avaliou a garota e decidiu que ela era muito mais do que uma americana mimada.

Kylie se apresentou e disse:

— Achei que você poderia me ajudar. Ouvi dizer que sabe alguma coisa sobre maldições.

— Um pouco. — Intrigado, ele acenou para que ela entrasse. Ele tinha passado a maior parte dos últimos dez anos procurando, sem sucesso, uma maneira de quebrar a maldição que afligia sua família havia mais de trezentos anos. Quanto mais antiga a maldição, mais difícil era quebrá-la, pois ela se enraizava e crescia, retorcendo-se em torno da pisque e do coração da pessoa, com uma força punitiva. Algumas pessoas diziam que eliminá-la poderia causar mais danos do que a própria maldição.

— Preciso saber como acabar com isso e não tenho muito tempo — Kylie admitiu.

Lockland tinha olhos cinzentos, uma cor rara e clara, não muito diferente dos dela. Não era todo dia que uma americana amaldiçoada batia à sua porta. Aquilo podia até ser uma sorte. Kylie era muito alta, uns bons cinco centímetros mais alta do que ele, esguia, com braços e pernas fortes, e estava vestindo uma capa de chuva muito grande e roupas amarrotadas com as quais havia dormido. Ela era de uma beleza relutante e isso sempre atraía Tom, que considerava essas mulheres como um enigma a decifrar. Bastava convencê-la de que ela era mais do que jamais tinha imaginado e ela poderia ser apenas dele.

Depois de escoltada até dentro da casa, Kylie começou a andar de um lado para o outro em vez de se sentar. Ela continuava com a mochila nas costas, como se estivesse pronta para fugir a qualquer momento.

– Você se importaria de me dizer o que está fazendo aqui? – Tom perguntou.

– Meu namorado está em coma – disse Kylie. – É muito grave.

– Não sou médico, se é isso o que você está procurando.

– Eu não estou precisando de um médico. Gideon já tem muitos. – Ela olhou para ele então. – Estou em busca de magia.

Outro homem poderia ter rido dessa declaração, mas não Tom. Ele acenou com a cabeça, ainda mais interessado; afinal, estava procurando exatamente a mesma coisa. Já passava das cinco e normalmente ele tomava um uísque nesse horário. Em vez disso, foi buscar duas xícaras de chá. Para Kylie, ele acrescentou uma lasca de um tipo de cogumelo que faria até os indivíduos mais atentos e cautelosos se revelarem.

– Qualquer um que se apaixona por nós está arruinado – explicou Kylie entre os goles de chá. O gosto era refrescante e ela bebeu uma xícara inteira e depois se serviu de outra. – Meu namorado Gideon foi atropelado. É por isso que tenho que acabar com a maldição. Não há outra maneira de trazê-lo de volta.

Kylie falava demais e sabia disso; ela estava prestes a contar a Lockland sobre *O Livro do Corvo*, estava na ponta da língua, mas se conteve, lembrando-se do aviso do bibliotecário.

– Você tem alguma ideia de como isso pode ser feito? – Tom ergueu uma sobrancelha e esperou uma resposta dela. Ele não tinha muita instrução formal e nunca tinha frequentado uma universidade, mas fora obrigado a desenvolver uma certa astúcia para sobreviver na infância. Quando ele sorriu, ficou ainda mais bonito e cativante do que ela tinha notado pela primeira vez, com um ar de galã de cinema de uma época passada.

– É por isso que estou aqui. Minha família era desta aldeia e eu presumo que a maldição tenha começado neste lugar.

– E sua família concorda com o que você está fazendo?

– Isso não importa – disse Kylie.

Lockland sabia identificar quando uma pessoa costumava mentir, ele mesmo era um mentiroso, e podia jurar que aquela garota era sincera. Tinha sido obrigado a ser muito esperto para sobreviver naquela aldeia horrível, onde as pessoas realizavam reuniões para celebrar a magia e sentiam muito orgulho da sua herança familiar. A biblioteca tinha sido a casa de uma bruxa e diziam que os escritores muitas vezes vinham de Londres em busca de inspiração quando sentiam um bloqueio criativo. Muitos dos ex-moradores de Thornfield praticavam magia natural, conhecida pelo nome de Arte Sem Nome. Aquele tipo de magia tratava particularmente de questões de saúde e bem-estar, mas a cura não era algo que interessasse Tom.

Quando Tom finalmente quebrasse a maldição da sua família, se é que isso aconteceria um dia, ele iria devolvê-la aos habitantes da cidade que tinham assistido à ruína da sua família. Abriria portas que haviam sido fechadas havia séculos; pintaria todos os espelhos de preto e queimaria a biblioteca com sua coleção tola de grimórios, magia feminina, magia natural, magia da terra, magia vermelha. O Campo da Devoção desapareceria sob o fogo, crianças se perderiam nos pântanos, as pessoas cairiam de cama, incapazes de se curar de uma doença que se abateria sobre elas. *Que fossem amaldiçoadas*, ele pensava. *Que soubessem como era estar sob uma maldição.*

– Qualquer coisa que você possa me ensinar, eu quero aprender – Kylie disse a ele. Ela tinha uma voz doce e inocente que tocou Tom de uma maneira que ele não esperava. Ele quase sentia o coração se compadecer dela, mas deteve a repentina névoa de compaixão, o que era algo fácil quando se tinha prática. A esta altura, Kylie já havia terminado o chá. O desejo dela era contar tudo, de confiar em alguém que poderia entendê-la.

– Coloque as mãos espalmadas sobre a mesa – Tom sugeriu. Ele fez o mesmo. Quando seus joelhos se tocaram, ambos sentiram um choque.

– Que se levante! – disse Tom num tom baixo, quase esperançoso.

A mesa estremeceu e se levantou do chão, flutuando entre eles. Kylie ofegou; sem pensar, ela ergueu as mãos e, quando fez isso, a mesa caiu com estrépito. Tom abriu um sorriso largo, a testa encharcada de suor. Aquela garota não só tinha poder, como também tinha emanado um pouco para ele também.

– *Nós* fizemos isso – disse ele com orgulho.

As bochechas de Kylie coraram. Ela podia sentir o sangue esquentar.

– Estou disposta a fazer qualquer coisa para quebrar a maldição.

Tom Lockland a observou.

– Tem certeza? – Nos dias de hoje não havia como tirar vantagem de ninguém. Você tinha que convencer a pessoa a querer o que você queria.

Quando Kylie assentiu, Tom pegou uma faca da mesa e rapidamente fez um corte no braço. Ele sorriu e o estendeu na direção dela. A presença daquela garota lhe daria o poder de que precisava e sempre lhe faltara. A faca estava fria em sua mão, mas, quando Kylie se cortou, ela estava queimando. A respiração dela acelerou, quando gotas de sangue negro pingaram no chão, ardendo enquanto a magia a percorria.

– Quem eram seus ancestrais? – ele perguntou.

– Maria Owens – respondeu Kylie. – Ela foi criada por uma mulher chamada Hannah, que foi julgada como bruxa. Aconteceu aqui em Thornfield. Havia outra mulher chamada Rebecca envolvida com a família. Acho que podemos ser parentes dela.

Tom se deu conta de quem ela era. A bisneta, sete gerações à frente, de uma bruxa que tinha sido casada com o tataravô dele, seis gerações antes. Eles eram, de fato, primos distantes, pois há muito tempo Rebecca havia dado à luz um ancestral seu e um dela, nascido com dois anos de diferença. O sexto tataravô de Lockland tinha sido vítima de uma mulher considerada perversa, enquanto a ancestral de Kylie, Maria Owens, nascera num campo nevado e depois fora entregue a uma mulher que a criara com bondade, dedicação e magia.

Isso era o que Tom estava esperando. Um canal para a magia, uma bruxa sob seu controle.

— Nós podemos quebrar a maldição — ele prometeu à prima. — Mas só se você confiar em mim.

<hr>

Tom levou Kylie ao *pub*, na única pousada da aldeia, o *Three Hedges*, que existia havia mais de quatrocentos anos. Ele tinha pouco a oferecer em seu cardápio, que não fosse queijo, torradas e cerveja, e Kylie não fazia uma refeição decente desde que deixara Boston, além do lanche que o bibliotecário lhe oferecera em Londres. Eles fizeram uma caminhada de quinze minutos, durante o anoitecer. Havia um cheiro verdejante no ar, uma mistura de trevos e grama, e o ar estava mais fresco sob o céu brilhante. Quando Kylie tropeçou na calçada, Tom pegou sua mão, entrelaçando seus dedos nos dela.

— Firme aí — ele disse. — Você não quer vir até aqui só para quebrar uma perna.

Kylie riu, mas não se afastou. Ele era o que ela precisava, um parceiro na magia. Eles tinham feito a mesa subir e ela se perguntava o que mais poderiam fazer juntos. Ela se sentia tão vulnerável desde o acidente de Gideon que era um alívio ter alguém para ajudá-la a resolver tudo e, sinceramente, o calor da mão de Tom era um conforto.

— Provincianismo interiorano — Tom avisou ao abrir a porta para Kylie e acompanhá-la até lá dentro. Sentiram uma onda de fumaça e o cheiro de óleo queimado. - Você nunca sabe o que os cidadãos de Thornfield vão dizer ou fazer. Eles não sabem o que pensar sobre pessoas como nós. — Kylie presumiu que ele se referia às pessoas que praticavam magia.

O *pub* estava lotado, afinal era o único lugar para se tomar uma bebida. Kylie manteve os olhos baixos enquanto passava por um grupo de homens, perto do alvo de dardos. Eles então se sentaram numa mesa nos fundos do bar, imperturbáveis, como Tom sempre fazia quando ia à cidade. As pessoas o evitavam; havia rumores de que quem cruzasse com ele se arrependeria e até mesmo os homens que não se importavam em arranjar uma boa briga de vez em quando não se metiam com ele.

Tudo parecia bem, um jantar aconchegante para dois, sem imprevistos, quando Kylie foi ao banheiro feminino. Uma garçonete a seguiu e trancou a porta rapidamente atrás dela. Kylie ficou tão surpresa que cambaleou para a frente, sem perceber que seu medalhão, o adorável presente de aniversário que a mãe lhe dera, tinha caído num canto escuro.

– Você é louca? – a garçonete, uma jovem chamada Jesse Wilkie, perguntou. – O que está pensando? – Jesse tinha sido colega de classe de Tom Lockland, até ele abandonar a escola. Ele era bonito e mal-humorado, um tipo pelo qual Jesse costumava se sentir atraída – que lástima! –, mas ela sabia que deveria ficar longe dele. A avó tinha feito uma promessa de nunca se meter com os Lockland e, sob a tutela da sua amada avó, Jesse tinha aprendido a se preocupar com o destino de outras jovens. Ela o tinha visto partir o coração de várias delas, descartando-as com facilidade.

– O que você está fazendo aqui com o mau-caráter do Tom? – ela perguntou.

– Esse não é um jeito muito legal de se referir a ele – Kylie se sentia ofendida por ter sido repreendida por uma estranha.

– Bem, ele não é muito legal, deve ser por isso. Ele merece. Você é americana e talvez não saiba nada sobre nossa história aqui em Essex, mas meu conselho é que volte para casa. Estou dizendo isso de mulher para mulher. – Talvez Jesse gostasse de garotas tolas porque ela mesma tinha sido uma e namorado alguns cafajestes. Kylie, embora alta, parecia infantil com roupas duas vezes maior do que o seu tamanho, sem maquiagem, o cabelo brilhante tingido de vermelho, preso num rabo de cavalo desleixado. Ainda assim, na opinião de Jesse, nenhuma mulher era jovem demais para ser alertada sobre um homem como Tom.

– Ele é um sujeito desprezível, que veio de uma família desprezível. Tudo o que fazem é causar problemas. É magia negra. Você pode não acreditar nisso, mas por aqui é um fato. Todos nós sabemos que devemos ficar longe dele. Você não me pegaria passeando pelo Solar dos Lockland. Por nada neste mundo.

– Ele me contou sobre a família dele – disse Kylie, surpresa ao ouvir a arrogância no tom da moça, como se ela é que tivesse sido insultada. Os marginalizados tendiam a se unir, e a aversão direta de Jesse por Tom só fez que Kylie ficasse mais indignada. Era de sua natureza sair em defesa dos oprimidos. – Eu sei que eles têm sido tratados de forma terrível nesta cidade. Ele quer restaurar a reputação da família.

– Boa sorte então, porque isso nunca vai acontecer. Os Lockland eram um bando de ladrões. – Quando Kylie se moveu para destravar a porta ficou claro para Jesse que ela não iria conseguir nada com aquela garota. – E não diga que eu não avisei.

Kylie voltou para o bar. Havia sobre a mesa duas tigelas de guisado com legumes e alguns pãezinhos com manteiga. Tom tinha pedido um uísque para ela, mas Kylie preferiu tomar água.

– Fui avisada sobre você – disse ela. – Você é um sujeito mau-caráter.

Tom franziu a testa e praguejou baixinho.

– As pessoas em Thornfield gostam de me provocar com suas opiniões idiotas. E você se pergunta por que eu odeio este lugar.

As pessoas estavam olhando para ele e conversando entre si. Kylie ouviu alguns comentários, principalmente sobre a má reputação do seu acompanhante. Apesar da fofoca e dos insultos velados, Lockland manteve uma calma cautelosa. Ele repelia algumas pessoas, mas outras se sentiam loucamente atraídas por ele, como se ele fosse um farol. Havia uma luz dentro dele que flamejava e atraía Kylie também. Ela percebeu que a garçonete que a emboscara no banheiro estava olhando para ela e que havia manchas vermelhas em suas bochechas. Talvez ela fosse uma ex-namorada vingativa de Tom, pois ele tinha admitido que tinha feito muitas escolhas erradas do passado, naquela cidade, e por causa da sua vida afetiva conturbada, Kylie poderia ouvir rumores terríveis sobre ele.

– Cuide da sua vida – Kylie disse a Jesse ao passar pela garçonete a caminho da porta, depois do jantar.

– O que se passa aqui também me diz respeito – respondeu Jesse. – Eu sou a gerente. Fique longe de Tom Lockland se sabe o que é bom para você.

⁂

Quando começaram a descer a High Street, um vento soprou e os pássaros se agitaram nos arbustos. Algumas pessoas podiam ser muito idiotas. Kylie concordava com Tom a respeito disso. Eles caminharam ao longo dos pântanos, onde a água beirava o acostamento da estrada. A noite já estava muito escura e era difícil evitar as poças que se acumulavam na maré baixa. Kylie caiu numa poça que quase a fez afundar até os joelhos. Tom agarrou o braço dela para puxá-la de volta para a rua.

– Fique ao meu lado – disse ele, e ela obedeceu, pois tinha medo de água, instilado por sua mãe e todas as suas conversas sobre afogamentos e monstros marinhos. Se houvesse um monstro em algum lugar, Kylie se pegou pensando, provavelmente seria ali nos arredores de Thornfield. As formas retorcidas de árvores antigas emergiam da escuridão e havia cercas-vivas altas dos dois lados da rua, que se agitavam com as rajadas de vento, levantando do chão uma poeira que fazia os olhos de Kylie coçarem.

— Eu geralmente fico longe da água — ela admitiu.

— Deixe-me adivinhar. Você foi avisada pela sua família.

Kylie ficou surpresa por ele ter adivinhado.

— Pela minha mãe. Nunca nos deixavam nadar.

— O que as pessoas não entendem, elas temem. — Tom parecia mais relaxado agora que não estava mais no *pub*. — Tenho certeza de que todos vão avisar você para ficar longe de mim. — Ela viu o jeito como ele estava olhando para ela, mesmo em meio à escuridão. Ele deu um passo para mais perto dela. — Ou talvez já tenham feito isso.

Havia algo entre eles que fazia Kylie se sentir desconfortável, uma centelha de calor.

— Estou apaixonada por outra pessoa — ela o lembrou. — Gideon.

— Fico feliz em ouvir isso — disse Tom com uma risada. — Não posso dizer que já me senti assim. Eu não acho que funcione na minha parte da família.

Agora estava tão escuro que, quando uma ovelha apareceu de repente numa cerca, assomando na noite como um fantasma, uma onda de pânico dominou Kylie, da cabeça aos pés. Todos estavam tão longe. Ela só estava em Essex havia algumas horas, mas já se sentia compreendida por Tom Lockland. Enquanto caminhavam, ele colocou um amuleto no bolso da capa de chuva de Kylie, sem que ela percebesse. Um nó impossível de se desfazer, que a manteria perto dele, um feitiço de ligação que os gregos chamavam de *katadesmos*.

Quando chegaram em casa, eles se deram boa-noite e Kylie subiu as escadas estreitas em direção ao quarto. Ela podia ouvir Tom lá embaixo, arrumando a cama no sofá, e pensou em toda a magia que tinham feito para a família dele. Gideon, que tinha tão bom coração, nunca iria entender o que os arruinara, mas Tom Lockland sabia o que era ser amaldiçoado. Kylie apagou a luz. Havia uma vela na mesa de cabeceira, que ela acendeu antes de abrir a mochila. Sob a luz bruxuleante amarela, ela retirou *O Livro do Corvo* dali, abrindo nas duas últimas páginas que estavam grudadas. *O que você está disposta a sacrificar? Quanto você está disposta a pagar?*

– Eu preciso ler vocês! – ela ordenou, mas as páginas não se descolaram. A magia a estava frustrando e o tempo estava passando. Ela se lembrou do aviso de Jet de que quem quer que acabasse com a maldição iria enfrentar o perigo, mas que tudo o que valia a pena era perigoso.

Kylie desceu as escadas no escuro e encontrou Tom esparramado no sofá, um livro na mão, que ele planejava jogar nas chamas de sua pequena lareira quando terminasse. Inútil, ele pensou, como a maioria dos livros, na opinião dele. Ele ficou satisfeito quando Kylie apareceu, mas não surpreso. Ele tinha lançado sobre ela um feitiço *Preciso de Você*, feito de cera e alfinetes e uma bonequinha de palha, escondida embaixo do travesseiro dela.

Saber quem amar era complicado, mas saber em quem confiar era mais confuso ainda. Kylie pensou nos avisos da garçonete e do bibliotecário em Londres, e da sua tia Jet. Ela se sentia tão envergonhada toda vez que pensava em seu amado Gideon, cuja vida ela quase destruíra. Talvez fosse melhor se ela parasse de considerar todas as opções e simplesmente agisse de acordo com seus instintos. Estava escuro na sala, mas a lua brilhava pela janela e eles podiam se ver com nitidez.

– Não sei como fazer isso sozinha – admitiu Kylie a Tom. Ela tinha *O Livro do Corvo* na mão, mas Tom fingiu não perceber e fez um gesto para que ela se sentasse ao lado dele. Ele sentiu um formigamento. Imediatamente, percebeu que aquele era o livro que ele estava procurando.

Tom passou a mão sobre a de Kylie.

– Deixe-me ajudá-la – disse ele. Uma parceria como a que eles estavam formando era um acordo sombrio em que uma só pessoa venceria e a outra estaria fadada a se dar mal, um contrato feito em nome do desespero, com um fio vermelho, que ficava mais forte toda vez que se tentasse desatar o que os unia. *Não pense, não espere, você está aqui e elas estão longe. Isto é perigoso, é um risco, não confie em ninguém ou confie na pessoa ao seu lado.* Atordoada, Kylie ofereceu a ele o livro que há trezentos anos estava esperando que a pessoa certa o encontrasse, apenas para ser entregue ao homem errado.

IV.

Enquanto os outros dormiam, Vincent saiu do apartamento para que pudesse caminhar sozinho, algo que ele fazia quando jovem, um velho hábito renovado desde a morte de William. Ele andava às cegas ao redor da ilha onde moravam e, depois, em Paris, uma cidade que ele conhecia bem. Ali em Londres ele se demorava mais nas ruas desconhecidas. Antes que percebesse, a manhã já havia se aproximado e o céu negro estava começando a ficar perolado na linha do horizonte. Era a hora mais difícil para Vincent, quando ele se sentia mais sozinho. Por mais de cinquenta anos ele tinha acordado com William em sua cama e agora o sono se esquivava dele; era insuportável acordar sem o homem que amara por tanto tempo. Depois de um ano, ele ainda não havia se conformado com a morte de William; talvez nunca se conformasse.

  Andar por Londres deixava o coração de Vincent pesado como chumbo. Ele havia se acostumado a ter a companhia do seu cachorro vadio, Sabichão, que agora estava aproveitando o quarto de hóspedes na casa de Agnes. Mesmo assim, Vincent tinha um propósito para essa caminhada. Ele sempre demonstrara um talento para encontrar coisas ou localizar lugares, estivessem eles num mapa ou não. Ele tinha se deparado com um livro de referência no escritório do historiador, marcado com um selo incomum em tinta vermelha pálida e, como de costume, tinha conseguido localizar o endereço impresso no selo, sem um mapa ou qualquer guia, embora fosse um lugar que passava despercebido para a maioria das pessoas. A Biblioteca Invisível. Bayswater. Vincent demorou a cruzar o Hyde Park, feliz com a solidão que encontrou ali. O único som audível eram os pássaros agitando os arbustos e depois, quando Vincent se aproximou da Galeria de Arte Serpentine, ouviu um grito selvagem repentino, vindo de um grupo de periquitos empoleirados nos ramos ondulantes dos limoeiros. Diziam que as aves descendiam de dois periquitos que Jimi Hendrix havia libertado da gaiola em Mayfair, alguns anos antes. Era tão cedo que Vincent avistou várias raposas fora das suas tocas e uma raposa acinzentada na beira do lago. As luzes da rua piscavam à medida que o amanhecer se aproximava e a cidade parecia cinzenta, uma paisagem em preto e branco.

Quando chegou ao seu destino, Vincent avistou o contorno de um edifício coberto de feitiços protetores, para afastar olhares curiosos. Ele continha mais livros sobre magia do que todos os museus e livrarias londrinos juntos, grande parte deles trancados a sete chaves, com acesso apenas aos membros da biblioteca e ocasionalmente a estudiosos sérios. Vincent ficou do lado de fora do prédio, respirando o ar frio da manhã. Quando a biblioteca entrou em foco, ela se parecia com qualquer outra casa da rua, um prédio alto de estilo georgiano, branco como leite. Mas não havia nenhum endereço de fato, apenas os números 17608415 na porta, números de cura que tinham como objetivo repelir a magia negra. Vincent subiu os degraus e fez o possível para abrir a porta, mas ela não se moveu. *Quando encontrarem a fechadura, você terá a chave*, Jet tinha dito a ele em seu sonho, mas ele não tinha como destrancar aquela porta em particular, pois era forjada a ferro, depois envolta em madeira de aveleira e pintada de preto para se parecer com qualquer outra porta da rua. De repente, Vincent se sentiu um idiota ao pensar no sonho. Talvez ele não tivesse entendido bem o que a irmã dissera. Uma fechadura não precisa ser feita de metal. Uma chave não era necessariamente algo que se segurava na mão. Ele praguejou baixinho ao perceber sua própria estupidez. Pelo que sabia agora, nada era o que parecia.

Vincent voltou ao parque, onde se sentou num banco em frente à biblioteca, esperando alguém chegar. Ele nunca tivera muita paciência; tinha sido um jovem rebelde e muito insubordinado para ouvir a razão; ele sempre queria ver sua vontade satisfeita na hora, mas os anos tinham lhe ensinado alguma coisa. A angustiante doença de William no final da vida havia revelado o que era a verdadeira paciência. *Espere e verá*, William sempre dizia. *Esta noite pode ser melhor, amanhã pode ser sem dor.* À medida que a saúde de William ia ficando mais debilitada com o câncer incurável, ele parecia mais luminoso, determinado a ter tantos dias quanto pudesse ao lado de Vincent. Eles ficavam na cama, as janelas abertas, a luz refletida pelo mar. *O amor da minha vida, a única perda à qual nunca sobreviverei.* No entanto, ele tinha sobrevivido, mas muito mal, várias vezes se perguntando por que ainda estava vivo.

– Você um dia já se arrependeu de ter fugido comigo? – Vincent tinha perguntado a William no seu último dia, pois fora assim que eles tinham fugido da maldição e começado vida nova em outro lugar, sem nunca olhar para trás. Aquela era sua última noite juntos, mas eles não sabiam. As linhas em suas mãos não estavam nítidas, seu futuro era incerto.

– Eu não fugi. Eu corri para os seus braços – William disse a ele.

Era a resposta perfeita, a que partiu o coração de Vincent. Ele deveria ter sido mais paciente, não deveria ter se apressado tanto ao longo da vida, pois tanta pressa só tinha servido para levá-lo até ali, uma cidade que ele não conhecia, sozinho à luz da manhã e cheio de um desejo absurdo de voltar ao passado. Se ele pudesse fechar os olhos e ser transportado para Greenwich Village em seu aniversário, quando se conheceram, quando tinham a vida inteira pela frente, quando ele não tinha paciência e mergulhava de cabeça no amor...

Agora ele era um homem que podia esperar quando necessário. Menos de quarenta minutos depois, o bibliotecário chegou. *Agora começa*, Vincent pensou. E então ele teve o pensamento mais estranho. *Eis a chave.*

David Ward notou o homem sentado no banco, observando-o. Ele reconheceu Vincent imediatamente, o mesmo belo perfil que tinha aparecido em revistas e jornais após sua súbita morte. David era fã de Vincent quando era jovem e tinha ouvido extasiado "I Walk at Night" várias e várias vezes, desejando ter a coragem de anunciar a todos quem ele era, assim como Vincent tinha feito. Isso naquela época, quando as pessoas escondiam com mais frequência sua natureza sexual. Era fácil, se você não se importasse de partir seu próprio coração. David tinha se casado e mantido o seu eu verdadeiro em segredo mesmo daqueles de quem era mais próximo. Ele tinha abandonado seu eu autêntico para ser um homem de família. Achava que não havia escolha.

Ele se lembrava do dia em que ouvira pela primeira vez a música de Vincent no rádio. Ele ainda trabalhava no Museu Britânico na época, estava se especializando em artefatos da Pérsia e da Mesopotâmia; ainda não tinha sido procurado pelos seus empregadores atuais, um conselho de praticantes de magia que considerava David Ward alguém que sabia guardar segredos. Sabia bem demais, talvez.

Antes de se tornar o guardião da magia armazenada ali, ele tinha praticado a magia da mão esquerda e vivia num estado de agonia espiritual desde então. Trabalhar na biblioteca era uma espécie de penitência; ele agora só faria o bem neste mundo, onde antes estava disposto a fazer o mal. Sua filha, Evie, tinha contraído meningite de repente, num dia como outro qualquer. Evie tinha 10 anos, era a luz da vida dele e a razão pela qual David permanecia casado. Ele tinha começado furtivamente uma vida dupla nas noites em que estava fora de casa, temendo que se dissesse a verdade sobre a sua sexualidade, a esposa conseguiria a custódia total da filha nos tribunais. Quando Evie adoeceu, ele sabia onde buscar ajuda: com um praticante da Arte das Trevas que costumava visitar o museu com frequência. David foi a uma mansão em South Kensington, sabendo que, em troca da vida da filha, ele seria obrigado a cumprir uma tarefa. Sabia que a cidade ficava no triângulo da magia negra e que poderia ser encontrado nas ruas e becos por aqueles dispostos a procurar essas coisas.

David iria cometer um assassinato em nome de outro cliente do feiticeiro. Ele nem mesmo discutiu. Isso é o que faz o desejo misturado com o desespero. Ele se sentou num bar e envenenou a bebida de um estranho. Enquanto os garçons tentavam ajudar o jovem, enquanto ele sofria de um ataque cardíaco no bar, David saiu sem ninguém perceber e foi para o hospital onde a filha havia milagrosamente se recuperado. Tinham errado o diagnóstico, justificaram os médicos, mas Davis sabia a verdade, ele havia trocado uma vida por outra. Tinha escolhido o Caminho Tortuoso e pagaria por isso pelo resto da sua vida.

Evie nunca mais foi a mesma. Esse foi o preço. Quando ela encontrou cartas de amor que o pai tinha escrito para um homem com quem estava envolvido, ela o chamou de mentiroso e hipócrita e sua esposa o mandou embora de casa. Ele entrou num táxi e fugiu, envergonhado, sem arranjar briga. Carregou sua culpa com ele e não deu espaço para mais nada a não ser a autorrecriminação. Ele aceitou o trabalho na Biblioteca Invisível e um dia viu um cartão de borda preta ser colocado sob a porta e soube assim que Evie tinha partido. Ela e o namorado tinham sofrido um acidente de motocicleta, derrapando no asfalto molhado, uma madrugada. Ele sabia que era culpa dele. O destino original de sua filha tinha sido adiado, mas não evitado, pois ele não tinha sido conseguido se obrigar a colocar a dose de veneno completa na bebida do seu alvo. O estranho que ele tinha prometido matar com um ataque cardíaco tinha sobrevivido.

Mesmo assim, a música de Vincent o tocara de uma forma profunda e feroz; ele a ouvira constantemente por vários anos e tinha decorado a letra palavra por palavra, mesmo agora. E ali estava o próprio músico, um homem que deveria estar morto havia quase sessenta anos. Em vez de destrancar a porta da biblioteca, David atravessou a rua e entrou no parque. Não se podia ignorar uma mensagem, um sinal, e parecia que Vincent Owens havia retornado do túmulo. Durante anos, David tinha procurado um feitiço para ressuscitar os mortos, mesmo sabendo que o que volta do túmulo é sombrio e não, natural. A perda definitiva da filha o deixara arrasado de mil maneiras. Mas agora ali estava ele, prestes a encontrar um homem que havia ressuscitado. As árvores do Hyde Park eram frondosas e verdejantes, mas àquela hora pareciam negras. Engraçado, ele estava usando um terno preto e uma gravata preta, como se fosse a um funeral.

– Você voltou dos mortos? – perguntou David Ward. A necromancia era chamada de "O Conhecimento", e muitas pessoas, ao longo da História humana, tinham buscado uma antídoto para a morte. – Isso é possível?

– Não voltei dos mortos. Sempre estive aqui. – Quando David lhe lançou um olhar perplexo, Vincent acrescentou: – Escondido.

– Que pena – disse David. – Eu pensei que você tinha "O Conhecimento". – Era uma piada, uma brincadeira que os motoristas de táxi faziam ao se referir a conhecer bem a cidade, só que a versão da mão esquerda tinha a ver com ressuscitar os mortos. David tinha tentado tal feitiço uma vez e nada de bom resultara. Depois, ele ficou doente por semanas, vomitando itens estranhos como colares, penas, brincos, pontas de cigarro. Tudo isso, ele percebeu, eram objetos que haviam pertencido à filha. Ele parou de brincar com a necromancia depois disso, e essa foi uma atitude sábia.

– Na verdade, achei que você poderia me ajudar. – Vincent entregou ao bibliotecário a fotografia da bisneta, uma adorável garota que Vincent ainda não conhecia, amaldiçoada no amor, mas abençoada em todas as outras coisas, e de cuja segurança, ele acreditava, apenas ele tinha a chave. – Ela está desaparecida.

– Kylie – disse David Ward, imaginando se ele se lembraria daquele dia como um dia de mau agouro ou se ficaria grato por ele para sempre. – Eu sei onde ela está.

⁂

Ian ia correr cedo, antes das seis. Ele fazia isso todos os dias e não ia parar por causa de um ataque que, para dizer a verdade, o deixara um pouco fraco mesmo após a cura. Ele certamente não iria permitir que a presença dos seus convidados indesejados interrompesse sua rotina, embora Sally estivesse entre eles. Sally, que não falava com ele, que desviava o olhar se ela o pegasse observando-a e que disse uma vez: "Pare com isso agora!". Bem, ela estava certa, é claro. Ele não tinha nada que se envolver com ela ou com qualquer outra pessoa. Quanto à Sally, ela teria partido antes que ele se desse conta. Mesmo assim, ele tinha sido afetado pela presença dela e precisava correr mais do que nunca para tirá-la dos pensamentos.

Os americanos tinham ocupado o apartamento de Ian, obrigando-o a dormir sobre um cobertor, no chão da sala da frente, ao lado das estantes, onde ele não conseguia descansar. Ele ainda sentia algumas dores e seu pulso estava irregular. Ian esperava que o exercício ajudasse na sua recuperação. Ele tinha pensado, pela primeira vez, que correr poderia ser sua salvação quando estava na prisão e, assim que saiu de lá, começou a correr para valer. Cada vez que saía nas ruas, ele se lembrava de como era viver trancado, e aquela manhã ele se lembrava de como era estar preso dentro de um corpo congelado, enfeitiçado e incapaz de se mover.

Ele teria que recompensar Sally Owens por salvar sua vida. Na última noite, eles tinham jantado rapidamente uma sopa que Franny Owens tinha feito, usando aparentemente todos os ingredientes que havia na sua despensa. Ele estava vasculhando uma gaveta, em busca de colheres, então de repente parou e olhou para cima, fascinado.

– Não é nada – disse ele, como se fosse um menino se sentindo culpado por ter sido apanhado roubando.

– Está olhando para a minha sobrinha – declarou Franny. – Você acha que sou idiota?

- Na verdade não. Eu acho que você é uma bruxa.

– Então você não é tão estúpido afinal.

– Você achava que eu era? – Ian se sentiu magoado e ofendido por ela ter uma opinião tão ruim sobre ele.

Então Franny riu, um som adorável e surpreendente.

– Eu acho que você é inteligente *demais* para o seu próprio bem.

Eles trocaram um olhar e, naquele momento, ele conseguiu ter um vislumbre de Franny quando jovem. Ele se sentia, ao mesmo tempo, atraído por ela e com medo dela, e mais do que qualquer coisa ele sentia que, mesmo àquela altura, ele ainda tinha muito a aprender.

– Eu me apaixonei quando tinha 15 anos – disse Franny, melancólica.

– É mesmo? – Eles haviam baixado a voz, como se conspirassem. De algum modo, estavam se tornando aliados.

– E ainda estou, mesmo que ele tenha partido. Nem todo mundo tem essa sorte.

– Eu suponho que não – Ian concordou.

– Você poderia ter.

– Improvável – ele disse a ela. – Sou alguém sem coração.

Franny riu de novo e ele sorriu, satisfeito por tê-la divertido. Ele era um excelente mentiroso, mas aparentemente ela era capaz de vê-lo por dentro.

— Para descobrir onde está minha sobrinha-neta, temos que descobrir quem somos — continuou Franny. — Você é o historiador. Você é a pessoa de que precisamos.

Ian estava grato por Frances Owens ter tanta fé nele, mesmo assim ele sentiu uma pontada de incerteza. Olhou para os outros, Sally colocando a mesa; Gillian enrodilhada na cadeira de couro dele, falando com Ben ao telefone; Vincent folheando *O Mago*, o livro que tinha mudado a vida dele quando violou, pela primeira vez, a regra da mãe de não ler livros de magia.

— A questão é, você está disposto? — Franny perguntou, num tom de terapeuta. Ele já tinha feito terapia e sabia que os terapeutas sempre jogavam tudo de volta para você, para que respondesse suas próprias perguntas.

— Disposto a quê? — ele perguntou.

— Você sabe exatamente o que quero dizer.

De repente, Ian entendeu que a conversa entre eles era sobre Sally.

— Não sei o que dizer — admitiu.

— Esse é o seu problema — disse Franny. — Você precisa ter certeza.

Ele refletiu sobre o comentário dela em silêncio, enquanto terminavam o jantar. Era verdade que a única imagem de que ele não conseguia se esquecer era de Sally inclinando-se sobre ele, dizendo-lhe para fazer o que lhe mandassem se quisesse sobreviver. Ele não conseguia esquecer a maneira como ela tinha olhado para ele com seus frios olhos cinzentos em desaprovação.

— O gato comeu sua língua? — Gillian perguntou a Ian, que não tinha falado uma palavra durante a refeição.

As duas irmãs se olharam e riram. Será? Talvez não, mas a manteiga derretia no prato sobre a mesa, um sinal claro de que alguém tinha se apaixonado.

– O que você quer do pobre homem? Ele acabou de escapar da morte – disse Franny em nome de Ian. – Ele está em recuperação.

Ian entendia o quanto isso era verdade. Ele estava em recuperação há mais tempo do que poderia mensurar, distanciando-se das pessoas. De algum modo, mergulhar naquela estranha paralisia rubra tinha servido para despertá-lo. Ele agora podia ver as pessoas como elas realmente eram, não importava que idade tivessem. Franny como uma jovem ruiva que faria qualquer coisa por aqueles que amava; Vincent como um homem de espírito livre e rebelde, que caminhava pelas ruas da cidade com um cão semelhante a um lobo em seus calcanhares; Gillian como uma criança girando de braços abertos, na esperança de não cair, mas na realidade sem se importar com a possibilidade de cair; e Sally, Sally estava bem ali diante dele, uma garota morena e séria que desejava nunca se apaixonar, com tanto medo de partir seu coração que nunca o abria e, portanto, o partia ela própria.

– Você está bem? – Sally perguntou a Ian enquanto se servia de mais sopa.

Ele fez que sim com a cabeça, incapaz de tirar os olhos dela. Riram dele quando ele não falou nada e perguntaram que tipo de resposta era aquela. Ian não os culpou por se divertirem com a sua mudez, algo incomum em seu caso, pois ele era um homem muito falante, que podia dar palestras por três horas seguidas, mal parando por tempo suficiente para recuperar o fôlego. A mãe dele sempre dizia que a arrogância do filho deixava as pessoas paralisadas. Dessa vez, ele ficou quieto, sabendo o quanto pareceria desagradável se falasse a verdade. *Você precisa mais de mim do que imagina.*

Ele saiu de casa enquanto os americanos ainda dormiam e foi diretamente para Lancaster Gate, onde poderia buscar referências ao *Livro do Corvo* em paz, sem seus convidados atrás dele. Ele era membro da Biblioteca Invisível e tinha sua chave com ele. Quando chegou ao seu destino, vestiu seu suéter de lã e subiu os degraus de dois em dois até a porta. Ele sabia que estava prestes a tomar o Caminho Tortuoso, uma magia que não tinha começo nem fim e, em vez disso, se enrodilhava como uma cobra, com o rabo na boca, para que seu praticante não pudesse se aventurar para longe da rota que estabeleceu. Ele tinha um lado negro e temia que tivesse também um lado profundamente emocional. Ian sentia a agitação do seu outro eu dentro dele, aquele que tinha sido ladrão, trancafiado muito tempo atrás e depois descartado, mas, que mesmo assim, era a parte mais empedernida dele, que o tornava destemido quando um homem mais sábio teria ficado alarmado a ponto de recuar.

Sally o ouvira na sala da frente antes de ele sair, preparando rapidamente uma xícara de chá antes de atravessar a porta. Ela não tinha motivo nenhum para confiar em Ian e todos os motivos para precisar dele. Ela vestiu uma roupa às pressas, calçou as botas e o seguiu até Westbourne Grove, onde pegou um táxi para não perdê-lo de vista.

– Não dá para seguir um maratonista – brincou o motorista quando Ian entrou no parque. – Ele vai pegar uma trilha. – Era uma manhã quente e Ian tinha tirado a camisa, pois evidentemente não costumava seguir as regras de decoro. Assim que o motorista avisou Sally de que esse sujeito que ela queria seguir provavelmente correria pelo gramado, Ian decolou sobre a grama orvalhada e eles não puderam mais segui-lo de perto.

– Faça o melhor que você puder – sugeriu Sally.

Eles o perderam por um tempo, mas então ela o avistou cruzando a região de Bayswater, na direção das casas da Lancaster Gate, com vista para o parque. Ela sentiu o coração disparar; era como se estivesse rastreando um animal selvagem, que preferia não ser visto. Sally rapidamente pagou ao motorista, agradeceu por ser tão persistente, saiu e atravessou a rua. Ela estava vestindo uma das camisas brancas que tinha pegado emprestado de Ian sem pedir, mas não que isso tivesse importância. Havia muitas outras no armário dele. Ele de repente se virou como se ela tivesse chamado seu nome, antes mesmo de ela subir as escadas para se juntar a ele.

– Eu achei que você poderia estar tentando fugir – justificou ela.

– Fugir do meu próprio apartamento? – Ian abriu a porta, gesticulando para Sally entrar.

– Achei que poderíamos ter assustado você.

– Vocês não me assustam. – *Você ainda mente muito bem*, ele pensou consigo mesmo. *Você os ajudará como você deve fazer e tudo acabará em breve. De qualquer maneira, não é nada. É só a sua imaginação.*

– Que lugar é este? – perguntou Sally.

– Uma biblioteca. Para pessoas como nós.

– A que tipo de pessoa você está se referindo? – Ela estreitou os olhos, esperando uma resposta que certamente não gostaria de ouvir.

– Pessoas que gostam de livros – disse Ian, orgulhoso de sua resposta evasiva.

– Gosto de livros – disse Sally. – Sou bibliotecária.

– É mesmo? – Claro que ela era. Ian tinha conhecido bibliotecárias extremamente sensuais. Era a combinação do amor que elas sentiam pelos livros, o que sempre aumentava a beleza delas, com o fato de que geralmente sabiam mais do que ele, que ele achava estranhamente excitante.

Sally olhou para as molduras ornamentadas do teto, extraordinárias em seus detalhes, mas, na opinião dela, estragada pela pintura de um vermelho profundo e brilhante.

– Que cor horrível! – ela comentou.

– É a cor da magia. Provavelmente é por isso que você não gosta.

Ian lhe lançou um olhar de soslaio e quando ela olhou para ele, ele sentiu uma espécie de pânico. *Dane-se*, ele pensou. *Não pode ser o que estou pensando.*

Sally não gostou da biblioteca. Não era apenas a cor que estragava a madeira que a incomodava, era o conteúdo das prateleiras.

– A magia destrói as pessoas, por que eu gostaria dela?

– Eu costumava acreditar nisso, mas depois cresci. – Ian olhou-a com a intenção de zombar dela, mas seu olhar acabou transmitindo outra coisa totalmente diferente, uma emoção intensa que o envergonhou. Por que ele estava discutindo com ela? Ele sabia quem ele era, um homem egocêntrico, não alguém interessado nos problemas das outras pessoas. Ele era sempre o namorado indiferente, que nem piscava quando uma mulher decidia que já estava farta dos seus modos frios e egoístas e o deixava, já que era isso mesmo que ele queria. Sem embaraços ou complicações. Seu trabalho era mais do que suficiente para ele. Ele já tinha visto o que o amor era capaz de fazer, como levava tantos a praticar a magia da mão esquerda; ele preferia acordar sozinho em sua cama.

– Então você encontrou sua salvação na magia – disse Sally com desdém. – E acha que tudo bem se de vez em quando recorrer à magia negra para conseguir o que quer.

Ele deu um suspiro. O que a fazia pensar que o conhecia? E, pior, e se ela tivesse razão?

– Está tudo escrito em você. Você não apenas acredita em magia, você é consumido por ela.

Aquilo já era provocação. Havia milhares de outras coisas que ele poderia estar fazendo aquela manhã.

– Se desaprova, talvez deva seguir o seu caminho e deixar que eu siga o meu.

Sempre que Sally se sentia vulnerável, ela era desagradável, e sabia disso. Será que eles eram parecidos nisso?

– Eu não devia ter dito essas coisas – ela admitiu. – Estou desesperada.

– Nós vamos encontrá-la. – Então agora éramos "nós", não é? Ian se sentia um completo idiota. Ele estava pensando demais. O que havia entre eles era praticamente um acordo comercial, o mais antigo de todos. Uma vida em troca de outra vida.

Ele foi falar com o bibliotecário, que já o tinha ajudado em suas pesquisas antes. Quando ele começou a fazer perguntas sobre *O Livro do Corvo*, o bibliotecário acenou com a cabeça e os conduziu por um longo corredor, até a sala de leitura. Ian olhou para Sally, que o seguia de braços cruzados, como se precisasse se proteger do que havia em torno. A magia pairava no ar, quase era possível sentir seus longos suspiros tristes a cada respiração.

Vincent estava ali havia mais de uma hora. Ele tinha recebido um par de luvas pretas de algodão para usar enquanto examinava as pilhas de grimórios, alguns doados, outros roubados ou encontrados por acaso, outros ainda que tinham conseguido escapar por pouco de serem queimados, suas páginas chamuscadas, o papel exalando o acre cheiro de fumaça. Até o momento, ele havia descoberto várias referências à Amelia Bassano, que conhecia astrólogos, membros da realeza e gente do teatro, mas nenhuma menção ao *Livro do Corvo*.

Sally não ficou surpresa ao descobrir que seu avô tinha chegado antes deles à biblioteca. Sua tia Franny tinha confidenciado que, na juventude, Vincent havia praticado a magia da mão esquerda e que tinha nascido com a magia nas veias, sempre curioso, capaz de ver o que outros não viam.

– Sua filha esteve aqui – disse Vincent à Sally. – Ontem. Ela está com o livro, mas ele se recusa a abrir.

Atordoada, Sally voltou-se para o bibliotecário.

– Você a ajudou?

David Ward explicou que tinham encontrado pouca informação a respeito do *Livro do Corvo*, apenas uma menção à prática de magia de Amelia Bassano. O bibliotecário parecia estar mais interessado em referências à história da família Owens.

– Nossa história? – Sally disse, cautelosa.

Ele achava mais sensato seguir essa linha de pesquisa, pois toda maldição começava no passado.

Sally examinou rapidamente os registros de que uma mulher chamada Hannah Owens tinha sido julgada por Bruxaria e depois libertada quando a perseguição às bruxas tinha temporariamente amenizado e as mulheres presas, libertadas sem maiores explicações.

– Esta é a minha casa – Ian disse a eles. Todos esperaram que ele dissesse mais, mas ele permaneceu em silêncio, confuso com a reviravolta nos acontecimentos. Não acreditava no conceito de destino e, ainda assim, ali estavam eles, com antepassados que moravam na mesma região rural. Ele via a si mesmo como um menino de 10 anos, de pé na beira de um pântano, certo de que, se apenas esperasse tempo suficiente, saberia por que estava fadado a crescer num lugar que desprezava.

Ian pediu para olhar o livro, um registro genealógico de sua cidade natal, Thornfield. Ele sentiu um arrepio de sacudir os ossos quando viu o nome Lockland.

– Hannah Owens estava envolvida com os Lockland em meados do século XVII – disse David Ward. – Pelo que sei, o ancestral original providenciou para que ela fosse queimada como bruxa.

Sally sentiu um arrepio percorrer seu corpo.

– Você mencionou isso para minha filha?

– Eu sugeri que os Lockland podem ter documentos guardados. Havia uma referência ao último membro remanescente da família, Tom Lockland.

Tom Mau-Caráter, Ian pensou. *Aquele bostinha*. Ele tinha ouvido falar que Tom Lockland estava roubando livros de magia de praticantes e historiadores, numa tentativa de ter acesso à magia. Alguns meses antes, Tom tinha ido ao escritório de Ian e tivera a ousadia de perguntar se Ian queria contratá-lo como assistente. A resposta foi não e desde esse dia Ian se perguntava o que Tom realmente desejava. Agora ele se perguntava se Tom Lockland seria o responsável pelo desaparecimento do *Rauðskinna* e se o feitiço poderia ter sido um ato de vingança por Ian tê-lo dispensado sem demora.

Ian conhecia Tom desde que ele perambulava, ainda menino, pela cidade onde os dois tinham crescido, com sede de vingança. Tom era 25 anos mais jovem que Ian, mas já tinha má reputação na cidade desde que tinha 12 anos. Aquela era uma idade ruim, em que não se é nem adulto nem criança, e muitas vezes as pessoas se perdiam naquela idade. Tom tinha sido expulso da escola mais de uma vez, conhecido por iniciar incêndios nos arbustos da floresta e com suspeitas de ser o causador um incêndio iniciado nas lixeiras atrás da biblioteca local, que felizmente fora apagado antes que as chamas pudessem atingir o prédio. Depois da prisão, Ian tentou se redimir dos erros cometidos, imaginando que Tom fosse uma alma gêmea que precisava de ajuda para se firmar. A juventude rebelde de Ian não o havia definido e ele queria compartilhar esse conhecimento. Sabia dos rumores sobre os Lockland; a família que tinha ido a ruína depois de ostentar grande fortuna e atingir o status de realeza. Ian havia imaginado que eles tinham algo em comum, e achado arrogante pensar em si mesmo como um mentor em potencial, mas Tom zombou da amizade que ele ofereceu, afastando-se e dizendo para Ian dar o fora.

Nos anos que se seguiram, ele ouviu boatos de que Tom costumava acampar com frequência no Solar dos Lockland, uma vez por um ano inteiro, arremessando uma tenda pela janela de um dos cômodos abandonados e morando ali durante um período de inverno brutal, roubando botas e um casaco de um casal de idosos que ligou para a polícia quando viu um adolescente correndo pelos campos, mas que, quando um detetive foi questioná-los, descobriu que não conseguiam falar para colocar a culpa em Tom. Havia raiz de garança em suas mãos e pés, e uma trilha de pó na frente da casa deles, e eles nunca mais falaram no assunto. Tom conhecia os venenos desde essa época, Ian percebeu.

Ele se lembrava de que Tom tinha colocado vidro ao redor do perímetro da sua tenda, no formato de um pentagrama, para enviar qualquer mal que lhe mandassem para o lugar de onde viera. Tom estava começando a praticar a magia da mão esquerda nessa época, feliz por estar usando o Caminho Tortuoso para se vingar de qualquer um que cruzasse seu caminho. Ele não se importava que a mansão estivesse em ruínas, que fosse muito cara para o condado manter e que fosse pouco mais do que uma relíquia; ele considerava a propriedade como dele. A magia não era natural em Tom, mas ele tinha algumas habilidades aprendidas. Uma vez, quando Ian estava visitando a mãe e passeava com seu labrador, Jinx, o cachorro tinha corrido para um celeiro na propriedade dos Lockland, latindo feito louco. Por causa da algazarra do cachorro, Ian parou para espiar dentro da casa. Tom estava nu em frente a uma fogueira que cuspia fagulhas e fumaça, alimentada pelo combustível dos livros que ele encontrara na mansão.

Queimar livros era um ato tão brutal e sem sentido que Ian gritou com ele, mas Tom se virou para ele e zombou:

– Eu faço o que eu quiser. Você não pode me impedir. Ninguém pode.

Ian contou à mãe o que vira e Margaret Wright balançou a cabeça, embora não tivesse ficado surpresa. Ela praticava a Arte Sem Nome e, portanto, era capaz de ver o caráter das pessoas.

– Se você conhecesse toda a história, saberia o motivo. O passado pode assumir o controle, se você deixar. Esta cidade não é o motivo de ele estar amaldiçoado, mas ele culpa cada um de nós. O que existe dentro dele é que é o problema. A negligência que ele sofreu, isso é que é o problema. Se você pensa que você é um lixo, é isso que você se torna.

Ian achou que seria mais rápido se ele fosse correndo para casa, considerando o tráfego de Londres aquela hora, mas Vincent insistiu em chamar um táxi para eles. O bibliotecário deu a Vincent seu número de telefone, caso precisassem de mais pesquisas, algo que ele nunca oferecera a Ian, apesar de todo o tempo que o historiador tinha passado na biblioteca. Vincent percebeu que Ward tinha lhe passado seu número de telefone pessoal.

– Você poderia me ligar para dizer como está a garota – disse David. – Se não se importa.

A chuva que havia diminuído tinha voltado, molhando o asfalto. A cidade estava escura e eles tiveram sorte de pegar um táxi, ou talvez não tivesse sido apenas sorte. Talvez fosse Vincent ali na calçada, sob um poste de luz que tremeluzia, cinza e depois brilhante outra vez.

– Você está pronta para isso? – Vincent perguntou à Sally enquanto abria a porta do táxi para ela.

Sally sempre tinha negado seu talento, mas agora ela podia sentir que estava se abrindo para esse lado de si mesma. Ela já podia ver a história da alma das pessoas ao seu redor, uma característica de quem tinha a visão, quisesse ou não. Ela sentiu o remorso do taxista por ter brigado com o filho e o sofrimento do bibliotecário pela perda da filha, e o homem ao lado dela, inclinado para a frente para dar ao motorista seu endereço, que acreditava ser imune ao amor. Por vinte anos ele não tinha pensado em nada além do seu livro. Sem o trabalho, ele temia que pudesse se tornar o seu eu do passado, atraído para o Caminho Tortuoso por seus próprios motivos egoístas e abandonando o amor. A mãe dele sempre insistia em dizer que ninguém era imune ao amor. Era impossível, ela dizia. Em sua última visita à casa materna, ela tinha pegado as mãos do filho para ver qual seria o destino dele. Enquanto ela interpretava as linhas da sua mão direita, o destino que ele tinha recebido, ela soltou um suspiro de pesar, mas então o surpreendeu rindo alto, quando examinou a mão esquerda dele.

– Você vai ter uma surpresa – ela disse.

– Você não pode esconder de mim se já sabe o que vai acontecer – Ian insistiu.

– O destino vai levar a melhor sobre você – avisou Margaret Wright, usando um velho ditado que muitas mães diziam aos filhos na aldeia. – Se você não tirar o melhor proveito dele. Isso é o que as bruxas dizem.

Agora no táxi, ele pensava que a mãe iria se divertir se visse como ele ficava desconcertado sempre que estava na presença de Sally. Ele mal conseguia olhar para ela. Seu primeiro impulso era saltar do táxi no próximo farol vermelho e correr para longe, mas ele ficou onde estava, já se censurando por ser um tolo.

– Vamos pegar os outros e, em seguida, tomamos o trem para Essex – disse Sally. – Temos de chegar lá o mais rápido possível. Tudo bem?

Ela sabia que ele diria sim antes mesmo de fazer a pergunta. Seu mundo já havia começado a mudar. Se magia era o necessário, magia era o que seria feito. E então ela disse sim para o homem que a levaria ao primeiro Condado de Essex, onde a terra era tão pantanosas que os mais desatentos afundavam nos pântanos se não tomassem cuidado, onde os corvos protegiam uns aos outros e o Campo da Devoção costumava ser o cenário usado para celebrar casamentos, onde era possível encontrar o que estava perdido, onde havia cinzas no céu no dia em que uma mulher tinha sido queimada, quando Maria Owens decidiu pela primeira vez que o amor não era uma bênção, mas uma maldição.

PARTE QUATRO

O Livro do Amor

I.

Enquanto o trem avançava pela noite escura, Gillian recostou-se em seu assento para observar da janela a lua rosa subindo no horizonte. Quando ela era jovem, as pessoas diziam que ela podia enfeitiçar os homens com um único olhar, mas a verdade é que ela nunca tivera poder para fazer isso. Ela havia trilhado o Caminho Tortuoso quando se envolveu com um homem que só lhe dava problemas, e tinha aprendido a lição. Nunca ame alguém que não pode retribuir esse amor, Jet havia dito a ela. *Isso é o caminho para um coração partido e nada mais.*

Gillian ficou feliz por se sentar sozinha no trem e poder pensar em paz, sem ninguém para interromper seus pensamentos. Eles estavam passando perto da aldeia de Canewdon, antes chamada de aldeia das bruxas, e Gillian olhou para fora, presumindo que veria apenas o céu e as campinas, mas ela viu algo mais. Inclinou-se para frente, ainda absorta em seus pensamentos, enquanto se esforçava para distinguir a forma do outro lado da janela. Ninguém mais olhava para fora. Ninguém mais percebia nada incomum.

Franny e Vincent estavam sentados lado a lado, as cabeças próximas, rindo enquanto falavam sobre o passado. Sally e Ian acabaram se sentando juntos acidentalmente. Assim que Ian se sentou ao lado dela, Sally gritou:

– Gilly, venha se sentar comigo. – Ian imediatamente se levantara, garantindo que não se importaria de se sentar em outro lugar, mas

Gillian tinha implorado para ficar sozinha, explicando que estava esgotada com a mudança no fuso horário e queria dormir. Ian e Sally então trocou olhares tímidos. – Eu não gosto de conversar enquanto viajo – Sally o avisou, soando mais arrogante do que pretendia. Ian entendeu muito bem. O que ela queria dizer era simplesmente, *Me deixe em paz.*

– Tudo bem – tranquilizou-a Ian, enquanto retomava o assento ao lado dela. Ele desejou que ela não tivesse um rosto em formato de coração. Ele nem sabia que existia tal coisa, mas lá estava, carrancudo, olhando para ele. – Não diga nada. É um favor que você me faz também – ele disse, categórico. *Melhor manter distância*, ele disse a si mesmo. E ainda assim não conseguiu seguir seu próprio conselho e se aproximou dela. – Podemos nunca nos falar se é assim que você prefere. – *Meu Deus*, ele pensou, *o que havia de errado com ele?*

Sally começou, indignada.

– Você está tentando ser rude?

– Eu não preciso tentar. – Por que não ser direto? Esse sempre fora seu modo de agir no mundo. – Eu nasci assim e tenho certeza de que minha mãe, que você vai conhecer em breve, concordaria. Quando Ian viu o olhar curioso no rosto de Sally, ele acrescentou: – Se você não me quer aqui, é só dizer. – Ele parecia um lunático apaixonado até para si mesmo. – Posso ir me sentar no banheiro.

Mesmo contra a vontade, Sally riu, encantada com a maneira como ele se expressava ao falar, pois no fundo ele era filho de sua mãe. Pode-se julgar um homem pelo modo como ele trata a mãe e, por baixo da sua fachada mal-educada, Ian era dedicado à dele.

– Claro que quero você aqui. Você me deve isso. Mas lhe dou minha palavra de que vou ignorá-lo. – Sally assegurou. – Isso não vai ser difícil.

O que quer que houvesse dentro dele reagiu e ele a encarou com um olhar ofendido.

– Agora eu o insultei. – Sally ficou surpresa, não esperava que ele fosse tão sensível. Talvez fosse essa a razão de toda aquela tinta no corpo dele. Por baixo das roupas, as tatuagens eram sua armadura.

– Eu lhe devo lealdade e por isso estou aqui. – Ian estava fazendo o melhor possível para resolver a situação. – Podemos pôr um ponto final nessa discussão? – Ele a estava levando para a casa da mãe, que nunca tinha conhecido uma mulher com quem o filho estivesse envolvido, visto que nenhum relacionamento dele tinha durado muito. Não que ele estivesse envolvido com Sally, mas as mães pensam o que querem e a dele daria uma boa risada disso tudo.

– Sim – disse Sally, se desculpando. – Sinto muito. Eu é que fui rude. – Ela se virou para a janela, vencida. Por um momento, olhou para o dia escurecendo. Os morcegos cintilavam sobre as árvores. Havia uma superstição, transmitida de geração em geração, de que as bruxas não conseguiam chorar. Talvez essa crença fizesse que ficasse mais fácil queimá-las; talvez fosse mais suportável afogar uma mulher se a pessoa estivesse convencida de que ela não tinha sentimentos.

– Sua filha vai ser encontrada. – Ian parecia seguro de si. Ele conhecia Essex melhor do que ninguém, depois de passar horas nos pântanos, apesar dos avisos da mãe de que se afogaria se não tomasse cuidado. Havia uma velha casa abandonada onde eles tinham morado, que ficava quase cercada pela água quando a maré estava alta. Ele passava um bom tempo do lado de fora, observando as garças e colhereiros empoleirados nas árvores e perambulando pela água. Na opinião dele, aquela paisagem era mágica.

Gillian olhava pela janela e se perguntava se seria ambiciosa demais. Ela tinha uma vida maravilhosa e ainda assim não estava satisfeita. Enquanto olhava para fora, ela viu algo, uma sombra inesperada. Era uma silhueta nos pântanos, algo que as pessoas chamavam de sombra ou fantasma. Não era um espírito propriamente, mas sim uma memória, como se a pessoa fosse pega num *looping* temporal infinito, que não era capaz de interromper por não conseguir ou querer seguir para o Outro Mundo. Gillian já tinha ouvido falar sobre tais avistamentos em Salem e Boston, camadas de arrependimento que intermeavam a fragmentada história do passado e aprisionavam uma alma, mantendo-a ali, no mesmo intervalo de tempo, repetindo indefinidamente um momento ou uma ação. Dizia-se que era possível caminhar pela Beacon Street ao anoitecer e vislumbrar meia dúzia desses fantasmas. Embora as bruxas nasçam com a capacidade de ver fantasmas, Gillian nunca tinha visto um, e agora ela esticava o pescoço para ver, aproximando-se da janela, com o nariz tocando o vidro.

A distância, uma menina de uns 11 anos chapinhava na água, no meio do mato, carregando seus pertences acima da cabeça para que não molhassem. Um corvo voava no céu, preto contra o crepúsculo violeta, difícil de ver, mas bem visível quando Gillian estreitava os olhos. O pássaro estava circulando sobre a copa das árvores fazia trezentos anos, seguindo uma garota que havia deixado o mundo mortal havia muito tempo. Em algumas noites, a máquina do tempo era rebobinada e o passado vazava para o presente. Era como se a parte de trás de um relógio fosse aberto, para mostrar seu funcionamento. Mesmo para aqueles com a visão, era uma maravilha contemplar o tempo em toda a sua beleza e complexidade: *o que foi, o que é, o que será*.

A garota nos pântanos se virou, como se pudesse ouvir o trem que só existiria dali a centenas de anos, inclinando a cabeça e fazendo que as mechas do seu longo cabelo escuro quase cobrirem seu rosto, enquanto tinha, ao que parecia, um vislumbre de Gillian com as mãos em concha contra o vidro, para poder olhar para fora sem os reflexos para atrapalhar sua visão. A garota caminhando pela paisagem inundada carregava um livro negro. Tudo parecia familiar, como se fosse uma imagem que Gillian tivesse visto num sonho.

Você me vê como eu a vejo? Você deseja que eu saiba o que você sabe?

O trem seguiu em frente e logo não havia nada além do vidro, apenas a escuridão caindo sobre juncos e água, peixes e raposas e corvos. Gillian se inclinou para falar com Sally por sobre a divisão dos assentos.

– Está tudo bem? – ela perguntou à irmã.

O historiador estava lendo; ele nunca ficava sem um livro, e aquele pequeno volume era um grimório escrito por uma garota de Manningtree, uma cidade da região, cuja mãe e irmãs tinham sido condenadas à morte durante a perseguição às bruxas. Ele desviou os olhos do livro e viu Gillian pegar a mão da irmã, se sentindo tocado com tanta ternura.

– Claro – disse Sally. – Está tudo bem.

Exatamente o que ela diria, mas nem por um instante Gillian acreditou.

– Eu vi um fantasma lá fora – Gillian murmurou.

– Provavelmente uma árvore – Sally foi rápida em corrigir a irmã, negando a magia como sempre.

Gillian negou com a cabeça.

– Era uma menina. Acho que é sorte. Havia um corvo com ela.

Na família delas, os corvos significavam sorte. Sally apertou a mão da irmã, querendo acreditar. Elas, na realidade, já não eram tão diferentes. Quando Gillian voltou a se ajeitar no seu assento, Sally percebeu o olhar de Ian.

– Você quer alguma coisa?

– Eu sempre quero alguma coisa. Neste momento, quero dormir.

Ele era um bom mentiroso, mas Sally não acreditou nem um pouco. Ela ainda sentia seu olhar sobre ela.

Eles ficaram em silêncio por um tempo, então Sally disse:

– Existem fantasmas lá fora?

– O tempo está lá fora. Tudo o que já aconteceu ainda está acontecendo. Por exemplo, se eu pegar a sua mão. – Ele fez o que estava falando. – Isso vai continuar acontecendo por centenas de anos.

– Será? – Sally disse.

— Isso é o que as pessoas dizem. — Ela tirou a mão da dele. O toque era ardente. Aquilo não iria acontecer. Certamente não era o que ela estava procurando. — Não adianta tirar a mão — disse ele quando ela se afastou. — Ainda está acontecendo. — Quando ela franziu a testa, Ian encolheu os ombros. — Estou apenas repetindo o que diz a superstição local.

— Magia — disse Sally com desdém.

— Não é o que arruína você — Ian assegurou-lhe.

— Não é? — Ela olhou para ele no fundo dos olhos. Apesar da frieza dela, ela o achava curioso e intrigante.

— Eu sei por experiência própria. As pessoas arruínam a si mesmas.

༺༻

Por fim, eles chegaram à cidade onde Ian havia nascido, chamada Thornfield, um lugar que ele achava tão insuportável que passara toda a sua juventude tramando uma fuga. A aldeia tinha crescido em torno de uma grande casa senhorial, que agora estava em ruínas, tendo sido abandonada quando a família que a possuía tinha fugido, envergonhada.

Quando eles chegaram, Ian assobiou para chamar um táxi, conduzido por um sujeito chamado Matthew Poole, seu antigo colega de escola. Matt Poole ajudou a colocar a bagagem na grande van azul, que claramente precisava de reparos, embora fosse o único táxi de Thornfield.

— Parece que você trouxe uma multidão para ver sua mãe — Matt disse enquanto acomodava as malas, atirando-as na parte traseira da van. — Como vão caber na casa dela?

Todo mundo sabia que Margaret Wright não ligava para confortos, muito menos luxos. Ela acreditava num estilo de vida simples, que não diferia muito da vida da sua avó e bisavó, e ainda usava uma bomba d'água e tinha um banheiro que ficava fora de casa. Aquelas eram algumas das razões que levavam Ian a desprezar sua casa quando jovem. Naquela época, o que ele mais queria no mundo era um carro veloz e um flat em Londres.

— Eles vão ficar no Hedges — Ian disse a Matt. — Já liguei avisando. Ele se virou para Sally, então. — Eu pego vocês pela manhã e vamos visitá-la.

— Você não vai ficar na pousada conosco?

Ian olhou para ela. Seu pulso estava muito rápido. *Isso não pode acontecer*. Um homem como ele devia ficar o mais longe que podia de uma bruxa.

— Você precisa dele para alguma coisa? — perguntou Franny, divertida, quando ouviu a pergunta de Sally. O historiador era um homem bem bonito, afinal, e eles já tinham visto cada pedacinho dele.

— Todos nós precisamos que ele procure Kylie — respondeu Sally. Depois se virou para Ian, embora fizesse o possível para não olhar diretamente para ele. — Achei que começaríamos a pesquisa o mais cedo possível. Essa foi a única razão que me fez pensar que você ficaria na pousada.

— Se eu não for visitar minha mãe, ela me mata — explicou Ian para Sally. *E eu não confiaria em mim mesmo estando sob o mesmo teto que você e não tenho ideia do que estou fazendo aqui, no escuro, nesta cidade que eu mal podia esperar para deixar, nem entendo por que não quero me afastar nem um milímetro do lugar onde estou agora.*

— Claro — Sally concordou. — Você deve ir ver a sua mãe.

Ian disse boa-noite e desceu a High Street, virando na Littlefields Road, que levava aos pântanos. A mãe dele morava do outro lado da cidade, numa estrada de terra esburacada. Ela nunca tivera um carro e preferia sua bicicleta. Quando ia ver Ian na prisão, pegava um ônibus, e não tinha viajado desde então. De qualquer maneira, seria bom para ele andar um pouco e esfriar a cabeça. Mas, quando se aproximou dos pântanos, percebeu que era a estação dos sapos e lá estavam eles, coaxando na estrada, chamando uns aos outros no calor verdejante da estação de acasalamento, os machos inchados e cintilantes, sem prestar atenção ao fato de que estavam enviando seu chamado de acasalamento no meio da estrada e que muitos seriam esmagados se passasse um carro.

– Saiam da frente – ele disse aos sapos enquanto caminhava.

Eles continuaram a ignorá-lo e no final ele é que tinha que olhar por onde andava, pisando com todo cuidado, pois dava azar matar um sapo. Ian concluiu que era mais fácil caminhar pela floresta, onde o pior que poderia acontecer era pisar numa hera ou em ervas daninhas. Se havia alguém naquela cidade que sabia tudo sobre magia, essa pessoa era a mãe dele. Ele poderia estudar a vida toda, poderia escrever a *História da Magia* definitiva, mas Margaret Wright sabia a Arte Inominável sem que ninguém lhe tivesse ensinado e era por isso que ele precisava vê-la.

Gillian ouviu o chamado dos sapos, um som esganiçado e urgente. Ali, no primeiro Condado de Essex, ela se sentia uma pessoa totalmente diferente, ou talvez fosse simplesmente que, depois de todo aquele tempo, ela finalmente sabia quem ela era.

– Você já viu algo estranho enquanto andava no brejo? – Gillian perguntou ao motorista, Matt, enquanto ele carregava a bagagem para o táxi.

– Nós os chamamos de pântanos. Você encontrará água, senhorita, e muito mato. É um lugar onde é preciso ter cuidado, caso contrário você pode se afogar e se juntar aos outros que já se afogaram lá. A gente pode encontrar sapos ali também, especialmente nesta época do ano. É o coaxo deles que a senhorita está ouvindo agora. Eles costumavam ser caçados por aqueles que queriam se proteger do mal. Dizem que existe um osso de bruxa em cada sapo. Pessoas chamadas de "homens-sapos" estudavam magia e meu bisavô foi um deles. – Matt pegou uma latinha de pastilhas para tosse e sacudiu. Gillian podia ouvir algo dentro dela chacoalhando. O taxista baixou a voz.

— Eu tenho meu próprio osso de bruxa. Você corta um sapo, tira o osso e o deixa secando ao sol. Depois é só deixá-lo perto do coração para ter proteção e coragem. Eu não andaria pelos bosques sem ele. Ele protege contra o mal e ainda dá poder, principalmente sobre cavalos e mulheres.

Gillian olhou para ele. Quando ela falou, seu tom era sombrio.

— Vocês acham que mulheres e cavalos pertencem à mesma categoria?

— De jeito nenhum. Não me entenda mal. Só estou dizendo que os homens são uns tolos que precisam de toda a ajuda que puderem, não importa com o que ou com quem estejam lidando. Todo viajante costumava carregar um osso de sapo se tivesse a sorte de arranjar um. Até mulheres como a senhorita.

Matt continuou a falar, mas Gillian não estava mais ouvindo. Talvez a garota nos pântanos estivesse segurando uma lasca de osso de sapo, usada para manter uma pessoa protegida de todos os males do mundo. Talvez fosse uma mensagem para Gillian. *Seja quem você pode ser, não quem os outros pensam que você é.*

Gillian foi a última a entrar no táxi. Ela se deixou ficar do lado de fora um pouco mais, respirando o ar fresco e frio. Desde que vira a garota nos pântanos, podia ver espíritos vagando pela copa das árvores. O aroma ao redor era do aroma verdejante dos pântanos encharcados, onde uma mulher podia se perder, podia se afogar se não fosse cuidadosa, se sua linhagem não a protegesse, fazendo que flutuasse na água. Gillian não precisava de nenhum feitiço, como cardo-de-leite fervido, para ver fantasmas. Ela tinha acabado de ver um. Uma mulher andando na rua, que tinha sido solta da prisão e havia encontrado sua casa saqueada por aqueles que pensavam que ela era uma bruxa. A mulher parou e se virou para olhar Gillian, um gato malhado abatido em seus braços. A cabana rústica que ela havia deixado abandonada quando fugiu para a floresta era atualmente a biblioteca da cidade, chamada Biblioteca do Gato, por razões que ninguém em Thornfield podia se lembrar, e aquele fantasma descia por aquela estrada todas as noites havia trezentos anos, no *looping* de tempo em que Gillian tinha tropeçado. Gillian queria chegar mais perto, mas o que iam pensar se ela saísse correndo pela rua? Em vez disso, ela pôs uma mão sobre o coração como uma saudação e em troca a mulher acenou com a cabeça antes de desaparecer.

Gillian se acomodou no banco de trás do táxi, ao lado de Sally. Ela sempre pensara em Sally como a irmã que tinha poder, mas talvez ela estivesse equivocada. Aparentemente, Gillian tinha habilidades de que nem desconfiava, e aquela cidade tinha despertado os talentos que existiam dentro dela. O que estava feito não poderia ser desfeito, mas o que estava por vir era desconhecido. *O destino pode levar a melhor sobre você ou você pode tirar o melhor proveito dele*, era o que Jet sempre dizia.

– Nós vamos encontrar Kylie – Gillian disse à irmã.

– Vamos – disse Sally, com a voz trêmula.

❦

As irmãs deram as mãos enquanto a van se dirigia para a pousada, que era uma construção em vias de desmoronar, mas considerada pitoresca pelos londrinos que vinham no final de semana procurar antiguidades ou caminhar pela floresta salpicada de flores do campo a cada primavera. Havia histórias de que, nos velhos tempos, aqueles bosques eram um lugar perigoso, onde havia assaltantes, ladrões de cavalos e homens que encaravam homicídios como um mero esporte, mas as pessoas tendiam a rir de tais histórias agora, mesmo das que envolviam mulheres que eram afogadas ou queimadas vivas e amaldiçoavam aqueles que lhe faziam mal. Mesmo assim, havia uma superstição de que os caminhantes deviam pegar uma pedra preta e deixar uma branca no lugar, para apaziguar quaisquer forças mágicas, caso ainda houvesse algum perigo, talvez na forma de uma raiz em que se poderia tropeçar ou uma criança extraviada durante uma excursão escolar ou uma mulher picada por uma abelha.

 A estrada era acidentada, uma pista única, sombria e coberta de mato, mas à luz da redonda lua rosa, eles logo viram a pousada mais adiante, um prediozinho atarracado e caiado de branco, com um telhado coberto de colmo. Havia um *pub* e um salão onde ocorriam as reuniões mensais do conselho da cidade e as festas de casamento e noivado. A pousada tinha seis quartos para hóspedes e três deles estavam sempre vazios, por serem considerados assombrados. Aquela noite, no entanto, eles estariam ocupados, pois os americanos provavelmente não notariam as batidas nas paredes ou o frio nos cantos. Os visitantes dos Estados Unidos estavam sempre com fones de ouvido e costumavam ignorar o que ocorria ao seu redor. Mas, para dizer a verdade, eles eram hóspedes melhores do que os turistas franceses e alemães, que viviam reclamando da decoração simples da pousada. Sim, os móveis eram antigos e os tapetes, surrados, mas não era justamente esse o charme do lugar? Sally, Gillian e Franny ficaram com os quartos mal-assombrados. Eles eram os maiores e mais bem mobiliados, mesmo que a maioria das pessoas se recusasse a passar a noite neles.

 – Se toparem com alguma figura fantasmagórica, jogue sal na direção dela – disse Jesse Wilkie, que tinha feito um intervalo nas suas funções de garçonete para auxiliá-los com a bagagem. Ela tinha vinte e poucos anos e era a mais jovem da equipe, exceto por um garoto chamado George, que vinha ajudar nos finais de semana, colocando o lixo para fora e carregando caixas de mantimentos. – Se o sal não funcionar, diga "afaste-se" três vezes. Minha avó me disse isso quando eu era menina. Deve funcionar.

Franny revirou os olhos. O conselho era totalmente absurdo, embora pudesse funcionar com algum morcego que conseguisse entrar, depois que você jogasse um cobertor sobre ele, calçasse luvas de couro e o levasse para o jardim.

– Sabe se há fantasmas nos pântanos? – Gillian quis saber.

– Ah, aqui eles estão por todos os lugares – Jesse disse, alegremente. – Minha avó me disse uma vez que havia uma mulher na cidade que fornicava com um. Ou talvez ela apenas tenha dito isso para que ninguém perguntasse quem era o pai do filho dela.

– Eu não me importaria de ficar num dos quartos mal-assombrados – disse Vincent. – Não acredito em fantasmas.

– Vamos ficar bem – disse Franny a Jesse. – Não se preocupe conosco.

Vincent gostaria de acreditar. Durante semanas, ele esperou que William voltasse para ele, de alguma forma, após a morte do seu companheiro. Ele relutava em dormir. *Volte para mim*, sussurrava. *Amor da minha vida. Amor eterno*. Uma noite, ele ouviu um arranhão e correu para fora, apenas para descobrir que as trepadeiras estavam batendo no parapeito da janela. Vincent tinha desabado na terra arenosa, exausto, lembrando o que sua tia Isabelle havia dito a eles: quem volta dos mortos passa a ser uma criatura sombria e pouco natural, se foi forçada a voltar por meio da necromancia ou de feitiços. Vincent, porém, tinha nascido com a magia no sangue e, quando visitou Paris e hospedou-se na casa de Agnes, foi ao cemitério à noite para levar uma vela branca ao túmulo de William. Ele a acendeu e esperou que queimasse até o fim e virasse uma poça de cera, com Sabichão ao seu lado. E ainda assim, a noite continuou escura e vazia. Ele não tinha sido capaz de evocar os mortos, nem mesmo achava que isso era possível.

– Vejo vocês pela manhã – disse ele às netas, dando-lhes um beijinho de boa-noite, que, para sua alegria, elas não rejeitaram. – Se precisar de mim, grite – ele disse à Franny.

— E o mesmo digo a você – brincou Franny, sua protetora na infância. – Vou vir correndo e afugentar os fantasmas com meu guarda-chuva.

— Ele é um senhor muito bem-apessoado – disse Jesse, enquanto guiava os outros pelo corredor, até seus quartos. – Aposto que era bem romântico quando jovem.

— Ele era músico – Gillian a informou.

— Isso explica tudo – disse Jesse com alegria. – Sempre tome cuidado com um homem que sabe fazer música. Ele vai roubar seu coração. – Ela percebeu que, embora o tempo estivesse bom, todas as três mulheres usavam botas. A mais velha, inclusive, calçava um surpreendente par de couro vermelho que Jesse achava moderno demais para alguém da idade dela. – Adorei as suas botas – disse ela.

— Você deveria arranjar um par – Franny sugeriu à jovem que as ajudava a se acomodar nos quartos.

— Vou fazer justamente isso – disse Jesse, sentindo que, se calçasse um par de botas vermelhas, com certeza já se sentiria um pouco rebelde.

Jesse conduziu primeiro Sally e Gillian aos seus quartos e recuou um pouco quando as irmãs se abraçaram e trocaram beijos de boa-noite; a mais velha beijou as duas mais jovens, embora estivesse bem claro que ela era meio intratável e fria como um peixe se não se importasse com a pessoa. Jesse se sentia lisonjeada por perceber que a senhora parecia gostar da companhia dela.

Jesse abriu a porta do quarto de Franny. Ele era, na verdade, o melhor de todos, com vista para o jardim da frente. A garçonete achava que, se alguém ali iria reclamar, com certeza era aquela senhora, por isso fazia sentido dar a ela o que eles chamavam de Quarto da Harpa, desde que dois ou três hóspedes tinham jurado ouvir uma harpa sendo tocada no meio da noite, uma bobagem completa na opinião de Jesse. Era mais provável que fosse a *jukebox* do *pub*, um acessório que estava ali desde os anos 1950; talvez um *rock and roll* soasse angelical vindo através do assoalho de madeira.

– Nossa aldeia tem recebido a visita de muitos americanos – Jesse contou à Franny. – Não quero nem imaginar o que eles pensam quando descobrem que o nosso *pub* fecha às onze.

Franny sentiu o coração bater mais forte quando ouviu a referência a outros americanos na cidade.

– Você viu outros americanos recentemente?

– Nós sempre vemos. Eles vêm de lugares distantes, como a Califórnia – disse Jesse, com um olhar sonhador.

– Mas esta semana? Viu algum americano?

– Uma garota. – Jesse encolheu os ombros. – Não quis ouvir uma palavra do que eu disse. – Jesse carregou a mala de Franny para o quarto e colocou-a sobre a instável mesinha de bagagens. Quando se virou, Franny estava bem atrás dela. – Você me assustou agora. – Jesse riu. – As pessoas dizem que costumava haver bruxas aqui na aldeia e elas podiam fazer com você o que quisessem.

– O que você disse a ela? – Franny quis saber. Quando Jesse pareceu não entender, Franny estalou a língua no céu da boca, soando como o estalar de um corvo. – A garota americana!

– Para ficar longe do sujeito com quem ela estava. Ele é um cafajeste e ela parecia inocente.

Franny imediatamente suavizou a voz ao falar com Jesse Wilkie.

– Fez muito bem! – disse ela. – Nós, mulheres, devemos cuidar umas das outras.

– Eu tento – Jesse respondeu com orgulho, antes de deixar Franny usufruir do seu merecido descanso.

Eles fariam mais do que isso, Franny pensou, enquanto se sentava na cama, cujo colchão velho e decaído provavelmente não lhe proporcionaria uma boa noite de sono. Eles levariam Kylie de volta para casa, e o mais rápido possível, pois quanto mais tempo ela ficasse perdida, mais a mão esquerda a reivindicaria. Pela manhã, eles iriam atrás dela, mas aquela noite Franny ficaria acordada e leria o grimório, prestando atenção especial a tudo o que tinha sido escrito por Maria Owens, primeiro com sua garatuja infantil, depois com sua letra pequena e bem-feita. Havia encantamentos anotados com tinta vermelha de hibisco; com tinta marrom de avelãs e nozes em que uma vespa tinha posto seus ovos, usadas antes que a larva pudesse cavar; com sangue carmesim intenso; com a casca negra dos galhos de espinheiro ou com fuligem de lampião, algumas dessas tintas indeléveis, outras invisíveis, algumas misturadas com vinagre ou água da chuva, escritas em inglês, latim e rúnico.

Ela pensou na casa da Rua Magnólia e na ocasião em que tia Isabelle ligara para ela, um dia antes de morrer. Ela tinha escolhido Franny, que considerava a mais forte, para ser a próxima guardiã do livro. "Se não estiver escrito, é provável que seja esquecido", Isabelle dizia a ela. É por isso que as mulheres foram analfabetas por tanto tempo; ler e escrever conferia poder, e poder era o que tantas vezes tinha sido negado às mulheres. Franny sempre estivera em dúvida sobre para quem deixar o livro quando fosse preciso. Sally era a mais forte das irmãs, mas não tinha interesse nenhum pela magia. E Gillian, ela iria querer essa responsabilidade? Talvez fosse melhor deixar o livro para quem fosse morar na casa e estivesse disposto a assumi-lo. Essa pessoa provavelmente deixaria a luz da varanda acesa e abriria a porta para qualquer mulher necessitada. O livro era um fardo e uma bênção. Franny achava que o livro acabaria escolhendo o seu próprio guardião.

Franny desfez a mala, colocando o grimório numa antiga mesa de nogueira. Ela o manuseava com afeição e respeito. Esperava encontrar nele uma referência ao *Livro do Corvo* e talvez um método para encontrar filhas perdidas. Sabia que cada hora que uma mulher ficasse perdida equivalia a um dia em que tudo poderia dar errado, e todo dia valia tanto quanto um ano. Não havia tempo a perder, pois as filhas poderiam desaparecer por um motivo e permanecer assim por razões completamente diferentes. Um passo em falso, um acidente, um equívoco, um homem.

Franny foi até a janela avaliar aquela terra dos seus ancestrais, onde as mulheres tanto morriam afogadas quanto se salvavam. O que havia dentro daquelas mulheres havia dentro dela também, sangue e ossos, coragem e medo. Ela desejava que Jet estivesse ao lado dela, pois Franny tinha a nítida impressão de que havia chegado em casa e ela teria adorado compartilhar aquele momento com a irmã. Havia vaga-lumes nas árvores e o mundo era uma maravilha de se ver. Como seria olhar para aquela aldeia trezentos anos antes, quando as estrelas brilhavam muito mais e um livro valia a vida de uma mulher? Havia a lua rosa e um aroma familiar que intrigava Franny. Por alguma razão, ela sentiu uma onda de esperança. Eles não iriam perder outra mulher ali em Essex. Ela abriu a janela e respirou um pouco mais da fragrância, então percebeu o que era. Os lilases no jardim lá embaixo ostentavam seus últimos botões, de um roxo pálido que brilhava no escuro. Franny lembrou-se de algo que Jet dizia todos os anos, enquanto trabalhavam no jardim juntas.

Onde havia lilases haveria sorte.

Margaret Wright tinha crescido em Essex e, como para muitos ali, a aldeia era o único lar que jamais conhecera. Ela podia ter partido para uma cidade maior depois do nascimento do filho, um lugar onde nem todos conhecessem sua história, mas ela não tinha vontade de estar em nenhum outro lugar no mundo. Tinha nascido no seio da Arte Sem Nome, com a mãe e a avó criando-a na tradição da magia natural, na mesma casa em que ela ainda morava. Com 13 anos já era versada em tudo o que crescia na floresta e sabia distinguir muito bem o que podia prejudicar do que podia curar. Era sua obrigação seguir o caminho delas, e estava claro desde o início que ela seria uma curandeira. Ela tinha aprendido seu ofício, não era uma bruxa de linhagem, embora tivesse conhecido uma delas em sua juventude, uma mulher muito velha chamada Cora Wilkie. Segundo ela, antigamente as pessoas da região pregavam no chão os pés de mulheres suspeitas de bruxaria, para que não pudessem fugir. Cora morava nos pântanos. Era preciso fazer uma caminhada no meio da lama para chegar à casa dela e poucas pessoas se aventuravam a isso. Mas aquelas que faziam isso eram gratas a ela, pois suas curas eram uma revelação. Um manuscrito da autoria dela, *Minha Vida de Bruxa*, estava na biblioteca da aldeia, cuidadosamente guardado dentro de um plástico. Durante centenas de anos, mulheres vistas com suspeita tinham suas casas queimadas, seus animais mortos, seus filhos levados roubados e ainda assim continuavam morando ali. Quem sabia onde procurar, era capaz de encontrar bruxas nas aldeias e cidades de todo o condado. Elas sobreviviam aos seus inimigos.

Uma tataravó de Margaret Wright contava uma história sobre um incêndio numa floresta nas proximidades, onde haviam queimado viva uma mulher que praticava a Arte Sem Nome. Aquele era um conto com uma moral, recontado ao longo de muitas gerações. Uma mulher com conhecimento, que sabia ler e escrever, e falava o que pensava, era sempre considerada uma ameaça. Hannah Owens não tinha sido esquecida, embora tivesse se tornado tão anônima quanto a arte que praticava. Mesmo assim, na véspera do solstício de verão, quando a luz triunfa sobre a escuridão, as mulheres se reuniam no Campo de Devoção e dançavam até a meia-noite. Elas não se lembravam mais do significado da dança, chamada de "Ciranda das Bruxas", mas se lembravam dos passos e os ensinavam às filhas e netas, que também ficavam felizes em se reunir para comemorar. Era o dia mais longo do ano, afinal, e os moradores das cidades vizinhas podiam ouvir os festejos mesmo a uma grande distância, pois a música era alegre e uma fogueira era acesa, com faíscas iluminando o céu noturno.

Margaret sabia um pouco sobre o amor e seus perigos, mas isso não a impediu de se apaixonar pelo homem errado. Tais coisas acontecem até mesmo com as mulheres mais sábias, especialmente quando são jovens. O pai de Ian era um homem chamado Jimmy Poole, um primo distante do sujeito que dirigia o táxi. Jimmy Poole negociava cavalos e pertencia à Sociedade do Domínio e das Tradições dos Trabalhadores da Terra, uma sociedade secreta, cujos membros tinham que andar por um caminho tortuoso, feito de pedras, cascalho e, às vezes só por divertimento, esterco de cavalo, para imitar e reconhecer a magia da mão esquerda. Ali cada membro passava por uma iniciação, que incluía levar uma surra e ser obrigado a beber urina de cavalo, antes de ser enforcado por uma corda que deveria arrebentar só no último instante. Tudo isso era feito para testar a coragem do homem. Se ele passasse no teste e não pedisse misericórdia, cumprindo sua iniciação, era levado para uma irmandade na qual lhe revelavam segredos que lhe permitiam ser encantador de cavalos, para que esses animais se submetessem ao seu comando. Havia magia nisso, magia de verdade, um conhecimento filtrado das linhagens de bruxas que viviam nos pântanos quando aquele lugar era apenas um refúgio para maltrapilhos, que muitas vezes dormiam em árvores com as garças.

Jimmy Poole era um homem atraente (atraente até demais) e, pelo menos na juventude, Ian se parecia com o pai, nas feições e no temperamento. O pai de Ian nunca quis fixar residência em Essex ou continuar ao lado de Margaret Wright. Ele havia pedido a ela para se certificar de que nenhum bebê viria das noites que passavam juntos. Tinha sido muito claro quanto a isso, ameaçando ir embora se ela protestasse, pois, embora ele a quisesse, havia muitas outras mulheres na cidade, muitos delas até mais atraentes. Margaret prometeu que nenhum filho resultaria daquelas noites, mas sua boca ficou escaldada quando ela contou essa mentira. Ela queria um filho mais do que qualquer outra coisa, mais do que a verdade, mais do que qualquer homem.

Um dia fez a beberagem que tinha visto a avó preparar para mulheres que não conseguiam engravidar, uma receita secreta criada por Cora Wilkie havia muito tempo e conhecida apenas naquele condado, composto de mirra, bagas de zimbro, alcaçuz, poejo, cicuta e heléboro preto e branco. Alguns dos ingredientes eram tão venenosos que era preciso usar luvas para manipulá-los, mas Margaret era uma curandeira bem treinada e não tinha receio de tomar a poção que realizaria o seu maior desejo. Nove meses depois, ela deu uma olhada em Ian e viu que ele seria um problema, mas ela o amaria mesmo assim, mais do que qualquer outra pessoa no mundo. E agora ali estava ele, em sua porta, numa hora tão imprópria, um homem de 50 anos, mas ainda seu filho, a única pessoa por quem ela daria a vida. Ela já tinha preparado o jantar; todos os pratos de que ele mais gostava o esperavam, cobertos por panos de prato, ainda quentes.

Margaret abriu a porta e disse como saudação "Você está atrasado", e Ian riu e se curvou para beijar a bochecha dela.

– Eu trouxe um pouco de caos comigo – disse ele, o que não surpreendeu nenhum deles. No trem, ele tinha repetido mentalmente um antigo encantamento a que os estudiosos de Alexandria recorriam quando desejavam se concentrar em seus estudos, bloqueando o mundo exterior. Mas não tinha funcionado. – Mãe, acho que posso estar apaixonado.

– Bem feito pra você – disse Margaret, extasiada, apesar do olhar de preocupação do filho. A notícia não os impediu de se sentar juntos à velha mesa de pinho. Ian estava tão absorto em pensamentos, a caminho de casa, que ficou perdido na floresta por quase uma hora, embora conhecesse o lugar tão bem quanto a palma da sua mão, e chegou muito atrasado para o jantar.

Gillian se sentou na beirada do seu colchão irregular, no quarto na pousada. A maioria das pessoas estava dormindo agora, mas seu relógio interno estava desligado e, além disso, ela sentia que não estava sozinha no pequeno cômodo no alto da escada. O papel de parede era decorado com grandes flores roxas e os tapetes, costurados à mão pelas mulheres da aldeia anos antes, quando um grupo de mulheres se reunia para tecer no saguão da pousada, nas noites de quinta-feira. Gillian usava uma camisola azul finíssima, o cabelo loiro puxado para trás. Por alguma razão, ela se sentia jovem novamente, pronta para assumir riscos. Se o quarto era assombrado, paciência. Talvez ela tivesse algo a aprender com o Outro Mundo. Ela era a irmã egoísta, que não podia passar por um espelho sem parar para olhar seu reflexo, aquela que namorava homens que só lhe davam dor de cabeça. Muito tempo antes, um homem quase a destruíra. Ela achava que o tipo de amor que ele lhe dava poderia driblar a maldição e agora, sempre que ouvia falar de mulheres envolvidas com homens violentos, mulheres que ficavam anos, às vezes a vida toda, em relacionamentos abusivos, ela entendia. Gillian tinha sido uma dessas mulheres, incapaz de deixar o parceiro, reduzida a nada. Ela tinha mudado de vida, mas a garota rebelde que fora um dia ainda estava bem viva em seu coração.

– Eu não tenho medo de você – disse ela para qualquer fantasma que pudesse estar por ali. Então respirou fundo e devagar. – Talvez eu possa ajudar você – ela ofereceu. – Ou – falou com mais sinceridade agora – você pode me ajudar.

Ela acendeu uma vela branca que encontrou na gaveta da mesinha de cabeceira e a chama tremeluziu, lançando sombras na parede. Ela achou que talvez houvesse uma garota no canto, feita de pó e cinzas. Ouviu uma batida na porta e se assustou.

– Não saia daqui – ela disse ao fantasma. Foi até a porta e abriu uma fresta. Sally estava no corredor.

– O que você está fazendo aqui? – Gillian perguntou.

Sally tinha ficado no *pub* da pousada até fechar, fazendo perguntas às pessoas sobre Tom Lockland. "Por que você quer saber sobre esse sujeito?" foi a resposta que recebeu com mais frequência. Jesse Wilkie ouviu por acaso as conversas e se aproximou para avisar Sally que ela tinha visto Tom com Kylie.

– Ela parecia enfeitiçada por ele – Jesse disse a ela.

– Por que diz isso? – Tudo em que Sally conseguia pensar era naquele homem horrível com quem a irmã se envolvera anos antes. Gillian tinha ficado presa àquele homem, até que finalmente entendeu que precisava se libertar.

– Ele causa esse efeito em algumas garotas. Principalmente as que estão perdidas. Ele tem uma maneira de atraí-las, convencendo-as de que podem confiar nele ou que ele pode ajudá-las de alguma forma.

O coração de Sally disparou. O feitiço maléfico que se abatera sobre Gillian não poderia estar acontecendo novamente. Ela foi até o banheiro jogar água fria no rosto e tentar se acalmar, o que lhe parecia impossível. Foi então que viu algo de metal brilhando no chão, mas, antes que pudesse ver o que era, uma pequena sombra escapou pela porta e entrou no bar, levando consigo o pequeno objeto prateado. Ela seguiu a sombra, um gato como descobriu, que deslizou escada acima e depois por baixo de uma porta. Era o quarto da irmã.

– Gilly – Sally tinha chamado. – Abra.

Gillian abriu a porta.

– Tem uma assombração aqui – anunciou ela. Lembranças muito ruins do seu antigo namorado Jimmy, aquele que quase arruinara a sua vida, estavam despertando depois de muito tempo. Ela se sentia trêmula e em perigo, como se a escuridão daquela época pudesse acontecer de novo, como se houvesse certos legados familiares que se repetissem, mesmo quando se tentava evitá-los com todas as forças.

– Um gato entrou aqui? – perguntou Sally.

Gillian abriu mais a porta, deixando que a irmã entrasse, aliviada por vê-la.

– Acho que é Maria Owens. Eu a vi nos pântanos.

Sem pensar, elas passaram a conversar aos sussurros. Sentaram-se na cama juntas, os joelhos se tocando.

– Ela morreu há mais de trezentos anos – disse Sally.

Gillian encolheu os ombros.

– Mesmo assim. As coisas nem sempre se desvanecem completamente. – Afinal, havia a maldição. Ela ainda estava em ação.

– Eu deveria estar procurando por Kylie agora – disse Sally em voz baixa. – Antes que qualquer coisa aconteça. Não deveria ter concordado em esperar até amanhã.

– Sair por aí no meio da noite, procurando por ela, não faz o menor sentido. – Gillian não acrescentou o que estava pensando. *Algo já aconteceu. E ainda está acontecendo.* Ela cutucou Sally e acenou com a cabeça em direção *a um canto do quarto*. Lá estava ele, um enorme gato malhado, brincando com um fio prateado. – Venha aqui, bebê – Gillian chamou.

O gato olhou para cima e desapareceu por uma fenda na parede.

Sally foi até o canto onde o gato estava. O ar estava especialmente frio ali. Ela se ajoelhou e estremeceu ao ver o colar que ela tinha dado a Kylie em seu aniversário. Ela abriu o medalhão e lá estava a foto de Jet. Não importava a escuridão que as esperava, Jet ainda estava com elas, em seu espírito amoroso e na memória das sobrinhas.

II.

Coisas que se iniciam na escuridão nunca deveriam acontecer e é por isso que geralmente são feitas em lugares onde ninguém possa ver. Feche os olhos e acredite. Deixe a sua vontade conduzir você, com todo seu corpo e toda a sua alma, sem se importar com quem possa ferir. O Caminho Tortuoso sempre começa na escuridão; sempre foi assim e sempre será. Não tente acender a luz, não leve em conta as opções que tem, não pense duas vezes. Esse é o lado esquerdo, a zona crepuscular em que a necessidade e o desejo é que falam mais alto, não o coração. O que importa é o que você precisa ter, o que ambiciona, o que quer pegar para você, custe o que custar.

Tom Lockland passou o dedo pela base do punho de Kylie; havia uma pequena mancha negra em forma de meia-lua ali, a marca das bruxas, que ela própria nunca havia notado antes. Ela tinha vivido cega para tudo: para quem ela era, para sua história e para os perigos do mundo. Kylie pensava agora na respiração arfante de Gideon. Ela ligava para o quarto dele todos os dias e implorava à enfermeira que segurasse o fone perto do ouvido dele. *De que adianta?*, a enfermeira dizia. Ainda assim, ela implorava, até que uma enfermeira de bom coração concordava e posicionava o telefone para que Kylie pudesse ouvir a respiração de Gideon. Ela quase tinha ligado para Antonia, pedindo que ela fizesse o mesmo, mas tinha medo do que a irmã diria. *Venha para casa, saia logo daí, não confie em ninguém que você não conheça de verdade. Sou sua irmã, não sou nenhuma estranha que tem seus próprios interesses. Você está procurando problema e problema é o que você vai encontrar.*

Kylie tinha um poder maior do que ela jamais suspeitara. As pessoas podiam dizer o que quisessem sobre Tom Lockland, mas ele tinha sido mais sincero ao falar sobre magia do que toda a família dela. Ele deixou o polegar sobre a marca da bruxa em seu punho e ela sentiu o pulso acelerado. Ela era mais forte do que jamais havia imaginado. Conseguia discernir o chilrear dos pássaros, podia acender uma chama só com seu hálito. Com certeza, conseguiria descobrir como descolar as duas últimas páginas que revelavam como reverter a maldição.

– É para isso que serve a magia – disse Tom. – Para destruir aquilo que quer destruir você.

No jardim atrás da casa, cheio de cinzas e ervas daninhas, Kylie abriu *O Livro do Corvo* numa página escrita em tinta vermelha, feita de raiz ou frutos de garança, ou sangue. *Deixe o homem errado entrar na sua vida e você estará seguindo o caminho antes que perceba. Um passo de cada vez, e de repente você já está virando* à esquerda. Era um aviso, mas ela não levou em consideração. Tom era apenas um primo distante, nada mais do que isso, um aliado que poderia ajudá-la a salvar Gideon. Para isso, valia a pena pegar o Caminho Tortuoso.

Quanto a Tom, ele estava procurando um meio de quebrar maldições em cada livro mágico em que punha as mãos. Ele tinha conseguido, não havia muito tempo, o *Rauðskinna*, o temido livro de capa escarlate, sobre magia antiga, da propriedade de Ian Wright, que o rejeitara quando ele tinha ido a Notting Hill pedir ajuda, com a desculpa de que não poderia ajudá-lo a praticar magia negra. Tom tinha invadido a casa de Ian e depois misturado raiz de garança com veneno e amarrado tudo com fios de cabelo e aparas de unhas de Ian, junto com ossos de pássaros e uma figura de cera representando o historiador, feita com base na magia simpática. Mas o livro acabou por se mostrar inútil, ficando gelado nas mãos de Tom e se recusando a liberar sua magia. Havia muitas maldições em suas páginas, violentas e tingidas de sangue, todas de amarração e irreversíveis, feitas com uma poderosa magia negra para a qual não havia antídoto. Mas, aparentemente, era necessário um código para abrir o livro e Tom não tinha nem pensado nessa possibilidade. Ele acabou jogando o *Rauðskinna* numa fogueira no quintal, quase certo de ter ouvido o grito do livro, assim como dizem que a mandrágora grita quando é arrancada do chão. A fumaça da fogueira era tão espessa que seus olhos lacrimejaram e, embora ele estivesse coberto de fuligem, ficou ali até o livro virar uma pilha de cinzas incandescentes, as palavras subindo como vaga-lumes pelo ar, como se tivessem se tornado criaturas vivas. Agora, com o livro de Kylie, ele tinha outra chance.

Enquanto Tom acendia o fogo dentro de uma lata, à luz do crepúsculo, Kylie se perguntava como seria a vida dela se ela morasse ali em Thornfield trezentos anos antes. Era provável que já tivesse um marido, filhos, mãos calejadas pelo trabalho pesado; ela provavelmente procuraria presságios nas estrelas, contaria os peixes prateados dos pântanos para ver quantos anos viveria e visitaria uma mulher que praticasse a Arte Sem Nome quando precisasse de um elixir ou de um remédio ou talvez de ajuda com um homem de pouca confiança.

Azevinho, estramônio, espinheiro, sorveira-brava, carvalho, freixo, todos foram jogados no fogo.

– Você está disposta a fazer qualquer coisa para conseguir o que quer? – Tom perguntou.

O que ela queria era Gideon vivo, aqui neste mundo. Kylie fez que sim com a cabeça, com medo de não conseguir falar.

O vento estava forte, e as centelhas do fogo se espalhavam pelo ar. Tom tinha dito a ela que era possível fazer qualquer coisa usando magia. Amaldiçoar os vivos, trazer pessoas de volta do mundo dos mortos, atrair o amor ou extinguir o desejo. Uma grande queda traria grande sucesso. Kylie virou as costas para ele, enquanto tirava as roupas. Agora o céu estava negro.

– Me encare e encare seu medo – disse ele.

O medo dela era de perder a única pessoa que mais amava no mundo e esse era um medo com o qual não achava que seria capaz de viver se não agisse agora.

– Você disse que faria qualquer coisa – Tom a lembrou.

Kylie se virou para ele, então. Ela podia ver o caminho da mão esquerda e entendeu que ele era solitário. O que você faria por alguém que amava? Você iria para um exílio, trocaria o certo pelo errado, abandonaria todas as outras pessoas, faria o que fosse preciso?

– Qualquer coisa – disse Kylie.

Pela manhã, ela se olhou no espelho da pia do banheiro. Tinha acontecido, ela estava mudada. O cabelo estava preto. O castanho-acobreado não existia mais e agora ele parecia ter pertencido a uma garota totalmente diferente, uma pessoa ingênua, que trilhava outro caminho. Ela tinha feito uma barganha e sempre havia um preço a pagar. Parecia impossível que seu cabelo tivesse ficado preto como breu e, no entanto, isso tinha acontecido do dia para a noite, assim como as trepadeiras, que tinham crescido e coberto a casa inteira enquanto eles dormiam na grama. Ela acordou coberta de cinzas, a pele chamuscada pelas faíscas. Quando foram embora, Tom não se preocupou em trancar a porta. O dono da casa alugada acabaria um dia encontrando o lugar deserto e em ruínas. Tom estava quase decidido a botar fogo na sala, pois ele havia descoberto que a mansão dos Lockland tinha sido incendiada por flechas flamejantes voando através das janelas para encontrar seu alvo, mas ele não estava com paciência para pensar nessas coisas, agora que estava tão perto de conseguir o que queria.

As trepadeiras tinham crescido tão rápido que não era mais possível ver a chaminé. Havia espinhos em todas as árvores e a grama estava chamuscada no formato de um círculo. Eles tinham feito. O Círculo de Salomão, a Chave de Salomão, a magia mais antiga da terra e a mais negra. Kylie tinha vestido calças jeans e uma camiseta preta limpa, emprestados de Tom, depois vestira a capa de chuva de Gideon, que também tinha ficado preta, talvez por causa das cinzas da fogueira.

Kylie estava com sua mochila e Tom carregava dois sacos de dormir amarrados às costas, junto com sua própria mochila, cheia de ingredientes sombrios dos quais ele poderia precisar. Era cedo e o ar estava fresco. Eles tiveram que abrir caminho entre as trepadeiras para atravessar o quintal. Um espinho perfurou a palma da mão de Tom e um galho rasgou sua camisa.

– Cuidado! – disse ele à Kylie. Quando ela se abaixou, Tom passou a mão em seu cabelo recém-escurecido, satisfeito com a aparência dela. Aquilo era obra da magia da mão esquerda e também dele. Ele a transformara.

– Linda! – disse ele com um toque de orgulho.

O dia ainda não tinha clareado, mas os pássaros já estavam cantando.

– Essa é a canção do rouxinol – disse Tom.

Kylie parou na estrada para ouvir. O canto era tão lindo que ela quase chorou, mas o que estava feito não podia ser desfeito. Eles estavam indo para a floresta. Enquanto caminhavam, as samambaias por onde Kylie passava iam ficando pretas. Agora ela pertencia à escuridão que havia dentro dela. É assim que as maldições começam. Um desejo que não pode ser contido. Um anseio que tem de ser satisfeito. Sob os pés de Kylie, a grama se transformava em cinzas. O corte em sua mão ainda sangrava e gotas pretas pingavam pelo caminho. Ela quase podia ouvir Gideon. Ele estava num quarto que não tinha chave. E estava chamando o nome dela.

As árvores eram tão antigas na floresta que eram protegidas pelo governo; elas tinham persistindo em tempos de magia, pragas, amor e traição. Era uma floresta antiga, intocada por séculos, refúgio de uma vegetação que não podia ser encontrada em nenhum outro lugar. A maioria das antigas florestas tinha sido destruída, em decorrência da construção de estradas e do surgimento de aldeias em lugares onde as árvores eram tão altas quanto o céu. Havia campânulas silvestres sob avelãzeiras e faias de cem anos de idade. Em volta delas, havia freixos e carvalhos, álamos e bordos tão antigos que constavam nos registros do grande levantamento feito na Inglaterra em 1086, sob as ordens de Guilherme I, que tinha acabado de conquistar o país e precisava de informações sobre tudo o que crescia na Inglaterra e no País de Gales. As árvores eram protegidas por leis rigorosíssimas. Qualquer um que fosse apanhado roubando das florestas reais enfrentava uma punição que incluía a remoção dos olhos e das partes íntimas do ladrão. As florestas eram vistas como criaturas vivas, e o vento e o fogo, a água e o ar, reverenciados como os verdadeiros donos da terra, enquanto os homens eram apenas sombras que caminhavam por entre as árvores durante o seu breve período de vida. O visco, o trevo, a azedinha, as orquídeas-abelha, a erva-de-são-joão, todas essas ervas cresciam no chão da floresta. Os campos eram cobertos por botões-de-ouro e flores de arcanjo-amarelo, e a casca das árvores era coberta por líquens verde-acinzentados. Havia vários carvalhos de mil anos, mas talvez a árvore mais antiga fosse uma tília de dois mil anos.

Ao lado da mansão, havia um pomar de macieiras, de uma variedade que os moradores da aldeia chamavam de maçãs-de-bruxa, plantada por Rebecca Lockland com as sementes de um amuleto dado a ela por Hannah Owens, na época em tentara quebrar o feitiço de amor que Rebecca havia lançado sobre o marido. Logo as árvores começaram a dar flores em tons de rosa e branco, mas apenas algumas árvores ainda existiam, pois Tom as estava cortando e usando as toras perfumadas como lenha para alimentar o fogo da grande lareira da sala principal. Era ali que ele guardava seu machado e alguns itens de cozinha. Afinal, abandonado ou não, aquele casarão era da família dele e ninguém iria lhe tomar sua propriedade. As trepadeiras se entrelaçavam nas janelas que já não tinham vidro e a pedra antes cinza de que era feito o edifício agora estava preta por causa da fumaça e das cinzas de quando a casa tinha sido incendiada. De vez em quando, um visitante se deparava com um tesouro esquecido. Alguns andarilhos iam explorar a propriedade e descobriam um par antigo de luvas de couro, para montaria, ou uma capa de veludo, cheia de buracos de traça.

Kylie entrou na casa com cuidado. Havia poças de água de chuva, pois tinha sobrado muito pouco do telhado, por onde era possível ver a maior parte do céu.

– Olá! – Tom chamou no vazio. A voz dele ecoou de volta e os dois riram. Ele pegou a mão de Kylie e a girou. Ela podia sentir o poder que tinha existia dentro dela. Pele e ossos. Coração e alma. A garota de cabelos negros que não tinha medo do caminho da mão esquerda, que traria de volta aquele que amava, que era capaz de fazer mais do que jamais tinha imaginado.

Era quase verão, e o calor do dia tinha sido uma delícia, especialmente para perambular pelos bosques verdejantes, mas, quando entraram na casa, descobriram que ali o frio era de arrepiar. Tom ergueu as tábuas de uma pilha de móveis quebrados deixados dentro da enorme lareira e ateou fogo nelas. Ele costumava fugir para a mansão desde que era menino. Em seus sonhos, era ali que ele morava e ninguém tinha direito de lhe dizer o que ele podia ou não podia fazer.

Kylie se sentou na frente do fogo, o cabelo preto caindo sobre os ombros. Ela se concentrou, fechou os olhos e as chamas saltaram e brilharam incandescentes.

– Olha o que você pode fazer! – disse Tom com orgulho.

Ele ansiava por vingança e ela ansiava por salvação, mas de qualquer maneira eles estavam naquilo juntos.

Um grupo de jovens que fazia caminhada chegou à casa e se aproximou da soleira da porta. Eles viram a fumaça saindo da enorme chaminé de tijolos e recuaram. Havia boatos de que aquela casa dava azar e o grupo sentiu calafrios, ao mesmo tempo em que riram enquanto corriam, certificando-se de levar com eles galhos das macieiras que diziam ser enfeitiçadas e mais tarde floresceram em suas mãos, quando por fim chegaram à estrada.

Kylie se virou para observar os andarilhos fugirem. Era evidente que a casa era morada de algo tenebroso e eles não queriam tomar parte naquilo. Estavam em três casais, todos muito jovens, e conversavam enquanto corriam de volta para a floresta. Pareciam tão inocentes, tão livres para fazer o que queriam... Eles não tornavam as brasas incandescentes, nem cortavam os braços até o sangue pingar na terra, nem olhavam o próprio reflexo no espelho, sem saber no que tinham se tornado. Ah, como Kylie gostaria de poder voltar no tempo, até antes de ter chegado naquela aldeia, de ter ouvido sobre a magia da mão esquerda, quando estava deitada no gramado do parque e o céu era azul e Gideon espremia os olhos sob a luz do sol para conseguir enxergá-la melhor e o mundo parecia novinho em folha.

III.

Antonia tinha achado que não sonharia, pois mal havia espaço em sua cama, agora com dois corpos dividindo o colchão, pois ela sempre acreditara que os sonhos só aconteciam quando a pessoa tinha espaço só para si. Na verdade, porém, os sonhos nasciam do coração, da alma e da experiência. Agora, o óleo de jasmim de Ariel perfumava os lençóis e suas roupas estavam espalhadas pelo chão. Antonia sabia que era um erro seduzir as pessoas e deixá-las acreditar que ela estava emocionalmente disponível, quando isso não era verdade. Essa era a grande vantagem com relação a Scott; ele a entendia e essa era a razão pela qual ele era o pai perfeito para o filho dela. Mas a última vez que eles haviam se encontrado para um almoço na Harvard Square, ele tinha olhado para ela e falado:

– Você não costumava ser tão fechada.

– Eu sempre fui fechada. Essa é uma das coisas que você admirava em mim. Nunca fui muito sentimental.

Scott balançou a cabeça, discordando. Ele era o seu amigo mais antigo, afinal, e sentia que era quem a conhecia melhor.

– Ainda está dentro de você, você está apenas escondendo.

– Você está dizendo que sou vulnerável e sensível? – Antonia tinha soltado uma risada, mas se sentia pouco à vontade com o rumo da conversa. – Nunca vou ser assim. Vamos dividir uma sobremesa? – Desde que começara a fazer o Bolo de Chocolate Embriagado, ela tinha começado a gostar de doces.

– Estou falando sério – Scott a repreendeu.

– Tiramisu? – ela disse, desviando a conversa.

Eles tinham namorado por um tempo, antes de saírem do armário e se abrirem, confiando um no outro mais do que em qualquer outra pessoa.

– Você é o que é, nada vai mudar isso.

– Eu sei. Posso ser uma mãe horrível.

– Você vai se sair muito bem! Mas não é disso que estou falando. – Scott se inclinou para a frente. – Não se impeça de amar alguém. Aqui não é o ensino médio, garota. Você não tem que esconder quem você é. Você é linda por dentro – disse ele sem rodeios, pois ambos sabiam que, embora ela tivesse presença, não era uma beldade como a irmã. – Isso é o que interessa.

Antonia desviou os olhos. Ela estava ridiculamente sensível por causa dos hormônios.

– Mas e se eu for uma mãe horrível?

Scott deu a volta na mesa para se sentar ao lado dela.

– Você não será. Tudo o que precisa fazer é ser você mesma.

– Tem certeza? – Antonia perguntou ao seu querido amigo, pai do seu filho, que sempre era muito sincero ao apontar os erros dela.

– Tenho certeza – Scott afirmou, antes de chamar o garçom.

Antonia esperou um comentário sarcástico, uma piada do tipo, *Não, pensando bem, é melhor você não ser você mesma*, mas ele ficou quieto. Scott confiava nela e, às vezes, aquele tipo de confiança era tudo o que uma pessoa precisava. Olhando em retrospectiva, ela culpava Scott por aquela noite com Ariel. Ou talvez tenha sido por causa do dia péssimo que ela tivera. Ela tinha visitado Gideon, depois assistido à aula de Neurologia para examinar uma garota atropelada por um carro enquanto andava de bicicleta. Antonia quase fora às lágrimas, algo totalmente inaceitável para uma estudante de Medicina e totalmente incomum para alguém tão estoica quanto ela. Depois, ela ligou para Ariel por impulso. Devia ter parecido desesperada, pois, quando chegou em casa, Ariel estava sentada no chão ao lado da sua porta, lendo *Os Pequeninos Borrowers,* de Mary Norton.

– Fazer o quê? – Ariel disse envergonhada, o cabelo sedoso caindo sobre os olhos. – Eu gosto de livros infantis.

– Isso é bem conveniente, porque estou grávida. – Gravidíssima, na verdade, e não parecia nem um pouco atraente.

– Percebi. Talvez seja por isso que você está tão bonita.

O restante tinha acabado de acontecer, e a verdade era que Antonia tinha desejado que acontecesse. Elas já estavam se beijando antes que Antonia trancasse a porta da frente. A cada beijo, Antonia esquecia o desespero que sentira à tarde, o som do ventilador, o branco dos olhos da menina morta, o prontuário que o médico de plantão distribuíra aos alunos. Antonia era lógica acima de tudo, mas agora a sua insistência em só ter pensamentos e atitudes racionais lhe parecia absurda. A garota no hospital tinha sido atingida do nada, se tivesse saído de casa dez minutos depois ou dez minutos antes, o acidente não teria ocorrido. Andando pelos corredores do hospital, Antonia se sentira tomada por um sentimento que ela pensava ser raiva, mas o que ela tinha, na verdade, era um desejo imenso de se sentir viva. E era isso que ela sentia quando estava com Ariel Hardy. Não havia como negar.

Em seu sonho, ela estava andando pelo mato alto, ao lado de tia Jet, que era jovem, não muito mais velha do que a própria sobrinha. Antonia olhou para baixo e percebeu que estava usando um vestido branco debruado com renda. Jet estava com uma combinação branca e botas vermelhas.

Como encontramos Kylie? Antonia perguntou à tia.

Da mesma maneira que a perdemos. Com o livro, Jet disse.

Jet sinalizou para que ela se aproximasse, com a intenção de contar à sobrinha um segredo que a maioria dos jovens só descobria quando já era tarde demais. *Na vida, você acaba se arrependendo não é do que faz, mas do que você não faz; disso, você nunca vai se perdoar.*

– Teve um pesadelo? – Ariel perguntou quando Antonia acordou assustada, depois de dormir até quase às nove. Acontece que Ariel tinha o hábito de acordar às cinco e meia da manhã, uma prática iniciada na época da sua faculdade de Direito, em que nunca havia tempo suficiente para estudar, mas nesse dia ela tinha ficado na cama para não acordar Antônia. E ainda não estava vestindo nada.

– Não exatamente – disse Antonia. – Eu estava conversando com a minha tia Jet. – E então ela deixou escapar: – Eu estava usando um vestido de noiva.

Ariel jogou a cabeça para trás e riu.

– Bem, pelo visto a noite passada foi *muito* boa.

Ariel lembrava um lírio ao sair da cama. Havia dezenas de nenúfares no Lago Leech e Antonia sempre queria pular e nadar entre eles, mas era proibida. É claro que tinha quase ocorrido um afogamento naquele mesmo lago, em algum momento do passado, e havia histórias estranhas sobre uma serpente marinha. Antonia tinha chegado ao ponto de fazer um experimento, deixando migalhas de pão na margem e configurando a câmera fotográfica para tirar uma foto se alguma coisa pegasse o pão e movesse o barbante preso ao botão do obturador da câmera. Tudo o que ela conseguiu foram algumas imagens borradas de pardais.

– Você sabe nadar? – ela perguntou à Ariel.

– Pode apostar. Eu fazia parte da equipe de natação no ensino médio e na faculdade. Meu melhor estilo era o nado borboleta.

Antonia sentiu o coração acelerado de uma maneira que não reconheceu, como se ela fosse um peixe num lago ou uma mulher seduzida. Pensando em retrospecto, ela nunca deveria ter telefonado para Ariel

Hardy ou ido ao escritório de advocacia ou, ainda, aberto a correspondência endereçada à tia Franny.

– Provavelmente somos um erro.

– Acho válido cometer erros – disse Ariel. Ela pegou um frasco do suave óleo de jasmim que sempre usava e esfregou um pouco nos punhos e no pescoço, depois que se vestiu. Ela tinha descoberto que o cheiro distraía os outros advogados que eram seus oponentes. Ele os fazia subestimá-la e ignorar o quanto ela podia ser competente. *Você é como um terrier quando fareja a caça*, o avô dela sempre dizia, e demorou um pouco até ela perceber que para ele isso era um elogio e que não desistir facilmente das coisas era uma vantagem na advocacia. Quanto à vida amorosa dela, ele dizia que ela saberia quando encontrasse a pessoa certa e era provável que também não desistisse com facilidade nas questões do coração.

– E se eu estiver amaldiçoada? – disse Antonia.

Elas eram duas mulheres racionais e práticas que estavam se deixando levar pela emoção e, na opinião de Antonia, a emoção obscurecia a verdade.

Ariel se sentou na beira da cama.

– Eu já sei sobre a maldição. Li os arquivos. Quase todos. Não se esqueça de que você tem a chave.

– A chave não vai ajudar – disse Antonia. – Você sabe que não podemos nos apaixonar.

– Não deveríamos, mas não que não possamos...

– Veja o que aconteceu com Gideon.

– Ele foi atropelado por um carro. Foi um acidente horrível e poderia ter acontecido com qualquer um. De todo jeito, a maldição provavelmente não inclui lésbicas – brincou Ariel. – Provavelmente não existíamos.

– Sempre existimos e sempre foi perigoso se apaixonar por outra mulher.

Ariel se inclinou para beijar Antonia.

– Tudo é perigoso. Essa é a condição humana. Em todo caso, quem falou em amor? – Antonia sentiu seu coração afundar até Ariel sussurrar: – Achei que conseguiria esperar até à noite para falar de amor.

Era isso que o amor fazia? Deixava você tão grata até mesmo por uma palavrinha ou duas que praticamente imploraria para que fossem ditas? *Não vá, cancele tudo, fique aqui comigo, eu não posso esperar até hoje à noite.*

– É uma má ideia – disse Antonia. – É definitivamente um momento ruim. Com minha irmã desaparecida, eu não consigo pensar direito.

Ariel pareceu desapontada enquanto se dirigia para a porta. Ela pensava que Antonia tivesse entendido.

– Não é preciso pensar quando se trata de amor – disse ela.

Talvez tenha sido a culpa o que obrigou Antonia a visitar o Reverendo naquela tarde ou talvez ela simplesmente quisesse conversar com alguém falasse. Ela ligava para Kylie várias vezes por dia, mas a irmã nunca atendia e agora havia tantas mensagens de súplica no celular de Kylie que não havia mais espaço para deixar nenhuma outra. O Reverendo Willard estava no pátio, atrás da casa de repouso, sentado na sua cadeira de rodas, com o rosto voltado para o sol. Sua pele era tão fina que as veias eram perfeitamente visíveis. Quando Antonia puxou uma cadeira e se sentou ao lado dele, ele abriu os olhos.

– Annie! – ele exclamou. Quando se sobressaltava, sua voz era áspera e seca, e ele piscava várias vezes, pois estava se tornando cada vez mais difícil para ele perceber a diferença entre seus sonhos e sua vida desperta.

Se tivesse sido uma semana antes, Antonia o teria lembrado de que aquele não era o nome dela. Agora, ela deixou passar. Se ele queria que ela fosse Annie, então era Annie que ela seria.

– Estou me acostumando com você – disse o Reverendo alegremente.

– Não se acostume – aconselhou Antonia. – Minha tia Franny, minha mãe e Gillian estarão de volta em breve e assumirão dali em diante. Você logo vai se livrar de mim.

– E a sua irmã? A mais alta?

O Reverendo estava vestindo uma camisa branca, uma gravata preta e calças pretas. A maioria dos homens do asilo usavam roupões e pijamas, mas ele não gostava de ser visto em público daquele jeito. Ele sentia falta da sua cachorrinha, mas havia um homem que ele não conhecia tinha vindo de Nova York outro dia e trazido Margarida para uma visita. Ela se sentara no colo do Reverendo como se não quisesse mais sair.

– Todos foram procurar minha irmã – disse Antonia, achando muito complicado dizer muito mais do que aquilo, por isso apenas acrescentou: – Ela não está na cidade.

– Então você deveria fazer torta de maçãs – sugeriu o Reverendo Willard. – Quando Antonia olhou para ele perplexa, ele explicou: – Jet me contou que é assim que se encontra uma filha perdida. Você assa uma torta de maçãs.

– Ela disse isso?

– A torta de maçãs é uma das minhas favoritas.

Quando o Reverendo adormeceu, Antonia caminhou alguns quarteirões até a Rua Magnólia e destrancou a porta, depois de recolher uma nova leva de *post-its*, deixada pelas vizinhas. *Meu filho está fora de controle. Minhas enxaquecas pioraram. Estou sentindo uma tristeza que não vai embora. Ainda ontem, fui traída.* Antonia amassou os bilhetinhos, depois entrou e pegou a correspondência que tinha sido jogada pela fenda na porta – uma conta de luz e o jornal da cidade –, antes de ir para a cozinha. A casa estava tão vazia que seus passos ecoaram e a madeira parecia empoeirada. Dois filhotes de rato-do-mato tinham entrado de algum jeito e Antonia os pegou dentro de uma panela e os soltou no jardim. Os ratinhos ficaram ali, entre os canteiros de alface, congelados de medo, até que Antonia gritou: "Corram!". Ela esperou ali por um tempo, preparada para afugentar qualquer falcão que pudesse ir atrás dos pobres filhotinhos, enquanto eles deslizavam pelas cabeças de alface repolhudas.

Por fim, ela foi até a cozinha para olhar os livros de receitas, alguns deles tão antigos que suas páginas estavam presas com fita adesiva para não se desfazerem, dois deles do século XVII, embora um deles não fosse bem um livro, mas um diário manuscrito pertencente à Maria Owens, com pratos como pudim de ouriço, pudim indiano, pudim de ameixa e algo que se chamava Pudim Ninho de Passarinho, feito com maçãs e creme de ovos. Esse foi o livro que atraiu Antonia. Ela folheou suas páginas até se deparar com uma receita chamada *Torta da Filha Perdida*. Numa letrinha miúda, estavam as instruções para fazer a cobertura, com manteiga, água e farinha de trigo, e o recheio, de maçãs, canela, e limão se tivesse, com pedacinhos de manteiga. *Asse, coloque no peitoril da janela e ela vai voltar para você.*

Antonia vasculhou a cozinha para saber ela já tinha alguns ingredientes. Sim, encontrou maçãs! Maçãs de inverno do ano anterior, guardadas no armário; já estavam enrugadas e murchas, mas, mesmo assim eram maçãs. E havia um limão e um pedaço de manteiga na geladeira. Diziam que a maçã era o alimento do amor, assim como o alimento dos mortos, dos fantasmas e dos espíritos invisíveis; era a fruta capaz de chamar aqueles que não podiam ouvir nenhum outro som. Antonia não tinha tempo para fazer uma massa como mandava a receita, mas felizmente havia alguns pacotes de biscoito água e sal na parte de trás do armário da despensa e ela os usou para forrar o prato de torta. Depois fez o recheio, talvez exagerando um pouco na canela. Assou a torta no forno mais novo, em vez do antigo fogão a lenha, ligou o cronômetro e aproveitou para tirar uma soneca no assento da janela, no patamar da escada, o lugar preferido da família para se enrodilhar e ler um livro. Quando ela acordou, o cheiro de maçãs e especiarias estava no ar e ela lutou para conter as lágrimas. Kylie costumava seguir Antonia por todos os lugares quando iam visitar as tias; elas dormiam no sótão, como sua mãe e Gillian quando eram meninas. Quando elas se mudaram pela primeira vez, Antonia ficou furiosa por ter de deixar a escola e Scott Morrison. Ela e Kylie tinham passado horas na estufa, planejando uma fuga. *Seremos donas do nosso próprio nariz*, elas juravam uma para a outra. *Vamos fazer o que quisermos. Vamos conversar todos os dias pelo telefone, não importa o quanto estejamos distantes.*

Antonia colocou uma luva térmica e tirou do forno a torta, que não tinha uma aparência das melhores. Mas, apesar de estar meio torta e ter uma crosta salgada e esbranquiçada, seu aroma era delicioso. Antonia colocou-a no parapeito da janela como a receita mandava. Uma única vespa foi atraída para o cheiro doce e ela afastou o inseto com a luva.

– Afaste-se! – ela mandou, como se tivesse lançando um feitiço que não desejava interromper. Ela riu de si mesma, quando abriu a janela para a vespa voar e depois fechou-a, indo se certificar depois de que todas as outras janelas estavam trancadas. Era totalmente ilógico pensar que uma torta feita de um lado do Atlântico chamaria a atenção de uma pessoa que estava do outro lado do oceano, mas nunca se sabia os efeitos que podem ser causados por uma pequena ação do outro lado do mundo.

Ela pegou a torta e voltou para o asilo onde estava o Reverendo. À esta altura, os funcionários já a conheciam. Entre eles, referiam-se a ela como "a Owens grávida, estudante de Medicina", ou simplesmente "a ruiva" e acenavam para ela, sem querer contrariá-la, pois achavam que poderia ser parecida com sua tia Franny. *Faça o que quiser, o que tiver vontade, nenhuma de nós vai se interpor no seu caminho se você não prejudicar ninguém.* Antonia foi direto para o refeitório, vazio agora, pois todos os internos jantavam muito cedo. Era apenas quatro e meia e o sol ainda brilhava lá fora, mas ali era mais tarde do que qualquer um podia imaginar. Antonia pegou um prato, uma faca e um garfo.

O Reverendo já estava na cama e ficou mortificado ao ser visto de roupão.

— Pensei que você já estava longe daqui, Annie – disse ele, de um jeito acusador.

— Fui para casa e fiz a torta. – Antonia cortou uma pequena fatia para ele. – Como isso vai trazer a minha irmã para casa?

— Ela saberá que foi feita com amor e vai encontrar você.

— Jet disse isso? Você tem certeza?

— Ela disse que o amor era o ingrediente mais importante.

A torta tinha sido feita com amor, isso era verdade. Embora fosse uma péssima cozinheira e uma estudante de Medicina mediana, Antonia faria qualquer coisa para localizar a irmã. Ela experimentou a torta e descobriu que não estava nada mau. Em seu nono mês de gravidez, ela sentia fome o tempo todo.

— Você está pronta para ver a sua vida mudar? – o Reverendo Willard perguntou.

— Não. – O bebê chutou e Antonia percebeu que era melhor que estive pronta. – Talvez – ela disse.

— Essa é coisa mais importante que você fará na vida – o Reverendo a informou. Antônia pensou em como o Reverendo havia perdido seu filho amado; e nunca tinha superado, pois ninguém pode superar tal perda, e, no entanto, ali estava ele, sendo gentil com ela. Se ele continuasse, ela acabaria chorando. Então ele estragou tudo dizendo: – Se você conseguir um noivo, eu farei o casamento. Então é melhor que se apresse. Eu não tenho muito mais tempo.

— Não pretendo me casar – Antonia disse a ele, pensando no estranho sonho em que ela estava de vestido branco. – Não estou envolvida com ninguém – disse ela num tom firme, e ainda assim sua língua queimou, como se ela estivesse mentindo.

– Tudo bem – disse o Reverendo. – Como você quiser!

Os pedacinhos de manteiga dentro da torta derreteram e estavam escorrendo pela borda do prato. Na primeira visita que Jet lhe fizera, tantos anos atrás, ela tinha dito a ele que a manteiga derretia quando alguém estava apaixonado. Ele era um resmungão naquela época, mas sempre gostou de ouvir as histórias de Jet. Ele não acreditava no amor. Tinha perdido sua jovem esposa e arruinado a vida do filho, recusando-se a aceitar Jet Owens. Agora ele estava aberto a tudo. Não era mais a mesma pessoa e, quando pensava no homem que tinha sido, trancado sozinho em casa, com tamanho pesar no coração que mal conseguia falar, ele tinha pena daquele sujeito, e se sentia muito grato pelo dia em que Jet Owens veio bater em sua porta.

– Acho que estou exausto – disse ele a Antonia.

Ela estendeu o cobertor sobre ele.

– Só se lembre que você não vai morrer enquanto eu estiver cuidando de você – ela disse. – Nem pense nisso. – Ela se sentou ao lado dele e pegou sua mão. Tinha decidido ficar até ele cair no sono. Sentada ali em silêncio, sem ficar de um lado para o outro como sempre fazia, ela podia sentir o bebê se acomodando dentro dela. *Coração do meu coração. Meu amorzinho.*

Ela começou a cantarolar uma música, que lhe ocorreu de modo inesperado, enquanto ela estava sentada ali ao lado do Reverendo ao anoitecer, o cheiro de torta de maçã perfumando o ar.

O rio é largo, não posso atravessar...

– Jet costumava cantar isso – murmurou o Reverendo.

Era tanto uma canção de amor quanto uma canção de ninar, uma melodia tão antiga que ninguém sabia quando tinha sido escrita. Jet a tinha cantado para Sally e Gillian, quando eram crianças, e depois para Antonia e Kylie. Era uma canção folclórica tradicional, passada de geração em geração, e que Maria Owens tinha ouvido pela primeira vez numa campina da Inglaterra trezentos anos antes. Antonia a cantou no silêncio do asilo, pois agora os corredores estavam escuros e todos estavam dormindo, mas isso não significava que as pessoas não sonhassem com navios e águas escuras e pessoas que amavam muito para perder.

Na volta para casa, Antonia abriu as janelas do carro. A torta estava no banco do passageiro, correndo o risco de deslizar para o chão cada vez que ela pisava no freio. Ela só tinha uma ou duas semanas até o bebê chegar. Não era nenhuma surpresa que se sentisse tão exausta. Se Kylie estivesse ali, elas se encontrariam no apartamento de Antonia para assistirem a um filme antigo e pedir uma pizza e darem risadas, fazendo imitações dos membros da família. Kylie imitava Gillian muito bem, tornando-se um mulherão e mais inteligente do que qualquer pessoa na sala. Ah, como Antonia sentia falta da irmã... Como ela se preocupava com a possibilidade de tê-la perdido para sempre. Antonia respirou fundo, se lembrando de quando colhiam maçãs das árvores no jardim das tias, onde havia um pomar de uma variedade de maçãs chamada "Não Procure Mais". *Seu lar*, Antonia pensou e, apesar de toda a sua lógica, ela quase chorou naquele momento. Foi quando seu celular tocou.

IV.

Tom tinha mandado Kylie a um mercado nos arredores do parque para comprar algo para o jantar, o que lhe daria tempo para examinar o livro mais a fundo sozinho.

– Deixe o livro comigo para eu tentar descobrir alguma coisa – ele sugeriu, estendendo a mão para pegar o livro, com um sorriso no seu lindo rosto. – Dois pares de olhos enxergam melhor do que um – ele insistiu, e, quando ela hesitou, ele acrescentou: – Você não tem todo o tempo do mundo.

Kylie pensou em Gideon na cama de hospital. Ainda assim, ela sentiu uma pontada de preocupação quando entregou o livro a ele.

– Lá vamos nós outra vez... – disse Tom, assim que pegou o livro nas mãos. Ele parecia satisfeito com Kylie, como se ela fosse uma aluna que havia passado num teste. Não tinha sido fácil conseguir o livro, que ela sempre mantivera consigo. Ele tivera mais sorte com o celular dela, que tinha pegado na mochila e jogado numa vala quando estavam perto do pomar de macieiras negras e retorcidas atrás da mansão. – Bom passeio. Vai ser bom para fazê-la esquecer os problemas.

Kylie sentiu seu ânimo melhorar quando chegou à floresta. Uma samambaia, uma folha, uma árvore, uma trilha, tudo isso era reconfortante e a fazia se lembrar de casa. Ela tinha pensado na casa da Rua Magnólia o dia todo, sentindo muita falta dela, lembrando dos tempos em que ela e Antonia se esgueiravam para o jardim ao anoitecer, para procurar coelhos. Ali sempre havia dentes-de-leão, que Antonia segurava perto do rosto de Kylie.

– Faça um pedido – mandava Antonia. – Peça, mas não diga o que é!

O desejo de vingança de Tom, intrigante no início, tornara-se exaustivo para ela. O mercado estava perto e Kylie cortou caminho pela floresta, até a estrada que se fundia com a High Street, para quem fosse para o leste, e levava à rodovia, se a pessoa fosse para o oeste. O mercado de beira de estrada era pequeno, com latas de frutas e vegetais na frente. Havia um único carro estacionado em frente, com todas as janelas abertas e o rádio tocando. O grupo de excursionistas americanos, que tinham se afastado da mansão quando sentiram a escuridão em seu interior, estavam ali, exaustos depois de tantos dias caminhando na floresta, e agora faziam uma pausa para tomar alguma coisa e comer batatas fritas. O coração de Kylie deu um salto; não sabia como ela tinha conseguido perder o celular e sentia uma necessidade desesperada de ligar para a irmã.

– Olá – gritou uma das jovens. – Acho que já vi você antes. – Ela tinha o sotaque de Nova York. – Americana, certo? Você parece um pouco perdida.

– Perdi meu celular – explicou Kylie. – Posso pegar emprestado o seu? Minha irmã vai ter um bebê em Massachusetts. Eu só quero saber se ela está bem.

A jovem entregou o celular à Kylie através da janela do carro. Os jovens estavam todos no último ano da faculdade e aquelas eram as suas grandes férias de final de semestre, o tipo de viagem que Kylie e Gideon tinham a intenção de fazer juntos.

– Minha irmã também vai ter um filho. Nós duas vamos ser titias.

Kylie devolveu o sorriso da jovem, então se virou e ligou para Antonia. Ela tremia, embora a noite estivesse quente. Não sabia que horas eram nos Estados Unidos, bem tarde ela supôs. O telefone tocou várias vezes e justo quando parecia que ninguém iria atender, a irmã atendeu com uma resposta curta:

– Estou dirigindo. – A lógica, a maravilhosa Antonia. Kylie nunca tinha sentido tanta falta dela. – Quem é? – Acrescentou Antonia, sem reconhecer o número.

– Sou eu. Estou na Inglaterra.

– Kylie! Por que você não atende o telefone? Estão todos aí, procurando você.

– Eles não deviam estar aqui. – Kylie pensou na raiva que estava sentindo da mãe, no jeito como tinha ido embora sem dizer uma palavra. – Eu não preciso delas.

– Não, é? E que diabos pensa que está fazendo? – Antonia quis saber.

– Vim quebrar a maldição – disse Kylie à irmã.

– Se eu não estivesse no final da gravidez, tomaria um avião e iria até aí chutar a sua bunda. Esqueça aquele conto de fadas idiota. Você precisa voltar para casa.

– Não é um conto de fadas. Jet deixou um bilhete contando como acabar com a maldição. Eu sei que posso trazer Gideon de volta.

Antonia estava dirigindo num fluxo intenso de carros e resolveu parar no acostamento. Os carros passavam zunindo por ela. Ela fechou as janelas para abafar o som da rodovia. – Como você planeja fazer isso? – perguntou.

– Ela deixou um bilhete dizendo que havia escondido um livro antigo na biblioteca. Ele tem instruções sobre como acabar com uma maldição. Eu só não consegui encontrar essas instruções ainda.

– Se Jetty deixou um bilhete, provavelmente foi para a tia Franny, não para você. Tenho certeza de que ela nunca quis que você ficasse vagando pela Inglaterra. Onde você está exatamente?

Kylie olhou em volta. O céu estava sombrio e escuro, com morcegos cintilando nas árvores. – No Condado de Essex. O primeiro.

– Bem, volte para o seu próprio Condado de Essex. – Antonia pensou em seus sonhos, que incluía um lago e um afogamento, uma menina de cabelos ruivos e sua querida Jet, jovem outra vez. – Você vai ter problemas aí.

– Como ele está? – Kylie ainda estava usando a capa de chuva de Gideon; aquela era a única coisa que conseguia aquecê-la quando ela estava tremendo. Ela tirou o cabelo preto do rosto e se manteve de costas para o carro estacionado, evitando contato visual com a jovem americana, que estava fazendo sinal para que Kylie devolvesse seu celular.

– Ele mexeu a mão – disse Antonia. – Ainda está vivo.

Um soluço escapou dos lábios de Kylie.

– Venha para casa agora – pediu Antonia.

Kylie cometeu o erro de mudar de posição. A garota dentro do carro acenou para chamar a atenção dela.

– Eu queria que devolvesse meu celular – disse a jovem. – Temos que ir.

– Estou com alguém aqui – disse Kylie para a irmã.

– O que você quer dizer com alguém? Tipo um guia turístico?

– Um homem.

Agitada, Antônia desceu do carro. A barriga já estava tão baixa que ficar de pé parada era desconfortável e ela começou a andar de um lado para o outro na grama. Odiava ter que dirigir para casa, em Cambridge, àquela hora do dia; havia muito trânsito e o sol ofuscava os olhos. Poderia ser por isso que estava com vontade de chorar. O que tinha sobrado da torta de maçã estava no carro. Seria por causa da torta que Kylie havia telefonado?

– Que homem? – Antonia quis saber.

– Ele disse que poderia me ajudar. Também foi amaldiçoado. Pelo menos no início achei que ele poderia me ajudar. Agora não tenho certeza. – Kylie se sentia humilhada por ter apostado todas as suas fichas num estranho que só pensava em se vingar daqueles que o haviam amaldiçoado.

— Você ao menos sabe quem ele é? — perguntou Antonia.

— Ele é um parente distante. Aprendeu sozinho a magia da mão esquerda.

— Você está ouvindo o que está dizendo? — Antonia disse para a irmã mais nova. — Até *eu* sei que isso significa Arte das Trevas.

— Ele me entende — disse Kylie, teimando em não ver a verdade. Ela havia deixado o livro com ele e estava começando a achar que a irmã poderia ter razão. Confiança era algo que a pessoa tinha que conquistar.

— Você acabou de conhecê-lo. Não é possível que ele seja capaz de entender você — Antonia disse. — Ele nem a conhece direito.

— Ele me contou coisas que nunca ouvimos sobre a nossa linhagem.

— Ah, pelo amor de Deus, Kylie, pare com todas essas bobagens e me ouça. Você precisa contar à mamãe onde você está e deixar Franny resolver isso.

Antonia sempre seria ela mesma, mesmo a cinco mil quilômetros de distância. A irmã confiável, que só acreditava na lógica, no pensamento racional e no que podia ser provado.

— Você não sabe mais quem eu sou — disse Kylie com tristeza.

— Claro que sei. Eu a conheço melhor do que ninguém. Com certeza melhor do que esse homem, seja lá quem ele for.

Se a irmã quisesse uma prova, isso é o que ela teria. Kylie tirou uma foto de si mesma no telefone da moça desconhecida. Ela parecia uma jovem amuada, alta e desajeitada, com longos cabelos negros, em pé no meio de um estacionamento.

— Ei! — a moça gritou para ela, irritada agora. — Sério. Eu estava só fazendo um favor. A gente precisa ir.

— Você vai ver — disse Kylie à irmã. — Você nem vai me reconhecer.

— Eu te amo — disse Antonia, mas Kylie não respondeu com Eu te amo mais. Em vez disso, enviou a foto e encerrou a ligação enquanto

Antonia ainda estava falando, dizendo que ela conheceria Kylie em qualquer lugar e a qualquer hora. Os excursionistas deram partida no carro.

– Você demorou pra caramba – disse a dona do celular, um pouco irritada, quando Kylie o devolveu.

– Muito obrigada... valeu mesmo – disse Kylie enquanto entrava na loja para pegar alguns mantimentos, antes que ela fechasse. Mas talvez tivesse sido um erro ligar. Ela sentia falta da irmã e sentia falta de Gideon. Sentia falta de quem ela costumava ser, mas Kylie era alguém diferente agora. Ela tinha sentido uma atração por Tom, pela história que ele tinha contado. Ela pegou algumas garrafas de cerveja, alguns queijos da região, picles e um filão de pão, em seguida saiu sem pagar. Tudo o que ela precisava era sussurrar um feitiço de proteção e se esconder atrás dos seus longos cabelos pretos e, antes que percebesse, estava invisível aos olhos da maioria das pessoas. Ela sentiu uma onda de emoção ao quebrar aquela regra simples.

Não roube, não minta, não confie num homem que você pode nunca conhecer de verdade.

⁂

Na beira da estrada, com o tráfego da Rodovia 93 passando por ela em alta velocidade, Antonia clicou na foto que Kylie mandara. Era de uma jovem alta num estacionamento. O cabelo preto retinto tinha soprado sobre seu rosto com uma rajada de vento, mas Antonia a reconheceria em qualquer lugar. Era sua irmã, a pessoa que ela conhecia melhor do que qualquer outra. Sim, ela parecia diferente, mas não importava se o cabelo dela estivesse preto ou castanho, se parecesse assustada e desesperada e sozinha, se estivesse no primeiro Condado de Essex ou no segundo, em Cambridge ou do outro lado do mundo.

Antonia conhecia sua irmã melhor do que Kylie conhecia a si própria. Ela voltou para dentro do carro e ligou para a mãe.

⁂

O cômodo estava abafado e Sally foi abrir a janela. Sentiu o aroma de lilases lá fora, no ar morno. Estava pensando em sua conversa com Ian no trem. O jeito como ele se inclinara em direção a ela quando concordava e se afastava quando discordava, como se tivesse sofrido uma queimadura. Ela queria que ele se aproximasse, mas então viu por acaso a palma esquerda dele, o destino que ele tinha traçado para si mesmo. As linhas combinavam exatamente com as dela.

Tão logo ela atendeu o telefone, todos esses pensamentos sumiram ao som da voz de Antonia.

– Você está bem? O bebê está bem?

– O meu bebê está bem. O seu bebê é que é o problema. Parece que há um homem com ela, que a está levando para o caminho da mão esquerda.

Sally sentiu um nó de pânico, perto do coração, algo amargo e frio.

– Tom Mau-Caráter.

– Bem, seja quem for, afaste-a dele. Ele é quem está enchendo a cabeça dela com magia negra.

Todos na família tinham ouvido histórias sobre a filha de Maria Owens, Faith. Diziam que ela tinha praticado magia da mão esquerda e por causa disso tinha perdido o dom da magia, só voltando a recuperá-lo em seu aniversário de 70 anos, quando sua visão voltou, depois de ela viver a vida toda ajudando as pessoas. No dia em que seus poderes voltaram, ela saiu de casa e encontrou uma menininha que estava desaparecida, descobrindo que ela tinha sido sequestrada, para que os pais pagassem um resgate. Ela então passou a fazer isso repetidamente e desenvolveu a habilidade de encontrar coisas e pessoas. Havia algumas pessoas na família Owens com essa habilidade e ela era uma delas, resgatando dezenas de filhas desaparecidas. As pessoas diziam que ela assava uma torta de maçã toda semana, colocando-a no peitoril da janela para esfriar e que as crianças que ela não conseguira localizar encontravam por si só o caminho de casa, muitas vezes no meio da noite, batendo na porta da frente e chamando pela mãe. No segundo Condado de Essex, na cidade onde ela morava, uma em cada dez meninas recebiam o nome de Faith ao nascer.

– Kylie está confusa. – Antonia olhava para a fotografia da irmã enquanto os carros passavam em alta velocidade pela rodovia. O bebê estava se mexendo dentro dela e ela se sentia confortada sempre que isso acontecia. – Deixe que ela saiba onde você está para que possa encontrá-la – disse Antonia à mãe. – Asse uma torta de maçã e coloque na janela.

– Aqui? Estamos numa pousada. Por que uma torta?

– É o conselho de Jet. O Reverendo me contou. Eu mesma fiz uma e ela me ligou menos de uma hora depois.

– Você está visitando o Reverendo?

Era ridículo que Antonia sentisse um carinho tão grande pelo velho que tinha causado tantos problemas à Jet no passado. Por que ela viera a saber que, muito antes de Jet, Franny e Vincent chegarem à casa da Rua Magnólia, o Reverendo havia iniciado um abaixo-assinado para expulsar os membros da família Owens da cidade. Aquela não parecia uma atitude que o velhote benevolente que ela agora visitava tomaria, mas Antonia mal o conhecia. Mesmo assim, ela torcia para que o coração dele aguentasse.

– Jet contou a ele sobre o feitiço da Filha Perdida. Faça a torta, mãe.

Quando desligaram, Sally desceu até o saguão da pousada e disse à irmã que precisavam assar uma torta. Gillian calçou os sapatos e disse:

– O que estamos esperando?

Nenhuma pergunta foi feita. Essa era uma das muitas qualidades que Sally passara a admirar na irmã, ela não precisava conhecer todos os detalhes para começar a ajudar. As duas foram para a cozinha ainda de camisola. Encontraram uma caixa de maçãs, uma lata de farinha no armário e pratos de torta numa cristaleira. Sally sabia fazer uma massa muito boa, na qual ela gostava de adicionar alecrim, e, embora a cozinha do *pub* só tivesse os utensílios básicos, ela encontrou uma boa quantidade dessa erva perfumada numa lata no balcão, junto com canela e noz-moscada. Quando cortaram as maçãs, a polpa branca da fruta ficou vermelha, assim como acontece com algumas rosas, com botões de cor clara se tornando escarlates ao desabrocharem. Aquela não era uma torta comum. Era um prato que estava sendo preparado com amor, para chamar uma filha para casa. Elas tomaram chá enquanto a torta assava, Chá da Coragem, que Franny tinha trazido. Quando o cozinheiro da pousada, um sujeito chamado Lester, chegou ao amanhecer, ficou surpreso ao encontrá-las sentadas ali, ainda de camisolas e compartilhando um pratinho de torradas com manteiga, enquanto a torta esfriava no peitoril da janela. As pessoas da aldeia acordaram se sentindo jovens novamente e muitas saíram de casa ainda de pijama, para ficar no jardim de suas casas e ver o céu matinal clarear, pois era um lindo dia, sem nenhum sinal de chuva.

PARTE CINCO

O Livro dos Sonhos

I.

Ian encontrou um documento sobre o julgamento de Hannah Owens numa caixa de papelão armazenada na Biblioteca do Gato, um relato desdenhoso condenando-a à prisão por bruxaria. Ainda não eram seis horas da manhã quando ele fez sua descoberta, pois não tinha esperado que a biblioteca abrisse oficialmente. Ele poderia ter invadido o lugar, sabia que era fácil passar pela janela basculante do banheiro, como tinha feito na adolescência uma vez, quando roubara dinheiro da gaveta que havia embaixo do balcão. Felizmente, desta vez não havia necessidade de invasão. Ele telefonara para a bibliotecária, a sra. Philips, uma velha conhecida da mãe dele, e perguntara educadamente se poderia fazer uma pesquisa. Todos na cidade sabiam que ele estava constantemente trabalhando em seu livro, não que alguém pensasse que ele iria terminá-lo, e foi uma grande surpresa para todos quando Margaret Wright anunciou que o livro do filho seria publicado na primavera seguinte, pela Bradbury Press, uma pequena editora americana sediada numa cidade chamada Waukegan, Illinois, um lugar do qual ninguém nunca tinha ouvido falar e que algumas pessoas achavam que era uma invenção da imaginação de Margaret, já que ela tinha passado por tantas coisas com aquele filho dela, que tinha se endireitado, afinal.

Como a bibliotecária geralmente acordava às quatro da manhã, para ler na cama, ela foi encontrar Ian na biblioteca, vestindo um casaco sobre a camisola, destrancou a porta, deu um tapinha no ombro dele e voltou para a cama com uma pilha de livros como de costume, deixando que ele fizesse sua pesquisa em paz. Nos registros municipais armazenados no sótão, Ian encontrou o que queria. Hannah Owens fora acusada de todo tipo de maldade por uma testemunha segundo a qual ela falava com Satanás e tinha uma cauda de animal. Ela era uma curandeira, solteira, sem problemas, e tudo isso conspirou contra ela. Os crimes de Hannah eram imaginários, mas sua punição não. E havia um aspecto nessa mulher que era bastante incomum. Ian levou essa informação para a pousada no final da manhã e mostrou-a à família Owens. Havia no ar um aroma doce que o fez lembrar da sua infância, quando ele colhia maçãs de uma variedade adocicada chamada "maçã de bruxa", uma fruta que só crescia no Solar dos Lockland.

Quando Ian chegou à pousada com os arquivos, Vincent estava sozinho no saguão, segurando um copo descartável cheio de chá morno.

– Dê uma olhada – disse Ian, entregando uma cópia dos registros. – Essa mulher, Hannah Owens, obviamente não era uma moradora comum da aldeia. Num mundo onde mais de noventa por cento das mulheres eram analfabetas, Hannah assinava o próprio nome, e não com um X, mas com uma adorável letra floreada, bem-feita e perfeitamente legível. As mulheres que sabiam ler geralmente eram membros do tribunal, onde tinham acesso a professores e bibliotecas, mas Hannah evidentemente vivia na pobreza. Antes da época do seu julgamento, ela morava na cabana onde agora fica a biblioteca, mas a propriedade foi tirada dela pelo conselho municipal, para ressarcir as vítimas da bruxaria que supostamente tinham sofrido nas mãos de Hannah.

Ian estava ridiculamente ansioso para mostrar suas descobertas para Sally e sentia uma decepção crescente dentro dele.

– Não estão faltando algumas pessoas aqui? – Ian se referia à Sally, é claro, mas ele não queria que Vincent percebesse, embora era grande a chance de o velho ter a visão e ser uma daquelas pessoas que sabiam reconhecer uma mentira.

– Ah, elas já foram. Me deixaram aqui para encontrar você e avisar que não precisamos da sua ajuda.

Aturdido, Ian deixou escapar:

– Estou aqui porque Sally precisa de mim.

– Aparentemente, não. Acontece que Kylie está com aquele tal de Lockland. Elas foram buscá-la. Já têm o endereço de uma casa que ele está alugando na High Street, número 23.

– Mas que droga!

Ian saiu furioso da pousada, seguido por Vincent.

– Elas deviam ter me esperado. Eu conheço aquele cretino e ele é mais perigoso do que imaginam.

– Experimente deter a minha irmã... E só para você saber, ele não tem nenhuma chance contra ela – Vincent respondeu, mas Ian já não estava mais ouvindo. Ele avistou Matt Poole no estacionamento, cochilando dentro da van.

– Preciso do seu carro, Matt. – Ian já foi abrindo a porta do motorista, fazendo Matt acordar assustado.

– O quê? – Por um momento Matt pensou que estava sendo roubado, mas felizmente reconheceu Ian antes de pegar o martelo que deixava sob o assento para o caso de algum turista bêbado ter a infeliz ideia de saltar da van antes de pagar a corrida. A mãe de Ian, Margaret, tinha curado a irmã de Matt, Lisa, quando as coisas deram errado na sua primeira gravidez. A irmã dele já tinha agora dois meninos crescidos e, no dia primeiro de maio, o dia em que ela poderia ter perdido seu filho se não fosse Margaret, ela sempre levava para a curandeira um bolo com calda de açúcar e recheio de trufa de chocolate cor-de-rosa.

– Me dê as chaves. Ninguém está precisando de um táxi agora. Vamos – Ian pediu, quando Matt o encarou com os olhos arregalados. – É importante.

– Este táxi é meu ganha-pão – Matt reclamou. – Você sempre foi um motorista imprudente.

– Isso foi há anos, Matt. Vamos lá.

– Não sei por que faço essas coisas – Matt resmungou, entregando as chaves. Mas a verdade é que não havia clientes e Matt agora podia se sentar na varanda da pousada e tirar um cochilo, esperando que Ian fosse um motorista melhor do que era quando jovem e tinha causado vários acidentes envolvendo bebidas alcoólicas e árvores.

Ian ainda era um motorista rápido e Vincent sugeriu duas vezes que ele fosse mais devagar. Eles pararam assim que chegaram no final da High Street, onde as casas estavam em péssimo estado de conservação. O mato era tão alto ao redor da casa, com trepadeiras cheias de espinho subindo pela varanda e o telhado, que demorou um instante para que vissem Sally e Gillian em frente à porta. Ninguém atendia às suas batidas e Sally estava lutando para abrir a fechadura com um grampo de cabelo. Franny tinha ido até o quintalzinho abandonado onde crescia um único arbusto de lilases. Ela estava olhando através da janela da sala, com as mãos em concha na frente da vidraça empoeirada, tentando ver lá dentro. O vidro estava sujo demais para que conseguisse ver alguma coisa, mas ela podia sentir a atmosfera hostil dentro da casa, os resquícios sombrios da magia da mão esquerda. Vincent foi até onde estava a irmã.

– Isso não me cheira bem. – Ele reparou em dois pequenos pardais mortos na grama, enrolados em barbante.

Quando era jovem, Vincent costumava perambular pela Baixa Manhattan, até lugares onde podia encontrar a magia da mão esquerda. Ele havia experimentado principalmente a magia simpática, em que figuras de cera eram usadas junto com a magia de sangue, para conseguir o que queria, ou seja, sua liberdade. Ele ia até o centro da cidade andando por ruas escuras, num momento em que realmente não sabia quem era, apenas que não era a pessoa que seus pais esperavam que ele fosse. Qualquer que fossem as regras estabelecidas pela sua mãe, ele se recusava a obedecer; preferia seguir outro caminho, o da escuridão, passando a noite toda em seu bar favorito, o Jester, bebendo até cair, fazendo truques de mágica primários, produzindo chamas com um estalar de dedos e desligando as luzes com uma baforada, na esperança de impressionar os frequentadores. Franny tinha ido até lá uma vez com a cura para a sua embriaguez, uma mistura de pimenta-de-caiena, cafeína, erva-de-são-joão e suco de tomate, que ela o obrigara a engolir, junto com um sermão sobre suas atitudes irresponsáveis. Se Franny não o tivesse ajudado, qualquer coisa poderia ter acontecido. Naquela época, apenas ela sabia a verdade sobre a homossexualidade do irmão; ela sabia mesmo sem ele dizer uma palavra, antes até de ele admitir para si mesmo. Os jovens se perdiam com facilidade, eles se arriscavam, e Vincent certamente tinha se arriscado muito, e também tinha compaixão por aqueles que se metiam com a magia da mão esquerda.

– Ela é só uma menina – disse ele sobre Kylie. – Não sabe o que está fazendo.

– Fazemos nossas escolhas e pagamos por elas, a menos que alguém com a cabeça no lugar nos impeça – disse Franny num tom severo.

– Ela acha que pode acabar com a maldição e salvar aquele namorado dela – Vincent disse. – Ela está com o livro, então talvez consiga. Nossa geração certamente não conseguiu remediar nada.

Foi só então, naquele lugar longínquo, que Franny se lembrou de algo que Jet tinha dito na sétima noite, depois de voltar para casa da biblioteca. O vento tinha aumentado e as folhas estremeciam nas árvores. Era a última noite que elas tinham juntas, a hora de dizer tudo o que queriam. *Se alguém pode fazer isso, é você,* Jet havia dito a ela. *Você sempre foi a mais forte.*

Naquela ocasião, Franny pensou que Jet queria dizer que ela era forte o suficiente para sobreviver à morte da irmã. Franny tinha respondido, *Não, não sou,* porque ela não tinha ideia de como sobreviveria sem a irmã. Jet tinha abraçado Franny e dito: *Tudo o que vale a pena é perigoso,* depois ela entrou em casa, deixando Franny aos prantos. Era só agora que ela entendia o que a irmã queria dizer. Desde o início, era Franny que tinha de acabar com aquela maldição.

⚜

Ian foi até a porta da frente, abrindo caminho entre as trepadeiras. Quem não soubesse que havia uma casa ali, acharia que não havia nada além de um matagal. O fedor de magia negra pairava no ar, amarga, mas de alguma forma atraente.

– Você devia ter esperado por mim – disse ele à Sally.

Ela piscou, olhando para ele, e se pegou pensando a coisa mais curiosa: *Mas ela não tinha feito isso a vida toda?*

– Você devia estar nos ajudando – Gillian entrou na conversa. – Onde estava?

– Na biblioteca. Fazendo pesquisas sobre a família de vocês. – Ian entregou a informação a Sally.

Franny veio ver o que ele tinha descoberto.

– Algumas frases – ela disse, balançando a cabeça. Tinham escrito tão pouco sobre Hannah Owens, era como se ela nunca tivesse existido.

– A maioria não tinha nem isso! – respondeu Ian. – Se uma mulher não escreve sua própria história, ninguém fará isso por ela.

Sally se inclinou para a irmã.

– O que ele acabou de dizer?

– Ele está falando consigo mesmo – disse Gillian. – O trabalho da vida dele.

– Não. Ele está falando de nós.

Como havia apenas uma cópia de *Minha Vida de Bruxa* na biblioteca, Ian havia feito uma fotocópia das páginas.

– Talvez você queira dar uma olhada. Cora Wilkie morou aqui nos anos 1950 e 1960, quando minha mãe era criança. Ela ainda tem um monte de primos na cidade. Morava no ponto mais distante dos pântanos, onde há mais água do que terra.

– Duvido que terei tempo para isso – respondeu Franny rispidamente. Mesmo assim, ela estava começando a sentir uma certa simpatia por Ian. Ele era alto e magro, com ombros largos, como seu Haylin tinha sido, e gostava de falar, uma característica que ela sempre apreciava num homem. Ora, Haylin era uma verdadeira matraca; quando caminharam pela cidade, ele parava para conversar com todos os vizinhos que encontravam, até com os que tinham medo de Franny.

– Você deveria escrever sobre aquelas mulheres sobre as quais nunca ninguém escreveu – disse ela a Ian.

Mais uma vez, ele podia ver Franny como ela era quando jovem. Os longos cabelos ruivos, as sardas em sua pele leitosa, a boca larga e de lábios franzidos, quando ela tinha certeza de que sabia a coisa certa a fazer. Ele sentia um vazio agora que terminara seu livro, sem saber direito o que fazer agora.

– A vida das bruxas de Essex – ele disse, considerando a possibilidade.

– Agora você está usando a cabeça – disse Franny. – Comece com Cora. Tenho certeza de ela vai pensar num jeito de retribuir se você fizer isso.

Ian se inclinou e beijou Franny.

Chocada, Gillian deu uma cotovelada na irmã, para chamar a atenção dela.

– O sujeito é insano?

– Bem provável – Sally esperou pela reação da tia.

Para sua surpresa, Franny sorriu.

– É melhor que o livro fique bom – ela disse.

– Vai ficar. Vou dedicar a você.

– Jesus, não.

Ainda assim, todos puderam ver que ela estava lisonjeada. E Franny notou que Sally o encarava de olhos arregalados. *Acorde, garota! Olhe para o que está bem na sua frente. Seu coração está batendo muito rápido? Você fica de joelhos bambos quando o vê e quando se afasta dele? Bem, isso é amor, com certeza, e não vai desaparecer, mesmo que você prefira fingir que não sente nada.*

Franny se inclinou e beijou a bochecha de Ian, então ele é que soltou uma risada e fez uma reverência, como se ela fosse uma rainha. Franny olhou para a grama e acenou com a cabeça para Sally. Ela poderia viver só um pouco ou poderia viver intensamente. A escolha era dela.

Vincent deu a volta na casa. Nenhum pássaro cantava ali, aquilo sempre era um sinal. Ele encontrou a porta dos fundos, agora quase coberta de trepadeiras, e entrou. Ele muitas vezes procurara a magia simpática no Lower East Side, a magia mais forte, que podia intensificar um feitiço, por isso reconheceu os ingredientes de magia negra na pequena mesa da cozinha: cera preta, alfinetes, linha preta, raiz de garança, beladona e ervas venenosas, o coração de um pombo, um estranho osso branco, cinzas, uma vela negra. Vincent se sentou e colocou as mãos sobre a mesa. *Caminhos, estradas, através da floresta, através da aldeia.* E então nada. O caminho que ele podia ver, ao fechar os olhos, terminava na floresta.

Franny foi atrás do irmão. Ela se sentou na frente dele, as mãos sobre a mesa, os dedos tocando os dele, intensificando o poder de Vincent com o dela. *Leve-me onde quer que ela esteja, através da terra, da água ou do mar.* A mesa pareceu estremecer, então se ergueu do chão mais rápido do que esperavam, como se agradecida por ser libertada. Eles não conseguiram segurá-la e só puderam assistir enquanto ela batia no teto, espalhando pedaços de argamassa por toda a cozinha. Vincent se levantou para proteger a irmã, em seguida espanou o pó do casaco. Eles estavam sendo bloqueados pela magia da mão esquerda e o caminho se transformou em cinzas, deixando claro que Kylie não poderia ser encontrada daquela maneira.

Quando eles saíram, os espinheiros se fecharam na parte de trás da porta.

Sally e Gillian estavam esperando ao lado da árvore de lilases, que nunca tinha florescido.

— Eu diria que ela esteve aqui até esta manhã — disse Vincent. Ainda havia uma camada de cinzas sobre a grama e, quando ele segurou a maçaneta da porta, sentiu-a ainda quente.

— Você consegue localizá-la? — Sally perguntou ao avô.

— Quando fui para a França, ninguém conseguia me encontrar. A mesma coisa está acontecendo agora. Você não pode encontrar alguém que se recusa a ser encontrado

— Podemos torcer para que ela nos procure — acrescentou Franny.

— Isso não é suficiente — Sally foi firme ao dizer. E se Kylie nunca procurasse por eles?

— Eu sei onde ele está — disse Ian. — No Solar dos Lockland. Ele acampa lá há anos.

— É melhor irmos para lá agora — disse Sally.

— Claro — Ian respondeu, pronto para fazer qualquer coisa que ela pedisse. Então era assim que as coisas seriam? Dizer sim antes mesmo de pensar? Querer agradá-la a qualquer preço? — Deixe-me ir sozinho. Eu o conheço.

— Não — Franny o impediu. — É preciso que seja alguém com bruxaria no sangue. — Ela deu um tapinha no braço de Ian. — Receio que não seja você. — Ela se virou para Sally. — Se ela está no caminho da mão esquerda, é ela que tem que vir até nós. Se formos atrás, vamos apenas afugentá-la ainda mais. Dê a ela um pouco mais de tempo.

— Não mais do que algumas horas — disse Sally. Era para Ian que ela falava agora: — Depois disso, nós iremos.

Margaret apostava que os visitantes americanos que o filho estava trazendo não teriam estômago para muitos dos pratos regionais da aldeia, alguns com receitas de centenas de anos, como enguias cozidas, por exemplo, consideradas uma iguaria, cujo ingrediente principal era capturado com uma cesta de arame nos pântanos e temperada com salsa cultivada no jardim. Caçarola de pombo, dois pássaros depenados cozidos numa crosta, podia ser um prato meio estranho para eles. Em vez disso, ela assou uma falsa torta de pássaro-preto, para que pudessem experimentar um pouco do sabor do seu Condado, substituindo o ingrediente principal por berinjela. Ela havia preparado seu pastelão com recheio duplo, de legumes numa ponta e de geleia na outra, de modo que era ao mesmo tempo um prato principal e uma sobremesa. E tinha feito questão de preparar o pudim de gengibre favorito de Ian também, pois era um prato que trazia sorte para quem o experimentava. Os convidados causaram um alvoroço na casa quando chegaram, ainda um pouco tontos por causa do trajeto acidentado na van de Matt Poole, pela estrada esburacada e lamacenta. A casa era pequena, então eles jantariam do lado de fora.

Depois que todos foram apresentados, Sally pediu licença educadamente.

– Só preciso de um pouco de ar – ela os assegurou, mas todos sabiam quando uma mãe estava angustiada por causa de um filho. Margaret pôs sobre a mesa os pratos azuis-claros que guardava no armário e lançou um olhar para Ian. *Vá atrás dela agora ou você não conseguirá se aproximar depois.*

Embora Sally já estivesse do lado de fora e a mãe não tivesse dito uma palavra, Ian pegou um par de botas de cano alto na entrada e saiu sem dizer nada a ninguém. Todos foram muito discretos e não comentaram nada sobre a ausência dos dois.

– Chá? – perguntou Margaret à Franny. As duas mulheres estavam ocupadas avaliando uma à outra, intrigadas com o que viam. Uma tinha praticado a Arte Sem Nome durante toda a sua vida, a outra nascera com a magia no sangue.

Franny tirou da bolsa um saquinho de musselina cheio de folhas de chá. Era o que todos precisavam acima de tudo.

– Eu trouxe o meu próprio.

– Posso? – Quando Margaret recebeu sinal verde, ela cheirou o chá. Groselha, baunilha, chá verde, tomilho. – Muito bom! – Ela reconhecia a coragem quando estava bem ali, na frente dela.

– Não há pássaros-pretos na torta, certo? – Vincent perguntou num tom de brincadeira, enquanto espiava o interior do forno aquecido a lenha. – Minha irmã tem adoração por corvos.

– Cruzes, não! – respondeu Margaret. – Vocês ainda não são moradores da aldeia.

Gillian olhou para os vegetais de cor púrpura na velha pia, onde havia algumas berinjelas não utilizadas, embebidas numa mistura de água e sal. Na casa não havia água corrente e era preciso trazer tachos de água do poço.

Margaret pediu a Vincent e Franny que levassem o chá para a mesa posta no jardim, sob uma faixa de sol. Quando Gillian começou a segui-los, Margaret a puxou pela manga para perguntar se ela poderia ajudar a preparar os pratos.

– Aposto que você é uma boa cozinheira.

– Oh, não, sou horrível na cozinha! – Gillian garantiu a ela.

Margaret pegou sua caixa de receitas. Ela tinha visto a cópia de *Minha Vida de Bruxa* na bolsa de Gillian e lembrou-se de quando ela mesma tinha ido ver Cora.

– Sério, eu não sei cozinhar – Gillian disse a ela. – Qualquer receita ficaria péssima se fosse preparada por mim.

Mesmo assim, Margaret entregou a ela um cartão. Era uma receita muito simples, que tinha sido feita por gerações. A tinta era vermelha, provavelmente sangue. Margaret não tinha nascido com a visão, mas ela tinha praticado a Arte por tempo suficiente para decifrar o que uma mulher mais queria no mundo.

– Cora me deu essa receita numa época em que eu estava precisando dela desesperadamente.

– Eu não estou desesperada – Gillian foi rápida em corrigi-la.

– Basta dar uma olhada – sugeriu Margaret.

Pegue duas raízes de alface e despeje sua urina sobre elas. Se a raiz murchar, jogue fora. Se germinar, plante-a num vaso, no peitoril da sua janela. Ferva alho todas as noites e coma o bulbo inteiro.

Asse o bolo a seguir e dê ao homem em questão, usando ovos, farinha, leite, seu sangue e mel. Fique por cima e ele vai querer mais.

– O que é isso? – Gillian perguntou, olhando para a mulher diante dela.

– Recite o encantamento todas as noites.

Gillian virou o cartão, as lágrimas escorrendo dos seus olhos.

Deusa da Noite, Hécate, honrada acima de tudo, você é o começo, você é o fim. De você se originam todas as coisas, e em você, eterna, findam todas as coisas.

– Esta é a receita que funcionou para mim quando eu queria ter um filho – Margaret Wright disse a ela. – Sou grata desde então.

∞

Sally não conseguiria almoçar sob o olhar atento da família. Ela estava devastada e não queria que ninguém sentisse pena dela. Pelo que valia a pena viver e morrer? Como uma pessoa consegue seguir adiante na escuridão incerta do que pode acontecer a seguir? Mulheres que perderam filhas ou maridos, mulheres que eram pele e osso, que estavam cheias de tristeza, mulheres que não conseguiam encontrar seu caminho para casa, que negavam quem elas eram ou o que elas poderiam estar dispostas a fazer. Em vez de se juntar aos outros à mesa, Sally foi até o pântano. Ela tirou as botas e ergueu as saias. O sol batia em seus ombros estreitos. Ela parou para assistir a uma revoada de corvos. Com uma mão sobre os olhos, ainda procurou por eles em vão, mesmo depois que se espalharam para se empoleirar nas margens, onde não podiam ser vistos em meio ao mato alto. Ela queria um sinal. Uma voz, uma canção, um presságio. Nuvens que ficavam cor-de-rosa, uma visão de outro lugar e de outro tempo. Aquela era uma região remota, um lugar onde raramente se via uma pessoa, talvez só um pescador ocasional num barco. O coração de Sally ficou um pouco mais aliviado quando ela viu uma figura entre os juncos. Talvez fosse a filha, certamente devia ser, mas à medida que avançava, observou uma garota de cabelos escuros, desconhecida, pisando na terra, que era metade terra e metade água, com uma bolsa de couro sobre a cabeça para não molhar. Tudo era azul, seu vestido, a água, o céu.

– Espere! – gritou Sally. – É muito fundo aí – ela avisou.

A garota se virou e seus olhos se encontraram através do pântano e então Sally percebeu que era um fantasma; Maria continuava repetindo seus passos havia trezentos anos, incapaz de descansar enquanto a maldição estivesse em ação. Sally ficou ali, enfeitiçada como a menina, que desapareceu entre as faixas de sombra e luz. Depois que ela se foi, o corvo deu um grito estridente e voltou a alçar voo.

– Você está bem? – perguntou Ian, ofegante, vindo por trás de Sally. Ele não tinha certeza do que tinha acontecido até que Sally se virou e ele viu o assombro nos olhos dela.

– Você testemunhou a aparição de um fantasma.

– Era uma menina. – As palmas das mãos de Sally estavam úmidas e o pânico tomava conta dela. Ela começou a entrar na água. – Não vou deixá-la se afogar.

Ian não esperou para ouvir mais nenhuma explicação. Ele tinha orgulho do seu conhecimento sobre os pântanos. As pessoas se afogavam o tempo todo e Sally não ia ser uma delas.

– Pare onde está, Sally. Aquela não era a sua filha. Era um fantasma. Algo que um dia foi mortal e não é mais. Eu também a vi uma vez. – Ele estava chapado de LSD na época, mas não havia necessidade de mencionar isso à Sally. Ele tinha visto o fantasma de uma jovem de cabelo preto, que desapareceu quando ele se aproximou.

Sally continuou e entrou na água até a cintura.

– Droga, pare!

O som urgente da voz dele a fez parar. Apesar do seu conhecimento dos perigos do terreno, Ian avançou cegamente pela água, seguindo-a. Quando a alcançou, ele estava dominado por um desejo inexprimível e não conseguiu falar. Em vez disso, se curvou para beijá-la.

Sally inclinou a cabeça e depois se afastou.

– Tem alguém se afogando. – Ela mal conseguia respirar.

Ian riu e disse:

– Sim, eu sei. Sou eu.

Não havia nenhuma garota ali agora, havia apenas aquele homem, que tinha vindo atrás dela sem se preocupar em tirar as botas. Ele estava sendo cruel lembrando-a de que ela tinha um coração. E talvez ele se sentisse um tolo, pois recuou.

– Chamamos aquele lugar de Casa da Bruxa – disse ele sobre a casa abandonada perto da margem.

Sally conhecia a história de Thornfield, que as bruxas eram julgadas aqui, afogadas sem nenhuma evidência além de rumores, fofocas e medos expressos em voz alta. Mesmo quando Ian era menino, as pessoas ficavam olhando quando a mãe dele andava de bicicleta pela cidade tarde da noite, sempre que alguém ficava doente, embora a maioria das pessoas concordasse que ela era mais confiável do que o médico, que morava a quarenta minutos de distância e tinha um karmann ghia temperamental, que muitas vezes não pegava em dias de chuva, o que era frequente naquele Condado.

— Você nunca moraria num lugar como este — disse Ian, o olhar fixo no lindo rosto preocupado de Sally. Ela se preocupava muito e ele gostaria de poder acabar com aquilo.

— Eu venho de um lugar como este — Sally disse a ele. — Você nunca foi a Massachusetts?

— New Haven foi o mais longe que eu consegui ir, para fazer uma pesquisa em Yale. E em Nova York, é claro. Fiquei vários dias perdido na biblioteca pública.

— Mas você prefere a Biblioteca do Gato.

Ela tinha visto a verdade. Ele era um rapaz do interior que por acaso morava em Londres.

— Prefiro. — Alguns lugares cativavam a pessoa e aquele aqui era uma paisagem sem a qual ele não podia ficar.

Sally riu da seriedade com a qual ele confirmou a suspeita dela.

— Você acha que devo pedi-lo em casamento?

Ian ficou imediatamente constrangido. Ele a beijara e queria beijá-la novamente. Ele estava ardendo, na realidade, embora estivesse de pé na água fria e verde. *Não poderia ser*. Na mente dele, sua história terminava com ele sozinho em seu apartamento em Londres. Provavelmente, seu cadáver só seria descoberto depois de vários dias. Ele havia imaginado seu próprio funeral. Sua mãe, a família Poole, talvez uma antiga namorada ou duas, talvez não.

— Você quer um pedido de casamento? — ele perguntou, depois se sentiu um idiota.

Antes que Sally pudesse responder, ele apontou para uma casa em ruínas do outro lado do pântano.

– É onde eu costumava me esconder. Eu e as garças. Fiz algumas coisas bem ruins ali. Drogas e bebidas e garotas que ele tinha jurado amar, embora soubesse que nunca voltaria a telefonar para elas. Mesmo assim, ele achava tão bonito ali nos pântanos... e se sentar naquela varanda, mesmo caindo aos pedaços, enquanto observava a lua subindo no céu, o salvara de algum modo.

Eles foram um pouco mais longe, avançando lentamente. Sally percebeu como a lama era profunda; poderia sugar uma pessoa se ela não continuasse se movendo.

– Vamos ficar presos aqui para o resto da vida?

Ian queria dizer, "Quem dera", mas como eles não estavam presos e dizer aquilo provavelmente ofenderia Sally, ele se voltou para os terrenos mais altos e para um caminho que ele sabia que teria mais terra do que lama. Quando gesticulou para Sally, ela ficou imóvel.

– Você vai vir ou prefere se afogar? – Ian perguntou incisivamente. Ele costumava ficar de mau humor quando não conseguia o que queria, e o que ele queria era Sally e deixar de fingir que não havia nada entre eles.

– Meu povo não pode se afogar. – Será que ela estava tão impotente que não conseguiria encontrar a filha? Ela sabia que isso tinha acontecido com Maria. A filha dela tinha ficado desaparecida por vários anos e a perda quase a arruinou.

– Temos que encontrá-la – disse ela.

– Nós vamos encontrá-la, Sally. Mas venha comigo agora, para fora da água.

Quando Ian estendeu a mão, ela a pegou e eles foram ambos discretos o suficiente para não trocar um olhar.

Olhe para a frente, entre as árvores, onde um corvo pousou, uma criatura tão selvagem e bela. Olhe para cima, desvie o olhar, e se você ainda o vir, então saberá. É assim que acontece, num dia normal, é assim que o futuro é revelado.

Eles estavam totalmente enlameados quando chegaram a solo firme, e a respiração de Sally era superficial. Ela estava desorientada, e o sol em seus ombros parecia que os queimava; a mão dela na dele estava em chamas também, mas, quando ela se voltou, havia uma sombra no rosto dele mais uma vez. Ela não parava de pensar naquele beijo. Continuava sentindo os lábios dele como se o beijo estivesse acontecendo várias e várias vezes, num *looping* temporal que ela não conseguia deter.

A garota de cabelos pretos estava ali nos pântanos, numa espiral temporal desde o dia em que fugira da casa de Hannah Owens, incendiada pelo primeiro Thomas Lockland. Talvez Sally tivesse sido capaz de ver o fantasma porque ela estava atordoada pela dor, vulnerável e aberta para o mundo de uma forma que nunca estivera antes. Ela, que acreditava que seu coração era frio; que tinha se casado duas vezes, mas temia se comprometer com qualquer outro homem; que esperava o pior e tinha conseguido; que fizera um juramento quando não tinha mais de 10 anos de idade, de que nunca se apaixonaria; que estava num vestido enlameado, descalça e ardendo por dentro; que em vez de se afastar fez algo tão impulsivo quanto beijar Ian tão profundamente que poderiam ter desaparecido no pântano, onde muitos haviam desaparecido no passado, mas felizmente o destino providenciara para que eles chegassem a terra firme.

II.

A distância, Kylie detectou a fumaça da lareira, espiralando por entre as árvores. A voz da irmã ecoou na cabeça dela e ela de fato pensou na possibilidade de dar meia-volta. Antonia muitas vezes estava certa, voltando-se para a lógica quando outras pessoas talvez entrassem em pânico. Kylie poderia correr de volta para a aldeia e pegar o táxi que tinha visto vazio do lado de fora da pousada, mas ela tinha deixado o livro para trás e a maldição ainda estava intacta. Ela continuou, através da hera e das samambaias, o cheiro dos trevos enchendo sua cabeça. Ela estava tonta, estava sozinha, havia cometido um erro após o outro. Tudo parecia ter saído de um sonho, e ela era uma sonâmbula querendo uma coisa, voltar no tempo até aquela tarde no parque em Cambridge, antes de a tempestade começar. Pelo que ela sabia, Gideon podia estar preso no mesmo sonho. Ele queria alcançá-la, mas não conseguiu chegar até a porta. Em seu sonho, ele via uma sombra no momento em que Kylie observava exatamente a mesma coisa; era Tom Lockland parado do lado de fora da mansão, esperando Kylie, frustrado por ela ter demorado tanto só para ir ao mercado e voltar.

– Já não era sem tempo – ele disse.

Ela viu algo dentro dele então, o que ele estava escondendo, uma linha escura, do tipo que aparece quando há uma rachadura numa porcelana chinesa.

– Eu me perdi – disse Kylie simplesmente.

– Bem, me siga, então.

Eles seguiram por um caminho atrás da casa, até um riacho, onde fizeram um piquenique, com o queijo, o pão e os picles que Kylie trouxera. Ela só conseguiu comer um ou dois pedaços. Seu estômago estava contraído de nervoso. Havia tanto poder na maldição e ela já tinha durado tanto tempo que Kylie temia o desastre que um único erro poderia causar. Sempre havia um preço a pagar, embora esse preço não estivesse muito claro.

– Deve haver uma maneira de abrir essa maldita coisa – murmurou Tom.

Ele folheou *O Livro do Corvo* enquanto bebia uma das cervejas, as outras garrafas resfriando dentro do riacho. Ele tinha estudado o livro enquanto Kylie estava fora, cumprindo sua tarefa, e percebera que o objetivo da obra era conceder ao leitor seu desejo mais profundo, aquele guardado no fundo do seu coração e que valia o preço a ser pago. Tom não estava interessado em acabar com a maldição. O livro estava engendrando uma forma de cumprir seu desejo mais fervoroso: uma vingança dirigida a todos que o haviam ignorado e menosprezado. Uma maldição em troca de outra maldição. Ele tinha levado com ele os ingredientes que costumavam ser necessários para se praticar magia negra e, antes de Kylie retornar, ele tinha encontrado o que queria no capítulo "Como Obter Sua Vingança". Era possível evocar a Morte Vermelha, uma praga que se abateria sobre a cidade. Ele não era forte o suficiente para lançar uma maldição tão avassaladora. Por isso que levara Kylie para o lado negro. Ele tinha uma bruxa com um poder de verdade. Era melhor ainda que a garota não tivesse uma noção real das suas próprias capacidades, pois ele pretendia usá-las para alcançar seus próprios objetivos.

Tinha chovido muito naquela primavera, e os riachos haviam transbordado. As margens estavam escorregadias, com montes de folhas caídas do outono anterior se dissolvendo numa cobertura putrefata. Era uma noite quente e tranquila e, quando Tom terminou a cerveja, lançou a garrafa vazia entre as samambaias, depois se levantou e caminhou pelo capim alto. Segundo uma antiga crendice, quem quer que carregasse consigo uma semente de samambaia poderia ficar invisível; assim prometera o vilão de *Henrique IV, Parte I*, quando um salteador de estradas garantia ao seu cúmplice: *Temos o segredo da receita das sementes de samambaia, que nos permite andar sem sermos vistos*. Mas as samambaias também ajudam o praticante de magia a encontrar respostas, a entender a linguagem dos pássaros e dos animais e a descobrir um tesouro. Se a pessoa tem a visão, ela sempre fica mais clara onde quer que haja samambaias.

– Está com medo? – Tom perguntou à Kylie, provocando-a porque ela não sabia nadar.

Avolumava-se, de fato, uma onda de medo no peito dela. Talvez fosse o jeito como ele tinha jogado o livro no chão, com tanta displicência, como se pertencesse a ele. Ainda assim, ela não podia deixar que seus medos a detivessem. Kylie tirou o *jeans* e a camiseta, mantendo a roupa de baixo e tremendo apesar do clima quente. Ela sentiu uma pontada de pânico. Como tinha conseguido ir parar ali, tão longe de casa, uma garota de cabelos pretos na floresta com um homem que mal conhecia?

Tom mergulhou na água e, quando ficou de pé, sacudiu as gotas do cabelo.

– Vê o que está perdendo? – ele gritou. – Não há nada a temer.

Ela caminhou por entre os juncos até a água, que envolvia as suas pernas, fria como gelo. Água chama água, pois igual atrai igual. Kylie foi até uma parte mais funda da lagoa, mas, quando tentou mergulhar, viu que era impossível, era como se a superfície da água fosse uma parede sólida, e ela só conseguiu flutuar. Essa era a prova que Tom queria. Aquela era a razão por que a mãe nunca permitia que ela nadasse. As bruxas não podiam se afogar, e esse era o teste que sempre fora usado contra elas, uma força transformada em fraqueza.

Tom a observava, e ela pensou ter visto um lampejo de ressentimento nos olhos dele.

— Está muito frio — ela justificou, voltando para a margem lamacenta, mais confusa do que nunca. Quem ela era antes disso? Certamente não fora a pessoa que era agora. Ou será que a razão disso era o fato de seu verdadeiro eu sempre ter sido ocultado? Quando ela saiu da água, tremendo e em pânico, escorregou nas folhas molhadas e, ao fazer um movimento brusco para se firmar no chão, *O Livro do Corvo* foi atirado na parte rasa da lagoa. Ela se lançou atrás dele e o agarrou enquanto ela ainda flutuava na água. Tom veio correndo na direção dela.

— O você fez? — Ele tentou pegar o livro dela, mas ela o segurou com mais força. Diante dos olhos dela, a pasta que Jet havia usado para colar as duas últimas páginas se dissolveu. Tudo o que era preciso era água, o elemento pelo qual sempre se sentiam atraídas e que era muito perigoso para elas. A última página se abriu, e o capítulo "Como Quebrar uma Maldição" se revelou. Tom foi até a margem e enfiou as roupas sobre o corpo molhado, enquanto Kylie lia a última página. Era o que ela suspeitava, uma terrível barganha, mas era a única maneira de quebrar a maldição depois que a pessoa amada já tivesse sido atingida. Alguém tinha que morrer, e se não fosse o ser amado, a única maneira de mudar o destino seria ocupar o lugar dele.

Tom pegou o livro com um olhar cauteloso.

— Vista-se — disse ele, pois Kylie estava com suas roupas íntimas encharcadas, o cabelo preto escorrendo água. — Você vai morrer congelada antes de termos conseguido fazer qualquer coisa.

Kylie se vestiu às pressas, mas, enquanto ela estava de costas, Tom foi andando em direção ao Solar dos Lockland com o livro na mão. Kylie correu atrás dele, o coração batendo forte. *A pessoa em quem você confia é tudo. A pessoa em quem você confia pode salvá-lo ou arruinar a sua vida. Nunca revele o seu segredo.* Ela foi atrás dele até a mansão, seguindo suas pegadas molhadas. Ele já tinha começado a traçar um círculo de raiz de garança vermelha em torno deles, misturando o veneno que usara no roubo em Londres.

– Eu quero o livro – disse Kylie. – Ele é meu.

– Era seu – disse Tom. – Agora é meu.

Ele acendeu a chama com um fósforo e, quando as primeiras ondas de fumaça inundaram a sala, sentiram uma vibração, como batidas de asas de pássaros, talvez, ou dos morcegos que moravam na chaminé e agora tremulavam através das copas das árvores, fugindo da fumaça e do fogo. As abelhas voaram da colmeia atrás da cornija, onde as paredes estavam espessas com as camadas de mel. Kylie tinha ouvido falar que abelhas afugentadas da colmeia eram um presságio de desastre. A fumaça subiu e o fogo flamejou em tons laranja e azul, até que Tom jogou no fogo um punhado de raiz de garança castanho-avermelhada, que tornou a chama vermelha. Vermelho para a magia e o amor e para uma maldição retribuída. O desejo de vingança havia ocupado o lugar onde ficava o coração de Tom, enrodilhando-se em seu peito, tornando-o mais sombrio a cada respiração.

Ele não poderia se importar menos com a primeira regra da magia, sobre não causar nenhum mal. A maldição da Morte Vermelha assolaria toda a aldeia de Thornfield, afetando os moradores antes mesmo que se dessem conta disso. Ela deslizaria por baixo das portas, atravessaria janelas e passaria de pessoa em pessoa; quanto mais elas se amassem mais iriam disseminar a praga com toques ou beijos. Bastaria inspirar para que se contaminassem, bastaria expirar para que a transmitissem. Tom Lockland gostava da ironia da maldição. Quanto mais próximas as pessoas estivessem, maior era a probabilidade de ficarem doentes.

Ele abriu *O Livro do Corvo* na página em que a Morte Vermelha era descrita com sangue e tinta e eram reveladas as primeiras palavras da maldição.

A chuva vai subir e cair. Vai assolar você e todos os que ama. Suas almas, seus corações, seus fígados e seus pulmões. Use com cautela e cuidado, apenas em circunstâncias extremas.

Havia ratos-do-mato morando na casa, mas todos fugiram. Nenhuma criatura viva ousava ficar por perto. Os morcegos das vigas tinham partido também para a abóbada escura do céu. Tom havia trazido um punhado de bonecos feitos de capim amarrado com linha preta, para representar as pessoas da cidade. Ele pegou uma faca e fez um corte no braço para poder desenhar um mapa com seu próprio sangue nas tábuas do assoalho. Nesse mapa estava a igreja, a pousada, a biblioteca e a escola, o mercado, a loja de roupas e a casa de chá. E também havia as pessoas, aquelas que o despediram, o desafiaram, o ignoraram. Elas iam ter o que mereciam, cada uma delas. Lama e terra, beladona, ervas venenosas, palha e grama, linha preta e a urtiga-de-cavalo, uma erva tão venenosa que era preciso usar luvas ao manuseá-la, para fazer uma tintura que produziria o feitiço. Ele rasgou suas roupas, em seguida jogou os bonecos no fogo, que ficariam raivosos, avermelhariam como sangue, fazendo as nuvens do céu se encherem de doença.

Kylie ficou em estado de choque ao ver tudo o que ele estava disposto a fazer para prejudicar as outras pessoas. Ela tinha ficado enfeitiçada por ele, tinha sido uma idiota! Aquilo tinha acontecido com outras jovens e acontecera novamente.

— Você disse que me ajudaria a quebrar a maldição!

Tom tinha lido a última página e agora sabia como uma maldição podia ser quebrada. Uma vida em troca de outra.

— Está disposta a morrer? — ele perguntou num tom de deboche. Kylie ergueu o queixo, desafiadora, e ele viu que sim. Ele perdeu a paciência. Nunca tivera paciência com os tolos. — Quando eu acabar de lançar a minha maldição, a sua não poderá mais ser quebrada e você não terá que morrer, sua idiota. As pessoas da cidade cumprirão a barganha exigida pela maldição. Deixe que tomem o seu lugar.

Ele havia se revelado a ela. Não havia nada além de escuridão se assomando dentro dele.

– Não vou deixar que tomem o meu lugar – disse Kylie a ele.

– Mas eu vou. Isso é o que importa.

Ele imaginou que ela pudesse resistir, por isso tinha guardado um par de algemas na mochila. Ele o pegou, fechando uma das pulseiras em torno do punho de Kylie e a outra em torno do seu. O ferro tirava os poderes das bruxas, mas aquelas algemas eram feitas de latão, inquebráveis mesmo com o uso de magia.

– Tire isso de mim! – Kylie exigiu, como se pudesse comandá-lo.

Se ela impedisse que ele usasse seu poder de bruxa, ele não teria escolha a não ser tomá-lo dela. O ritual duraria a noite toda, até o dia seguinte. Mas, no que dizia respeito a Tom, ele tinha todo o tempo do mundo.

Eles ficaram sentados ali durante a noite, com Kylie pensando em todas as maneiras pelas quais ela poderia de fugir.

– Não vai funcionar – disse Tom a ela. As horas passavam na lúgubre escuridão. Já era de manhã, embora nenhum pássaro cantasse. – A hora é agora.

O fogo aumentou enquanto fagulhas subiam no ar, pirilampos vermelhos de luz. A algema machucou o punho de Kylie, quando Tom a arrastou para mais perto do fogo. Ele entoou a invocação para chamar a praga e, enquanto ele falava, a fumaça mudou de cinza para vermelho e subiu pela chaminé, transformando-se em nuvens, que foram sopradas pelo vento. A Morte Vermelha espiralava no ar, carregada em direção à aldeia. Já havia uma teia de névoa se transformando em chuva. Tom estava atiçando o fogo e não deu atenção à sombra na escada. À garota sombria, de cabelo preto como breu e olhos cinzentos. As pessoas diziam que um fantasma não podia olhar diretamente para você, pois, se olhasse, reviveria as dores de ser mortal, mas a menina olhou no fundo dos olhos de Kylie e sustentou o olhar enquanto se desvanecia. Kylie entendeu por que o fantasma estava ali, embora ele não tenha falado em voz alta. Foi neste momento que ela empurrou o braço para a frente e Tom foi puxado na mesma direção, pois os braços dos dois estavam presos pelas algemas. Num instante, a carne de ambos estava em chamas, as algemas queimando, incandescentes.

– Sua idiota! – gritou Tom. Ele se afastou do fogo, quase quebrando o braço de Kylie. A esta altura, as algemas estavam queimando suas carnes, faíscas voavam. Ambos tinham uma queimadura acima da mão esquerda. Tom se atrapalhou tentando pegar a chave no bolso e destravou as algemas o mais rápido que pôde, xingando Kylie o tempo todo. Assim que as algemas se abriram, Kylie agarrou o livro e correu dali. Manteve-se longe do veneno que ele havia preparado para os intrusos; quase voou. Kylie não se importava com o círculo de pele queimada em torno do punho. Não se importava em estar longe de casa. Tudo o que precisava fazer era seguir as regras da magia.

Ela ouviu Tom Lockland gritando para que ela parasse, mas ela era boa na corrida e sempre seria. Estava descalça, mas isso não fazia diferença. Ela corria descalça nos verões, ao redor do Lago Leech, e agora estava feliz por ter cultivado aquele hábito. Quanto mais corria, mais claros ficavam seus pensamentos. Ela tinha a única coisa de que precisava, o livro que iria acabar com a maldição dos Owens. O céu estava se enchendo de nuvens vermelhas; o ar estava pegando fogo e a chuva vermelha já caía sobre ela, quando deixou a floresta e encontrou a trilha até a estrada. Passou por árvores antigas, enquanto suas folhas caíam em poças vermelhas e lamacentas. Ela respirou as gotas vermelhas, sabendo qual era a barganha. Uma vida por outra, era esse o preço. A jovem se perdeu, mas agora ela era ela mesma novamente, e por isso era grata ao fantasma da garota na mansão, que havia dito a ela com um único olhar, *Corra!*

III.

Jesse foi a primeira a ver a chuva. Ela não esperava nada incomum; tinha certeza de que seria um dia como qualquer outro e se vestiu de acordo, com uma calça jeans e uma blusa de que gostava, cinza com um colarinho branco de babado, para ser usada sob o avental do bar. Estavam servindo bolo de carne e macarrão com salada de espinafre para quem queria almoçar mais cedo e fazer uma refeição leve. Ela tinha ficado ocupada a manhã toda, porque Rose, a mulher que normalmente vinha ajudar na limpeza, tinha ligado para dizer que estava doente. Na verdade, ela tinha brigado com o marido, admitiu depois para Jesse, e ficado acordada a noite toda, e agora estava chegando uma tempestade horrível do oeste.

– Não venha – Jesse disse a ela. – Ponha o sono em dia.

Jesse tentava dar apoio às colegas de trabalho, embora fosse irritante ter que fazer o trabalho de duas pessoas. Ela estava tirando o lixo quando um cachorro preto passou correndo. Ela achou que poderia ser o labrador da irmã de Matt Poole, mas então ele desapareceu como um fantasma. Quando ela olhou para cima, viu que o céu tingido de vermelho.

Havia uma névoa no ar e ela parecia estar pairando sobre a cidade. E então, de repente, a chuva caiu forte, uma chuva vermelha como sangue. Jesse jogou a lata de lixo no chão e fugiu de volta para a cozinha, mas a névoa misteriosa que acompanhava a chuva a seguiu. A moça correu para dentro e trancou a porta, mas, ainda assim, a névoa vermelha tentou passar por baixo da porta, que felizmente tinha sido calafetada apenas algumas semanas antes.

O bar estava lotado como sempre na hora do almoço, e as pessoas ficaram olhando quando Jesse entrou e começou a tossir. O *barman*, um sujeito chamado Hal, foi olhar pela janela. Ele viu as nuvens, seus tentáculos vermelhos mergulhando nas copas das árvores, e uma chuva caindo tão forte que sacudia as folhas das árvores. Ele pediu que todos mantivessem a calma e não saíssem; deviam telefonar para seus familiares e dizer que fizessem o mesmo. Talvez tivesse ocorrido algum acidente na usina de uma das cidades vizinhas. As janelas foram fechadas às pressas, mas a névoa tinha se agarrado às solas dos sapatos de Jesse e se ocultado nas dobras de suas roupas; estava presente também no acesso de tosse e já se espalhava.

Dois homens na casa dos 80 anos, que tinham se refugiado no bar, perderam os sentidos e Gillian, que tinha descido para almoçar, correu para socorrer os dois, mandando que o pessoal da cozinha trouxesse limões e gengibre, sal e água quente. Ela conhecia uma maldição quando estava diante de uma. Pegou a barra de sabonete preto que carregava na bolsa, depois lavou as mãos e insistiu para que os outros fizessem o mesmo. Pela cidade toda, as pessoas sucumbiam à doença e aquelas que ouviam atentamente podiam ouvir os gritos. Matt Poole havia entrado em sua van e trancado as portas quando viu os moradores da aldeia correndo para casa, gritando para que os filhos deixassem os brinquedos e fossem para dentro depressa. Ele começou a dirigir em alta velocidade, mal conseguindo ver através da névoa, derrapando enquanto avançava, na esperança de fugir da névoa. Podia jurar que tinha visto o cachorro da irmã, mas era apenas a sombra de uma nuvem. Quando alcançou os limites da cidade, percebeu que a névoa vermelha não tinha ido mais longe, pairava sobre os pântanos, onde trovejava. A maldição era apenas para Thornfield.

Matt dirigiu até a pista salpicada de lama, além dos limites da aldeia, onde os Wright sempre tinham morado, e continuou até sua van atolar. Amaldiçoou a estrada, a van e a si mesmo, depois conseguiu sair do veículo e correr o resto do caminho, passando entre as amoreiras, que se enroscavam em suas calças e no casaco, ignorando a terra encharcada que respingava para todos os lados, deixando seu rosto sujo de lama. Passou pela urtiga espinhenta de que fez o possível para se desviar. Embora respirasse com dificuldade, percebeu que nenhum pássaro estava cantando, nem um único.

– O que será isso agora? – Ian estreitou os olhos enquanto seu olhar focava a paisagem ao longe, que ele podia ver da janela da cozinha. Algo estranho tinha acontecido no céu. Ian tinha acabado de constranger a si mesmo ao questionar a mãe sobre o amor, um território estranho para ele. Ele tinha planejado usar um tom improvisado e casual, mas no minuto em que disse o nome de Sally, a mãe soltou uma risada e ele entendeu que ela já sabia e estava se divertindo ao vê-lo tão desnorteado.

– Nunca pensei que veria esse dia – ela confessou.

– Tudo bem – ele disse. – Chega de falar sobre isso. – Quando um vulto do lado de fora ficou mais próximo, Ian ficou surpreso ao ver quem era. – Matt Poole está chegando.

– Ian! – Matt gritou do jardim da frente. – Tem algo errado.

Ian lançou um olhar fugaz para a mãe, cujos olhos estavam fechados. Ela tinha sentido o cheiro da morte. Muitas vezes fora chamada por pessoas em seu leito de morte, para facilitar a transição dos moribundos, e sabia reconhecer o toque agridoce no ar. Ela abriu a porta e Matt entrou correndo, tremendo, as roupas encharcadas de suor.

– Aconteceu alguma coisa na aldeia – disse ele. – Uma nuvem vermelha de doença se instalou sobre os telhados.

Ele não precisava dizer mais nada. Ian já tinha lido sobre essas coisas, doenças evocadas no Egito e na Pérsia, chuvas de morte, de sapos e lagartos, de cobras e doenças, uma chuva de vingança. Evoque uma chuva vermelha e você nunca sabe quem pode ser sacrificado. Margaret já tinha ouvido falar da Morte Vermelha também e já estava folheando seu Grimório, que sua mãe, sua avó e sua bisavó tinham usado. *Para purificar, para acabar com a doença, para combater maldições.* Alecrim, lavanda, manjericão, hortelã e madressilva para purificação. Alho, gengibre, hidraste, cravo, todas elas ervas antibacterianas, junto com um elixir de mel e urtiga fervida.

– Vamos para a cidade agora – disse ela a Ian, que concordou com a cabeça, já se dirigindo à entrada, para pegar o casaco no cabide e calçar as botas velhas que ele usava para caminhar pelos pântanos.

– Pegue minha bolsa – disse Margaret para ele. Ele sabia a que ela estava se referindo, a bolsa que ela levava nas casas quando era chamada para curar os enfermos; ela também tinha pertencido à sua bisavó e tinha sido costurada à mão por um sapateiro de Thornfield, havia cem anos.

– Não deixe sua mãe ir – Matt disse a Ian. – Não é seguro lá fora.

– Ela não consegue ver ninguém doente sem querer ajudar – disse Ian. – Você já deveria saber disso.

Ian pegou as chaves da van de Matt. Por mais problemático que tivesse sido na infância, ele sabia muito bem que a mãe colocava as outras pessoas em primeiro lugar. Ficava irritado com a generosidade dela com estranhos e vizinhos já naquela época, pois ela parecia ignorar os desejos mais básicos do filho e se preocupar mais com aqueles que vinham procurá-la para pedir ajuda. Tudo o que ele queria era um quarto só dele e uma casa normal, como todo mundo tinha. Agora ele sentia até orgulho quando a mãe preparava sua bolsa de elixires.

– Pronto – disse ela. Ela se virou para Matt e aconselhou-o a ficar na cabana e longe da chuva. Ele tinha asma quando era menino e ela fora chamada muitas vezes quando a mãe temia que ele não conseguisse respirar novamente.

– A van está atolada – Matt informou.

– Vamos levar umas ripas de madeira para colocar sob os pneus – disse Margaret. – Quem mora neste lugar sabe que vai ter que enfrentar a lama.

– Eu poderia levar vocês – disse Matt, embora estivesse muito abalado.

– Não se preocupe – Ian lhe assegurou. – Eu sei dirigir.

⁂

Quando chegaram na pousada, Ian parou na porta para deixar a mãe descer da van. Margaret estava vestindo uma capa de chuva e botas e usava uma máscara sobre a boca e o nariz. Ela deu a volta até a janela dele.

– Você não vai entrar comigo – ela adivinhou.

– Volto assim que puder. Tenho que fazer isso por Sally.

– Eles disseram que os membros da família é que tem de cuidar disso. Além do mais, a garota tem que voltar por conta própria. Ela tem que querer deixar o lado esquerdo.

Ian acenou com a cabeça, o rosto sombrio.

– Acho que sei a causa da praga – disse ele, referindo-se a Lockland.

Margaret sabia que o filho não tinha medo de se meter em problemas, sem se importar com as consequências que aquilo teria para a própria vida.

– Tenha cuidado – ela disse quando se despediram.

Depois de deixar a mãe, Ian dirigiu para o oeste na High Street, que agora estava deserta. Sem pássaros, sem gatos, sem uma única alma. Todos estavam trancados em casa, janelas fechadas, acocorados atrás de escrivaninhas e banheiras. A chuva caía mais forte quando ele entrou na estrada que atravessava a floresta. Ele não parou no estacionamento, em vez disso foi até o mais próximo possível da mansão, deixando a van num matagal, escondida entre arbustos de groselha e algumas árvores mais baixas. Não muito longe daquele local havia um lago azul e cristalino onde as crianças patinavam no inverno. Ian tinha mergulhado ali quando adolescente, tão chapado de psicodélicos que tinha quase certeza de que acabaria se afogando. Um jardineiro tinha vindo até ele, um velho amigo da mãe, e gritado para que ele desse o fora da propriedade. Ian, depois de desafiá-lo ("Então venha me fazer sair..."), acabou obedecendo, pois estava com frio e a região era fantasmagórica. Foi só depois de algumas horas, e um chá medicinal que a mãe insistira para que tomasse, que ele recuperou a lucidez novamente.

A chuva vermelha não tinha caído naquele terreno, Lockland tinha se certificado disso. Enquanto a vila sofria, a propriedade permanecia intacta. Ian andou até a casa, tão distraído com seus pensamentos em Sally que pisou num pó vermelho espalhado pelo saguão da casa antes de perceber que ele tinha sido espalhado para quem se atrevesse a entrar na mansão. A casa tinha sido incendiada, mas o piso de mármore preto e branco ainda estava ali e Ian cambaleou sobre ele. Conseguiu chegar ao grande salão, mas àquela altura já havia uma névoa toldando os olhos dele, como no dia em que ingeriu cogumelos no lago. Ele devia ter confrontado Tom Mau-Caráter anos atrás, quando o pegou jogando pedras no labrador de sua mãe, Jinx, mas na época ele achou que entendia Tom, outro garoto sem pai, que nunca aprendera a ser homem. Ian era normalmente muito cauteloso, mas ele tinha pisado no veneno que já o levara à derrocada antes. Não havia ninguém tão fácil de enganar quanto um especialista e Ian desabou numa sala onde tudo o que ele podia ver era o madeirame destruído pela chuva e a lareira acesa.

<hr />

Em toda a High Street, não havia uma criatura viva, nem cachorro nem gato, nem pássaro ou abelha, mas qualquer um que apertasse os olhos e olhasse com atenção veria uma jovem caminhando num passo instável, através da chuva e de rajadas de vento. Ela estava descalça, e suas roupas, tingidas de escarlate, o cabelo preto rajado de vermelho pela chuva. Gillian notou-a quando passou por uma janela e rapidamente chamou Sally. Ambas se perguntaram se a figura poderia ser um fantasma que estivesse ali havia muito tempo, preso numa bolha do tempo, pois a figura era extremamente pálida, com sardas espalhadas pela pele branca como pergaminho, o cabelo negro emaranhado. Quando a desconhecida finalmente parou na pousada e olhou para dentro, elas ficaram surpresas ao ver quem era.

Sally ofegou e foi abrir a porta, mas Hal, o *barman*, a impediu, postando-se na frente dela com os braços cruzados sobre o peito.

– Ninguém entra nem sai – ele a advertiu. Isso é o que Margaret Wright havia dito a ele, por questão de segurança. Mais da metade das pessoas no bar havia sido afetada. Jovens que geralmente devoram os pratos da pousada agora estavam deitados no chão, fracos como bebês, atingidos pelos efeitos da chuva vermelha. – Esta porta não abre – Hal disse irritado.

Em vez de discutir, Sally correu para a cozinha, na esperança de encontrar outra saída. Ela foi até um anexo, usado como despensa, e encontrou o que antes tinha sido a porta da leiteira para a entrega diária de manteiga e nata. Quando a porta se abriu, ela gritou para a filha, que cambaleava em direção à pousada. Os olhos de Kylie estavam toldados de lágrimas negras e ela provavelmente estava irreconhecível para a maioria das pessoas que a conheciam, mas ela era a amada garotinha de Sally, que a protegeu das rajadas de vento até que se refugiassem no galpão. Havia feno no chão e velhos baldes de metal pendurados em escadas de mão, agora sem uso e enferrujados. Sally abraçou Kylie. Sua razão de viver, seu coração, sua menina tinha voltado.

– Ele amaldiçoou todo mundo – Kylie conseguiu dizer. Inclusive ela, pois agora sua febre estava tão alta que ela não conseguia pensar direito, e, no momento em que Sally e Gillian conseguiram levá-la para a cama, ela já ardia.

⁂

Lá fora, as estradas estavam inundadas com poças cor de sangue. Franny tinha se ocupado com os doentes, usando o sabonete preto, preparado pela primeira vez com ingredientes antibacterianos por Hannah Owens durante a Peste Negra. Franny agora levava o sabonete e uma bacia até o quartinho sob o beiral, onde os filhos do estalajadeiro dormiam no século XVII.

– Você pode curá-la – disse Sally à tia, pois o que tinha sido feito poderia ser desfeito e Franny era a pessoa mais capaz de vencer aquela praga maldita.

A garota tinha todos os sintomas. Já estavam surgindo erupções em sua pele clara, com marcas de um vermelho vivo, e seu peito chiava a cada respiração. Ela parecia delirar e não reconhecia ninguém.

Gillian fechou as cortinas. Não gostou da expressão no rosto da tia.

– Vamos deixá-la mais confortável – disse Franny. Quando Gillian e Sally tiraram a capa de chuva de Kylie, *O Livro do Corvo* caiu no chão.

– Este maldito livro! – exclamou Sally. Ela fez um gesto para pegá-lo e jogá-lo fora, mas Franny foi mais rápida.

– Eu cuido dele – ela assegurou.

Gillian e Sally tiraram as roupas enlameadas e encharcadas de Kylie e lavaram seu corpo com água morna e sabão preto, deixando as toalhas de rosto vermelhas. Os dentes dela batiam como se ainda estivesse no riacho atrás da mansão dos Lockland. Franny abriu a gaveta da escrivaninha e retirou dali o kit de costura. Felizmente, havia linha azul, que ela amarrou em volta dos tornozelos e dos punhos de Kylie, reparando na queimadura em seu pulso. Na palma da mão direita está o futuro com o qual você nasceu, mas a mão esquerda revela o futuro que você engendrou para si mesmo, e as linhas na palma da mão esquerda de Kylie estavam interrompidas. Franny sentiu um arrepio na espinha. Sabão e linha não adiantariam. Ela tirou o amuleto que Agnes Durant lhe dera para usar como proteção.

– Certifique-se de que ela use isso o tempo todo – disse ela à Sally, enquanto passava o cordão pela cabeça de Kylie. – Vou fazer o possível para que essa chuva pare.

O grimório estava na mala de Franny, mas em vez disso ela se virou para *O Livro do Corvo*, que tinha sido usado para invocar a chuva vermelha. Foi até a página que Tom Lockland havia estudado tão atentamente que deixara suas impressões digitais no papel.

– Não use este livro – advertiu Sally.

– Só o que deu início à chuva vai acabar com ela – disse Franny.

Franny acendeu uma chama num prato de latão. Usou magia vermelha, cortando a palma da mão com um abridor de cartas e adicionando seu sangue à mistura; depois cortou um pedaço da cortina da janela e envolveu uma figura formada de sabão derretido no pedaço do tecido azul para proteção e saúde. Ela folheou *O Livro do Corvo* até encontrar um antigo encantamento aramaico que Amelia Bassano tinha descoberto havia muito tempo. Franny começou a recitar o verso que acabaria com a chuva vermelha.

Foram-se os feitiços malignos e aqueles que os enviaram.
Que as pessoas desta casa e desta aldeia estejam protegidas,
não apenas agora, mas por todas as gerações, agora e para todo o sempre.

Franny abriu as janelas e repetiu as palavras do feitiço várias vezes. A chuva letal vermelha tornou-se uma garoa e, em seguida, uma névoa, interrompida pelo encantamento, deixando na High Street um rio escarlate. Ainda não havia pássaros no céu, mas, passado um instante, Franny já podia ouvi-los se alvoroçando nos arbustos sob a janela.

༺❀༻

Margaret estava cuidando dos doentes no bar, distribuindo copos de água perfumada com hortelã e verbena para baixar a febre. Ela aqueceu água com mel, limão e gengibre para aqueles afligidos por tosses e rapidamente aplicou cataplasmas de arruda e lavanda para reduzir o inchaço ocasionado pelas pústulas e furúnculos. Havia, numa chaleira, uma mistura espessa de frutos de sorveira, cozidos até virar um caldo gelatinoso, que também baixava a febre quando massageado na pele. Com o fim da chuva, as pessoas foram saindo das suas casas, para procurar ajuda, e Vincent convenceu Hal a abrir a porta.

— Um por todos e todos por um — disse ele. Quando Hal continuou com o olhar inexpressivo, Vincent o advertiu. — Eles são seus vizinhos, cara.

Jesse Wilkie, que ainda não estava bem, conseguiu telefonar para uma aldeia vizinha, onde havia uma delegacia de polícia e um hospital, e pediu ambulâncias e primeiros socorros para cerca de uma dúzia de pessoas, as mais velhas e as mais jovens sendo as mais afetadas, com as mãos e os pés ardendo em brasa.

Cataplasmas foram necessários para Kylie também, e quando Sally e Franny foram buscá-los, Sally olhou em volta e percebeu que Ian não estava em lugar nenhum.

— Onde ele estaria? — ela perguntou à Margaret.

— Não consegui detê-lo. Ainda não nasceu quem consiga mandar nesse homem — disse Margaret se desculpando. — Ele foi se encontrar com Tom Lockland. Para ser sincera, fez isso por você.

— Por mim? — Sally exclamou.

– Claro! – disse Margaret. Ela olhou para Sally, um pouco confusa. – Pensei que você tivesse entendido. Ele faz tudo para ajudar você.

– Você vai atrás dele – disse Franny. – Nós cuidamos de Kylie.

Franny então fez uma coisa muito estranha, ela abraçou Sally e estendeu por alguns segundos o abraço, o que não era nada típico dela, depois recuou e deu à sobrinha a folha de papel no qual havia escrito um dos feitiços de Maria. Ela lhe entregou também uma tesoura do kit de costura e uma navalha do banheiro compartilhado do seu andar. Para cada ato de amor, sempre há um sacrifício.

– Obrigada por tudo o que você fez por nós – disse Sally à Franny. – Você nos salvou.

Na opinião de Franny, na verdade era o contrário. Antes que Sally e Gillian chegassem a Massachusetts, Franny tinha certeza de que nunca mais conseguiria amar alguém. Ela estava de luto por seu amado Haylin, e as meninas estavam de luto pelos pais. Elas não esperavam gostar umas das outras, mas o final da história tinha sido bem diferente. Franny viu como ela e Sally eram parecidas, fadadas a cometer muitos dos mesmos erros. Se pudesse desejar alguma coisa para Sally, seria que a sobrinha pudesse se apaixonar novamente, sem nada que a impedisse. Esse era o motivo por que Franny a fizera escolher o palitinho menor no *pub* em Notting Hill.

Ambas estavam agora um tanto mortificadas pela demonstração de emoção; no entanto, o instinto de proteção que Franny sentira havia muito tempo por Sally e Gillian, desde o dia em que chegaram ao Aeroporto Logan, nunca havia se dissipado. Elas eram suas filhas, nascidas dela ou não, e sempre seriam.

– Já chega – disse Franny, recuando.

– Tem razão - concordou Sally, assoando o nariz num guardanapo.

Gillian apareceu vestindo sua jaqueta, pronta para partir. Ela balançou as chaves do carro que Jesse havia emprestado a ela. Como a maioria das pessoas na cidade, Jesse acreditava no poder da Arte Sem

Nome. Ela tinha providenciado três fios de lã, e como a avó a havia instruído, entrelaçara-os na forma de uma pulseira, enquanto lançava um feitiço. Deu a pulseira à Gillian, garantindo que o feitiço ajudaria a manter Gillian e a irmã protegidas do perigo.

Irmãs, juntas de mãos dadas,
Sobre a terra, sobre o mar,
Assim vão continuar
Três vezes para o teu,
Três vezes para o meu,
E três vezes outra vez
Até nove completar.

– Você não precisa ir – Sally disse à irmã.
– Claro que vou.

Não havia tempo a perder e, como Franny sempre dizia, tudo o que valia a pena era perigoso. Elas saíram para a rua lamacenta e avermelhada. O velho sedã de Jesse estava estacionado sob as cercas-vivas e Gillian rapidamente assumiu o volante. Sally estava prestes a se sentar no banco do passageiro, quando viu Vincent se aproximar. Ele tinha passado a última meia hora caminhando, verificando se algum vizinho precisava de ajuda. Andar era algo que ele precisava fazer para desanuviar a cabeça, e andava pensando no pavor que ele tinha sentido por Jet na noite da morte dela. Tinha demorado um pouco, mas ele finalmente havia entendido, e gesticulou freneticamente para Sally. Uma chave pode ser muitas coisas, mas uma fechadura também pode. A fechadura era Lockland e Vincent era, na verdade, a chave. Ele sabia do que era preciso desistir para abrir a fechadura.

– Você precisa ir agora mesmo encontrá-lo – disse Vincent, com conhecimento de causa, pois parecia que Sally tinha habilidade para encontrar coisas e pessoas assim como ele. – Lockland é a fechadura e você precisa saber qual é a chave para se livrar dele. Você precisa desistir de uma coisa que ele queira.

Sally ouviu, depois abraçou o avô antes de rapidamente se sentar no banco do passageiro.

– Você sabe dirigir com o volante do lado errado? – Sally perguntou à irmã, nervosa, principalmente quando ela arrancou com tudo.

– Eu sei fazer qualquer coisa que esteja do lado errado – Gillian a assegurou. – Para onde?

Jesse havia explicado à Sally como chegar até a mansão.

– Siga para o oeste e não pare por nada.

O carro delas era o único na estrada e elas logo chegaram à floresta. As nuvens de chuva vermelha tinham ido para o leste e infligido pouco dano ali, com apenas algumas gotas destruindo heras e samambaias. Gillian parou no estacionamento para visitantes; através das árvores elas podiam ver as ruínas diante delas. Havia urubus, falcões, gaviões, todos em alerta, além de cotovias, estorninhos e pica-paus aninhados ali em grande abundância. Os pássaros fizeram uma algazarra quando pararam o carro e pairaram em torno de Sally quando ela saiu dele.

– Não parece que sobrou muita coisa – disse Gillian sobre o casarão em ruínas.

Sally tinha o feitiço que Franny lhe dera. Para quebrar qualquer feitiço era preciso fazer sacrifícios, e a maioria começava com o que era mais caro para a pessoa, uma pedra preciosa, um amuleto, e neste caso, mechas de cabelo, uma dádiva que você pensa que nunca vão tirar de você.

Sally e Gillian deixaram o carro e entraram na floresta, parando numa clareira sombria atapetada de samambaias, avencas, asplênio, língua-cervina e outras plantas.

– Você tem certeza? – Gillian perguntou, pois elas haviam discutido o que fariam em seguida, e ela sabia o que a irmã pretendia.

Sally afirmou que sim com a cabeça e sentou-se no chão com as pernas cruzadas. Gillian colocou seu lenço no colo de Sally, para que o cabelo que estava prestes a cortar caísse dentro dele. Sally fechou os olhos e imaginou Ian como ele estava no dia em que ela o conhecera. Quando ele tinha começado a se recuperar, eles o deixaram se vestir. Franny não tinha sido a única a vê-lo totalmente despido, Sally também tinha. Ela se voltara para trás no último instante; tinha visto o corvo nas costas dele e foi então que soube que era ele. Ela tinha lutado contra o amor aquele tempo todo, mas seu destino tinha escrito o futuro em ambas as palmas das suas mãos, na esquerda e na direita, o destino feito para ela e o destino que ela mesma fizera.

Salve um homem uma vez e você terá o coração dele. Salve-o duas vezes e ele terá o seu.

Quando todo o cabelo de Sally estava cortado, os pássaros vieram recolher os fios para seus ninhos. Seu lindo cabelo escuro se fora, sua única vaidade (o motivo pelo qual ela era comparada à noite enquanto Gillian era comparada ao dia), agora estava emaranhado nas árvores. Aquele pequeno sacrifício tinha sido feito com humildade e devoção, uma oferta desde a era de Aquiles, uma prática das mulheres guerreiras, desde o início dos tempos, para que não fossem arrastadas pelos cabelos. Sally pegou a navalha e cortou o braço, fazendo o sangue pingar sobre o feitiço antes de colocarem fogo em algumas mechas do cabelo. Quando os fios queimaram, a fumaça produzida não era vermelha como ela esperava, mas branca e leitosa. O aroma era de lilases, e onde há lilases há sorte.

Quando Sally se levantou, Gillian presumiu que ela iria acompanhá-la, mas Sally balançou a cabeça, recusando sua companhia.

— Eu sei que você quer me ajudar, mas só o fato de estar aqui já é suficiente.

Sally tinha círculos escuros sob os olhos; com a cabeça raspada e a compleição pequena, ela parecia quase uma menina. Mas era uma mulher na casa dos 40 anos, com suas próprias filhas crescidas, e recusava-se a ouvir quaisquer argumentos, não importava o quanto a irmã pudesse ser persuasiva.

– Duas contra um seria mais seguro – Gillian disse à irmã. – Como posso deixar você ir?

Sally balançou a cabeça, em desafio, e disse:

– Você sabe que tem que ser eu.

Minha filha, meu sacrifício, minha magia.

Amoras silvestres cresciam ali, a fruta e a casca usadas como ingredientes em muitos dos feitiços mais antigos. Sally sentiu sua linhagem dentro dela, tudo o que ela havia ignorado, evitado e desprezado quando era mais jovem, o poder que ela tinha negado, a magia que ela acreditava que iria arruiná-la poderia salvá-la agora. Gillian observou a irmã, bonita mesmo sem cabelo. Numa janela em arco no andar de cima, havia uma sombra refletida numa única vidraça ainda intacta da casa. Era a garota morena que Gillian tinha visto nos pântanos, presa no tempo. O fantasma levantou a mão e Gillian levantou também, num cumprimento. Seu coração frenético batia na garganta. *Você mora no passado. Mas, se você está aqui, ajude-nos.*

❦

Enquanto Sally avançava, pensava nas mulheres diante dela que tinham lutado para proteger aqueles que amavam, as mesmas que haviam sido apagadas da História, que nunca haviam tido a chance de contar suas próprias histórias. Vincent tinha dito a ela que, como igual atrai igual, o que se toma também se deve dar. Ela chegou à porta da frente, a mesma porta da qual sua ancestral, a mãe de Maria, Rebecca, havia fugido tantos anos antes. Ela se abriu ao seu toque, a madeira quente, o ar ao seu redor zumbindo com a energia. O ar estava mais quente ali dentro do que do lado de fora. O chão era de pedra, escavado em pedreiras ao norte por homens que eram pouco mais do que escravos. Antigamente, o lustre pendurado continha quinhentas velas, todas brancas e acesas, as paredes de pedra eram cobertas por tapeçarias francesas, as cadeiras feitas de couro e nogueira, as grandes mesas talhadas num único carvalho, as taças de latão.

Tom Lockland estava na sala grande, diante do fogo. Ele era o anjo vingador, de ombros curvados, perdido em seus sonhos de vingança. Qualquer vestígio de magia que houvesse em seu sangue tinha vindo à tona e florescido. Ao ouvir passos, ele se virou para encarar Sally. Ele a conheceu imediatamente, os olhos prateados, as feições delicadas, que pareciam as de Kylie. Ambos com a cabeça raspada, Tom e Sally se pareciam, mas isso só mostrava que não se podia confiar nas aparências. Eles não tinham nada em comum, exceto o passado.

– Tentei ajudar sua filha. Nada disso teria acontecido se você não a mantivesse longe da magia.

– Eu estava errada antes – disse Sally. – E você está errado agora.

– Eu me pergunto se o professor Wright concordaria com você. Eu o roubei durante anos. Se ele fosse tão inteligente quanto pensa, teria continuado a ser ladrão. Pelo menos era bom nisso.

Sally olhou atrás de Tom e viu Ian caído no chão, assim como estava quando o encontrou pela primeira vez, paralisado com as ervas retiradas do antigo jardim do Campo da Devoção. Ele estava seguro de si; pensou que poderia vencer Tom numa luta, pois era quinze centímetros mais alto e bem mais forte, mas não era páreo para o veneno.

– Você não se importa com quem fere – disse Sally.

– Se está se referindo a Wright, não mesmo. Ele é um exemplo lamentável do que a magia pode fazer a uma pessoa. – Tom viu o choque no rosto de Sally e sorriu. – Tem certeza de que ainda o quer?

– Sim, primo – respondeu Sally.

O olhar de Tom ficou mais sombrio.

– Não me chame assim.

Na verdade, eles mal eram parentes e, se ele alguma vez tivesse feito parte da família dela, isso não importava mais. Seu passado o havia tornado desumano, além de qualquer limite. Ele ainda carregava as cicatrizes de ser um exilado na sua própria aldeia e em sua própria casa, e Sally poderia ter sentido pena ele um dia, mas agora isso não era mais possível. Ela pegou um espelho e o ergueu, de modo que qualquer feitiço que ele lançasse sobre ela voltaria para ele com força triplicada, e então ela o viu como ele era. Ela começou a lançar um encantamento do grimório da sua família, que Maria Owens havia escrito para momentos de desespero. Um sacrifício seria cobrado, não apenas a perda do cabelo, que voltaria a crescer dentro de alguns meses. O feitiço de Maria tiraria os poderes que Tom pudesse ter, embora fossem poucos, mas levaria os de Sally também. Esse era o preço a pagar. Aquela era a chave. Ela não teria mais magia no sangue.

Eu renuncio a tudo o que tenho para me livrar de você. Você vai se afastar e nunca retornar.

Tom ergueu o braço no ar, o indicador e o dedo médio levantados, um gesto de desafio desde o século XIII. Ele queria que Sally soubesse que ele era invencível.

Dizem que as pessoas não mudam, não em sua essência, a menos que enfrentem um grande trauma, mas o destino pode mudar e as linhas da mão esquerda de Tom Lockland já estavam desaparecendo, apesar do desafio que ele tinha lhe lançado. Sally ouviu um sussurro e, quando olhou, havia uma garota de cabelo preto na escada. Ela estava repetindo o encantamento que Sally tinha lançado, os lábios se movendo, sua intenção clara e pura. Não se tratava da magia que causara a maldição, mas uma panaceia mortal. Traição, abandono, desprezo, sofrimento, vingança, amor. O que parecesse certo no momento, o que tinha causado desastre, algo que se gostaria de mandar de volta, pois o que estava feito poderia ser desfeito. Sally repetiu o encantamento junto com a garota na escada, mesmo sabendo o que significava e o que lhe custaria, para que ela pudesse se livrar de Tom. Era uma revelação sentir uma pontada de tristeza agora que estava perdendo a única coisa de que ela sempre desejara se livrar. Ela estava perdendo sua magia.

– Não, prima – disse Tom Lockland, implorando, agora que estava perdendo o poder que *O Livro do Corvo* lhe dera. – Se você fizer isso a mim, o mesmo voltará a você multiplicado por três.

– Eu não me importo – Sally disse a ele. – Abro mão de tudo.

Tom balançou a cabeça, surpreso com a loucura de Sally.

Havia corvos acima deles agora, nos espaços onde o telhado tinha quebrado, tantos que o céu estava ficando negro. Um mundo sem magia era um pensamento impossível. Curas, remédios, histórias, livros, tinta, papel, talismãs, proteção, esperança, conjurações, juramentos, bênçãos. *Eu salvei com este amuleto muitos milhares de homens e mulheres*, um mago afirmara em 1391, uma das primeiras menções escritas à Arte Sem Nome. A história humana é a história da magia, no Egito e na Grécia, nas sepulturas de mulheres ruivas enterradas com amuletos e ervas nas estepes da Rússia, aqui, nos pântanos, onde as mulheres eram encontradas mil anos depois de serem afogadas com a boca cheia de pedras.

O último ato de magia de Sally foi o mais significativo. Ian abriu os olhos e observou os corvos acima dele através do madeirame do teto em ruínas. Uma linda mulher agachada ao seu lado. Sally colocou as mãos no rosto dele e usou tudo o que ela ainda tinha dentro de si para extrair o veneno. Ele estava sonhando que era um corvo e estava bem acima da mansão e podia ver tudo, hectares de terra e nuvens, campos e árvores tão antigas que viviam mais do que qualquer pessoa na terra. O peito de Ian estava queimando, e seu sangue estava tão quente que ele tivera que pairar sobre o próprio corpo. Achou que não conseguiria sobreviver a outro envenenamento, mas sobreviveu, embora ainda estivesse queimando quando olhou para Sally. Ele não percebeu que ela havia tosado o cabelo e não se importava que ela tivesse perdido sua magia; tudo o que ele podia ver era o coração dela. Ela o salvara duas vezes e ambos sabiam o que isso significava.

Na floresta, Gillian começou a recitar um encantamento *Afaste-se!* Nunca é ruim ter a ajuda de uma irmã, e aquele era um feitiço simples, que tinha sido usado por mulheres desde o início dos tempos, com palavras que se assemelhavam ao piado selvagem de pássaros quando pronunciadas em voz alta. Depois de lançado, o alvo voaria para longe e, quando rajadas de vento começaram a soprar, Tom começou a sair correndo da casa, através dos arbustos e galhos, um olhar sombrio no rosto afilado.

Tom sabia que a polícia viria procurá-lo se ele ficasse. Ele havia sequestrado Kylie? De maneira nenhuma, apesar da marca no punho dela, pois ele tinha a mesma queimadura em torno de seu próprio punho. Ele tinha agredido pessoas? Só se conseguissem provar que ele era capaz de transformar ódio numa nuvem vermelha. Mesmo assim, ele continuou correndo até chegar à autoestrada, onde alguém parou e ele lhe contou sua história: ele era um bom homem que tinha sido traído por todos, tratados injustamente num mundo cruel.

No dia em que Tom Lockland deixou Essex, Sally não tinha mais cabelo nem magia e Ian não poderia se importar menos com isso. Ele só podia pensar na sorte que era estar vivo. Na sorte de estar olhando nos olhos dela.

Quando Sally chorou, tão aliviada por Ian ter voltado para ela, suas lágrimas não eram mais negras, mas cristalinas, como as de qualquer pessoa. Era o que ela sempre quisera, desde o tempo em que era só uma garota, não ter nenhum vínculo com a magia; só que agora sua perda estava partindo o coração dela. Ela cobriu com as mãos os olhos inchados de tanto chorar.

– Eu sou normal – ela chorou.

— Você vai ficar bem – disse Ian. – Olhe para mim, sou supostamente normal.

Sally riu em meio às lágrimas. Era verdade, ele estava longe de ser normal, mas a magia era tudo com o que ele se importava, tudo sobre o qual escrevera, tudo o que ele queria neste mundo. O que ela valia para ele sem a magia?

— Por que você me quer? Eu não tenho nada de especial agora.

Se ela queria um argumento, ele faria a vontade dela. Sempre estava pronto para um debate.

— Ainda existe magia entre nós. – E como isso era verdade, ela o beijou em vez de discutir com ele, pelo menos daquela vez.

Gillian os observou caminhando de volta pelo gramado, devagar, pois Ian ainda estava se recuperando do ataque, os braços na cintura um do outro. Mesmo a distância era possível ver que Sally era o que ela sempre desejou ser, uma pessoa comum, uma mulher sem laços com o outro mundo. Seus olhos cinzentos, aqueles pelos quais os Owen eram conhecidos, eram agora azuis-claros, mas ela parecia mais jovem, pelo menos a distância, como se sua vida estivesse apenas começando.

As pessoas já estavam se esquecendo de que Tom Lockland um dia havia vivido entre elas, embora todo mês de maio uma cidade se reunia para que todos se lembrassem de como a vida cotidiana poderia ser repentinamente interrompida, pois o desastre estava sempre a um passo de distância, no vento, numa chuva vermelha, na doença que se espalhou pela aldeia num lindo dia de primavera.

IV.

Antonia sonhou que um sapo havia parado na frente dela, na trilha gramada. Ela estava descalça, procurando freneticamente pela irmã, mas o sapo se interpôs no seu caminho.

– Vá embora – ela disse. – Saia! – Em resposta ele cuspiu uma chave prateada. *Você não entende nada?*, alguém lhe disse e, quando ela olhou para o lago, viu Jet, jovem de novo e um pouco decepcionada com a dificuldade que Antonia demonstrava para compreender. *Você já tem tudo de que precisa.*

Antonia pulou da cama, acordando Ariel, que a olhou confusa. Elas tinham ido para a cama cedo e mal tinham dormido uma hora.

– É o bebê? – Ariel perguntou, mas Antonia não respondeu. Ela já tinha ido para a sala, vasculhar sua bolsa. Ariel a seguiu, com um lençol enrolado no corpo.

– Temos de ir agora. – Antonia sentia uma pressão estranha por dentro, mas não foi isso que a fez se apressar.

– Para onde estamos indo? – Ariel perguntou enquanto entravam no quarto e vestiam suas roupas.

Antonia se sentou na cama. A pressão era profunda, uma faixa apertada em torno do estômago. Ela inspirou algumas vezes e a pressão desapareceu.

– O escritório de advocacia. – Ela ergueu a chave prateada que abriria a caixa com os documentos de Maria.

– Agora? – Ariel perguntou.

– Deveria ter sido ontem – respondeu Antonia. – Deveria ter sido trezentos anos atrás.

⁂

A caixa de metal estava guardada no subsolo, na parte inferior de um antigo arquivo que continha os documentos dos Owens, a escritura de propriedade da Rua Magnólia, junto com um relatório contábil com as contas dos carpinteiros, certidões de nascimento e óbito, testamentos, registros da Escola de Meninas Maria Owens, cartas escritas em português e amarradas com fita azul e um envelope desbotado com a inscrição "Só leia se estiver de posse do livro", rabiscada em tinta clara. Antonia pediu para ficar sozinha, e Ariel, embora preocupada que as dores de Antonia parecessem mais agudas e mais frequentes, foi até seu escritório para preparar um café, que acabou ficando amargo demais.

O papel era tão fino que Antonia podia ver através dele, a tinta ia desaparecendo enquanto ela lia, preocupando-a cada vez mais à medida que se desvanecia, palavra por palavra.

O Livro do Corvo quase arruinou a vida de minha filha, Faith. Eu poderia tê-lo destruído, mas ele foi escrito por uma mulher de conhecimento, cuja intenção era conceder ao leitor o desejo do seu coração, fosse vingança ou amor. Ele irá instruí-lo sobre como acabar com sua aflição, mas depois é preciso passá-lo para outra mulher que precisar do conhecimento do corvo.

Pensei que uma maldição fosse nos proteger, mas as maldições se voltam contra nós e com uma força três vezes maior. Só há uma maneira de acabar com ela. Tendo coragem.

Minha carta foi escrita para as mais valentes entre nós. Para salvar uma vida, uma vida deve ser concedida.

Para acabar com a maldição, o livro em que ela foi originalmente escrita deve ser destruído. O grimório que era meu não deve existir mais.

O futuro surge das cinzas do passado,
Comece no início e termine quando acabado.
Para ter um futuro abençoado, descarte um passado amaldiçoado.
Devolva-o ao seu elemento, não importa o resultado.

Antonia se sentou sobre os calcanhares e respirou fundo, sentindo uma onda dentro dela que não tinha poder para combater ou enfrentar, nem se quisesse. Ela ofegou até que a explosão de dor diminuiu, então vasculhou novamente a bolsa de cócoras, para procurar o celular. Ao digitar o número, olhou para frente e viu Ariel sentada na escada, o rosto contraído de preocupação.

– Eu não sei se percebeu, mas você vai ter um bebê – Ariel disse.

– Ainda não – insistiu Antonia. Ela sabia para quem ligar, a mais corajosa entre elas, a mais valente de todas.

Ariel já havia entrado em contato com Scott e Joel, para encontrá-los no hospital, que felizmente não era muito longe. Uma ambulância estacionou na Beacon Street. Antonia tinha sonhado que estava caminhando num lago e agora ela estava cercada por uma poça d'água. A bolsa tinha estourado e o telefone estava completando a ligação.

– Atenda! – Antonia murmurou.

– Está na hora – disse Ariel, recusando-se a protelar a ida para o hospital.

Por fim, atenderam o telefone, o que foi um grande alívio. Havia um bebê ali que queria nascer, afinal.

— Você não vai acreditar — Antonia disse à tia Franny, embora ela fosse a pessoa mais prática entre eles. — Mas eu sei como acabar com a maldição.

⁓❦⁓

Agora que a chuva vermelha havia cessado, sem aviso assim como havia começado, graças ao *Livro do Corvo*, a pousada tinha ficado tão silenciosa que os ratos se sentiram à vontade para passear pelas despensas e pelos corredores. Kylie estava no andar de cima numa cama pequena, no quarto menor. Eles haviam tentado todas as curas do grimório para baixar a febre e trazê-la de volta, mas nada tinha funcionado. Margaret estava sentada com ela agora, com um vaporizador cheio de água com alecrim e limão para ajudá-la a respirar.

— Vá descansar — Margaret sugeriu à Sally, que não tinha saído do quarto desde que chegara. Já passava muito da meia-noite. — Não vai adiantar nada você também ficar doente.

Sally discordou com a cabeça.

— Mais uma horinha pelo menos.

Ian estava estendido no corredor, dormindo no tapete de lã. Ela o salvara duas vezes, realmente não havia como lutar contra isso, ele pertencia a ela agora. Sally se abaixou e disse que ele precisava de uma cama adequada, em vez do chão. Ian pensou que estava sonhando, mas depois viu que não. Ele se lembrou de que não deveria falar, então pela primeira vez na vida não disse nada e a seguiu até o quarto dela, sabendo que apenas um tolo questionaria o que estava destinado a acontecer.

⁓❦⁓

No bar, no andar de baixo, Jesse já havia se recuperado. Ansiosa por um banho e por uma boa noite de sono, ela já tinha se recolhido para dormir, deixando com Vincent as chaves do armário de bebidas.

– Pegue o que quiser – ela disse a ele. Vincent levou uma boa garrafa de uísque escocês para o quarto da Franny, onde ela estava estudando *O Livro do Corvo*.

Ambos estavam de péssimo humor, mesmo assim eles brindaram e beberam o uísque aos goles.

– Odeio falar disso agora – Vincent murmurou enquanto servia uma segunda dose para ambos, – mas a nossa menina Sally perdeu sua magia.

Vincent tinha perdido sua magia por um breve período, anos antes, mas aquela não tinha sido uma situação permanente. Franny soube no momento em que avistou Sally com o cabelo cortado rente e os olhos de um tom azul-claro. O que acontecera à Faith Owens quando ela usou o livro agora acontecia à Sally. O desejo da sobrinha tinha se tornado realidade. Ela era finalmente como todo mundo, sem as proteções herdadas da família Owens.

– Se ela não tomar cuidado, vai se apaixonar – disse Franny.

– Você sabe que ela vai. Você a mandou à casa dele.

– Com todo esse caos ao nosso redor, isso é bem incomum, não acha?

– Acontece o tempo todo – Vincent garantiu a ela.

– Não para pessoas como nós.

– Ainda mais para pessoas como nós. Basta olhar para a nossa família, Franny, vivemos para o amor.

– Bem, ninguém disse que éramos muito espertos.

Vincent riu.

– Ninguém disse.

– Você teria mudado o rumo que sua vida tomou? – perguntou Franny.

– Nunca. Eu tive o que queria. Uma vez.

– Você ainda tem tempo, Vincent. – Ele sempre seria jovem para Franny, o irmão caçula, sempre uma preocupação, sempre muito amado.

– Não quer que eu viva só um pouquinho? – Era uma velha piada entre eles.

– Meu menino querido. – Franny pousou a mão sobre o coração dele. Ele com certeza tinha muito o que viver. – Viva intensamente! – Quando o celular tocou, Franny olhou para baixo e viu algo negro em disparada. Definitivamente não era um camundongo e, embora ela não dissesse nada, seu pulso começou a acelerar. Era Antonia na outra linha, já com as dores do parto prematuro, a caminho do hospital, revelando as instruções de Maria sobre como quebrar a maldição.

– Você não vai acreditar – disse ela, mas Franny acreditava. Ela acreditava em cada palavra.

– Sobre o que ela estava falando? – Vincent perguntou quando a irmã desligou. Franny bebeu o uísque de um gole. – Más notícias?

– Boas notícias – disse Franny. – Antonia vai dar à luz e eu estou indo para a cama.

Ela abraçou Vincent e beijou sua bochecha. Foi quando ele entendeu. Eles sempre conseguiam ler o pensamento um ao outro, desde pequenos.

– Eu sei quando você está mentindo – disse Vincent.

– Você sempre foi bom nisso. Não podemos deixar que outra geração sofra como nós.

Vincent parecia um menino parado ali e Franny não poderia amá-lo mais. Quanta sorte ela tinha de tê-lo reencontrado depois de todo aquele tempo. Como ela desejava que Jet estivesse ali com eles.

– Não há outra maneira? – Vincent insistiu.

– Só há uma maneira de quebrar a maldição.

– Então é isso que vamos fazer. Juntos.

– Não vamos fazer isso *juntos*. – Sempre seria ela e somente ela.

– Eu não posso impedi-la? – ele perguntou.

– Por acaso já conseguiu um dia?

– Você sempre foi difícil – disse Vincent, com os olhos marejados.

– Você sempre foi pior do que eu – respondeu Franny. – Mas você sabe a verdade tão bem quanto eu – ela disse, e ele sabia. O amor podia exigir sacrifícios. Nada tinha importância sem o amor, pois ele era tudo. E era assim que eles tinham vivido.

⁂

O Livro do Corvo estava aberto sobre a mesa. Já era tarde, mas não tarde demais para o que ela queria fazer. Franny entendeu que o próprio livro era mágico. Palavras eram tudo, elas construíam mundos e os destruía. Sozinha em seu quarto, Franny sabia qual era sua tarefa. Antes que fizesse o sacrifício e destruísse a parte do passado que os aprisionava, ela se certificou de preservar a história da família. Copiou tudo o que havia no seu grimório de família num caderno de capa vermelha que tinha encontrado numa gaveta da cômoda, com o logotipo da pousada, três sebes em cujos galhos empoleiravam-se três corvos. Ela começou e não parou até ter copiado todos os feitiços e receitas de cura. Erva-benta para curar dor de dente, marroio-negro para náuseas e cólicas menstruais, salicórnia para tratar mordida de cachorro, casca de sabugueiro e cereja para tosse, sementes de endro para soluços, espinheiro para acalmar o coração descompassado e urtiga, que dava uma sopa excelente, era um ótimo remédio para tratar queimaduras, infecções e inflamações. Maçã para o amor, azevinho para revelar o significado dos sonhos, samambaias para pedir chuva, matricária para evitar resfriados. Lista após lista de tudo o que importava, moedas de prata, água da fonte, salgueiro, bétula, sorveira, barbante, espelhos, vidro, sangue, tinta, papel, caneta.

Enquanto ela escrevia, a tinta nas páginas do grimório original penetrava na ponta dos dedos de Franny e afundava em sua carne e em seus ossos, deixando suas veias azuis e depois pretas, subindo pelos seus braços e indo direto para o coração. Ela podia sentir os anos se desenrolando diante dos seus olhos. Podia sentir a magia dentro dela. Ela sempre quisera voltar no tempo, e agora isso estava acontecendo.

Enquanto escrevia, ela era uma jovem com longos cabelos ruivos, apaixonada por Haylin Walker; era uma menina brigando com a mãe por causa das regras severas que ela criara para manter os filhos longe da magia; ela cuidava de Vincent, quando ele era um menino em busca do amor. Franny registrou os encantamentos das mulheres que tinham vivido antes dela, voltando várias gerações até chegar à Maria, que sobrevivera à forca e amaldiçoara um homem que havia traído uma promessa sagrada.

Por fim, Franny transferiu tudo para o grimório. Quando o novo livro foi concluído, Franny ouviu algo na parede ao lado da cama. Reconheceu os estalidos. Ela tinha terminado bem a tempo, pois o besouro da morte estava esperando por ela. Aquela era a sombra negra que ela tinha visto passando. O besouro tinha começado a segui-la assim que ela tinha atendido ao telefonema de Antonia. Agora ele emergia da parede. Em pouco tempo, o sol começaria a subir no horizonte, o céu iria clarear e depois ficar vermelho. A cor do sangue, a cor da magia, a cor do amor.

Enquanto se preparava para partir, Franny reparou no seu reflexo no espelho prateado acima da cômoda. Ela parecia tão jovem que soltou uma risada ao ver a sua imagem. Que vida maravilhosa ela tivera, a maior parte inesperada. Ela não teria mudado nada, nem mesmo as perdas. Aquela vida fora dela e de mais ninguém.

O besouro da morte estava ali ao lado enquanto ela calçava as botas vermelhas. Ele era escuro como tinta preta, um inseto curioso e dedicado à sua missão.

– Pare de ser tão mandão! – Franny disse a ele. – Eu sei para onde estou indo.

Dê uma vida e outra vida será salva. Aquela era a maneira de quebrar a maldição. Kylie acordaria pela manhã como se nunca tivesse adoecido, e a maldição seria quebrada depois de trezentos anos. Franny não precisava beber o chá para ter coragem; essa era uma qualidade que ela tinha desde o nascimento. Ela olhou para baixo e deu uma espiada no seu destino nas palmas de ambas as mãos, o futuro que ela recebera e aquele que havia traçado para si mesma, cruzando-se para se tornar um só. Aquele era o último dia, seu último ato de amor. Uma vida em troca de outra vida. E mesmo agora ela sabia a verdade, o quanto haviam tido sorte. Franny escreveu rapidamente dois bilhetes, um para deixar em seu travesseiro, ao lado de *O Livro do Corvo*, o outro para deixar sob a porta de Vincent.

Você fez tudo certo, meu querido irmão. Viva intensamente.

Quando atravessava o corredor, ela parou no quarto de Sally e colocou o livro vermelho embaixo da porta. Não era tão grande quanto o primeiro livro, pois a letra de Franny era pequena e não tão elegante quanto a dos autores do passado. Não havia ilustrações impressionantes de plantas e símbolos, ela não tinha tempo para isso; as páginas eram compostas apenas de texto, mas aquilo seria suficiente. Tratava-se de um livro de magia prática, contendo a história da família, passada, presente e futura, com muitas páginas em branco para o futuro, Franny tinha certeza disso. *Escreva o que precisa, escreva o que vai deixar para trás, escreva com magia.*

⁂

Ainda estava escuro quando Franny desceu as escadas acarpetadas até o saguão da pousada, segurando no corrimão de carvalho para tirar um pouco do peso do joelho, parando para pegar o casaco no cabide. Uma funcionária que entrara mais cedo para separar a roupa suja, mais tarde juraria que viu uma jovem de cabelo ruivo sair pela porta da frente. Ela carregava com ela um grande livro e não olhou para trás. Havia abelhas enxameando a chaminé da pousada e redemoinhos de pólen no ar, enchendo de pó os telhados e as vidraças, enquanto o zumbido dos insetos entrava nos sonhos das pessoas, fazendo todos na cidade dormirem mais profundamente e muitos não acordarem antes do meio-dia.

Franny desceu a High Street, depois virou uma esquina e caminhou por vielas onde as sebes tinham doze metros de altura e os pássaros ainda dormiam em seus ninhos. Era uma bela manhã, talvez o dia mais lindo que já existiu. Ela tivera tudo. Um suspiro, uma piscada, um beijo, quem precisava de mais? Como qualquer bruxa, Franny sentia o cheiro da água. Ela cruzou o Campo da Devoção, cheio de margaridas, papoulas e camomila-silvestre e, nas sombras, erva-das-feiticeiras, uma planta que recebera esse nome em homenagem à Circe, a feiticeira da mitologia grega que transformava homens em animais com sua maldição. Franny não culpava Maria, que conjurou a maldição com uma corda em volta do pescoço. Por alguns instantes, Maria Owens tinha se esquecido de que o amor era mais importante do que a própria vida, mesmo que esse fosse um enigma que nenhuma mulher pudesse resolver.

O amor fazia parte de cada história. O amor perdido e o amor descoberto; o amor vermelho que tinha manchado seu coração; o amor mais sombrio, que se transformava em desespero ou vingança; o amor eterno; o amor verdadeiro. Você carregava o amor com você aonde quer que fosse. O céu se abriu com frágeis filetes de luz; pintassilgos voavam sobre a grama alta e pegas tagarelavam com seus chamados altivos. Corvos voavam acima da copa das árvores, enquanto Franny pisava na relva. Por um instante, o céu ficou negro, então, quando os corvos passaram, o mundo ficou brilhante. Franny ficou parada por um instante, para absorver o momento. Ela entendeu por que a irmã se sentia com sorte, mesmo quando soube que o fim estava próximo. Ah, que mundo mais lindo! Que dia mais glorioso! Franny fez uma pausa no lugar onde a cabana de Hannah Owens ficava. Talvez ela soubesse ou talvez o passado a tivesse chamado. Era possível ver os restos de madeira carbonizada no meio do mato. A terra ainda estava marcada pelo fogo, manchado de preto e cinza onde apenas a urtiga e a campainha cresciam. Havia broto no jardim de ervas venenosas que Hannah cultivava, hastes de mil-folhas e erva-moura negra; acônito, com suas flores magenta encapuzadas; dedaleira, que acalmava o coração acelerado, uma planta misteriosa carregada de bagas que não deviam ser tocadas e podiam ser usadas como veneno ou como remédio, dependendo de quem as colhia. Franny ouviu o estalido que era dirigido a ela e por isso caminhou mais rápido. Ela não precisava de uma bengala ou guarda-chuva em que se apoiar. Ela tinha negócios a tratar. Caminhou tão rapidamente quanto caminhava quando era menina, quando seu irmão e sua irmã tinham que correr para acompanhá-la. Ali estava o lago, tão verde e cheio de juncos. Quando chegou à margem, ela se ajoelhou por um instante para recuperar o fôlego. Uma dúzia de sapos estavam na grama. Ela podia ouvir a música que ela e Jet sempre cantavam quando Sally e Gillian eram pequenas e estavam com medo das tempestades. *O rio é largo, não posso atravessar. Nem que eu tenha asas para voar.*

Meninas queridas, pensou Franny, *que vieram nos mostrar como amar novamente.*

A esta altura, o céu tinha adquirido uma tonalidade azul vívida. Ao mesmo tempo, Franny estava feliz por ter pegado uma capa de chuva do cabide no corredor. Era o casaco velho de Gideon que ela furtara, deixado no cabide para secar, enorme e de caimento ruim no corpo de Franny. No silêncio da manhã, ela podia ouvir os batimentos cardíacos de Gideon. Ele seria a última vítima da maldição e o único a sobreviver a ela. Ser jovem e estar vivo, isso era algo glorioso. Quando você tinha essas duas coisas, provavelmente não era capaz ainda de compreender plenamente que aquilo era uma maravilha e uma dádiva, independentemente das circunstâncias.

A clareira estava coberta de mato e exalava um aroma suave de relva. Franny percebeu o quanto o livro era pesado e colocou o grimório ao lado dela na grama; depois tirou as botas e as meias. Ali estava ela, onde deveria estar, sem proteção, sem linha azul, sem o homem amado, sem o irmão, sem a irmã, apenas ela mesma naquele último dia.

Franny recolheu as pedras pretas e achatadas do chão. O peso delas era frio e reconfortante quando encheu os bolsos enormes do casaco. As pedras ali não eram como os fragmentos cinzentos e escarpados do granito do Lago Leech. Franny e Jet e Vincent se deitavam nas pedras nos dias quentes de agosto até que seus ombros nus e suas costas estivessem queimadas de sol. Tudo era delicioso naquela época, até o suor era doce. Não admira que as abelhas ficassem zumbindo em torno deles. Não admira que ficassem o dia todo cheios de preguiça e deleite. O tempo parecia eterno, com cada hora tão espessa e lenta que os minutos eram como mel derramando de um jarro. Franny se lembrou do dia em que Vincent saltou da pedra mais alta. Ela se lembrou de Jet flutuando na água, linda como um lírio. Havia lírios ali também, botões cor de creme, presos a folhas verdes espessas e cerosas. Franny se lembrava das flores nas árvores de magnólia ao redor da casa deles, um gênero tão antigo que existia antes de existirem abelhas, as folhas duras como couro para se proteger das intempéries, as flores gloriosas e silvestres.

Era uma vez uma menina ruiva que sabia se comunicar com os pássaros; que cuidava do irmão e da irmã; que se apaixonava, embora resistisse desesperadamente a isso; que perdeu o homem amado e acreditou que não havia mais nada para ela nesta vida até acolher duas órfãs que a fizeram se lembrar do que era o amor. Ela achava difícil amar, mas acabou descobrindo que era fácil, bastava ter coragem para abrir o coração. O futuro era o que mais importava, estivesse ela ali ou não. Que houvesse coragem. Que houvesse amor. Franny tinha sobrecarregado os bolsos, só para ter certeza de que afundaria.

Você sacrifica a si mesma e o passado e os deixa começar de novo, tinha sido escrito em *O Livro do Corvo*.

Jet havia devolvido o livro à estante da biblioteca para o caso de Franny concluir que a cura exigiria demais dela, como se ela alguma vez já tivesse recuado diante de um desafio. Ela se lembrou da primeira vez que foram para a velha casa da Rua Magnólia, enviados para lá depois que Franny completara 17 anos, uma tradição familiar. Os vizinhos tinham observado sua chegada com suspeita. Franny estava na frente, como sempre, com Jet seguindo-a de perto e Vincent acenando com os braços para assustar os olhares curiosos. A vida dela tinha desabrochado como uma flor. Sua história tinha começado exatamente naquele dia, ao pegar o ônibus de Nova York para Massachusetts, para descobrir quem ela era.

Igual atrai igual, o amor atrai o amor, a coragem atrai a coragem. Franny segurava o livro nas mãos ao entrar na água, pesado que só ele. O grimório da família Owens ficava cada vez mais pesado à medida que se encharcava, o papel grosso feito à mão havia trezentos anos, cada maço tão caro que Hannah Owens economizara durante meses para poder pagar pelo material de que precisava para fazer um livro adequado para Maria. Havia sapos na margem pantanosa do lago, a pele verde brilhante, cintilando quando a luz incidia sobre eles. Alguns tinham seguido Franny enquanto seus tornozelos afundavam na lama. Ela adorava a sensação da lama maleável entre os dedos dos pés. Sempre adorara. Ela não queria nada mais do que a luz do sol, a vegetação e o som do canto dos pássaros.

Vida, ela pensou, *esta era a minha*.

Ela tinha amado cada minuto, mesmo nos tempos terríveis em que Vincent fugira para começar vida nova, quando Haylin se ferira e, depois, quando tivera câncer, quando Jet disse a ela que só tinha sete dias de vida. Tudo isso. Cada minuto.

Franny pensou ter visto alguém na outra margem, a distância, além da água e das ondas de calor que cintilavam sobre a superfície, transformando o ar em névoa. Havia uma menina com o cabelo preto repicado, a mesma que passara seus últimos sete dias com as pessoas que amava, que nunca tinham deixado Franny e que nunca deixaria. Quem tem uma irmã, tem alguém que conhece a sua história e sabe quem você é e quem sempre será. Elas acenaram uma para a outra através da água.

O Livro do Corvo alertava, para quebrar uma maldição, era preciso amar alguém a ponto de pagar o preço, e Franny amava. Ela estava disposta a se afogar; tinha chegado a hora dela, de qualquer maneira. Ela pensou no dia em que as sobrinhas tinham chegado, vestindo casacos pretos, de mãos dadas, certas de que estavam sozinhas no mundo. Ela pensou no irmão, por quem ela se sentia responsável desde o dia em que ele fora roubado do berçário, convencida de que ele nunca conseguiria cuidar de si mesmo. Mas ela estava equivocada. Todos eles tinham conseguido. Franny sempre fora a mais talhada para quebrar a maldição. Ali estava seu segredo: ela amava tanto que a profundidade do seu amor nunca poderia ser mensurada. Ela estava num barco no oceano; estava pronta para fazer o que fosse preciso. A água já estava na altura da cintura agora. Estava fria, mas isso não importava. Que estranho se sentir puxada pelas pedras dentro dos bolsos. Ela segurou o grimório contra o peito. Já estava encharcado e, à medida que afundava, as páginas iam se desintegrando e a tinta empoçava em círculos pretos. As palavras flutuavam por toda parte, tremeluzindo na água. As palavras criavam o mundo. O livro estava nas mãos de Franny, mas ele representava o passado, acabado e enterrado. Ali não fazia sentido se apegar a ele, então ela fez o que deveria. Ela largou o livro.

A pele de sapo da capa voltou a ser ela mesma, mais verde do que preta, restaurada e completa. Aquilo era magia; era assim que elas tinham vivido a vida toda. Que sorte haviam tido! Ah, que mundo tão belo... Ah, o amor, que nunca se acaba... Elas tinham passado por tudo aquilo juntas e agora estavam juntas outra vez. Franny viu Jet flutuando na frente dela, jovem novamente. *Minha querida menina, que me conhecia melhor do que ninguém.* A maldição estava se dissipando. O sapo que Hannah Owens tinha encontrado flutuando, morto havia muito tempo na parte rasa, e cuja pele ela tinha usado para fazer o grimório, estava agora vivo, depois de todos aqueles anos. Era um sapo-corredor, a mais incomum das criaturas, que aparecia num livro que ela amava, *O Jardim do Tempo*, que Franny lia para Sally e Gillian quando eram crianças. Ela observou enquanto o sapo nadava para longe. Era assim que tinha de ser, era esse o caminho que ela tinha tomado, era esse o grande amor que ela tinha pela família e o quanto também fora amada.

Os moradores da aldeia se perguntavam por que os corvos estavam fazendo tamanho alvoroço tão cedo pela manhã. Que diabos poderia estar deixando os pássaros tão agitados? Os sonhos de Sally foram preenchidos com o estalido do besouro da morte. Quando ela abriu os olhos, pensou que ainda estava sonhando, mas não, ela estava na pousada, com um homem em sua cama, as costas largas e o tronco dele ocupando boa parte da cama, sendo as asas de corvo tatuadas a primeira coisa que que ela viu ao abrir os olhos. A respiração de Ian era uniforme e profunda, ele estava vivo e Sally ficou aliviada. Na noite anterior, eles haviam tirado a roupa, ido para a cama e ele só tinha dito: "Não me interessa como isso vai acabar". Os lábios dele estavam perto do ouvido dela e sua respiração era quente. "Contanto que estejamos juntos", ela o ouviu falar, mas não respondeu. Eles estavam andando numa corda bamba; a maldição ainda estava lá fora e ainda assim não conseguiam ficar longe um do outro. Ian disse a si mesmo que não poderia ser amor, mas ele sabia que isso aconteceria desde que a viu pela primeira vez no quarto dele; ele imaginou que teria rido se pensasse que o destino poderia acontecer daquela maneira, mas não havia nada de engraçado no que sentia. Como era possível querer tanto alguém? Ele não disse mais nada até que terminassem, como se nunca mais fossem se despedir um do outro.

– É isso – disse ele a Sally. – Você sabe que é.

Agora, na primeira luz do dia, Sally avistou o livro vermelho que tinham deslizado por baixo da porta. Ela se ajoelhou no tapete e o abriu na primeira página e lá estavam as regras da magia.

Faça o que quiser, mas não prejudique ninguém.
O que você fizer retornará para você triplicado.
Apaixone-se sempre que puder.

O grimório da família Owens tinha sido copiado para aquele caderninho e, embora Sally reconhecesse a caligrafia de Franny, não conseguiu entender por que diabos aquilo estava ali. Ela pegou suas roupas com um sentimento de terror e deixou Ian dormindo, percebendo que ele tinha se espalhado na cama, ocupando todo o espaço, assim que ela se levantou. Mais um sinal de que ela deveria ficar longe. Ela foi até o quarto de Franny e encontrou a cama arrumada. Havia também um livrinho preto deixado sobre o travesseiro. Uma folha de papel branca estava ao lado, com a letra familiar da Franny.

A maldição foi quebrada. Vivam suas vidas como quiserem.

Sally correu para o quarto do sótão, onde estava Kylie. Gillian havia assumido a vigília, depois de Margaret, e caído num sono agitado mesmo sentada numa cadeira. Sally foi direto até a cama e, quando se aproximou, Kylie abriu os olhos. Ela sentiu um alívio profundo. Pousou a mão na cabeça da filha. Sem febre. Sem marcas na pele. Nenhum sinal da Morte Vermelha.

– Mamãe – disse Kylie, sentindo-se completamente recuperada. – O que aconteceu?

Gillian acordou quando ouviu a voz de Kylie e correu até a beirada da cama.

– Eu também sinto – ela disse à Sally. – Alguma coisa mudou.

As paredes do quarto eram forradas com um papel estampado de lírios e folhas. Se os olhos de Sally não estivessem lhe pregando uma peça, as paredes estavam úmidas, com gotas de água escorrendo pelo papel de parede. O estalido começou novamente no corredor.

Gillian e Sally se entreolharam, ambas paralisadas. Sabiam o que aquele som terrível significava.

– Não – disse Gillian. – Não pode ser. Kylie está bem. – Sally abriu a porta e viu o besouro subindo pela parede até seu ninho nas vigas apodrecidas, pois seu trabalho estava concluído.

Foi então que o telefone tocou. Elas esperavam más notícias, mas era Ariel Hardy, muito alegre, ligando para dizer que o bebê de Antonia tinha nascido e estava tudo bem. Ainda havia mais notícias. Ariel tinha visitado Gideon no hospital e, ao chegar, ele estava sentado na cama, conversando com a mãe, com um grupo de médicos ao redor dele, surpresos com a recuperação repentina do rapaz.

Kylie chorou ao saber que Gideon tinha se recuperado, mas ela não compreendia.

– Como isso é possível? É uma vida em troca de outra. Para a maldição terminar, alguém tem que desistir da própria vida.

Foi quando Sally soube quem o besouro da morte tinha ido buscar.

Sally as deixou e correu para fora da pousada, sem dizer uma palavra. Abelhas enxamearam a chaminé da pousada e corvos circulavam a distância. Ela sabia que a maldição não existia mais. O que fora feito tinha sido desfeito. Sua amada Franny, que nunca parecia demonstrar seus sentimentos, a menos que se olhasse com atenção e se entendesse o que ela estava disposta a fazer por você. Sally estava descalça enquanto caminhava pelo estacionamento da pousada, ondas de pânico levando-a a correr pela rua, a pulsação acelerada. Era sempre a água que eles temiam e para a água que eles se sentiam atraídos. Estava tudo em silêncio quando ela chegou ao fim da High Street. Nenhum pássaro cantava ali, nenhuma abelha zumbia nas flores. Sally encontrou um homem passeando com seu cachorro, que ficou assustado quando a viu correndo pela rua descalça, o cabelo tosado. Até o cachorro, um velho *spaniel*, tinha ficado surpreso demais para latir.

— Há uma lagoa aqui perto? — Sally perguntou com uma voz áspera. Cada palavra era como vidro, cortava sua garganta.

O cavalheiro acenou com a cabeça, preocupado, e gesticulou para a High Street, depois para a Littlefields Road.

— Vá até o fim da rua e você vai ver uma estrada de terra depois de fazer a curva. Ali há um grande carvalho, muito velho, que chamamos de Carvalho do Homem da Lagoa. É só você seguir reto na direção dos pântanos.

Sally disparou, surpresa por não conseguir mais sentir o cheiro da água como as bruxas sempre conseguiam. Sempre havia um preço a pagar, ela sabia disso. A pessoa não precisava ser amaldiçoada no amor para saber que, quando ama alguém, ela está sujeita a grandes perdas. O caminho começou a ficar cheio de mato, e o cheiro crescente de mato a lembrou da casa onde ela e Gillian tinham crescido na Califórnia, antes de os pais morreram, vítimas do amor, do fogo e da maldição. Ela se lembrou de quando tinha chegado no aeroporto de Boston, segurando a mão de Gillian, com medo das duas senhoras idosas que tinham ido ao encontro delas, principalmente a mais alta, de cabelo ruivo. Mas Franny era quem sabia que Sally chorava escondido pela perda dos pais. Era ela quem dizia: *Vocês estarão seguras aqui*.

Sally avistou uma bota vermelha na margem. Ela correu para a água sem parar, até que estivesse submersa até os ombros. Sem magia, Sally agora podia andar debaixo d'água, mas ela não era forte o suficiente para tirar do lago o corpo da tia e só o que conseguiu foi nadar até ele.

Quando Ian acordou e encontrou a cama vazia, no mesmo instante foi procurar por ela, interpelando o homem com o cachorro e correndo mais rápido do que nunca. Ele não se preocupou em tirar o casaco nem os sapatos quando a viu. Em vez disso, correu imediatamente para a água esverdeada, onde ele costumava nadar quando menino. Ele quase tinha perdido a vida ali, numa noite sombria, quando estava bêbado demais para conseguir nadar – num minuto estava flutuando e no seguinte estava desmaiado, de bruços, respirando água em vez de ar, até ser resgatado. Ele se considerava um sortudo por ser um bom nadador.

– Fique onde está! – Sally gritou. A vegetação aquática poderia afogar um homem, mas Ian era descuidado e imprudente e não ouviu uma palavra do que ela disse, e a verdade é que ela não conseguiria deter o que iria acontecer de qualquer maneira. Ver o que podia acontecer. Ver tudo o que havia a perder. Tudo o que valia a pena era perigoso, as tias haviam dito a ela, e elas normalmente estavam certas.

Quando Ian alcançou Sally, ele a agarrou e insistiu para que ela nadasse para a margem. Sally estava ali havia tanto tempo que batia os dentes de frio.

– Vá para a pousada e peça que chamem uma ambulância.

Sally fez o que ele disse e nadou até a parte rasa. Mas, quando estava fora da água, percebeu por que ele exigira que ela voltasse para a pousada. Ele não queria que ela visse Franny como ela estava agora, mas Sally olhou para trás e o viu carregar o corpo até a margem, flácido e pesado por causa da água. Não havia por que chamar a ambulância. Sally ficou onde estava. Franny era uma senhora idosa, mas parecia tão jovem, pouco mais do que uma menina, os cabelos ruivos molhados, espalhando gotas escarlates de raiz de garança no chão.

Ian colocou Franny entre os juncos. Sally se ajoelhou ao lado dela, inconsolável, o rosto coberto de lágrimas. Ela se abaixou para colocar o ouvido no peito da tia. Sem batimento cardíaco. Não havia som nenhum. Estava tão quieto ali, até os sapos estavam em silêncio, e o besouro havia parado de fazer aquele barulho terrível. O choro de Sally era o único som. Ela tinha telefonado para Franny quando tinha

4 anos de idade, quando uma tragédia acontecera e seus pais tinham morrido num incêndio, e ela e Gillian tinham sido deixadas com a babá. *Estamos indo morar com vocês*, Sally havia dito, e elas foram, e a vida delas tinha se transformado graças ao cuidado amoroso das tias. Era engraçado como era possível começar a amar pessoas que antes eram meras desconhecidas, como elas podem mudar o seu destino, o quanto você pode se surpreender ao ver o quanto se sente grato.

– Eu não posso deixá-la ainda – Sally disse a Ian, e ele entendeu e se sentou em silêncio, enquanto ela soluçava na margem do lago. Isso é que era amor, você ficava quando queria fugir. Você se agarrava quando sabia que não tinha escolha a não ser deixar ir.

Mais tarde, depois que a ambulância chegou e tinham pedido que a família se sentasse na sala de estar da pousada para ser informada do que havia acontecido, depois que Vincent chorou abertamente e disseram à Kylie que nada daquilo tinha sido culpa dela, Ian finalmente subiu para o quarto de Sally e tirou as roupas encharcadas. Ele ainda estava tremendo de frio quando Sally o seguiu com uma braçada de roupas emprestadas que o *barman* guardava em uma cômoda. Calças pretas, uma camisa branca, uma gravata preta. Ela as segurava contra o peito, tímida e reservada, mas queimando mesmo assim. Ela se perguntou como seria estar apaixonada sem nada que pudesse detê-la, dando tudo o que você tinha para outra pessoa e esperando o mesmo em troca. A história da vida de Ian estava escrita no corpo dele, mas havia um lugar que ele nunca tinha recoberto com tinta: seu coração. Ele era dela se ela o quisesse. Ela não precisava ler a mente dele para saber disso, ele tinha lhe dito em voz alta. Ian tinha se preparado para viver sozinho, não importava quantas mulheres tivesse, ele sempre escondia quem ele era. Ninguém nunca tinha lido sua história antes. Ninguém o conhecia. Ele estava bem ciente de que falava demais, mas não falava mais agora. Eles se perguntavam se teriam ousadia para amar e então pararam de pensar. Pensar era bom para certas coisas, mas não para outras. Eles sentiram o que estava prestes a acontecer antes que ocorresse de fato, um chamado que atenderam, com gratidão e desespero. Ian foi até Sally e desabotoou o vestido encharcado. Ela foi lenta ao retribuir o beijo e depois não foi mais. As mãos dele estavam quentes, embora o resto do seu corpo ficaria gelado por dias. Era um amor mortal o que eles tinham, mas amavam mesmo assim, mais profundamente do que a água além dos pântanos, tão profundo quanto poderia ser. Aquele dia os mudara. Por esse dia, e por uma centena de outras coisas, Sally sempre seria grata à Franny, pois, no dia em que a tia morreu, ela tivera a sorte de se apaixonar.

PARTE SEIS

O Livro da Vida

O sepultamento de Franny foi apenas para os membros mais próximos da família, que se reuniram no cemitério dos Owens, um pedaço de terra arborizado e rodeado por uma cerca de ferro preto, que ninguém fora da família ousava cruzar. Dois salgueiros-chorões cresciam no centro do cemitério e um musgo verde amarelado cobria várias das sepulturas mais antigas. Houve uma época em que as pessoas da família Owens eram banidas do cemitério da cidade e, mesmo que esse tempo tivesse acabado, aquele pequeno cemitério ainda era preferível para a maioria dos Owens. O marido de Franny tinha sido enterrado ali e agora ela viera ficar ao lado dele. Cem velas brancas foram acesas para celebrar a vida dela e o fim da maldição. *Tudo o que começa pode acabar. Tudo o que é feito pode ser desfeito. O que você irradia para o mundo volta para você multiplicado por três.* Todos se vestiam de branco, uma tradição da família. Branco nos funerais, preto no dia a dia.

Vincent tinha retornado para os Estados Unidos pela primeira vez desde que era jovem e, surpreendentemente, Massachusetts lhe pareceu tão familiar quanto um sonho recorrente. Os carvalhos com suas folhas enormes em forma de estrela, as enormes tsugas e os pinheiros, com seus galhos pendentes, as magnólias com suas cerosas folhas verde-escuras. A lagoa no centro da cidade, onde os cisnes se aninhavam, as casas com suas cumeeiras e amplas varandas frontais, os chorões do cemitério da cidade, a paisagem do passado de Vincent. Ele queria que as irmãs estivessem com ele enquanto percorria as ruas estreitas, com Franny reclamando do tempo úmido e Jet apontando os vaga-lumes nas árvores. Ele se arrependia dos muitos anos que tinham passado separados e, agora, quando tinha acabado de reencontrar Franny, ele voltara a perdê-la. Desde que eram pequenos, ele sempre conseguia ler os pensamentos de Franny, e ela os dele, e ele sabia que ela não era a mulher feroz que se apresentava. Eles a chamavam de Donzela de Espinhos quando jovem, pois ela sempre escondia suas verdadeiras emoções. Coração de pedra, coração frio, sem coração, o maior coração que ele jamais conhecera. A garota ruiva que o salvava de tempos em tempos, que o conhecia mais do que ninguém. O amor que ela devotava a eles era a parte mais feroz sobre ela.

Na manhã do sepultamento de Franny, Antonia encontrou Vincent no quarto do segundo andar, o mesmo que ocupara na sua primeira visita à casa da rua Magnólia, sentado na beirada da cama, chorando. Ela se sentou ao lado dele e o deixou chorar, lágrimas negras caindo na colcha branca e no tapete feito à mão. A atitude de Antonia ao lado de um leito tinham melhorado depois de suas visitas ao Reverendo. Ela deu um tapinha na mão de Vincent e quase chorou também, depois entregou a ele uma caixa de lenço de papel que estava na mesinha de cabeceira e observou enquanto ele enxugava os olhos.

– Tudo vai melhorar – Antônia disse com tranquilidade. Foi uma declaração, não uma pergunta, e isso fez Vincent se lembrar da sua amada irmã pragmática. – Você só precisa conseguir sobreviver ao dia de hoje.

⁓∞⁓

Agora, um ano já tinha se passado desde aquele dia, e o mundo mudara. A escuridão da primavera tinha cobrado seu preço, mas nessa estação os lilases tinham desabrochado em massa. O casamento de Sally aconteceu no primeiro dia de junho, a cerimônia realizada sob a árvore que havia sido levada para a cidade trezentos anos antes, por um homem que acreditava estar apaixonado. As mulheres ainda sussurravam seu nome, como se as palavras Samuel Dias fossem uma oração que poderia lhes trazer o tipo de amor que Maria Owens havia encontrado com ele. Eles foram enterrados juntos no cemitério da família Owens, compartilhando uma única lápide decorada com uma gravura de uma magnólia, a árvore mais antiga da terra, presente no planeta muito antes que homens e mulheres caminhassem sobre a terra, antes até que existissem abelhas. Os homens ainda se ajoelhavam e declaravam seu amor sob os ramos da magnólia; mulheres faziam seus votos ali e eram sinceras em cada palavra.

O Reverendo Willard, agora o homem mais velho do Condado, tinha feito o casamento e estava orgulhoso disso. Ele tinha sido carregado pelo gramado desde a sua cama de hospital pelos irmãos Merrill, George e Billy, agora perto dos 70 anos, e era evidente que estava muito feliz por ainda estar vivo nesse dia glorioso. O Reverendo havia concordado em realizar a cerimônia se ela pudesse durar menos de cinco minutos e o Bolo de Chocolate Embriagado fosse servido depois, uma condição que todos rapidamente concordaram.

O bolo do casamento de Sally levou três dias inteiros para assar e era grande o suficiente para alimentar cinquenta pessoas. Foi o maior Bolo de Chocolate Embriagado já feito, com tanto rum na receita que metade da cidade ficou ébria apenas respirando o ar das proximidades. As abelhas encontraram um jeito de chegar até a cozinha, suas asas polvilhadas com açúcar de confeiteiro, mas não se demoraram no dia dessa ocasião alegre e foram enxotadas com panos de prato, pois ninguém queria ser picado num dia de festa.

O céu estava azul e sem nuvens, e a maioria das pessoas acreditava que as irmãs Owens é que tinham garantido que fosse assim. Dizem que chuva em dia do casamento significa sorte, mas também trazia muita confusão quando a festa era ao ar livre; ninguém queria que aquele lindo Bolo de Chocolate Embriagado se desfizesse numa poça de chocolate derretido. Fitas azuis enfeitavam as toalhas de mesa e todos na festa de casamento tinham a bainha do paletó ou do vestido costurada com linha azul. Os membros da família Owens vindos do Maine estavam presentes e tinham sido avisados, em termos inequívocos, de que não deveriam sair por aí revelando os segredos de família; e os Owens de Nova York estavam todos hospedados na Pousada Black Rabbit, enquanto os membros da família Dias-Owens, da Califórnia, tinham chegado falando português entre si, todos morenos e bonitos.

A celebração de uma semana começou com um almoço antes do casamento numa campina nas proximidades, onde a noiva e o noivo foram brindados. Longas mesas de madeira foram espalhadas pelo gramado. Cerveja gelada e vinho rosé foram servidos no almoço, junto com ostras, que os convidados de fora da cidade apreciaram muito; e, depois, para quem ainda tinha apetite, fatias grossas do Bolo de Honestidade, o que resultou em vários discursos interessantes, em que declarações de amor e desejos ocultos foram revelados e depois negados. Um senhor de idade, muito elegante, havia chegado da França, vestindo um terno de linho preto e falando em francês sempre que queria evitar uma pergunta. Diziam que era o irmão mais novo de Franny e Jet, Vincent, amado e ausente por muitos anos. Ele gostava de perambular pela cidade à noite e os cães da vizinhança começaram a segui-lo em seus passeios. Todos na cidade se apaixonaram por ele e as pessoas saíam de casa só para acenar quando o viam andando na rua. Passados apenas dois dias de sua chegada, todos já sabiam o nome dele e muitos moradores decidiram se inscrever no curso de conversação de francês na biblioteca, nas noites de segunda-feira.

No terceiro dia de sua visita, Vincent não estava mais sozinho. Um cavalheiro inglês se juntou a ele, chegando a tempo de passar o final de semana, e ele e Vincent logo foram acomodados na suíte nupcial do Black Rabbit Inn. Um ano atrás, antes de deixar a Inglaterra para o sepultamento de Franny, Vincent tinha ligado para David Ward, perguntando se eles podiam se encontrar quando ele estivesse a caminho do aeroporto. Vincent se lembrava do que William tinha lhe dito no seu último dia de vida. *Apaixone-se. Isso não vai mudar o que houve entre nós.* E não mudou mesmo. Vincent e David agora moravam juntos na aldeia de La Flotte e tinham levado Sabichão com eles para correr na praia e ocupar espaço na cama. Tudo isso só aconteceu porque Vincent sabia que William ficaria feliz por ele.

Quando Vincent foi encontrar David em Londres, ele esperou num banco do Hyde Park, surpreso ao perceber o quanto estava nervoso.

— Eu não sabia se voltaria a vê-lo — David disse quando chegou.

Vincent soltou uma risada.

— Acho que você sabia.

— Eu queria, mas querer não é poder...

— Será que não? — Vincent tinha dito.

⁂

Foi um grande alvoroço quando Sally Owens voltou para casa, depois de um ano fora, trazendo um inglês com ela. Ian Wright foi cuidadosamente observado por todos, e várias vezes lhe perguntaram se ele tinha conhecido um dos Beatles. Na verdade, ele não tinha, lamentava dizer, o que era uma decepção. As pessoas trocavam olhares quando percebiam que seu corpo era coberto de tatuagens e presumiam que aquilo significava que ele tinha ligação com o mundo da música, mas obviamente estavam enganadas. Vários dos primos do Maine começaram a se perguntar se aquele amiguinho de Sally não seria um criminoso, mas logo descobriram que ele era professor e escritor, o que explicava por que ficava o dia todo em casa, sentado na escrivaninha, e nunca tinha conhecido nenhum dos Beatles. Mas Sally voltaria para a Inglaterra após o casamento e não dava para saber quem *ela* poderia encontrar.

Foi uma surpresa que Sally tivesse deixado a cidade, mas é impossível adivinhar aonde o destino nos leva e parece que ela tirou o melhor proveito disso. O noivo que ela levou para casa era excepcionalmente amigável, conversava com todo mundo, até com os primos do Maine. Ele aguentava bem várias doses de uísque sem ficar embriagado e parecia intrigado com a família. Talvez por isso Sally parecia outra pessoa e muitos juravam que seus olhos cinza-prateados eram agora azuis-claros. Ela sempre fora muito reservada, uma pedra de gelo, alguns diriam, mas agora que tinha voltado depois de um ano longe de casa, até se lembrava do nome das pessoas da cidade, algo que nunca acontecia quando ela trabalhava na biblioteca. Naquela época, ela olhava para a pessoa, apontava o dedo para o meio do seu peito e anunciava o último livro que ela tinha retirado. E dali em diante passava a chamá-la de *Fahrenheit 451* ou *Olive Kittredge* ou *Amada*.

A choperia da pousada foi reservada para a sexta-feira à noite, e as filhas de Sally decoraram com papel crepom preto e balões pretos. O convidado de Vincent, David Ward, ensinou o *barman* a fazer um martini realmente bom e, embora eles fossem convidados para a festa, os dois decidiram que aproveitariam a oportunidade para fazer uma rápida viagem a Manhattan, para que Vincent pudesse mostrar a David a casa da Greenwich Avenue, número 44, onde ele morou quando era jovem, quando o mundo começou a se abrir e ele se apaixonou pela primeira vez, mas, como descobriria depois, não pela última.

Kylie e Antonia planejavam a despedida de solteira havia mais de um mês, com Sally impondo suas condições por telefone. *Nada de macarrão com queijo! Sem discursos constrangedores!* Elas tinham opiniões diferentes sobre o cardápio e a lista de convidados, mas todas concordavam numa coisa. Agora que a maldição tinha sido quebrada, todos da família poderiam amar sem medo de represália.

Desde seu retorno da Inglaterra, o cabelo de Kylie tinha continuado preto como carvão e ela o usava numa trança até a cintura. Preferia deixá-lo assim para se lembrar do primeiro Condado de Essex, onde encantamentos eram uma realidade e as pessoas desapareciam. Aquilo acontecia o tempo todo. Uma mulher era encontrada vagando numa busca desesperada pelo homem amado, um homem bebia até a morte debaixo de uma árvore de azevinho, uma garota desafiava os pais e partia numa aventura sem volta, e todos diziam já ter sido um dia enfeitiçados, vítimas da magia. Kylie tinha sido enfeitiçada. Ela tinha ouvido Margaret Wright assegurar à família dela, todos com uma expressão exausta e preocupada, que ela se recuperaria. Ela tinha trilhado o caminho errado, mas tinha voltado para eles, um pouco mudada, era verdade, mas, assim mesmo, tinha voltado. Ainda assim, eles não podiam esquecer que aqueles que tinham sido enfeitiçados eram alterados de alguma forma profunda e irreversível, e seu futuro era incerto se aqueles ao seu redor não estivessem vigilantes. Nada de cobras, pedras, noites passadas na solidão por um bom tempo, narcóticos, agulhas, facas, navalhas, espelhos. Esses indivíduos deviam ser tratados com gentileza, mesmo quando ficavam amuados e olhavam para o mundo com pavor através dos seus olhos enfeitiçados. Era melhor não mencionar as mudanças que tinham ocorrido, o cabelo preto, por exemplo, o olhar perdido. Melhor envolver a pessoa nos braços, pois um feitiço é um passo para fora da realidade e, quando essa pessoa retorna, nada é igual, nem a imagem dela no espelho, nem as linhas na palma da sua mão.

༺❈༻

Kylie havia, de fato, se transformado, mas a única constante era seu amor por Gideon. Ela e Gideon se mudaram para a casa da Rua Magnólia assim que a fisioterapia dele terminou. Gideon não costumava falar sobre o tempo em que ficou entre dois mundos.

– Eu sinto muito – disse Kylie quando ela chegou ao hospital para vê-lo.

– *Eu* é que sinto muito – disse Gideon. – Fui eu o idiota que entrou na frente de um carro.

Ele também havia mudado e era uma pessoa muito mais compenetrada agora, planejando se inscrever na faculdade de Medicina. Ele ia de carro para Cambridge todas as terças e quintas-feiras, e assistia às suas aulas depois de deixar Kylie na outra margem do rio Charles. Ela tinha saído da Universidade de Harvard e agora frequentava a Universidade Simmons, onde estava estudando Biblioteconomia. Ela tinha descoberto sua paixão por livros. Nos finais de semana, Kylie trabalhava com a srta. Hardwick na Biblioteca Owens, e a Hora da História que ela comandava era um sucesso entre mães e crianças. No momento, ela estava fazendo uma leitura de *Mágica pela Metade*, em que um objeto mágico só realiza metade dos desejos, provocando todos os tipos de aventuras inesperadas. Muitas das crianças que iam à biblioteca nas tardes de terça-feira até chegavam meia hora mais cedo, ansiosas para saber o que aconteceria à Jane e à Katharine e a Mark e à Martha, que eram crianças muito, mais muito peraltas. O que a história dava a entender era que meia magia, muitas vezes, já era o suficiente.

Sempre que ela voltava da biblioteca para casa e entrava na Rua Magnólia, Kylie não tinha vontade de estar em nenhum outro lugar do mundo. A cada geração, havia alguém que não ia embora, que cultivava o jardim no início da primavera e não afugentava as abelhas, que acendia a lâmpada da varanda ao anoitecer, para que as vizinhas soubessem que eram bem-vindas se precisassem de remédios e elixires. Kylie acabou descobrindo que tinha talento para a magia. Ela cuidava com carinho do grimório vermelho que Franny havia deixado para elas e o guardava na estufa, trancado à chave. Tudo o que já sabiam e tudo o que precisavam saber podiam encontrar ali, e nem uma única linha tinham deixado de ler. Kylie morava na Rua Magnólia e, por mérito, o livro pertencia a ela agora.

Raramente havia uma noite em que as vizinhas não batiam na porta para pedir ajuda, que ela sempre oferecia de graça, embora muitas vezes encontrasse algo deixado na varanda em pagamento, como um suéter tricotado à mão, um vaso de crisântemos, uma colherinha de prata, um envelope com dinheiro e, uma vez, não fazia muito tempo, um gatinho preto ainda filhote, a que Kylie tinha dado o nome de Corvo, um grande caçador de camundongos, que se esticava na varanda nos dias mais quentes, como se fosse o dono de tudo ali.

Nos finais de semana, muitas vezes a casa ficava cheia. Gillian e Ben iam visitá-los quase todo final de semana, felizes por estarem fora da cidade. O remédio de Margaret tinha funcionado, e Gillian tinha a filha que sempre quisera, uma garotinha chamada Francesca Bridget em homenagem às tias, mas que todos chamavam pelo apelido "Birdie", ou "Passarinho". Birdie tinha nascido no Hospital Mount Auburn, em Cambridge, em 21 de março, uma data que não era mais considerada de mal agouro. Ah, que lindo dia! Ah, 21 de março... As pessoas que nasciam nesse dia tinham uma coragem incomum, e o que mais uma mulher poderia desejar para a própria filha? Ben Frye distribuiu charutos de chocolate para todos os que encontrava no corredor do hospital. Ele e Gillian estavam ambos extremamente felizes e prontos para enfrentar qualquer coisa que a vida lhes reservasse. Birdie tinha um tufo de cabelos ruivos no alto da cabeça e as suas feições se assemelhavam às de Franny. Ela era teimosa e séria e sabia chamar os pássaros com um aceno, para que pousassem na janela, fossem pardais ou falcões.

— Algo me diz que ela *não* é como todas as outras meninas — Ben disse enquanto observava a filha. Ele nunca tinha entendido direito a maldição dos Owens, mas, agora que tudo tinha acabado, estava morando no térreo com Gillian, feliz por poder esquecer o que quer que os obrigasse a morar em casas separadas. Para dizer a verdade, nada poderia tê-lo afastado da filha. O bebê tinha olhos prateados e nunca chorava, e o pai ficava nas nuvens toda vez que olhava para ela.

— Ela *não* é como as outras meninas — disse Gillian com orgulho. — Ela é extraordinária.

A garotinha que Antonia esperava, porém, acabou sendo um menino chamado Leo, que agora tinha quase 1 ano e era adorado pelos seus quatro pais, um mais coruja do que o outro. Scott Morrison, o pai biológico de Leo e o marido dele, Joel, adoravam ir à casa da Rua Magnólia sempre que podiam, e Antonia, ocupada como sempre, ainda ia jantar em casa com Ariel e o filho todo domingo à noite.

Leo era um pestinha que encantava a todos desde o berçário e, quando Antonia viu fotos de Vincent quando bebê, ficou surpresa ao ver como o filho se parecia com ele. Em lugares públicos, onde ele podia facilmente se perder, Antonia mantinha Leo numa coleira própria para crianças, mas ele já estava prestes a descobrir como abrir a fivela e, quando isso aconteceu, Antonia ficou grata por ter quatro pessoas para ajudá-la a correr atrás dele. Muitas vezes, quando estava no Hospital Mount Auburn em seus plantões como médica-assistente, ela encontrava Scott nos corredores e eles olhavam juntos as fotos do filho e refletiam sobre o que seus eus colegiais pensariam da vida que tinham atualmente, cujas maiores preocupações eram as creches e o consumo de suco de maçã.

— Pensaríamos que nossa vida é perfeita — disse Antonia a seu querido amigo. — Pensaríamos que somos as pessoas mais sortudas do mundo.

Sally ainda tinha as chaves da biblioteca, que ela usou para entrar no prédio na noite anterior ao seu casamento, embora fosse depois do expediente e isso significasse que ela se atrasaria para sua própria despedida de solteira, uma tradição dos Owens na noite anterior ao casamento, visto que casamentos eram tão raros. Ela acendeu as luzes, encantada ao ver que a biblioteca era exatamente como se lembrava.

Foi até a seção dos livros raros e encontrou a estante que sempre ignorara, a mesma em que Franny e Jet insistiam para que guardassem os livros de magia. Ali estava um grimório escrito por uma ancestral de Agnes Durant, Catherine, junto com uma nova cópia do livro de Ian, *A História da Magia*.

Ela tinha voltado para pegar *O Livro do Corvo* depois do afogamento de Franny e o guardara desde então, sabendo que deveria ser devolvido à biblioteca. Era um volume tão pequeno que quase desapareceu quando Sally o encaixou na estante entre dois compêndios maiores sobre magia britânica, de aparência muito mais imponente. Algumas pessoas acreditam que um livro contém a alma do escritor, e, muitas vezes, os melhores são escritos por aqueles que não têm voz, mas ainda assim têm uma história para contar. Amelia Bassano sabia que existiam mulheres que fariam qualquer coisa para realizar um desejo ou quebrar uma maldição ou se apaixonar.

Faça um pedido e pague o preço. Cometa um erro e ele vai assombrá-la. Mesmo assim, ame quem você quiser. Saiba que a linguagem é tudo. Nunca jogue palavras ao vento.

O Livro do Corvo deveria ir para as mãos de outra mulher que precisasse dele. Ele poderia ficar na prateleira por mais trezentos anos ou podia ser descoberto no dia seguinte, nos dois casos ele continuaria vivo, pois as pessoas costumam encontrar os livros de que precisam.

Sally trancou a biblioteca pela última vez, depois correu por todo o caminho até a pousada. Ela foi a última a chegar e tomou o maior susto ao se deparar com a aglomeração de pessoas que havia no Black Rabbit e com todo o carnaval que fizeram quando ela entrou. Todos gritaram "Parabéns!" e aplaudiram loucamente. Ela não estava acostumada a ser o centro das atenções, mas, depois do primeiro coquetel, uma languidez tomou conta dela e, depois do terceiro, um drinque que

Gillian tinha inventado e apelidara de Feitiço, preparado com folhas de hortelã, vodca, suco de *grapefruit* e alecrim com um toque de rum, Sally subiu no balcão da choperia com a irmã e as duas cantaram um hilariante refrão de "Bad Romance", de Lady Gaga.

Sally Owens, que sempre fora uma criatura soturna e muitas vezes fazia sermões sobre a necessidade de se obedecer às regras de silêncio e decoro da biblioteca, se desfez das suas melancólicas roupas pretas e passou a usar um minivestido *vintage* dos anos 1960, com uma estampa amarelo e magenta, comprado num brechó em Westbourne Grove. Na sua despedida de solteira, o Black Rabbit estava tão lotado que uma fila se formava do lado de fora. Muitas das clientes que tinham procurado as Owens em busca de suas curas ao longo dos anos estavam presentes, assim como os membros do conselho da biblioteca e as mães das crianças que levavam os filhos para a Hora da História, e que, verdade seja dita, ficavam pelos cantos, interessadas em ouvir o que aconteceria em seguida. A srta. Hardwick fez um discurso vestida de Emily Dickinson, toda de branco. Ela continuaria supervisionando a biblioteca até Kylie terminar a faculdade e assumir a direção oficialmente. Na realidade, a srta. Hardwick ficou até a manhã em que faleceu, deitada na cama com um livro na mão, algo que só aconteceria muito tempo depois.

As pessoas sabiam bem que aquele era o terceiro casamento de Sally, mas a maldição tinha acabado e o amor era algo imprevisível, e todos podiam ver o jeito como Sally olhava nos olhos negros do inglês quando ele chegou com Vincent e seu convidado. Algumas pessoas na cidade juravam que tinham ouvido Sally soltar uma gargalhada quando estava nos braços do seu futuro marido, não por causa de alguma piada sarcástica apressada, mas pela alegria que ela de fato sentia, como se estivesse realmente feliz, e porque, depois do encontro entre eles, oras!, tudo parecia possível.

As filhas de Sally deram suas bênçãos quando ela contou que voltaria para a Inglaterra depois do sepultamento de Franny, e Gillian tinha abraçado a irmã e sussurrado "Viva intensamente". Ian já tinha desistido da sua casa na viela Rosehart e eles tinham começado a reformar um lugar em ruínas conhecido como a Casa da Bruxa, nas margens do pântano, comprada por um preço módico e com a aprovação da Câmara Municipal. Quanto à Sally, ela tinha conseguido um emprego na Biblioteca do Gato e, à tarde, Ian saía para encontrá-la na biblioteca e trabalhar no seu novo livro, *Os Usos da Magia*. Ele tinha ouvido os conselhos de Franny e começado a pesquisar sobre as mulheres da região que tinham escrito grimórios e, no ritmo em que estava indo, provavelmente precisaria de outros vinte anos para fazer suas pesquisas. Durante a limpeza da mansão dos Lockland, uma escrivaninha foi encontrada no meio do entulho e levada para a biblioteca, onde agora era conhecida como a mesa do professor. A população da região, especialmente aqueles que tinham sido afetados pela Morte Vermelha, deixava canetas como símbolos do seu orgulho pelo fato de um dos seus conterrâneos ter publicado seu primeiro livro, com mais de 1.100 páginas, embora Ian tivesse sido mais conciso ao escrever uma dedicatória simples na primeira página.

À minha mãe, que me apresentou à magia, e à Sally Owens, que me apresentou ao amor.

Não muito depois de Sally ter voltado para Thornfield, após o sepultamento de Franny, num dia em que Ian estava trabalhando e ela rebocava um cômodo que seria o quarto de hóspedes, Margaret Wright chegou e puxou Sally de lado discretamente.

– Eu posso lhe ensinar a Arte Sem Nome – ela disse à Sally. – Ela tem seus fracassos e suas decepções, mas você logo aprenderá tudo. Talvez devêssemos começar agora, antes que eu esqueça tudo o que sei.

A Arte Sem Nome era uma habilidade adquirida, e Sally era uma aluna excelente. Ela aprendeu rapidamente quais ervas da região eram mais úteis e quais eram tão perigosas que arrancá-las era muitas vezes um erro drástico, com resultados que podiam causar desde angústia espiritual até dor física. Uma vez, quando ela não seguiu as orientações de Margaret e arrancou uma urtiga da terra (um erro que nunca mais cometeria novamente), ficou grata por saber como usar a planta do bálsamo para curar a urticária resultante. Ela tinha aprendido a fazer elixires para febres e erupções e poções para o amor, e como veio a descobrir, a magia voltou para ela, não a magia de linhagem com a qual havia nascido, mas a magia que ela produzia por si mesma. Aquele foi o destino que ela escolheu.

Sally estava feliz por viver onde judas perdeu as botas, com as garças que pescavam em águas rasas. Quando a luz estava fraca e pálida, ela colocava a mão sobre os olhos, para protegê-los do sol, e fitava os pântanos, procurando a garota de cabelos escuros de trezentos anos atrás, que ela tinha visto a distância. Ela a tinha visto apenas uma vez e andara com água até os joelhos para tentar alcançá-la.

– Deu tudo certo – Sally gritou para ela. – Nós nos apaixonamos e pagamos o preço, mas finalmente tudo acabou e você não precisa mais se preocupar conosco.

Uma tarde, no mês frio e azul de março, no dia em que Franny tinha nascido e Jet deixara este mundo, Sally estava atravessando um dos seus campos favoritos, onde as margaridas cresciam, e pensou ter visto um coração negro na relva. Era um filhote de corvo caído do ninho numa das rajadas úmidas de vento da noite anterior que tinham andando até ela por conta própria. Ela chamou o pássaro de Houdini, como o grande mágico. Levou-o para casa e cuidou dele e, quando Ian o viu, sorriu e disse:

– Prepare-se, porque ele não vai mais embora.

Para a alegria de Sally, ele não foi mesmo. Ela deixou Houdini com Jesse Wilkie, no Three Hedges Inn, para que ela cuidasse dele durante sua viagem de casamento para Massachusetts. Ele deveria ficar na grande gaiola de ferro que a pousada mantinha na antiga sala de ordenha, mas Jesse tinha um grande coração, no entanto, e não conseguiu manter o corvo engaiolado. Ela deixava que Houdini ficasse empoleirado no balcão do bar, onde muitas vezes se comportava mal, roubando cerejas e fatias de laranja e recusando-se a aceitar qualquer afago dos fregueses que bebiam demais. Ocasionalmente, voava pelo bar para poder olhar pela janela, com saudades de Sally. O corvo soltava um piado estridente que era de partir o coração.

– Sally vai voltar para você – Jesse dizia a ele. – Espere e verá.

⁓❧⁓

Aquele que é amado é incapaz de morrer, pois Amor é imortalidade, disse o Reverendo, citando Emily Dickinson, no final da cerimônia de casamento, uma bênção não só para o feliz casal que fazia seus votos, mas também uma lembrança de Jet, cuja poeta favorita era Emily Dickinson, e de Franny, que tinha se sacrificado muito por aqueles que amava. A cerimônia levou menos de quatro minutos. Sally estava com o vestido preto que Franny tinha usado em seu casamento e suas botas vermelhas. A cor vermelha tinha voltado para ela lentamente, primeiro no apartamento de Ian no dia em que ela o conhecera, em *flashes* de rosa e escarlate, até que um dia ela estava cortando uma maçã para eles e a cor ficou tão brilhante que ela explodiu em lágrimas. Afinal, o vermelho era a cor do amor.

Sally usava o pingente de safira de Maria Owens, como era costume nos casamentos da família. Quando Sally e Ian se beijaram, eles pareciam não conseguir parar e se ouviu um grande suspiro coletivo, quando as pessoas se lembraram de como era o amor verdadeiro e como eram felizes aqueles que o encontravam. Os bebês levados pelos convidados ficaram surpreendentemente bem-comportados durante a cerimônia. Birdie, de apenas 2 meses, ficou quietinha, maravilhada com as magnólias e suas enormes flores do tamanho de pires. Antônia tinha deixado Leo correr pelo salão antes da cerimônia, para que pudesse se cansar, e, mesmo assim, ele ainda tinha energia suficiente para se esconder sob a mesa do bolo de casamento, recusando-se a sair quando era chamado.

– Ele é a sua cara – todos diziam quando Vincent ia buscar o bisneto, e até mesmo os Owens do Maine, que eram notoriamente argumentativos, tiveram de concordar. Antonia riu e disse à Ariel que, se aquilo era verdade, elas estavam com um grande problema. Vincent nunca aderia às regras.

Sally adorava o menino e não mencionou à Antonia que, quando ela e Vincent o levaram para a sala, Leo tinha feito os livros pularem das prateleiras simplesmente acenando as mãos. Eles tinham se entreolhado e caído na risada. Antonia não tinha ideia de onde ela estava se metendo.

– Eu tive que praticar por muito tempo para fazer isso – Vincent confidenciou.

Quando Antonia chegou à procura de Leo e perguntou o que tinha acontecido com os livros, Vincent encolheu os ombros e disse que costumava haver pequenos tremores de terra naquela parte da cidade. Sally então abriu o colar que ela tinha usado durante a cerimônia para dar a safira de Maria para Antonia.

– Para ser usada no próximo casamento – disse ela à filha querida. – É uma grande sorte poder se apaixonar.

Vincent sentou-se ao sol, onde tirou a gravata e o paletó e sorriu para David, que estava gostando tanto dos Estados Unidos que usava um boné do Red Sox. Ah, como Vincent gostaria de poder contar às irmãs como tudo era inesperado. Gostaria que eles pudessem se sentar à mesa, hoje, ao sol, para que ele pudesse contar tudo a elas. *Uma vez, muito tempo atrás, antes de sabermos quem éramos, pensávamos que queríamos ser como todo mundo. Que sorte sermos exatamente quem somos.*

Os convidados tiveram uma generosa ceia de casamento, com lagosta e vieiras cozidas em crosta de alecrim, saladas de todos os tipos de alface, tudo fresco, do jardim da casa da Rua Magnólia e, por fim, havia Bolo Embriagado de Creme, servido enquanto todos admiravam Leo e como ele era precoce. Ora, se não estivessem olhando para ele com olhos de falcão, o garoto escalaria os lilases e desapareceria. Ele podia ter sacudido a mesa de bolo, onde estava escondido, se o bisavô não o tivesse persuadido a sair com a promessa de um biscoito.

Margaret Wright, que visitava os Estados Unidos pela primeira vez, fez um ponche de rum que as pessoas adoraram, uma bebida que animou até os mais apáticos. A varanda foi enfeitada com lanternas de papel, e velas em sacos brancos cheios de areia foram acesas ao crepúsculo, para mostrar o caminho de pedras azuis até a porta. Margaret ficou encantada quando Vincent convidou-a para dar um passeio pela estufa com David.

– Isto é maravilhoso! – declarou ela, decidindo então que Ian tinha de construir uma estufa para ela, para que pudesse cultivar ervas durante todo o inverno.

As mulheres ali em Massachusetts tinham sido afogadas, espancadas e enforcados, principalmente se tivessem acesso a livros que não fossem a Bíblia, pois os puritanos estavam convencidos de que só eles tinham os ouvidos de Deus. Na manhã do dia do casamento, quando várias mulheres da família estavam dormindo, ainda de ressaca, Margaret decidiu que gostaria de ver o local onde as bruxas eram enforcadas na cidade. Ninguém sabia onde era.

Os corpos eram enterrados secretamente, em lugares remotos, pois não eram permitidos em solo sagrado, embora algumas sepulturas tivessem sido abertas e os corpos enterrados novamente no cemitério da cidade, quando a perseguição às bruxas tinha acabado. Mesmo assim, naquela manhã, antes que mais alguém acordasse, Sally levou Margaret para a colina onde acreditava-se que ficava a forca. Havia uma névoa rente ao solo e o mundo estava lindo, como se fosse novinho em folha. Margaret Wright era uma mulher endurecida pela vida, mas ela chorou na encosta, enquanto os corvos lançavam voo das árvores.

– Você vai cuidar bem dele, não é? – Margaret tinha dito à Sally.

– Ian sabe cuidar de si mesmo. – Sally segurou a mão de Margaret. Elas tinham se tornado amigas durante os estudos de Sally sobre a Arte Sem Nome. – Você ensinou isso a ele.

Provavelmente era verdade, mas, depois que você começava a se preocupar com alguém, não era fácil parar.

– Agora, ele vai cuidar de você – disse Sally à Margaret, e talvez ela estivesse certa. Logo após a cerimônia de casamento, enquanto todos estavam bebendo ponche de rum, Ian se ofereceu para ir servir uma xícara de chá à mãe, pois ela sempre se abstinha de álcool. Verdade que ele nunca voltou ao jardim com o chá prometido e Margaret tinha sido obrigada a ir buscá-lo ela mesma, encontrando-o sentado à mesa da cozinha, com um livro na mão e ignorando o caos ao seu redor. Ele realmente tinha colocado a chaleira no fogo, mas depois tinha se distraído com uma cópia antiga de *O Mago*, que pertencera a Vincent.

– A chaleira está apitando – avisou Margaret. Ela nunca tinha visto o filho tão feliz. Ele era um homem bonito, mesmo com todas aquelas tatuagens, e é claro que ela as via pelo que elas eram: a dor que ele sentia vindo à tona, sua história e sua promessa de procurar pela magia.

– Tem razão! – Ian a abraçou a caminho do fogão e Margaret envolveu o filho nos braços, por um instante desejando não deixá-lo ir. Aquela demonstração de afeto era muito incomum para ambos, pois eles não eram pessoas de demonstrar seus sentimentos um pelo outro. Eles deram um passo para trás depois do abraço, um pouco atordoados. O amor tinha feito isso com Ian Wright. Ele nunca tinha entendido esse sentimento antes, a razão por que as pessoas escreviam sobre ele com tanto fervor, faziam coisas absolutamente idiotas por causa dele, sacrificando seu futuro e a própria vida, cometendo erros tolos dos quais se arrependeriam para sempre. Ele sabia dezenas de feitiços e encantamentos, em hebraico e persa antigo, em rúnico e italiano, mas agora eles não significavam nada. Agora ele tinha avançado cegamente na direção do amor, como um desvairado, um tolo, mas orgulhoso por ter agido assim.

– Onde está nossa Sally? – Margaret perguntou.

– Prestando seus respeitos aos mortos. – Quando Ian viu a preocupação surgir no rosto da mãe, sabendo que ela pensava que os noivos teriam azar se fossem separados bem no dia do casamento, ele acrescentou: – Eu a terei pelo resto da vida.

Quando ele era jovem e estava na prisão, disseram a Ian que nenhum homem deveria tatuar o nome da sua mulher no corpo. Porque as pessoas mentiam e traíam; enganavam e o faziam desejar nunca tê-las conhecido, e então... lá estava você, com o nome dela marcado em sua pele. Apenas os tolos faziam promessas anunciando um amor que duraria para sempre, mas ele tinha feito exatamente isso antes de partirem para Massachusetts. No punho da mão esquerda, estava escrito o destino que ele mesmo tinha traçado, uma linha direta para o coração, a última história que ele queria contar, o nome de Sally, a parte mais importante da magia, o fim e o começo da sua história.

༺❀༻

Enquanto os convidados se reuniam no jardim, Sally e Gillian trocaram um olhar, depois saíram pelo portão sem que ninguém percebesse. Birdie estava em seu carrinho, já cochilando quando elas desceram a rua, seguindo em direção ao final da Main Street, passando pela magnólia que crescia no gramado da biblioteca. Diziam que a própria

Maria tinha plantado a árvore ali quando já era uma senhora muito idosa, com a ajuda da filha, Faith, e dos netos, descendentes de Thomas Brattle, que tinha escrito de forma tão eloquente contra os julgamentos das bruxas e amara Faith secretamente.

As tias tinham sido separadas pela morte, enterradas em lados opostos da cidade. Jet estava enterrada ao lado do seu primeiro amor, Levi Willard, e Franny tinha sido seputada no cemitério dos Owens, ao lado do marido, Haylin Walker. Era uma tradição levar ao falecido mais recente uma fatia de bolo de casamento; Gillian e Sally foram ao cemitério da cidade primeiro, com Gillian empurrando o carrinho de Birdie ao longo da trilha de cascalho. Sally segurava os pratos de bolo, junto com um maço de narcisos, a flor favorita de Jet. À medida que elas se aproximavam do local da sepultura, viram que uma cadeira dobrável de lona havia sido montada ao lado dela.

Um homem de idade estava sentado ali, com um sanduíche e uma garrafa térmica de café, uma cachorrinha branca ao lado dele. Já havia narcisos em frente à lápide.

A cadela começou a latir quando Sally e Gillian se aproximaram.

– Margô, pare! – o homem ordenou à cachorra, que o ignorou e continuou a latir. – Sinto muito – ele se desculpou. – Ela é meu cão de guarda.

Foi então que as irmãs reconheceram o estranho.

– Somos as sobrinhas de Jet – disse Sally. – Nós vimos você no dia do funeral.

– Estou aqui todos os domingos. – Rafael reparou nas flores que Sally segurava. – As favoritas dela. – Ele observou enquanto Sally colocava os narcisos ao lado daqueles que ele havia trazido e depois o prato de bolo.

– Nós sempre trazemos uma fatia de bolo de casamento para aqueles que amamos e que se foram – Gillian explicou. – Minha irmã Sally se casou hoje.

— Você deveria ir lá em casa — Sally insistiu. — O jantar está sendo servido agora.

— E a maldição?

— Estamos livres dela — Gillian assegurou. As irmãs trocaram um olhar. Elas sabiam como tinham sorte. — Franny e Jet fizeram isso por nós.

⁂

A lápide de Franny foi instalada um ano depois da morte dela. Era de granito simples, retirado das pedras que se elevavam acima do lago Leech. O conselho municipal tinha votado para aprovar uma dispensa especial que permitia a remoção do granito dos terrenos da cidade, o que fazia sentido, pois há muito tempo a família Owens havia doado os bosques mais afastados para uso comunitário. Sally e Gillian morriam de medo de Franny a princípio e elas riam disso agora, lembrando do seu longo casaco preto, suas botas vermelhas, sua pele pálida como a lua, o jeito como ela estreitava os olhos quando você estava prestes a falar, como se soubesse que ia contar uma mentira antes mesmo de você ter pensado em fazer isso. Jet tinha nascido pronta para amar, mas você precisava fazer um grande esforço para cair nas graças da Franny, embora, depois que conseguisse, valesse muito a pena.

Quando chegaram ao túmulo dela, no cemitério dos Owens, Sally colocou o prato de Bolo Embriagado no chão. Depois de um ano, a grama já tinha crescido e os lírios e as sanguinárias já tinham lançado raízes no solo escuro. Sally e Gillian se deitaram de costas, com as mãos sobre os olhos para protegê-los da luz solar intensa. Gillian sempre tivera o coração aberto, mas Sally estava convencida de que não tinha nascido para amar ninguém e nunca ninguém a amaria. Então ela tinha vindo para a casa da Rua Magnólia, pegado na mão da sua tia malvada e seu coração tinha se aberto, ao menos um pouquinho, mas um pouquinho que já fora suficiente.

– Está um dia lindo! – disse ela à Franny, através do solo escuro. – É o dia do meu casamento.

– Minha filhinha tem o seu nome e o da tia Jet – Gillian sussurrou.

Elas seriam eternamente gratas pelo amor da tia e pelo sacrifício que ela fizera por elas.

Querida e estimada Franny, mil agradecimentos.

Birdie ainda estava cochilando no carrinho quando elas deixaram o cemitério, uma mantinha tinha sido colocada sobre ela para proteger sua pele sardenta do sol. Ela geralmente adormecia sem o mínimo alarido. Talvez fosse dar trabalho depois que crescesse um pouco, mas no momento ela era perfeita. As irmãs tinham um plano, que não tinham contado a ninguém, e não podiam ficar muito mais tempo ausentes da festa de casamento, por isso correram através dos bosques. Não havia ninguém no Lago Leech quando chegaram lá, exceto algumas libélulas pairando sobre a superfície cristalina. Era o início da estação e a água estava gelada.

– Isso é loucura – disse Sally.

– Exatamente – respondeu Gillian. Quando estariam ali juntas novamente? Quando teriam outra chance?

Elas tiraram a roupa e uma desafiou a outra a entrar na água primeiro, depois as duas contaram até três e começaram a correr.

Birdie ficou dormindo na sombra, nem um pouco incomodada quando as irmãs entraram na parte rasa do lago, espirraram água para todos os lados, gritando antes de mergulhar de corpo inteiro. Enquanto nadavam para águas mais profundas, as duas pensavam em Franny e Jet, e nos verões que tinham passado ali quando jovens. Às vezes, você não sabe como tem sorte na vida até que o tempo tenha passado. Sally tinha vontade de se sentar com as filhas e dizer: *Não percam um só instante*, mas aquilo não serviria de nada. A pessoa tinha que viver a vida antes de ver sentido nisso.

– Você acha que realmente existe um monstro marinho aqui? – Gillian perguntou, com a voz cheia de preguiça. Elas ouviam essas histórias desde que tinham chegado na cidade pela primeira vez.

– Tudo é possível.

– Mas ele ainda estaria vivo se tivesse sido avistado nos anos 1600?

– O tempo é relativo. Provavelmente há duplos de nós sentados na varanda de pijama, comendo bolo de chocolate no café da manhã.

Elas riram e se deram as mãos, e então Sally surpreendeu Gillian mergulhando nas profundezas do lago azul. Ela podia fazer aquilo, agora que tinha perdido seus poderes, e, como era evidente, parecia bem exibicionista na água.

– Que injustiça! – Gillian gritou quando Sally reapareceu, explodindo na superfície da água através do capim verde-escuro, cuspindo água e rindo. – Você consegue mergulhar.

– Você pode flutuar – Sally rebateu, batendo os braços para sem manter na superfície, ao lado da irmã.

Ah, elas queriam que aquele dia nunca acabasse...

– Nós conseguimos o que queríamos – Gillian disse baixinho. – Nós duas.

Sally sentiu uma onda de amor pela irmã. As coisas não duravam para sempre. As duas sabiam disso.

– Vamos ter que pagar um preço por sermos felizes?

– Todo mundo paga. É isso que significa estar vivo.

As águas do lago eram tão profundas que as pessoas diziam que ele não tinha fundo, prolongando-se até os confins da Terra. Elas ficaram ali à deriva, entre os lírios, com suas flores cor de creme e suas longas raízes pendentes e emaranhadas. Já estavam tremendo de frio quando escalaram as margens. Esperaram um pouco, até que a pele estivesse quase seca, depois vestiram as roupas, que tinham pendurado nos galhos mais baixos das sempre-vivas. Birdie ainda estava dormindo. Havia corvos nos galhos das árvores, olhando para elas. Sapos tinham se reunido na parte mais rasa, coaxando baixinho.

– O que você acha que tudo isso significa? – Gillian perguntou.

– Significa que não importa o que aconteça, nunca seremos pessoas normais – Sally disse alegremente. – Com ou sem magia.

– Nunca – concordou Gillian.

Elas caminharam para casa ao longo da trilha de terra, chamada de "Caminho de Faith" pelos moradores. A última luz nebulosa do sol incidia sobre elas e não havia nem uma brisa. Elas ouviam o canto dos grilos, uma vibração que reverberava dentro da cabeça. Ainda era oficialmente primavera, mas parecia uma tarde de verão.

– Você vai sentir falta daqui? – Gillian perguntou.

– Vou sentir a sua falta.

– Vamos passar todos os verões juntos na casa de Vincent, na França. – Nenhuma delas tinha coragem de chamá-lo de vovô. Embora tivessem passado a amá-lo ternamente, Vincent parecia jovem demais para ser avô de alguém.

– Não vamos usar maiôs, mesmo quando formos muito velhas.

– Nem sapatos. Durante todo o verão.

Houve uma época em que elas eram tão diferentes quanto o dia e a noite, mas isso tinha mudado. Cada uma delas tinha o que mais desejava. Que sorte terem sido criadas por mulheres com quem tinham aprendido o que mais importava neste mundo... Leia quantos livros puder. Escolha a coragem em vez da cautela. Reserve um tempo para visitar as bibliotecas. Olhe para a luz na escuridão. Tenha fé em si mesmo. Saiba que o amor é o que mais importa.

Durante todo o caminho até em casa, elas ficaram de mãos dadas, exatamente como faziam quando eram as garotinhas que pegaram um avião durante uma tempestade para chegar a Massachusetts. Não tinha sido há tanto tempo assim. Parecia que fora no dia anterior. Elas usavam casacos pretos e sapatos de couro envernizado quando subiram o caminho de pedras azuis até a casa da Rua Magnólia, sem ideia do que iriam viver dali em diante.

    Foi naquele lugar e naquele instante que suas vidas começaram.

NOTA HISTÓRICA

Amelia Bassano

Em meus romances, Amelia Bassano é a autora de *O Livro do Corvo*, um grimório fictício que contém uma coleção de feitiços e encantamentos da magia da mão esquerda, muitas vezes, chamada de Arte das Trevas. Mas Amelia era também uma mulher muito real, conhecida como Emilia Bassano Lanier, que viveu entre os anos de 1569 e 1645, e foi a primeira mulher na Inglaterra a publicar um livro de poemas, *Salve Deus Rex Judaeorum*. Ela era feminista e escreveu em defesa de Eva, considerada a causadora do pecado original, um crime do qual todas as mulheres foram depois acusadas. Amelia viveu os anos da peste negra em Londres, e durante os motins que se seguiram, e, embora o destino tenha levado a melhor sobre ela, ela fez o possível para tirar o melhor proveito dele.

Há quem acredite que Amelia Bassano era a Dama Negra dos poemas de Shakespeare, e ainda há outros convencidos de que ela era muito mais do que isso. Sabia-se muito bem que Shakespeare roubara ou "emprestara" suas tramas, e talvez ele tenha feito isso de Amelia, pois ela era bem versada nas questões e nas ideias presentes na obra de Shakespeare, assuntos sobre os quais parecia improvável que ele tivesse conhecido por experiência própria ou com base em leituras. O leque de conhecimentos dela abrangia temas e questões sobre as quais

Shakespeare escreveu, variando desde a falcoaria (ela era a amante do falcoeiro real), passando pela geografia da Itália, que provavelmente era conhecida apenas pelos próprios italianos, até a história dos judeus e referências à Cabala e ao Talmud, incluindo uma atitude surpreendentemente compassiva com relação aos judeus em geral ("Se nos picais, não sangramos?", de *O Mercador de Veneza*). Numa época em que os judeus eram exilados da Inglaterra, de 1290 a 1656, e, mesmo após sua readmissão, eles muitas vezes viviam escondidos. Amelia estava familiarizada com as histórias italianas referenciadas nas peças shakespearianas e viajou para Elsinore, cenário de *Hamlet*, além de conhecer o castelo muito bem.

Alguns acreditam que ela tenha escrito as peças e nunca recebido crédito por isso devido ao fato de ser mulher.

Amelia nasceu numa família de músicos italianos judeus, originários de uma cidade perto de Veneza e que viviam na corte de Elizabeth I. Aos 13 anos, ela se tornou amante de Henry Carey, Lord Hunsdon, de 56 anos, que diziam ser filho de Henrique VIII e Ana Bolena, e primo de primeiro grau de Elizabeth I, o patrono real do teatro, incluindo teatros que produziam as peças de Shakespeare. Amelia supostamente também teve um caso com Christopher (Kit) Marlowe, que talvez tenha sido seu professor no mundo da escrita para o teatro.

O primo de Amelia escreveu canções para as peças de Shakespeare, e dizem que outro membro da família dela projetava os cenários e compunha canções para as peças. Quando era menina, ela foi protegida de Susan Bertie, Condessa de Kent, e dessa maneira o mundo da realeza se abriu para ela. Amelia também estava envolvida com a magia e com o astrólogo da corte, o dr. Simon Forman, conhecido como ocultista e herbalista.

Amelia Bassano lutou para que sua voz fosse ouvida numa época em que as vozes das mulheres eram silenciadas, não importava o quanto elas pudessem ser brilhantes. No mundo da família Owens, seu grimório imaginário, *O Livro do Corvo*, e sua crença evidente de que a palavra é a mais poderosa das magias, influenciaram todas as gerações.

Para mais leituras sobre a vida de Amelia Bassano:

Grossman, Marshall, org. *Aemilia Lanyer: Gender, Genre, and the Canon*. Lexington: University Press of Kentucky, 1998. Uma coletânea de ensaios sobre a vida e a obra de Emilia Bassano.

Hudson, John. *Shakespeare's Dark Lady*. Gloucestershire, Reino Unido: Amberley Publishing, 2014, 2016. Um livro fascinante que traz um argumento muito convincente de que Amelia era, de fato, dramaturga.

LISTA DE LIVROS

Este livro começa e termina numa biblioteca, e você deve ter notado que, nestas páginas, menciono muitos títulos de livros. Esses são alguns dos meus livros favoritos e eu gostaria de compartilhar a lista completa com você aqui. Se observar com atenção, você poderá encontrar outras referências aos livros que amo dentro do texto e muitos livros de referência sobre magia. Agradeço aos autores dessas belíssimas obras, que mudavam minha vida toda vez que eu entrava numa biblioteca.

The Poems of Emily Dickinson [Os Poemas de Emily Dickinson]

Wuthering Heights, Emily Brontë [O Morro dos Ventos Uivantes]

Jane Eyre, Charlotte Brontë [Jane Eyre]

Wide Sargasso Sea, Jean Rhy [Vasto Mar de Sargaços]

Little Women, Louisa May Alcott [Mulherzinhas]

The Secret Garden, Frances Hodgson Burnett [O Jardim Secreto]

The Borrowers, Mary Norton [Os Pequeninos Borrowers]

Half Magic, Edward Eager [Mágica pela Metade]

Magic by the Lake, Edward Eager [Magia à Beira do Lago]

The Time Garden, Edward Eager [O Jardim do Tempo]

Emma, Jane Austen [Emma]

Persuasion, Jane Austen [Persuasão]

Pride and Prejudice, Jane Austen [Orgulho e Preconceito]

Frankenstein, Mary Shelley [Frankenstein]

Enormous Changes at the Last Minute, Grace Paley [Mudanças Enormes no Último Minuto]

Fahrenheit 451, Ray Bradbury [*Fahrenheit 451*]

Something Wicked This Way Comes, Ray Bradbury [Algo Sinistro Vem por Aí]

We Have Always Lived in the Castle, Shirley Jackson [Sempre Vivemos no Castelo]

The Waves, Virginia Woolf [As Ondas]

The Blue Fairy Book, Andrew Lang [O Livro Azul de Fábulas Encantadas]

The Odyssey, Homero [A Odisseia]

Started Early, Took My Dog, Kate Atkinson [Saí Cedo, Levei meu Cachorro]

Olive Kittredge Kate, Elizabeth Strout [*Olive Kittredge Kate*]

The Scarlet Letter, Nathaniel Hawthorne [A Letra Escarlate]

Beloved, Toni Morrison [Amada]

AGRADECIMENTOS

Muito obrigada a:

Marysue Rucci
Jonathan Karp
Amanda Urban
Ron Bernstein
Suzanne Baboneau
Dana Canedy
Zachary Knoll
Samantha Hoback
Elizabeth Breeden
Jackie Seow
Brittany Adames
Carly Loman

Sam Fox, Rory Walsh, Drew Foster
Miriam Feuerle e todos da Lyceum Agency

Sue Standing

Um agradecimento especial a
Madison Wolters, Deborah Revzin e Rikki Angelides

Minha gratidão aos meus leitores

Impresso por :

gráfica e editora
Tel.:11 2769-9056